커플

커플

초판 1쇄 찍은 날 § 2004년 2월 23일
초판 1쇄 펴낸 날 § 2004년 3월 3일

지은이 § 김은아
펴낸이 § 서경석

편집장 § 문혜영
편집 § 이종민 · 신혜미
마케팅 § 정필 · 강양원 · 이선구 · 김규진 · 홍현경

펴낸곳 § 도서출판 청어람
등록번호 § 제1081-1-89호
등록일자 § 1999. 5. 31
어람번호 § 제5-0013호

주소 § 경기도 부천시 원미구 심곡1동 350-1 남성B/D 3F (우) 420-011
전화 § 032-656-4452 팩스 § 032-656-4453
http://www.chungeoram.com
E-mail § eoram99@chollian.net

ⓒ 김은아, 2004

ISBN 89-5505-197-2 03810

커플

김은아 지음

도서
출판
청
어
람

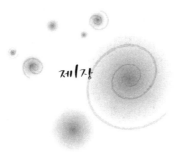

제1장

"이번이 마지막이라고 생각하고 제발 나가봐라."

한나는 귀찮고 짜증스러웠다. 가뜩이나 외출 준비로 정신이 없는데 보은이 자석처럼 딱 달라붙어 맞선을 권유하고 있었기 때문이다. 보은과 언쟁을 하는 것은 정신적으로나 육체적으로 불필요한 에너지 낭비일 뿐이기에 한나는 절대 입을 열지 않았다. 승산없는 전쟁을 선택하느니 침묵을 선택하는 게 가장 현명한 짓이었다. 하긴 그렇게 끝까지 벋장대 봤자 지금과 같은 부드러운 권유의 말은 눈 깜짝할 사이에 절대적인 명령으로 바뀔 것이지만 말이다.

"이번엔 왠지 예감이 좋아."

흥! 그놈의 예감이 안 좋은 적이 있었던가? 손가락, 발가락을 합한 수보다 많아진 맞선 횟수가 몸무게를 넘어 키 높이를 향해 질주하고 있는 상태였다. 이 정도면 한나가 신빙성없는 보은의 말에 코웃음 치는 이유를 어느 정도 알 수 있을 것이다. 거짓말을 조금 보태서 이제는 생선, 삼선짬뽕, 선불이란 소리만 들어도 신물이 올라오고 알레르기를 일어날 만큼 '선'이라면 지긋지긋한 한나였다.

"다들 눈깔이 삐었지, 우리 딸만한 천하의 명품진품(名品珍品)이 또 어디 있다고 못 알아보는 거야?"

고슴도치도 제 새끼 털은 보드랍고 윤기가 난다고 했다. 그래도 한나는 보은에게 제발 어디 가서 그런 소리는 절대 하지 말라고 당부하고 싶었다. 사람들한테 '당신이 그러니까 과년한 딸을 출가 못 시키는 거요'라는 소리를 듣기에 딱 좋은 대사니까 말이다. 하지만 이런 모습이 진정한 보은의 모습은 아니기에 별 걱정은 되지 않았다. 오로지 한나에게 맞선을 권유하거나 설득할 때만 써먹는 사탕발림이었다.

이제껏 한 사람당 한 시간씩만 계산해도 꽤 많은 시간을 투자한 셈이었다. 그럼에도 불구하고 한나의 마음을 확 사로잡는 남자는 없었다. 물론 가끔 괜찮다 싶은 남자가 있기는 했지만, 슬몃슬몃 꽁무니를 빼는 남자를 한나가 자존심까지 버려가면서 애써 잡고 싶지는 않았다. 반대의 경우도 가끔 있어서 그 심정이 어떤 것인지 충분히 이해할 수 있었다. 한나에게 있어 맞선의 결과는 늘 그러했다. 거부당하느냐, 거절하느냐. 전자는 비참했고, 후자는 알량한 자존심 지키기였다.

"어젯밤 꿈자리가 심상치 않았단다. 이번만큼은 확실한 거 같아."

55세의 나이에 심상치 않은 꿈이 태몽일 리 없었다. 하지만 한나는 그렇게 예사롭지 않은 꿈이라면 차라리 로또복권을 사라고 권하고 싶었다.

도대체 출발점에서 떠난 지가 언제인데 한나의 운명적인 짝이 되어줄 남자는 아직 도착점을 찾지 못하고 미로에서 길치처럼 헤매고 있단 말인가. 혹시 하루 20시간이나 자는 코알라처럼 굼뜬 남자는 아닐까? 아니면 하등 동물처럼 덜 떨어진 남자? 그렇게 형편없는 남자가 실험용 쥐처럼 기어오고 있다? 한나는 상상만으로도 등골이 오싹해졌다. 오랜 기다림은 별의별 상상만 하게 했다.

제작비 한 푼 안 드는 상상. 이왕이면 정신 건강에 이롭게 긍정적으로 하는 게 낫지 않은가. 한나는 자신의 짝은 분명 바쁜 스케줄에 쫓겨 사는 유명 연예인이나 해외 유학 중인 사람, 또는 다른 국적을 가진 남자라고 생각했다. 그나마 안심이 되었다. 하지만 곧 알아듣지도 못하는 언어로 연신 떠드는 남자가 등장했다. 그 앞엔 열심히 보디랭귀지로 대화를 시도하며 진땀을 흘리는 한 여자가 있다. 그 여자가 자기 자신이란 걸 깨닫는 순간 한나는 왼쪽 이마 위로 식은땀 한 방울이 쭉 미끄러지는 것이 느껴졌다. 차라리 독신으로 살다 죽는 게 나았다. 최종 결론은 한나를 또다시 우울하게 만들었다.

"네가 눈높이를 조금만 낮추면 돼."

한나는 절대 성형 수술을 받은 적이 없었다. 하지만 언제부터인가 가족들과 친구들로부터 눈이 머리끝에 달리고, 콧대가 높은 기형 인간 취급을 받아야만 했다. 노처녀라는 이유만으로 이런 대접을 받아야 하다니. 정말 못마땅했다. 눈을 발가락 끝에 이식해 버릴까 보다!

"너 이번 해 넘기면 진짜 시집가기 힘들어. 스물아홉하고 서른하고 같은 줄 아니?"

저 토씨 하나 안 바뀌고 똑같이 시작되는 잔소리의 프롤로그. 스물네 살 이후 먹은 밥공기 수만큼 들어왔다. 차라리 녹음해서 재생하는 게 더 나은 방법이라고 알려주고 싶었다. 하지만 보은이 좋은 아이디어라며 박수 치고 환영할 성격인지라 꾹 참았다.

한나가 현관까지 따라붙는 보은을 향해 몸을 돌렸다.

"알았어요. 알았으니깐 제발 그만 하세요."

마침내 입을 연 한나였다. 말을 싹둑 자를 수 있는 가위가 어디 없을까? 있다면, 그리고 값이 좀 비싸다면 24개월 카드 할부를 해서라도 꼭 사고 싶었다.

"나가는 거지?"

보은의 표정이 신호등처럼 색깔을 달리하며 변해갔다. 또 마음이 약해져 버렸다. 엄마인 보은이 그렇게 간절히 원하고 있다. 그래, 그저 한 시간만 허비하고, 맞선 횟수에 무의미한 숫자 1만 더하면 된다.

"다음 주 토요일로 잡을까?"

대답도 하지 않았는데 이미 한나의 마음을 읽어 내린 보은이었다. 목에서 맑은 종소리가 났다.

"마음대로 하세요."

토요일이든 13일의 금요일이든 그게 무슨 상관이 있으랴. 보나마나 별 볼일 없는 남자와 마주 앉아 호적 확인작업이나 하고, 시시껄렁한 유머에 속으로 '제발 좀 웃겨주세요!' 하며 맞장구쳐 주는 일이나 할 텐데 말이다. 한나는 벌써부터 지겨워졌다.

"너 옷 한 벌도 사고, 머리도 좀 하고, 마사지도 해야겠다."

매번 이런 식이었다. 미인 선발 대회라도 내보낼 작정을 하는지 맞선만 들어오면 보은은 한나의 코디네이터를 자청하고 나섰다. 아마 그동안 맞선보느라 들인 돈만 해도 웬만한 빌라 전세금 정도는 될 것이다.

"저 늦었으니깐 이따 밤에 말해요. 저 가요."

"쓸데없이 노처녀 친구들하고 어울리지 말고 쓸 만한 사윗감 좀 데려와 봐."

한나가 못 말리겠다는 표정을 짓고 재빨리 집을 나섰다. 요즘 같아선 친구의 결혼식에 참석하는 것도 극비에 해당했다. 2박3일 동안 잔소리에 시달리느니 차라리 친구들과 함께 점심이나 하러 간다고 하는 게 나았다. 시간이 갈수록 느는 건 나이와 맞선 횟수, 그리고 거짓말이었다.

한나가 초조한 듯 자꾸 손목시계를 쳐다보았다. 주말이라 그런지 빈 택시가 없었다. 합승이라도 할 생각으로 한나가 무조건 손을 흔들어댔다. 하지만 아무리 바빠도 모범택시만은 피하고 싶었는데. 한나의 손짓에 까만 모범택시가 잽싸게 다가왔다. 당황한 한나가 손가락으로 목을 긁어댔다. 뭔가 원하지 않는 일이 벌어졌거나 빠른 결정을 내리지 못할 때 나오는 버릇이었다. 한나는 매일은 아니더라도 어쩌다 한 번은 괜찮겠지 싶어 곧 뒷문을 열고 탔다.

"한남동 그랜드하얏트호텔 부탁드립니다."

택시비가 만만치 않을 것이다. 한나는 허벅지 위에 올려둔 가방을 살짝 열었다. 지갑을 벌려 충분한 돈을 확인하고 나서야 안심이 되었다. 옆에 있던 거울이 눈에 들어왔다. 꺼내서 들여다보니 립스틱이 불균형하게 칠해져 있었다. 잔소리를 들으면서 칠했으니 오죽하겠는가.

흔들리는 차 안에서 화장을 할 수 있을까? 모범택시라서 그런지 흔들림이 거의 없었다. 한나가 가방을 뒤져 립스틱을 꺼냈다. 마침 신호등도 노란색으로 바뀌었다. 마음이 푹 놓였다. 한나는 립스틱을 입술에 대고 만반의 준비를 끝낸 후 차가 정지하기를 기다렸다.

쿵!

둔탁한 소리와 함께 균형을 잃은 한나가 앞 좌석에 얼굴을 세게 박고 말았다.

"엄마야!"

이런 상황에서도 자신을 닦달하는 게 취미인 엄마를 찾다니. 하여간 마른하늘에 날벼락이었다. 한나의 눈과 코에서 불이 났다. 손을 보니 립스틱은 허리가 뚝 부러져 흉한 모습을 하고 있었다. 순간 한나는 립스틱이 코를 지나 이마까지 초고속으로 질주한 것이 생각났다. 허겁지겁 차 바닥에 뒹굴고 있는 거울을 집어 들었다. 아니나 다를까 얼굴 중앙에 빨간 줄 하나가 선명하게 그어져 있었다. 코 안쪽에서 뭔가가 쭉 흐르는 느낌이 났다. 이내 양쪽 콧구멍에서 선정적이고 섹시한 빨간색 액체가 흘러나왔다. 제일 아끼는 립스틱보다 예쁜 색깔이었다. 하지만 쌍코피였다.

"우씨……."

한나가 재빨리 고개를 젖히고 가방을 더듬거려 티슈를 찾았다. 그리고 빠른 속도로 쑥쑥 여러 장 뽑아내 어릿광대가 된 얼굴을 가렸다.

"손님…… 괜찮으세요?"

택시기사가 떨리는 목소리로 걱정하듯 물었다.

"아이! 아저씨, 난 몰라요! 결혼식에 가야 하는데!!"

한나가 냅다 소리를 질렀다. 그런데 갑자기 눈앞에서 별똥별이 쏟아지고 온갖 우주쇼가 펼쳐졌다.

"아이고……"

세상이 빙글빙글 돌기까지 했다. 한나는 몸을 가눌 수 없을 만큼 정신이 아뜩아뜩해졌다. 곧 의자에 푹 쓰러지며 눈을 감았다.

"어떤 정신 빠진 놈이 재수없게!"

한나의 모습에 놀랐는지 택시기사가 결코 자신의 탓이 아니라는 듯 거친 말을 내뱉었다. 그리고 뒷목을 매만지며 자신도 피해자임을 주장했다.

"목뼈가 부러졌나?"

"으으으……. 아아아……"

처음 당하는 교통사고였다. 그런데 하필이면 립스틱을 손에 들고 있을 때 이런 일이 생길 게 뭐란 말인가. 한나는 한쪽 눈알이 튕겨져 나올 만큼 고통스러웠다. 하지만 립스틱 자국을 지우거나 눈치 채지 못하게 감추는 일만큼 시급한 건 없었다. 정말 친구의 결혼식이고 뭐고 다 필요 없었다. 그저 어디든 가서 클렌징크림을 듬뿍 바르고 빡빡 문질러 얼굴을 원상복구하고 싶기만 했다.

"괜찮니?"

한 남자가 손에서 힘줄이 튕겨져 나올 만큼 핸들을 움켜잡고 있었다. 내천(川) 자가 그려진 이마엔 땀이 송골송골 맺혔고 양미간에 깊은 골이 패여 있었다. 남자가 옆 좌석을 향해 고개를 돌렸다. 한 여자가 한 손으로는 안전벨트를, 다른 한 손으로는 가슴을 꽉 움켜쥐고 있었다. 얼마나 놀랐으면 벌어진 입을 다물 생각도, 있는 대로 커져 있는 눈에서 힘을 뺄 생각도 못하고 있었다. 마치 사진 한 장을 보는 것 같았다.

남자가 커튼처럼 내려와 충격받은 얼굴을 가리고 있던 여자의 머리카락을 귀 뒤로 넘겨주었다. 여자는 그제야 비로소 마법에서 풀린 것처럼 안도의 숨을 내쉬며 움직였다.

"많이 놀랐지? 어디 다친 데는 없니?"

여자가 간신히 고개를 끄덕였다. 그나마 빨리 급브레이크를 밟았기에 망정이지 대형사고를 낼 뻔했다. 남자는 떨리는 가슴을 쓸어 내리며 차에서 내렸다. 그리고 택시기사가 지르는 고함을 들어야만 했다.

"당신! 사람 죽이려고 작정했어? 운전을 그 따위로 하면 어떡해?"

"죄송합니다. 어디 다치신 데는 없으신가요?"

남자가 잘못을 순순히 인정하고 사과했다. 그런 남자를 위아래로 훑어보던 택시기사가 다소 화를 누그러뜨리며 투덜댔다.

"나도 나지만 뒤에 탄 손님이 더 걱정이에요!"

다른 피해자가 있다는 말에 남자가 차 안을 들여다보려 했다. 하지만 까맣게 코팅 처리된 유리 때문에 안이 잘 보이지 않았다. 남자가 뒷문을 벌컥 열고 얼굴을 디밀었다.

그 바람에 한나가 화들짝 놀랐다. 구시렁거리며 콧구멍에 쑤

셔놓은 티슈를 다른 티슈로 교체하는 중이었기 때문이다.

"이런!"

남자가 짧고 낮은 저음으로 놀람을 표현했다. 그와 동시에 한나도 이렇게 외쳤다.

"이런, 된장!"

화가 날 때 쓰는 욕이었다. 남자가 한나의 얼굴을 보고 인상을 찌푸렸다. 그리고 입 안 가득히 공기를 모았다. 금방이라도 터져 나올 것 같은 웃음을 참는 것 같았다. 몸을 배배 꼬며 참던 남자가 이내 배를 움켜잡고 웃기 시작했다.

"푸하하하."

퍼렇게 멍이 들기 시작하는 눈과 코, 콧구멍에서 흘러내리는 붉은 피, 그리고 얼굴을 반으로 나누어놓은 일직선의 붉은 줄. 한나의 얼굴이 영락없는 피카소의 인물화였으니 남자가 정신을 못 차리고 웃는 건 당연했다.

하지만 예의라곤 눈곱만치도 없는 남자의 행동에 한나는 황당하고 점점 화가 났다. 어떻게 이런 상황에서 웃을 수가 있단 말인가? 한나는 남자를 이단 옆차기로 공격해 지구 밖으로 날려 보내고 싶은 충동에 사로잡혔다. 몸이 부르르 떨렸다.

어리둥절한 표정을 짓던 택시기사도 곧 한나의 얼굴을 확인하고 나서 쿡쿡 웃기 시작했다. 이 사람들이! 한나는 이가 부러질 정도로 으드득 빠드득 갈았다.

"한국 사람 맞아요?"

한나의 입에서 얼음이 쨍 하고 갈라지는 소리가 나왔다. 하도 웃어서 눈에 눈물까지 그렁그렁한 남자가 그제야 웃음을 멈췄다.

"네?"

"이런 상황에서 '이런', '네' 이런 말밖에 할 줄 몰라요?"

"크크크큭……."

툴툴거리는 말투가 우스웠는지 남자가 다시 웃기 시작했다. 그 모습에 한나가 더욱 험악한 인상을 지었다. 마음 같아선 챙겨 들고 나온 우산으로 분이 풀릴 때까지 남자를 패주고 싶었다. 하지만 일을 크게 만들면 안 될 거 같아 한나는 혼신의 힘을 쏟아 손을 달랬다. 그때 살기등등한 눈으로 남자를 쏘아보던 한나의 표정에 갑자기 변화가 일어났다. 이 혼란스러운 상황에서도 남자의 얼굴이 자신이 아는 사람과 참 많이 닮았다는 생각이 문득 들어서였다.

"죄송해요. 우선 병원으로 가셔야 할 거 같네요. 잠시만요."

간신히 웃음을 참은 남자가 택시기사에게 다가가 사고처리에 대해 상의하고 해결을 본 후 다시 한나에게 다가왔다.

"가시죠."

남자가 한나의 가방을 들고 팔을 잡아끌어 내리려 했다.

"이봐요! 이거 안 놔요? 제가 언제 병원에 데려다 달라고 했어요?"

한나가 남자의 손을 뿌리치고 가방을 빼앗아 들었다.

"정말 아침부터 재수가 없으려니까! 아저씨, 저 바쁘니까 빨리 가주세요!"

한나가 짜증을 확 내며 택시기사에게 소리를 질렀다.

"아가씨, 나중에 후회하지 말고 병원으로 가세요."

물론 후회는 할 것이다, 본때를 보여주지 못하는 것에 대해서. 하지만 한나는 망가진 얼굴로 병원에 가서 웃음거리가 될 생각은 추호도 없었다. 친구의 결혼식에 불참하면서까지 말이다.

"이봐요. 난 지금 몹! 시! 바쁜 데다가 몹! 시! 화가 난 상태니깐 좋은 말 할 때 가보세요. 치료비고 뭐고 소용없으니까!"

한나가 눈을 부릅뜨고 신경질적으로 소리를 질렀다.

"손님, 정말 괜찮으시겠어요?"

"아저씨, 저 진짜 바쁘단 말이에요."

기사는 어쩔 수 없다는 표정을 짓고 차에 올라 시동을 걸었다. 한나는 남자를 무서운 눈으로 째려보았다. 그리고 머리 속에 남자의 면상을 각인시켰다. 오늘 밤 저 남자를 닮은 인형 하나를 만들어 장희빈처럼 물어뜯어야만 직성이 풀릴 것 같아서였다. 그런데 도대체 저 인간이 누굴 닮은 거지? 에이! 기억이 안 난다!

"이런, 된장……. 크크큭…… 하하하……."

현이 혼자 중얼거리더니 갑자기 실성한 사람처럼 웃어댔다.

한 번 웃기 시작하면 배가 아파서 울 정도가 되어야 멈출 수 있다는 걸 스스로 알기에 억지로 참으려 했다. 하지만 이번엔 살아 있는 피카소의 인물화가 떠올랐다.

"아이고, 배야…… 아이고……."

"오빠! 옆에 있는 사람 생각 좀 해주라! 오늘 차 완전히 박살 내려고 작정했어? 나 더 이상 무서워서 오빠 차 못 타겠어. 내려줘!"

잔뜩 겁에 질린 경이 못마땅해 죽겠다는 표정으로 소리를 버럭 질렀다. 방금 전에도 라디오 방송으로 우스운 이야기를 듣고 웃다가 접촉 사고를 낸 사람이 아직도 정신을 못 차리고 또 웃으니 경은 환장할 지경이었다.

"미안, 미안. 풉! 푸훗! 크크크……."

"제발…… 부탁이야."

경이 입을 앙다물고 말했다.

"알았어, 알았어."

현이 큰 숨을 토해내며 진정하려고 애를 썼다.

"늦지 않겠어?"

"조금 늦을 거 같아."

"정말 가고 싶지 않을 정도로 길 엄청 막힌다."

경이 눈살을 찌푸리며 투덜댔다.

"주말인데다가 결혼시즌이잖아."

"그러나저러나 오빤 도대체 언제 결혼할 거야? 정말 숨겨둔 여자 없어?"

경이 의혹의 눈초리를 보내며 물었다.

"응."

현이 아무렇지도 않게 대답하자 경이 한숨을 터뜨렸다.

누가 믿으랴, 뭐 하나 부족한 게 없는 현에게 여자가 없다는 사실을. 여자가 없다는 건 순전히 거짓말이었다. 여자는 많았다. 단지 결혼반지를 끼워줄 만한 여자가 없다는 거였다. 그야 말로 풍요 속의 빈곤이었다. 현은 모든 여자, 아니, 모든 사람들에게 친절했다. 반 시간만 현과 함께 있으면 여자들, 아니, 모든 사람들의 눈이 하트 모양으로 변했다. 뛰어난 외모에 청산유수와 같은 언변을 갖추었기에 가능한 일이었다. 하지만 그것은 단지 현이 모든 사람을 대하는 방식일 뿐이었다. 상대가 여자이기 때문에 그런 행동을 하는 건 아니었다.

"그럼 탤런트 한성은 씨는 뭐야?"

"성범이 사촌 여동생일 뿐이야."

"오빠 대학 후배인 박지나 씨는? 자주 만나고 그러잖아."

"말 그대로 후배일 뿐이야."

"내가 아는 여자만 해도 10명 이상인데 어떻게 없다는 소리가 나와? 오빠, 혹시 독신으로 살 생각이야?"

"아니."

"그럼 못 잊을 만큼 가슴 아픈 첫사랑이라도 있었어?"

"아니."

"도대체 그럼 뭐가 문제야? 오빠 좋다는 여자들이 줄줄이 서 있는데."

"운명으로 느껴지는 여자가 없어."

"뭐?"

기가 막혀서 더 이상 말을 이을 수가 없었다. 경이 심각한 표정으로 팔짱을 꼈다. 결혼 1년차인 경도 결혼 전에 그런 생각을 안 해본 건 아니었다. 누구나 한 번쯤은 그런 고민에 빠질 수 있다. 하지만 끝까지 운명을 운운하는 사람들은 대부분 혼자 늙어 죽기 딱 좋은 스타일이라는 게 경의 생각이었다.

"난 사람끼리의 만남 자체가 운명이라고 생각해. 세계 인구가 62억이야. 그 가운데 오빠가 만난 여자들하고의 확률만 따져 봐도 그게 운명이 아니면 뭐겠어? 운명은 단수가 아니고 복수야. 그중 제일 맘에 드는 운명을 최초, 또는 최후로 설정해야 결혼도 하고, 평생을 살아도 행복한 거잖아. 하지만 그 운명을 착각이었다고 부정해도 대기 중인 또 다른 운명은 얼마든지 있다고."

틀린 해석은 아닐 거라고 현은 생각했다. 하지만 운명도 운명이지만 느낌이란 게 있지 않은가. 현이 첫눈에 반할 사람을 찾는 건 아니었다. 그건 단지 외모가 주는 이끌림 같은 것이었다. 눈보다 마음이 먼저 알아보는 여자. 현은 그런 느낌을 주는 여자야말로 자신의 운명이고, 평생의 동반자라고 생각했다. 오직 단수로 존재하는 운명과의 결혼만이 진정한 가치가 있었다. 아무나하고의 결혼이 아닌 이상은 말이다.

"내 인생에서의 결혼은 단 한 번이야. 100개 사과를 놓고 그나마 제일 나은 사과를 억지로 골라 먹는 식으로 결혼하고 싶지 않아."

"별다른 결혼 같은 건 없어. 결혼하면 다 똑같이 붕어빵인생을 살게 된다고. 운명과 결혼해도 싸우기도 하고, 서로에게 지루해지기도 해. 시작은 달라도 그 과정이나 끝은 평범할 거라고. 차라리 기대를 하지 않으면 배신감도 덜하지."

두 사람이 다른 건 결혼 전이냐, 결혼 후냐라는 것뿐이었다. 현은 결혼이란 문을 들어선 사람들이 약속이라도 한 듯 한결같은 대사를 읊어대는 게 신기했다. 물론 먼저 결혼한 선배들의 경험을 바탕으로 한 조언이 더 일리가 있고 타당하다는 건 인정하는 바였다. 하지만 현은 절대 기대의 끈을 놓고 싶지 않았다. 운명이면 무슨 신호가 느껴질 것이다.

"조만간 압박이 가해질지도 모른다는 정보만 알려줄게."

말이 없는 현에게 경이 한마디를 툭 던졌다.

"무슨 뜻이야?"

"스스로 찾을 수 없으면 대신 찾아주겠다는 뜻이겠지."

경은 해외출장이 잦은 남편 때문에 거의 친정집에 머무르고 있었다. 그리고 얼마 전 마당발인 이모한테 중매를 부탁하는 엄마의 전화를 엿들었다. 드디어 부모님도 인내심의 한계를 느낀 거였다.

"아무래도 늦겠다."

계속 가다 서다를 반복하던 현이 더 이상 경의 말에 경청하지 못하고 혼잣말로 중얼거렸다. 결혼하기에 딱 좋은 가을 날씨였다. 결혼하는 사람들이 이런 길일을 놓칠 리 없었다. 결혼시즌의 주말 도로는 항상 이렇게 북적댔다. 결혼 기념일이 오늘인 커플의 수는 도대체 얼마나 될까?

우당탕탕탕탕탕탕!!

택시에서 내린 한나가 두 손으로 얼굴을 가리고 호텔 화장실로 냅다 뛰었다. 차분한 분위기의 대리석 로비를 그렇게 가로질러 달리자 많은 사람들의 시선이 일제히 한나의 등에 꽂혔다.

한나는 화장실에 놓여진 비누로 몇 번에 걸친 세안을 한 후에야 비로소 깨끗한 얼굴이 될 수 있었다. 하지만 세안으로도 해결이 안 되는 멍든 눈과 콧등은 지난밤 칼부림나는 부부싸움 후 남은 흔적 같았다. 공을 들여 다시 화장을 해보았지만 역시 무리였다. 뻔뻔한 낯짝을 한 남자가 떠오르자 한나는 화장실이 떠내려가라 비명을 지르고 싶었다. 그래서 거울을 향해 입을 쫙 벌리고 소리없는 고함을 마구 질렀다.

"헉!"

때마침 화장실에 들어서던 한 여자가 한나의 엽기적인 모습에 깜짝 놀라 도로 뛰쳐나갔다. 미안한 마음에 한나는 입을 다물고 목만 벅벅 긁어댔다.

"이지현!"

신부 대기실로 들어간 한나가 명랑하게 웃으며 오늘의 주인공에게 손을 흔들었다. 한나의 등장에 담소를 나누던 지현과 친구들이 약속이라도 한 듯 비명에 가까운 소리를 질러댔다.

"한나야! 얼굴이 왜 그래?"

한나가 쑥스러운 표정을 지으며 손가락으로 목을 긁어댔다.

"교통사고."

"괜찮아? 병원에 가야 하는 거 아니야?"

가장 행복해야 할 신부의 얼굴에 그늘이 드리워지자 한나가 씩씩하게 입을 열었다.

"나 멀쩡해. 걱정 마! 너희들 다 왔구나? 수정아! 애는 어디다 두고 왔어? 이화, 너 다음 달에 가는 거 확실하지? 다영아! 너 남자 생겼다는 소문 정말이니? 우리들한테 소개하는 거 꼭 잊지 마. 너희들 오늘 부케 내 거라는 거 다 알지? 눈독 들이지 마! 지난번에 받은 부케가 벌써 6개월이 다 되어간단 말이야."

어떤 놈이 쓸데없이, 부케를 받은 후 6개월 안에 시집을 못 가면 평생 못 간다는 소리를 해서 사람을 피곤하게 만드는지 모르겠다. 한나는 그놈을 공개 수배해서라도 붙잡아 다리를 뚝 부러뜨리고 싶었다. 매번 비자 기간을 연장 받으려는 사람처럼 결혼식을 찾아다니는 게 얼마나 비참한 일인지 아무도 모를 것이다.

"와! 지현이, 너 정말 예쁘다. 결혼 진심으로 축하한다!"

"고마워."

그때 곧 결혼식이 진행된다는 안내 방송이 들렸다. 조금만 더 늦었으면 인사도 못할 뻔했다. 한나는 멍든 눈을 손으로 가리고 친구들과 함께 예식이 거행되는 곳으로 향했다. 입구에서부터 한나와 친구들은 화려한 분위기에 압도되었다.

"우와! 대단하다!"

한나가 자기도 모르게 손을 내리고 주위를 두리번거렸다. 역시 부잣집 외아들 결혼식은 뭐가 달라도 한참 다르다는 평가가 친구들의 입에서 쏟아져 나왔다. 그 말을 들은 한나가 입술을 삐죽거렸다. 지현의 속사정을 안다면 그런 소리는 못할 것이다. 지현은 한나에게 자주 전화를 걸어 분통을 터뜨리곤 했다. 사사건건 깐깐하게 구는 시어머니 때문이었다. 당장이라도 그만두고 싶다는 말을 수백 번도 더 들을 정도였다. 마음고생이 이만저만 심한 게 아니었다.

"어머! 저 여자 탤런트 한성은 아니니?"

"어머! 맞다, 맞아. 와! 얼굴이 CD보다 작다. 어쩜 저렇게 인형처럼 예쁠 수가 있니?"

요즘 한창 상한가를 치고 있는 연예인이었다. 때마침 고개를 돌린 성은이 한나를 뚫어지게 쳐다봤다. 그리고 눈살을 찌푸렸다. 망가진 얼굴 때문이란 걸 그제야 깨달은 한나가 황급히 얼굴을 가렸다. 한나는 창피한 마음에 시선을 피하고 일부러 뒤쪽 구석진 곳을 찾아갔다. 여전히 호텔 결혼식에 대해 열띤 논쟁을 펼치는 친구들이 뒤따라왔다.

곧 입이 귀까지 찢어진 신랑이 입장했다. 이어 눈이 부시게 아름다운 지현이 장미 꽃잎을 밟으며 신랑 쪽으로 우아하게 다가섰다. 다들 그 화려하고 장황함에 숨죽이고 넋을 놓았다. 하지만 한나는 자신의 얼굴에 자꾸 신경이 쓰여 주위만 살폈다. 그러다 못 볼 것을 봤는지 눈을 크게 뜨고 입을 떡하니 벌렸다. 심장이 지표 아래 6,371㎞를 뚫고 추락하는 느낌이었다.

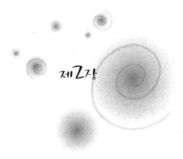

제2장

'된장피카소?

현은 귀신한테 홀린 듯한 표정을 지었다. 빈 의자 두 개만 바라보고 간 자리에서 뜻밖에 사고 피해자를 발견한 것이다. 자기도 모르게 현은 여자를 된장피카소라고 불렀다. 이름을 몰라서였다. 현은 고개를 약간 숙여 아는 척을 했다. 하지만 여자는 전혀 반갑지 않다는 듯이 쳐다보더니 이내 철저히 무시하듯 고개를 돌려 버렸다.

현은 기분이 묘했다. 하루에 한 여자를 우연히 두 번씩이나 만났으니 말이다. 하지만 말 그대로 그냥 우연일 것이다. 이런 우연은 살다 보면 종종 일어나지 않는가. 같은 사람이 운전하는 버스를 타게 되는 일이라든지 거리에서 같은 옷을 입은 사람과 만나게 되는 일 등등. 우연이란 걸 따지고 들자면 얼마나 그럴 듯한 우연이 차고도 넘치는가. 그래도 참 신기했다.

현은 그래서 그런지 여자에게서 눈길을 떼지 못했다. 아주 쌀쌀맞고 드센 여자한테 왠지 모를 호기심까지 생겼다. 여자는 다친 얼굴을 아무렇지도 않게 드러낼 만큼 당당했고 빨간 입술을 새침하게 다물고 있었다. 강한 자존심이 느껴졌다. 사람에게 마음을 쉽게 열 성격은 아닌 것 같았다. 둘레에 '접근 금지'라는 경고문을 박고 날카로운 가시덤불 중심에 앉아 다가오는 사람을 향해 총을 겨누고 있는 것처럼 느껴졌다. 특별히 예쁜 구석 없이 그저 평범한 얼굴이었다. 그나마 매력적인 신체 부분을 꼽으라면 그건 아마 입술이었다. 아랫입술이 도톰하고 입술 선이 예뻤다. 웃을 줄 아는 여자일까? 예쁜 입술로 웃는 모습을 보여주면 평가점수를 상향 조정해 줄 텐데 말이다. 현은 계속 관찰을 해 나갔다.

지금만큼은 온기나 부드러움이 전혀 느껴지지 않았다. 하지만 결혼하는 남녀를 바라보는 시선만큼은 유일하게 따뜻했다. 어린 동생을 시집보내는 언니처럼 안쓰러운 심정을 고스란히 담아내고 있었다. 순간 여자의 눈동자가 이리저리 흔들렸다. 시선마저 허공에서 맴돌았다. 점점 상념의 늪 속으로 빠져드는 모습이 왠지 슬퍼 보였다. 상처를 입은 새처럼 혼자 연신 파닥거리는 모습이 안쓰럽기까지 했다. 겉과 속이 달라도 한참 달랐다. 단단한 껍데기와 부드러운 알맹이가 공존하는 게 특징인 견과류 같은 이중적인 성격의 여자였다.

한나는 남자를 먼저 발견한 걸 다행으로 생각했다. 나름대로 표정 관리를 할 수 있는 시간을 얻었기 때문이다. 이런 자리에서 남자를 다시 만나게 되리라고는 상상도 못했다. 알았다면 아까처럼 난폭하게 굴지 않았으리라. 지현이나 성범의 친척, 또는 친구일지도 모른다. 정말 가시방석에 앉은 것처럼 불편했다. 재수가 없는 날인 게 틀림없었다. 두 번씩이나 불운을 겪다니. 지금 이 순간 가장 바라는 것이 있다면 오직 한 가지! 남자와 남자의 애인으로 보이는 여자의 의자 다리가 부러져 다른 곳으로 가주는 것이었다.

한나는 친구의 결혼식인만큼 주인공들에게만 모든 신경을 집중하고 싶었다. 뒷모습마저 아름다운 지현과 신랑인 성범이었다. 중매로 만난 그들은 1년간의 연애 기간을 두고 결혼을 했다. 둘은 잘 맞았다. 성격이나 취향이 서로 비슷했다. 그런데 지현은 연애 기간까지가 딱 좋았다고 했다. 결혼이란 단어를 끄집어낸 순간부터 종종 의견 차이로 다투기도 하고, 가족들의 개입으로 골치 아픈 문제들이 하나둘 생겼다고 했다. 어쩔 땐 울기까지 하며 성범과 헤어질 생각이라고 넋두리를 늘어놓았다. 하지만 그 다음날 아침이 되면 언제 그런 일이 있었냐는 듯이 멀쩡했다. 처음엔 그렇게까지 심각한 정도면 차라리 결혼해서 후회하지 말고 잘 정리하라고 충고했던 한나도 나중에는 자고 나면 괜찮아질 거라고 위로했다.

그런 그들이 지금 평생 한 사람만 사랑하고 힘들 때나 기쁠 때나 함께하겠다는 약속을 하고 있었다. 결혼하면서 이 약속을 안 하는 사람들은 없다. 하지만 요즘 이 약속은 약한 유리처럼 쉽게 깨지는 경우가 허다했다. 평생을 두고 하는 약속이기에 그들은 수많은 하객들을 증인으로 불러 앉혔다. 약속을 지키려는 사람과 지켜봐 주겠다는 사람 모두가 모인 자리였다. 세상 모든 게 다 변한다 해도 이 약속만은 절대 변하지 않기를 한나는 바랐다.

축복하고 축복받을 수 있는 결혼. 가장 아름다운 결혼일 것이다. 순간 한나는 절대 축복해 줄 수 없었던 결혼이 생각났다. 가슴이 철렁 내려앉았다. 한 번 추억의 실을 붙잡으면 끝도 끄집어낼 것만 같아서였다. 안 된다. 더 이상 생각해서는 안 된다. 한나는 자신을 설득해 급히 생각을 멈췄다. 하지만 실에 걸려 넘어진 사람처럼 자꾸 실과 실랑이를 벌이게 되었다.

겨우 빠져나왔다 싶었는데 한나는 또다시 심기가 불편해졌다. 앞에 앉아 있는 남자가 여전히 자신을 도마 위에 올려놓고 낱낱이 해부를 하고 있었기 때문이다. 모든 감각과 신경이 점점 예민해졌다. 어떻게든 의연하려고 애를 썼지만 남자의 시선이 부담스럽고 짜증스러웠다.

참 뻔뻔스러웠다. 옆에 버젓이 애인을 두고 다른 여자를 쳐다보다니. 곁에 있는 남자가 다른 여자를 쳐다보는 걸 좋아할 여자가 세상천지에 어디 있겠는가. 한나는 남자가 자신이 예뻐서 쳐다보는 게 아니라는 걸 알고 있었다. 살아오면서 예쁘다는 말을 듣는 건 한복을 입어보는 것처럼 드문 일이었기 때문이다. 그저 호기심 어린 관찰일 뿐이었다.

마침내 관찰이 종료된 것 같아 한나는 남자를 힐끔 쳐다보았다. 옆에 앉은 여자가 남자에게 귓속말로 뭐라 속삭였다. 그때 남자가 하얀 이를 드러내고 환하게 웃었다. 순간 한나는 하늘에서 뚝 떨어진 별똥별에 머리를 강타당한 느낌이었다. 맞다! 한나는 남자가 누구와 닮았는지 그제야 깨달았다. 남자를 처음 본 순간부터 한나의 감각과 신경이 본능적으로 먼저 알고 민감하게 반응을 했던 게 틀림없었다. 남자는 한나의 옛 애인이었던 성진과 너무나 닮았다.

헤어진 지 5년이나 된 성진. 한나는 기억 속에서조차 가물가물해진 성진의 얼굴이 바로 앞에 앉은 남자로 인해 또렷해졌다. 세월의 흐름에 따라 기억의 잔상이 희미해지는 건 당연한 일이다. 그런데 세상은 버림받은 여자가 쉽게 망각하는 일을 허락하지 않는 것 같았다.

남자는 뭐가 그리도 우스운지 계속 웃어댔다. 한나는 그만 좀 웃으라고 소리를 지르고 싶은 심정이었다. 남자의 살인미소를 대하고 있노라니 자꾸 과거로 거슬러 올라가는 자신을 발견했기 때문이다. 여자들이 남자들의 살인미소에 얼마나 약한 존재인지 알고 있다면 제발 수위 조절 좀 하며 웃으라고 충고해 주고 싶었다. 물어보지 않아도, 듣지 않아도 한나는 이미 수많은 여자들이 남자의 살인미소에 거품을 물고 넘어갔음을 대충 짐작할 수 있었다. 한나 역시 예전에 그랬으니깐 말이다. 의도적으로 시선을 돌려 버릴 수밖에 없었다. 살인미소를 무기 삼아 사람을 괴롭힐 수 있는 능력의 소유자를 바라보는 일은 너무 힘에 겨웠다.

시선을 피한다는 게 남자의 애인을 바라보는 꼴이 되었다. 여자는 긴 머리카락이 자꾸 앞으로 내려오는 것이 귀찮은 듯 손으로 빗어 넘겼다. 같은 여자가 보기에도 참 탐스런 머릿결이었다. TV 광고 샴푸모델이 아니냐고 물어보고 싶을 정도로.

자기도 몰래 손을 머리 쪽으로 뻗었던 한나는 허전함에 쓴웃음을 지었다. 짧은 머리라 넘길 것이 없었다. 긴 머리가 좋다며 어루만져 주던 성진의 손길을 잊기 위해 한나는 아주 짧게 머리를 잘랐다. 그리고 매달 한 번씩 미용실에 들러 1㎝씩 잘라내는 수고를 마다하지 않았다. 어떻게든 성진을 잊으려는 노력이었다. 뒷목을 드러낸 짧은 머리를 만지작거리던 한나는 다시 머리를 기르고 싶다는 짙은 유혹을 느꼈다.

자꾸 모든 것이 성진과의 추억으로 연결되는 것이 짜증났다. 한나는 예식 순서가 적힌 종이판으로 얼굴을 가리고 머리를 세차게 흔들었다. 콘서트에서나 써먹을 헤드뱅을 이 순간에 사용하게 될 줄이야.

식사가 시작되었다. 조용했던 분위기가 금방 떠들썩하게 변했다. 배가 고픈데도 식욕을 느낄 수 없는 한나는 포크로 음식물을 이리저리 찌르고 굴리고 있었다.

"괜찮으세요?"

한나가 잡은 포크의 움직임이 멈췄다. 말을 건 살인미소를 쳐다봐야 하는데 또 웃고 있을까 봐 쉽게 쳐다볼 수가 없었다. 그런데 언제부터 저 남잘 살인미소라 부르기로 한 거지? 무슨 상관이람. 이름도 모르는데. 한나가 끝내 쳐다보지 않고 짧고 차갑게 '네' 라고 대답했다.

"정말 병원에 안 가실 거예요?"

살인미소가 자꾸 말을 시키자 옆에 앉아 있던 친구들이 한나의 허벅지를 꾹꾹 눌러댔다. 궁금한 게다, 이 남자가 누군지. 가장 싫어하는 것 중 하나가 반복이었다. 왜 자꾸 똑같은 질문을 하고 똑같은 대답을 하게 만드는지 또 화가 났다. 그럼에도 한나는 인내심이 바닥나기 전에 '네' 라고 대답했다. 한 번만 더 물으면 아주 작살날 줄 알아라!

"그러지 말고 결혼식 끝나고 저와 병원에 가시죠. 걱정이 돼서요."

살인미소가 겁도 없이 지뢰를 밟았다. 한나는 아주 산산조각낼 생각에 고개를 번쩍 쳐들고 소리를 꽥 질렀다.

"이봐요! 됐다고 그러는데 왜 자꾸 이래요?"

많은 사람들의 시선이 일제히 그들의 테이블로 집중됐다. 한나의 입을 손으로 막아버리고 싶어하는 친구들. 살인미소 옆에 앉아 경악을 금치 못하는 샴푸모델. 당황하면서도 점점 화가 나 보이는 살인미소. 최악의 상황이었다. 살인미소와의 백만 볼트 전압이 형성되는 눈빛전쟁이 시작되었다. 먼저 눈길을 피하는 사람이나 중간에서 말리는 사람이 감전사당할 것 같은 분위기였다. 한마디로 서로를 못 잡아먹어 안달이 난 눈빛이었다.

한나는 후회하고, 또 후회했다. 다시 살인미소의 얼굴을 보자 여지없이 성진의 얼굴이 떠올랐던 것이다. 한나의 눈에 마주하고 있는 남자는 사과를 하고, 친절을 베푸는 살인미소가 아니라 자신을 버린 성진이었다. 한나는 자신마저 조심조심 피해가려고 애를 썼던 묵은 감정의 구덩이에 처박히고 그 안에 숨겨진 창살에 찔린 듯한 기분이었다. 기분이 좋을 리 없었다. 심히 억울하겠지만 살인미소는 한나에게 친절을 베풀었음에도 불구하고 다시 떠올리고 싶지 않은 기억을 아주 명확하게 회상시켜 줘 충분히 유죄에 해당했다.

현은 저런 된장피카소를 좋아할 남자는 절대 없을 거라 확신했다. 모든 사람들에게 친절해야만 한다는 자신의 불문율이 여지없이 깨지는 순간이었다. 사람의 호의를 저런 식으로밖에 받아들일 줄 모르는 여자는 친절도 아까웠다. 진심으로 걱정이 돼서 한 말이었다. 시간이 지나갈수록 된장피카소의 눈이 더 퍼렇게 변하고 코도 그러한데 그냥 묵과할 수가 없었다. 외상으로는 그렇다 하더라도 그래도 교통사고인데 멀쩡할 수 없는 일이었다. 나중에 후유증이 생길 수도 있는 문제였다. 현은 주위 사람들이 힐끔거리며 쳐다보자 점점 마음이 불편해졌다. 마치 자신이 여자한테 치근덕거려서 이런 꼴을 당한 것 같아 영 마음이 좋지 않았다.

식사가 어느 정도 끝나자 사진촬영이 시작되었다.

"부케 받으실 분 나오세요!"

한나의 등장에 사진을 찍어주던 남자의 표정이 딱딱하게 굳어졌다. 이 사람만 그런 것이 아니었기에 한나는 상관하지 않고 부케 받을 준비를 했다. 다들 너무 조용했다. 짧은 정지 화면 속에서 쑥스러운 듯 손가락으로 목을 긁어대는 사람은 오직 하나, 한나뿐이었다. 마침내 하늘을 향해 비행하던 부케를 손에 거머쥔 한나였다. 하도 부케를 많이 받아봐서 부케가 어느 방향으로 날아가도 단 한 번에 잡아낼 수 있었다.

그래, 나 이렇게 망가진 모습으로도 부케를 받을 수 있는 용감하고 단순무식한 여자다. 사람이 살다 보면 교통사고당하고도 부케를 받을 수도 있는 거지, 다들 왜 이상한 눈으로 날 쳐다보는 거야? 나도 안다, 내 평생 못 잊을 결혼식이란 거. 이게 다 저 살인미소 때문이다. 원수는 외나무다리에서 만난다더니. 이런 게 정말 악연이겠지.

부케를 받기 위해 된장피카소는 이 결혼식에 불참할 수가 없었던 것이다. 현은 성질머리 고약한 여자가 밉기도 했지만 또다시 미안해졌다. 된장피카소를 바라보는 사람들의 시선이 그다지 곱지 않았기 때문이다. 그 바람에 측은지심이 생겼다. 현은 어떻게 해서라도 된장피카소를 꼭 병원으로 데려가야겠다는 생각이 들었다. 그리고 기회가 닿으면 진심으로 사과도 하고 싶었다.

마침내 말도 많고 탈도 많은 결혼식이 끝났다. 한나는 곧장 신혼여행을 떠나는 신혼부부와 어디 가서 차라도 한 잔 하자는 친구들에게 작별을 고했다. 한나는 이제 자신을 이상하게 쳐다보는 사람들의 시선도 꽤 견딜 만한 듯 호텔 로비를 당당히 걸어갔다. 그때 한나는 로비 한구석에서 살인미소와 탤런트 한성은이란 여자가 서로 웃으며 대화하는 걸 봤다. 꽤 친해 보였다. 살인미소의 애인인 샴푸모델은 그저 그들 옆에서 표정없는 인형처럼 서 있었다. 저 남잔 어쩜 저렇게 뻔뻔할까? 애인이 불쌍하다, 불쌍해. 한나는 빨간 입술을 삐죽거리며 그들을 지나쳐 갔다.

호텔 밖으로 나온 한나는 지하철이나 버스를 타고 집에 갈까 망설이다가 괜히 좁은 공간에서 공포분위기 조성할 것 같아 다시 택시를 타기로 결정했다. 그리고 택시를 기다리는 줄을 찾아 합류했다. 오늘 교통비 엄청 깨지는군.

"타세요!"

잠시 후 들려온 말에 한나가 아무 생각 없이 고개를 돌렸다. 차에 타고 있는 살인미소와 샴푸모델이었다. 끈질겼다. 절대 포기할 줄 모르는 남자였다. 그만큼 당했으면 한나가 절대 차에 탈 일이 없을 거라는 걸 알 텐데 또 시험하고 있었다. 한나는 지금같이 얼굴도 마음도 엉망인 상태에선 살인미소의 친절이 전혀 반갑지 않았다.

"됐어요!"

냉랭하게 응수했다. 그리고 쳐다보기도 싫다는 듯 고개를 홱 돌려 버렸다.

"병원으로 함께 가시죠."

정말 이 인간이! 한나는 다시 불끈 화가 났다. 이 참에 아주 질려 버리게 종합검진을 받아버려? 성형외과랑 신경정신과까지 포함시켜서.

"됐다 하잖아요. 그만 가보세요."

"전 꼭 같이 가야 마음이 놓일 거 같아요."

"이봐요! 안 간다고 했잖아요! 도대체 몇 번을 말해야 알아들어요! 귀가 안 좋은 거예요, 아니면 한국말이 서툰 교포예요?"

한나가 버럭 소리를 지르자 주변 사람들이 화들짝 놀라며 뒷걸음질쳤다. 살인미소와 샴푸모델이 곤욕스러운 표정을 지었다. 일그러진 얼굴을 좀처럼 풀지 못했다. 기분이 무척 상해 보였다. 잠시 심각한 표정으로 고민을 하던 살인미소가 차 문을 열고 내렸다.

"제 이름은 김현이에요."

난데없이 이름을 밝힌 살인미소가 지갑을 꺼내 뭔가를 쑥 내밀었다. 명함이었다.

"그럼 나중에 전화주세요. 치료비 보상해 줄 테니."

한나가 받으려 하지 않자 살인미소가 왼쪽 손목을 잡아 손바닥에 쥐어주었다. 이게 날 건드려? 속이 부글부글 끓어올랐다.

"그렇게 보상을 꼭 해주고 싶어요?"

한나가 명함을 내려다보며 차갑게 물었다.

"네, 그래야 마음이 놓일 것 같아요."

한나가 고개를 들고 현을 쏘아보았다.

"제 이름은 김한나예요."

쌀쌀맞게 자신의 이름을 밝힌 한나가 곧 손에 힘을 주고 냅다 살인미소의 뺨을 올려쳤다.

"길게 끌 거 뭐 있어요? 이걸로 보상받죠."

마침 택시에 탈 차례가 된 한나가 미련없이 차에 올라탔다. 웅성거리는 사람들의 수군거림, 어이없는 표정으로 뺨을 어루만지는 살인미소를 남겨두고 그렇게 떠났다.

"잠실이요."

한나는 살인미소에게 잡혔던 손목에서 이상한 느낌이 번져나가자 손에 쥔 명함을 노려보았다. 기분이 더욱더 나빠졌다. 왜 이렇게 기분이 나쁜 것일까? 도대체 뭣 때문에? 왜? 단지 성진을 닮은 남자를 만났다는 게 이렇게 기분 나쁜 일일까?

성진과의 추억이 파노라마처럼 스쳐 지나갈수록 한나의 인상이 더욱더 험악하게 변해갔다. 끊임없이 질주하는 사고의 브레이크를 밟듯이 왼쪽 손을 말아 쥐었다. 두꺼운 질감의 명함이 꾹 하는 소리를 내며 구겨졌다. 주위를 둘러봐도 버릴 곳이 마땅치 않았다. 한나는 아무 생각 없이 입고 있던 상의 주머니에 찔러 넣었다.

"뭐, 저런 된장…… 아니, 여자가 다 있어? 갈수록 화가 나네."

정확한 이름을 모르는 경도 사고 피해자를 된장피카소라고 부를 뻔했다. 결혼식이 끝나고 현으로부터 자세한 이야기를 들은 경은 된장피카소가 피해를 입은 것에 대해 무척 미안한 마음을 가졌다. 하지만 사람의 성의를 무시하는 태도와 뺨까지 후려치는 잔인함에 점점 화가 치밀었다. 현은 그저 무표정으로 앞만 보고 운전을 하고 있었다. 경은 한참 동안 흐르는 무거운 침묵을 깨고 조심스럽게 입을 열었다.

"오빠, 나 시댁까지 데려다 줄 수 있어?"

"응."

건성으로 대답하는 것 같아 경이 현을 쳐다보았다. 충격이 심한 것 같았다. 부모님도 손댄 적이 없는 곳을 맞았으니 당연했다. 더구나 잘 알지도 못하는 여자한테.

"오빠, 지나가던 미친개한테 물렸다고 생각해."

현은 아직도 된장피카소에게 맞은 뺨이 얼얼했다. 생각할수록 괘씸하고 웃긴 여자였다. 자신이 뺨을 맞을 만큼 뭘 그렇게 잘못했는지 도무지 알 수가 없었다. 자신 때문에 다친 사람 병원에 가자고 한 게 그렇게 잘못한 일이란 말인가?

참 특이한 여자였다. 자신이 알고 만나온 대부분의 여자들과 너무 달랐다. 생글생글 웃는 여자들만 보다가 버럭버럭 화만 내는 여자를 보려니까 도무지 적응이 되지 않았다. 경의 말대로 지나가던 미친개한테 물렸다 여기고 다른 생각을 하려 했지만 자꾸 된장피카소가 머리 속에서 맴돌았다. 된장피카소와의 우연한 만남이 너무 강렬한 인상을 남겼다. 절대 잊을 수 없는 여자였다. 다시 만날 일이 생기면 사람 대하는 법을 철저히 가르쳐 주리라!

"어?"

문을 연 한진이 한나의 얼굴을 보고 놀랐다. 한나가 아무것도 묻지 말라는 듯 씩씩대며 방으로 향했다. 곧 쾅 하는 소리와 함께 방문이 굳게 닫혔다.

"쟤 왜 저러니?"

한나의 얼굴을 미처 못 본 보은이 TV에서 눈을 떼지 않고 물었다.

"글쎄요."

이유를 모르겠다는 듯이 어깨를 으쓱거린 한진이 TV로 눈을 돌렸다. 잠시 후 방문이 벌컥 열렸다. 옷을 갈아입고 인라인 스케이트가 담긴 가방을 메고 나온 한나가 쿵쿵 소리를 내며 다시 집을 나갔다.

"쟤 어디 가는 거냐?"

"또 한강 가서 인라인 스케이트 탈 생각인가 봐요. 그런데 저얼굴을 하고 나갈 생각을 다 하네요."

"얼굴이 어때서?"

둘은 여전히 TV에서 시선을 떼지 않고 대화를 나눴다.

"이따가 확인하세요."

"그래."

인라인 스케이트를 신고 있는 한나가 바람을 가르며 한강으로 향했다. 일요일이라 한강 둔치엔 많은 사람들이 나와 있었다. 밴드를 붙인 얼굴에 조금씩 땀방울이 맺히자 기분도 조금씩 나아지고 있었다. 역시 잡념을 없애는 데는 운동이 최고였다.

시간이 지나고 나서야 마음의 여유가 생긴 한나는 자신의 행동이 아주 경솔했음을 깨달았다. 순간 정신이 나갔던 게 틀림없었다. 교통사고 후유증이라고 우기고 싶을 만큼 비상식적인 행동이었다. 사실 한나는 그 누구한테 화가 난 게 아니라 아직도 성진을 잊지 못하고 있는 자신에게 화가 났을지도 모른다. 엉뚱한 사람한테 화풀이를 한 셈이 되고 말았지만. 이런 게 노처녀 히스테리인가?

한나가 강물을 역류하게 만들 만큼 깊은 한숨을 내쉬었다. 어쩔 수 없이 또 성진이 떠오르자 얼굴에 잿빛 구름이 드리웠다. 점점 인라인 스케이트의 속도가 느려졌다. 그리고 어느 순간엔 정지 상태가 되었다. 늘 그랬다. 성진만 생각하면 아무것도 할 수 없었다. 그리고 아팠다. 이름만 떠올려도 심장이 고통스러웠다. 마땅한 약도 없었다. 유일한 약이 있다면 그것은 시간이었다. 5년이면 충분했다. 그런데도 여전히 아팠다. 아직도 아물지 않은 상처에서 또 진물이 나려 했다.

대학 졸업과 동시에 청혼을 하겠다던 성진이 이별을 고했다. 뻔한 결말로 헤어질 수도 있다는 생각을 안 해본 건 아니었다. 시작부터가 잘못된 만남이었으니 이별이라는 끝은 너무나 자명한 결과였다. 그래도 한나는 배신감을 느꼈다. 당초부터 가망없는 일에 희망을 품게 한 사람은 한나가 아니라 성진이었기 때문이다.

졸업과 더불어 찾아온 실연의 아픔은 한나로 하여금 삶의 의욕을 잃게 했다. 취업할 생각도 않고 그저 집에 틀어박혀 영화 비디오와 소설책, 만화에 파묻혀 살기만 했다. 눈에 들어오지도 않는 내용을 슬프다며 하루에도 몇 번씩 울고 눈물지었다. 하지만 실연의 슬픔을 알 리 없는 가족들은 한나를 그저 무위도식하는 백수로 여기고 구박할 뿐이었다. 처음부터 너무 아픈 사랑을 해서 그랬을까? 한나는 더 이상 남자들의 말을 믿을 수 없었다. 콩으로 메주를 쑤고, 물이 얼면 얼음이 된다 해도 절대 믿을 수 없었다.

괴로움이 가득한 얼굴로 하늘을 쳐다보았다. 잠시 후 얼굴에 갑자기 물방울이 뚝뚝 떨어졌다. 비였다. 점점 많은 비가 내리자 사람들의 수가 급격히 줄었다. 한나는 금방 물속에 한 번 들어갔다 나온 사람처럼 되어버렸다.

현은 경을 데려다 주고 집으로 향하는 길이었다. 오늘 반나절을 도로에서 다 보냈다고 해도 과언이 아니었다. 그런데 비까지 내리는 한강 부근 도로는 거의 주차장을 방불케 해 차 안에 갇힌 현을 더욱 짜증나게 했다.

지루함에 몸을 길게 빼고 기지개를 켜던 현이 빗속에서 혼자 인라인 스케이트를 신고 서 있는 여자를 발견했다. 이런 날씨에 비를 맞고 청승맞게 서 있는 여자라니. 호기심에 더욱 눈이 갔다. 작은 키에 짧은 머리⋯⋯. 누구한테 얻어터졌나? 밴드 붙인 코와 퍼렇게 멍든 눈⋯⋯. 힘센 된장피카소랑 참 많이 닮았⋯⋯ 헉! 캑캑! 콜록콜록! 헛바람을 급하게 삼키다가 사레가 들린 현이 헛기침을 해댔다.

그녀였다. 틀림없는 된장피카소였다. 현의 심장이 차 밑바닥을 뚫고 도로 위에 떨어지는 느낌이 들었다. 그 심장이 살려달라고 펄떡펄떡 뛰며 아우성을 쳤다. 이건 또 무슨 운명의 장난이란 말인가? 세 번째 만남. 현은 이것까지도 우연이냐고 세상 사람들에게 메가폰을 잡고 소리쳐 묻고 싶었다. 현의 머리 속은 점점 심하게 엉킨 빨래가 잔뜩 들어 있는 세탁기처럼 변했다.

그러나저러나 된장피카소는 빗속에서 기도라도 하고 있는 건가? 도무지 움직일 조짐이 보이지 않았다. 무슨 생각을 하는지 심각한 얼굴로 서 있기만 했다. 다친 데가 아파서 그런 것일까?

색다른 모습이었다. 연약한 모습이라니. 현은 왠지 된장피카소와 어울리지 않는 모습에 의아해했다.

그때 고개를 힘껏 휘젓던 된장피카소가 갑자기 뒤돌아 빠른 속도로 질주해 가버렸다. 뒷모습이 더 이상 보이지 않았다. 넋이 빠진 현의 뒤에서 각기 다른 클랙슨이 울리며 재촉했다. 설마 이런 게 운명은 아니겠지? 말도 안 된다. 뭐 하나 마음에 드는 면이 없는 여자였다. 현이 인상을 찌푸렸다. 그런데도 끊임없이 머리 속에서 우연과 인연, 그리고 운명이란 단어가 손에 손을 맞잡고 강강술래를 하고 있었다. 중심점에 된장피카소를 두고 말이다. 하루 종일 운명타령을 한 게 원인일 것이다.

현이 자동차 앞 유리에 들이치는 빗방울과 복잡한 생각들을 한꺼번에 해치울 생각으로 와이퍼를 연속적으로 작동시켰다.

"잘한다. 네가 어린애니? 꼴이 그게 뭐니? 밴드는 왜 붙인 거야? 칠칠맞게 또 넘어졌니? 그런 꼴로 돌아다니면서 동네망신 다 시킨 거야? 쯧쯧, 저런 걸 누가 데려가? 애고! 야! 원목마루에 물 떨어지잖아. 오늘 내가 왁스칠 다 해놨는데, 저것이 일생에 도움이 안 돼요. 빨리 가서 안 씻어? 어이구!"

혼날 줄 알았다. 현관서부터 보은의 잔소리가 속사포처럼 날아왔다. 아마 훗날 결혼해서 엄마와 떨어져 살게 되면 엄마 잔소리가 환청처럼 들릴지도 모른다. 욕실로 향하는 한나 뒤로 끝난 줄 알았던 잔소리가 다시 시작되었다.

"말만한 계집애가 주책없지. 저렇게 정신 연령이 어려서 결혼을 어떻게 해? 어디 가서 내 딸이라고 하지 마라!"

저 소리가 왜 안 나오나 했다. 욕실 문을 닫으니 좀 조용해졌다. 한나가 한숨을 푹푹 내쉬었다. 욕조에 뜨거운 물을 받으며 옷을 훌렁 벗어 던졌다.

결혼. 결혼. 그놈의 결혼! 결혼이 문제였다. 못하는 게 아니라 안 하는 거라고 우겨도 별 효력이 없었다. 언제부터 결혼 못하는 사람이 푸대접받는 사회가 되었는지……. 한나는 전국 노총 각노처녀 협회라도 설립해 궐기 대회라도 하고픈 심정이었다. 능력 갖추고 취미 생활 즐기면서 멋지게 살면 될 걸 뭐 하러 해도 후회, 안 해도 후회라는 결혼을 못 시켜 안달인지 모르겠다.

한나는 거울을 노려보며 신경질적으로 양치질을 했다. 하긴 정작 그 필요성을 못 느끼는 한나도 엄마의 잔소리가 30분 이상 계속되는 때는 정말 결혼이 하고 싶기는 했다.

거울에 비친 한나의 피부는 밀가루처럼 희었다. 보은이 한나를 임신했을 때 유난히 수제비를 많이 먹어서 그렇다고 하지만 근거있는 말인지는 알 수 없었다. 비를 많이 맞은 탓일까? 맨몸으로 서 있는 한나의 입술이 덜덜 떨렸다. 평소 맨얼굴 상태에서도 늘 빨간 입술이 지금은 약간 어두운 빛깔로 변해 있었다.

성진은 늘 한나의 입술과 가슴이 제일 매력적이라고 칭찬했었다. 큰 가슴을 숨기려고 항상 어깨를 구부리고 다녔던 한나에게 예쁜 가슴이니 당당하게 다니라고 용기를 주기도 했었다. 성진과 한 번도 자본 적이 없지만 칸막이와 커튼이 설치된 카페에서라든지 한밤중 아무도 없는 아파트 놀이터 그네에 같이 앉아 가끔 키스를 한 경험은 있었다. 그때마다 성진은 한나의 젖가슴을 애무하며 그곳에도 키스를 해 당황하게 만들었다. 그런 날은 밤새도록 심장이 벌렁거려 잠을 잘 수가 없었다.

한나는 또다시 지난날의 생각이 자신의 머리 속을 장악하자 떨쳐 버리려는 듯 고개를 세차게 흔들었다. 그만! 그만! 한나가 속으로 자신에게 소리를 빽빽 질러댔다. 한나는 뜨거운 물이 출렁거리는 욕조 안으로 도망치듯 들어가 점점 미끄러지듯 누웠다. 스스로 물 고문을 할 생각인지 아예 물속으로 잠수를 해버렸다. 잠시 후 한진이 욕실 문을 쾅쾅 두드렸다.

"누나! 빨리 나와! 나 급해!"

그 소리에 화들짝 놀란 한나가 호흡 조절을 못하고 물속에서 버둥거렸다. 콧속으로 잔뜩 물이 들어간 한나가 고통스러운 표정으로 연신 기침을 해댔다.

"캑캑! 콜록콜록!"

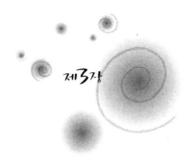

제3장

"어머! 얼굴이 왜 그래요?"

한나가 빙그레 웃으며 첫 손님이 내민 처방전을 받아 들었다. 하얀 가운을 입은 한나가 한쪽 눈엔 안대를, 코 위엔 밴드를 붙이고 있으니 궁금도 할 것이다.

"좀 다쳤어요."

한나가 쑥스러운 표정을 지으며 손가락으로 목을 긁어댔다.

"에그, 조심 좀 하지. 시집도 안 간 처녀 얼굴이 그게 뭐야? 쯧쯧."

시집 안 간 처녀는 다치지도 말아야 한다. 아니! 다친 거랑 시집 안 간 거랑 무슨 상관이람! 한나가 쓴웃음을 지어 보였다. 또

다른 손님들이 줄줄이 들어와 합세를 했다.

"아이고! 요즘 눈병이 유행이라는데 혹시?"

"아니에요! 이거 눈병 아니에요! 교통사고 당해서 그런 거예요."

한나가 두 손을 크게 흔들며 부정했다. 엉뚱한 소문이라도 돌아서 약국 영업을 못할까 봐 순간 가슴이 다 내려앉았다.

"교통사고?"

손님들이 동시에 외쳤다.

"언제요?"

"어디서요?"

"어떻게요?"

"누가요?"

한나는 어쩔 수 없이 육하원칙에 근거해서 사고정황을 설명해 나갔다. 점점 몰려드는 손님들로 약국은 만원을 이루었다. 약을 받고 돈까지 치른 사람들도 한나가 들려주는 드라마틱한 이야기에 푹 빠져 도무지 떠날 생각이 없어 보였다.

"에이, 병원으로 갔어야지."

"부케 때문에 어쩔 수가 없었군요?"

"그런데 가해자를 결혼식장에서 또 만났다? 그거 인연일세!"

"그러게요. 그런 인연은 흔치 않죠."

"결혼 안 한 남자였으면 확 잡지 그랬어요!"

"맞아요! 맞아요!"

손님들 사이에서 한바탕 논쟁이 벌어졌다. 약국은 그때부터 계속 파도타기를 하듯 들썩거렸다. 새 손님들로 물갈이가 될 때마다 한나는 똑같이 사고정황을 재현해야만 했다. 한나는 목이 아파 미칠 지경이었다. 이럴 줄 알았으면 미리 녹음을 해서 틀어놓는 건데, 지금이라도 약국 문 앞에 대자보를 게시할까?

하지만 이건 새 발의 피였다. 이런, 된장! 된장! 된장! 한나는 거의 울상이 되었다. 투명한 약국 유리 문 너머 지팡이를 짚고 천천히 걸어오시는 할머니 때문이었다. 오랜 단골손님으로 연세가 지긋하셔서 귀가 아주 어두운 분이셨다. 문을 열고 한나 앞에 서신 할머니. 예상대로 그냥 지나치지 않으셨다.

"약사양반, 무슨 일 있었어? 애꾸가 됐네? 누가 때렸어?"

"교! 통! 사! 고! 당해서 그래요."

한 번에 끝낼 생각으로 한나는 할머니의 귀에다 대고 냅다 소리를 질렀다. 목에서 찢어지는 통증이 느껴졌다. 뭐라고 이해를 하셨을까? 한나가 눈치를 살폈다. 갑자기 할머니의 눈빛이 살벌하게 변했다. 이내 할머니가 바닥을 향해 지팡이를 꽝 내려치셨다. 한나는 겁을 먹고 뒷걸음쳤다.

"뭐? 교통사고당하라고!"

할머니가 온몸을 부들부들 떨며 대노했다. 이런, 된장! 그게 아닌데. 한나가 다급한 마음에 다시 약국이 떠나가라 소리를 질렀다.

"아니요! 제! 가! 그! 랬! 다! 고! 요!"

"그래, 방금 약사양반이 나보고 교통사고당하라고 악담했잖아!"

"그! 게! 아! 니! 고! 요! 제! 가! 교! 통! 사! 고! 당! 했! 다! 고! 요!"

거의 발악에 가까운 울부짖음이었다.

"아아…… 약사양반이 교통사고당했다고?"

"네!"

"진작 그렇게 말을 하지. 쌍화탕 하나 줘."

"네에……."

기가 다 빠진 한나는 할머니가 가자 비타민 C가 농축된 드링크제를 하나 따서 벌컥벌컥 단숨에 마셔 버렸다. 이게 다 그놈의 살인미소 때문이었다. 어제는 하루 종일 성진을 떠올리게 하고 꿈에서까지 상봉을 하게 만들더니, 오늘은 동네 아줌마들을 대상으로 인터뷰까지 하게 했다. 이렇게까지 파장이 클 줄은 정말 몰랐다. 짐작이라도 했다면 절대 따귀 한 대로 보내지 않았을 것이다. 하지만 지금 후회한들 무슨 소용이 있으랴. 육체적 플러스 정신적인 보상을 청구해도 시원찮았다. 한나가 이를 빠드득 빠드득 갈았다.

"원장님, 나오…… 셨어요?"

"어머나! 원장님! 왼쪽 뺨이……?"

아침에 집에서도 현의 왼쪽 뺨에 남은 빨간 손자국 때문에 한

바탕 난리가 났는데 병원 문을 열고 들어오자마자 간호사들도 알아보고 수군거리기 시작했다. 현은 일부러 덤덤한 표정을 짓고 원장실로 들어가 문을 닫았다.

"아이! 씨……."

현이 재빨리 벽에 걸린 거울을 들여다보았다. 너무 선명하게 남은 손자국이었다. 아프기는 했어도 이렇게 자국으로 남을 줄 몰랐다.

"빌어먹을. 이런, 된장!"

저절로 된장피카소의 욕이 튀어나왔다. 그래! 이게 다 된장피카소 때문이다. 현은 거울 속에 하나가 있기라도 하듯 그것을 무서운 눈초리로 노려보았다.

친절이 뭔지, 예의가 뭔지도 모르는 막돼먹은 여자 같으니라구! 말버릇, 손버릇도 고약한 여자가 무슨 남자가 있다고 부케를 받아? 당신 같은 여자를 아내로 맞는 남자는 아마 그 순간부터 이혼도장 찍을 궁리만 할 거라고, 이 된장맞을 피카소야! 이 얼굴을 해가지고 어떻게 진료를 하니? 현의 표정이 점점 험악하게 변해갔다.

"원장님, 환자 들여보낼까요?"

조심스럽게 최 간호사가 문을 열고 물었다. 현이 다시 아무렇지 않은 표정을 짓고 거울에서 몸을 휙 돌렸다.

"네."

현은 최대한 왼쪽 뺨이 보이지 않게 앉아 진료를 보기 시작했다. 진료 과목이 소아과였기 때문에 거의 보호자를 대동한 아이들이 현의 환자들이었다. 평소 같으면 다정다감한 목소리로 겁먹은 아이들을 살살 달래가며 진찰했을 현이지만 이날은 무척 어색한 모습으로 환자들을 대했다. 현은 목에 깁스를 한 사람처럼 고개를 절대 돌리지 않고 눈동자만 움직여 말을 했다. 그 결과 본의 아니게 째려보는 시선으로 환자와 보호자를 대하게 되었다. 무섭다고 우는 아이들도 있었다. 보호자들은 말은 하지 않았지만 무척 언짢은 표정이었다.

오전 진료가 거의 끝나갈 즈음 경이 병원 문을 열고 들어왔다.

"오셨어요?"

간호사들이 일제히 인사를 건네자 경이 환하게 웃으며 집에서 만들어온 쿠키를 건넸다.

"이거 드세요."

경이 쿠키가 든 상자를 내밀자 그들은 눈을 반짝거리며 감탄했다.

"어머나! 실력이 점점 느시네요?"

"그렇게 보여요?"

"네!"

"고마워요. 오빠는 지금도 진료 중인가요?"

"네, 이제 거의 끝나셨어요."

그렇게 대답하는 간호사들이 서로 눈빛을 교환하며 억지로 웃음을 참았다. 경은 현의 뺨에 남은 손자국 때문이란 걸 알지만 모르는 척했다. 그때 마지막 환자가 진료를 끝내고 나오자 경은 현에게 향했다.

"왔니?"

기진맥진한 현이 의자에 깊숙이 파묻힌 모습으로 앉아 있었다.

"점심 싸 왔어."

"고맙다. 그러지 않아도 나가기 싫었는데."

경이 소파에 앉아 싸 온 도시락을 풀어 탁자 위에 올려놓자 현이 힘없이 다가와 앉았다. 현이 밥을 먹기 시작하자 경은 아직도 선명하게 남은 손자국을 살펴보고 속상한 표정을 지었다.

"오래 갈 것 같다."

경의 말에 현이 입속에 있는 김치를 화풀이하듯 씹었다.

"참! 엄마가 오빠 좋아하는 된장국 싸주셨는데."

경이 보온병을 열자 구수한 된장국 냄새가 흘러나왔다.

"된장?"

현이 갑자기 이렇게 중얼거리더니 된장국이 담긴 보온병을 째려보았다. 된장이란 소리만 들어도 된장피카소가 연상되었다. 자신이 좋아하는 된장국이건만 지금 현은 된장이란 소리만 들어도 분통이 터질 지경이었다.

"야! 닫아. 안 먹어."

"왜?"

"그냥 안 먹어."

"이거 맛있어."

경이 다시 권하자 현이 보온병을 빼앗아 뚜껑을 힘껏 닫아버렸다. 영문을 몰라 하던 경이 잠시 후 눈치를 채고 물었다.

"그 여자 때문에 그래?"

현이 긍정도, 부정도 하지 않았다. 점점 밥맛이 없어졌다. 사계절 내내 왕성한 식욕으로 사는 현이 수저를 놓았다.

"야, 가져가라."

"왜? 맛없어? 그만 먹게?"

"그 빌어먹을 된장피카소가 생각나서 밥맛이 안 난다."

현이 물로 입을 헹구고 자리에서 일어났다. 팔짱을 끼고 진료실을 서성이던 현이 가끔 천장을 쳐다보며 한숨을 내쉬었다. 어지간히 속상했나 보다. 경이 주섬주섬 도시락을 챙겼다.

"참, 오빠. 이모가……."

경은 이모가 아까 집에 와 엄마에게 맞선 상대 여자의 사진을 보여주었다는 말을 해주려다 입을 다물었다.

"이모가 왜?"

현이 여전히 짜증이 난 얼굴로 되물었다.

"아까 집에 오셨다고."

"그래."

현이 건성으로 대답했다. 경은 도저히 다시 말을 꺼낼 수가 없어 도시락을 챙겨 들고 그냥 나가 버렸다. 현이 다시 거울 앞에 섰다. 왼쪽 뺨을 돌려대자 아직도 화석처럼 선명한 손바닥 자국이 보였다. 이런, 된장! 다시 만나는 일이 있으면 내 반드시 그 여자의 엉덩이를 짝 궁둥이로 만들어주리라! 맞잡은 현의 손에서 으드득 뼈 꺾는 소리가 났다.

하루 종일 녹음기처럼 교통사고 정황을 재방송해야만 했던 한나가 힘없이 멍하니 앉아 있었다. 때마침 한진이 약국 문을 열고 들어왔다.

"어쩐 일이야?"

한나가 힘없는 목소리로 물었다.

"엄마가 퇴근하는 길에 누나 도와주고 오라고 해서. 그런데 웬일이야? 손에 로맨스 소설책이 없네."

"맞다! 읽다 만 책 있는데. 고마워, 기억나게 해줘서. 이따 집에 가져가서 읽어야지."

금방 한나의 얼굴이 환해졌다. 틈틈이 인간의 본능과 감성을 일깨워 주는 훌륭한 지침서인 로맨스 소설과 시, 그리고 발라드 음악을 즐기는 게 한나의 유일한 낙이자 행복이었는데 오늘은 그럴 시간이 없었다. 그놈의 살인미소 때문에!

"그 뻔하고 단순한 책을 왜 보냐? 매일 사랑타령이나 하면서 울고 짜고. 이해가 안 가. 그 정도 읽어봤으면 이젠 한번 써보지 그래?"

"그게 쉬운 줄 알아? 그리고 너 왜 자꾸 로맨스 소설을 깔보는 건데? 모든 장르를 불문하고 로맨스 요소가 빠진 거 봤어? 난 인류 탄생과 로맨스의 역사는 함께 시작됐다고 보는 사람이야. 그만큼 로맨스는 위대하고 가치있는 것이지."

보은을 닮아 한나도 말로는 이길 수 없었다. 한진은 그렇게 줄줄이 꿰고 있는 사람이 왜 남자가 없냐고 되묻고 싶었다. 실전은 형편없고 이론만 강한 한나였다.

"논문 하나 써서 발표해라, 전공 때려치우고."

"책에선 단지 사랑하는 법을 배우는 거야. 꼭 대상이 남자일 필요는 없어. 난 환자를 사랑해. 그들을 위해 사랑과 정성이 듬뿍 담긴 약을 짓는 일, 그게 바로 사랑의 실천이지."

"나참, 사랑이 담긴 항생제라? 됐어. 제발 시집이나 빨리 가줘. 그게 바로 가족을 위한 사랑의 실천이야. 제발 좀 가주라. 앞에 타이어 펑크난 똥차가 가로막고 있으니 새 차가 못 나가잖아. 내가 견인해 갈 차 좀 있는지 알아봐 줘?"

얄미운 한진의 재촉에 한나는 일순간 쓸모없는 폐차 신세로 전락하고 말았다. 연년생인 주제에 뭘 믿고 이렇게 기고만장하고 기세등등한 거야?

"넌 누나가 아무나하고 결혼하면 좋겠어?"

"다 거기서 거기지. 뭐 별나?"

한진이 대수롭지 않다는 듯이 말하자 한나가 당황한 표정을 지었다. 그저 남자면 된다는 표현이 상당히 신경에 거슬렸다. 거기서 거기라는 건 뭘 기준으로 잡고 하는 말인지 알 수가 없었다.

"어쩜! 넌 젊은 애가 그런 사고방식을 가졌니? 너한테는 여자도 다 거기서 거기니? 그런 여자라도 있기는 한 거야?"

"물론 있지."

한진이 잔뜩 거드름을 부렸다. 여자가 있다는 동생의 말에 한나가 좀 주춤거렸다. 어쩜 동생한테 추월당할지도 모른다는 위기감마저 들었다. 동시에 미안함도 들었다.

"그래? 너 좋다는 여자도 다 있니?"

"어허! 이게 무슨 섭섭한 말씀. 길 가는 사람 붙잡고 물어봐, 잠실대표 미소년 김한진을 아느냐고. 아마 모르긴 몰라도 10명 중 8명은 날 알걸?"

허풍도 심하고 대책도 없었다. 한나가 어이없는 웃음을 터뜨렸다.

"약발 떨어졌다. 이리 와. 왕자병 치료제 좀 먹고 집에 가자."

"이 사람 어떠냐? 서글서글하니 너그럽게 생겼지? 의사란다."

한진과 함께 집에 들어서자마자 보은이 한나를 소파로 끌고 가 사진 한 장을 보여주었다. 한나가 힐끔 사진을 내려다보았다. 살짝 미소를 짓고 한나에게 인사를 건네듯이 쳐다보는 한 남자의 사진. 이번 맞선 상대임이 틀림없었다.

"삼형제 중 둘째고 가족들 모두가 의사라는구나. 대단하지 않니?"

"가족들끼리 종합병원이라도 차릴 생각이었대요?"

그다지 대단한 일 같지 않아 툭 내뱉은 말이었는데 갑자기 보은의 눈빛이 날카로워졌다.

"너 이놈의 계집애! 좀 진지하게 들을 수 없어? 이런 자리가 두 번 다시 있을 줄 알아?"

한나가 입을 삐죽거렸다. 보은은 늘 이랬다. 마치 최근에 약국으로 찾아와 자신이 다니는 보험회사의 종신보험은 타사의 어떤 보험 상품과도 견줄 수 없는 특별한 것이라고 열변을 토하는 여고동창 미정과 비슷했다.

보은은 만나본 적도 없으면서 맞선 상대 남자들이 항상 관상도 좋고, 성격도 좋고, 모든 것이 다 좋다고 했다. 남자는 다 거기서 거기라는 한진의 말이 맞는 것 같았다. 여태껏 보은도 모든 남자를 그런 식으로 표현했으니깐.

"너 이번엔 정말 잘해야 한다."

뭘 잘해야 한다는 말일까? 한나는 이해가 되지 않았다. 열심히 노력해서 선볼 남자의 마음에 들도록 해야 한다는 건가? 멍청하게 보은의 얼굴을 쳐다보던 한나가 그저 고개를 끄덕였다.

"내일 아침 세탁소에 갈 거니깐 맡길 것 있으면 가지고 나와라."

"네."

한나가 방으로 들어가 어제 입었던 옷을 이리저리 살폈다. 약간 얼룩진 부분을 발견한 한나가 주머니를 비우기 위해 손을 집어넣었다. 뭔가가 잡혔다. 꺼내보니 구겨진 명함이었다. 무심결에 펴보니 살인미소의 것이었다.

"소아과 전문의 김현."

이렇게 읽어 내린 한나가 비웃으며 명함한테 물었다.

"너도 의사니? 너도 그렇게 대단해?"

"선이요?"

진료를 마친 현이 이모로부터 전화를 받고 벌떡 일어났다. 선이라니. 아닌 밤중에 홍두깨였다. 그것도 지금 당장 맞선 상대가 나올 것이니 가보라는 것이었다. 앞이 캄캄해진 현이 한숨을 토하며 하늘을 올려다보았다. 갑자기 전에 경이 해준 말이 떠올랐다. 스스로 찾을 수 없으면 대신 찾아주겠다는 말. 난감해진 현이 다시 의자에 털썩 주저앉아 눈을 감았다.

"이러시는 법이 어디 있어요? 저……."

현은 무슨 일이 있어도 그 자리에 나가지 않겠다고 버틸 작정이었다. 하지만 현의 이모는 현에게 말할 기회를 줄 생각조차 없는 것 같았다. 맞선 상대 아가씨에 대한 설명만 장황하게 늘어놓았다.

이런, 된장! 된장? 자신도 모르게 속으로 내뱉은 말에 현은 퍼뜩 좋은 생각이 떠올랐다.

"이모, 저 여자 있어요."

현은 이렇게 해서라도 이 상황을 모면하고 싶었다. 친구들을 통해 맞선이라는 게 얼마나 끔찍한 경험 중의 하나인지를 간접적으로 잘 알기 때문이었다. 현의 말에 놀랐는지 잠시 이모의 말이 끊어졌다. 거짓말하지 말라고 이모가 다그치기 전에 현이 급하게 덧붙였다.

"조만간 부모님께 인사드릴 거예요."

잠시 후 진작 말하지 그랬냐는 호통이 들려왔다. 어떤 여자냐고 묻자 현은 어떤 여자를 내세워 설명을 해야 할지 몰라 잠시 고민에 빠졌다. 그러다 머뭇거리며 된장피카소를 설명하기 시작했다. 설명을 하면서도 왜 하필 된장피카소를 뽑았는지 스스로도 어이가 없었다. 지금 당장 생각난 사람이 된장피카소라서 그럴 것이다.

"저기…… 있어요. 키는 좀 작고요……. 당찬 여자 하나 있어요."

그래도 성에 안 차는지 이모는 여자가 예쁘냐고 다시 물었다.

"에이…… 얼굴만 예쁘면 뭐 해요? 마음이 예뻐야죠. 생활력도 강하고 성격이 화통해요."

솔직히 현이 생각하는 된장피카소는 얼굴도 안 예쁘고 성질머리도 포악했지만 추켜세울 수밖에 없었다. 그래도 나올 사람 생각해서 나가봐야 하지 않겠냐며 이모가 다시 현을 설득하기 시작했다. 식사나 함께 하고 적당히 둘러댄 후에 나오라고 했다. 현이 인상을 찡그렸다. 일을 이렇게 만든 이모가 원망스럽기만 했다.

전화를 끊은 현이 탐탁지 않은 얼굴로 계속 앉아 있었다. 얼굴에서 손자국 화석이 사라지면서 차츰 된장피카소도 잊어가고 있었다. 그런데 이 시점에서 이모한테 한나를 애인처럼 소개했다. 이모도 일을 만들었지만 자신도 마찬가지였다. 한숨이 절로 나왔다.

어디 가서 그런 여자를 만들어온단 말인가. 조만간 부모님께 인사까지 시킨다고 했으니 오늘 저녁부터 들들 볶일 것이다. 입안에서 쓴맛이 났다. 나가기는 해야 하지만 쉽게 발길이 떨어지지 않았다. 현의 발걸음을 재촉하듯 다시 전화벨이 요란하게 울렸다.

[오빠! 여자가 있다니?]

'여보세요'라는 말을 하기도 전에 숨이 넘어가는 경의 목소리가 들렸다. 여자들의 입은 초고속 인터넷보다 더 빨랐다. 벌써 이모와 통화를 한 게 틀림없었다.

"있어."

없다고 하면 당장 또 이모의 전화가 올 것 같았다.

[거짓말!]

"두고 보면 알 거 아니야."

뭘 믿고 큰소리를 뻥뻥 치는지 현도 모를 일이었다. 될 대로 돼라. 맞선 자리에 나올 여자 먼저 해결하고 길거리로 나가 된장피카소랑 닮은 여자 하나 건져야겠다.

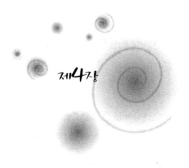

제4장

"**어?** 정환아!"

"현아! 여기 웬일이야?"

맞선 장소인 호텔 카페로 들어서다 현은 대학동기인 정환을 만났다. 오랜만에 만난 그들은 서로 반기며 악수를 청했다.

"얼떨결에 선보러 나왔다. 그런데 혹시 너도?"

"하하하, 그래. 부모님이 하도 성화를 하셔서……."

정환이 쑥스러운 듯 웃으며 머리를 긁적댔다.

"너 병원 잘된다고 소문났더라. 바쁠 텐데 용케 시간 냈네. 야, 우리 그러지 말고 어디 가서 술이나 마시자. 마지못해 나온 거면 그게 낫지 않냐?"

현의 달콤한 속삭임에 정환도 싫지 않은지 입맛을 다셨다. 현은 지금 여자보다 술친구 하나 건진 것이 큰 소득같이 여겨졌다.

　"그래도 한 시간 정도는 앉아 있어야 하지 않나?"

　"좋아, 그럼 한 시간 후에 만나는 거다."

　"알았다."

　의기투합이 된 그들은 카페 안으로 들어갔다.

　"잠깐!"

　현이 갑자기 떠오른 생각에 정환을 불러 세웠다.

　"우리 가까운 곳에 앉아서 상대방 여자를 평가해 주는 건 어때?"

　구미가 당기는 제안이었다. 나중에 그것을 화제 삼아 술을 마셔도 좋을 것 같았다. 곰곰이 생각하던 정환이 곧 미소로 동의 표시를 했다.

　그들은 가까운 테이블에 각각 앉아 맞선 상대를 기다렸다. 출입구 쪽을 계속 주시하고 있던 현은 들어오자마자 핸드폰을 열어 귀에 대는 한 여자를 보았다. 꽤 예쁜 여자였다. 스커트 밑으로 보이는 늘씬한 다리가 꽤 멋졌다. 마침 현의 핸드폰이 울렸다.

　"여보세요?"

　현이 여자를 보면서 전화를 받았다.

　[김현 씨 핸드폰인가요?]

여자의 입 모양과 귀에 들린 소리가 딱 맞아떨어졌다. 현이 여자에게 손을 들어 표시했다. 현을 발견한 여자가 핸드폰을 끊고 탐색하듯 쳐다보며 걸어왔다. 여자는 자리에 앉으면서도 현에게서 눈길을 떼지 않았다. 마음에 쏙 드는 물건 하나를 발견한 듯한 표정이었다.

"안녕하세요? 이혜련이에요."

"네. 처음 뵙겠습니다."

겉모습이나 첫인상이 꽤 괜찮은 여자였다. 현은 차라리 이모한테 전화를 걸어 아까는 거짓말이었다고 말하고 이 여자와 계속 만나볼까 하는 생각까지 하게 됐다. 혜련은 커피를 시켰고 현은 오렌지 주스를 시켰다.

"소아과 전문의라고 하던데 애들을 좋아하시나 봐요?"

"네."

"올해 병원 개업하셨다죠?"

"네."

"규모는 어느 정도나 되나요?"

"건물 한 층을 임차해서 하고 있습니다."

"잘되시나요?"

"뭐, 그럭저럭 됩니다."

"결혼하시면 건물 하나 지어서 병원 확장 좀 하셔야겠네요?"

"아직 생각 안 해봤습니다."

혜련은 현보다 병원에 관심이 더 많아 보였다. 계속되는 질문

대부분이 병원에 관한 것이었다. 혹시 직업이 세무서 직원이 아닐까 싶을 정도로 계속 꼬치꼬치 캐물었다. 현은 다시 마음을 바꿔먹었다. 몇 마디 나누지도 않았는데 벌써부터 지루하고 따분해져서였다. 현은 자꾸 딴생각만 하게 되었다. 머리 속으로 혹시 자신이 알고 있는 여자들 중에 된장피카소와 닮은 여자가 있을까 싶어 검색을 하고 있었다. 하지만 절대 자신의 취향이 아닌 된장피카소의 외모와 성격을 가진 여자의 검색 결과가 나올 리 없었다.

정환이 연신 손목시계를 들여다보는 것이 눈에 들어왔다. 시간 관념도 없는 여자는 벌써 점수를 깎였다. 애인 사이라면 모르지만 처음 만나는 사람에겐 경우없는 행동이고, 좋은 인상을 남길 수 없는 일이었다. 그때 카페 안으로 허겁지겁 한 여자가 뛰어들어 왔다. 두리번거리던 여자의 얼굴을 본 현의 눈과 입이 쟁반만큼 커졌다. 입에 주스라도 담고 있었다면 혜련에게 내뿜었을 것이다.

늦었다. 오기 싫은 걸 억지로 오느라고 꾸물거렸더니 한나는 결국 늦고 말았다. 게다가 더 빠를 줄 알고 탔던 택시에서 오히려 시간과 돈만 낭비했다. 차라리 지하철을 타는 건데 하는 후회를 하며 카페 안으로 들어섰다. 맞선 상대 남자에게 도착을 알리기 위해 핸드폰을 꺼내 전화를 걸었다.

"김한나예요. 지금 도착했는데……."

한 남자가 번쩍 손을 드는 게 보였다. 한나는 핸드폰을 접고 남자를 향해 걸어갔다. 사진과 별반 다르게 느껴지지 않는 남자였다. 엄마 말대로 인상은 좋아 보였다. 늦은 한나 때문에 화가 난 것 같지는 않았다. 억지로 참고 있을지도 모른다.

그런데 한나는 자꾸 기분이 이상해졌다. 누군가가 자신을 쳐다보는 것 같아서였다. 시야를 넓힌 한나가 갑자기 걸음을 뚝 멈춰 섰다. 그리고 눈을 비벼서라도 다시 확인하고 싶은 걸 간신히 참아냈다.

'살인미소!'

맞선 상대인 남자 옆 테이블에 살인미소가 버젓이 앉아 있었다. 마주한 여자의 뒷모습만으로는 그녀가 샴푸모델인지 아닌지 확인할 수 없었다. 한나를 발견한 현도 무척 놀란 표정이었다. 어떻게 세상이 이렇게 좁을 수가 있을까? 아무리 땅덩어리가 작은 나라에서 함께 산다고 하지만 이런 경우는 드물 것이다. 그런데 또 하필 이런 날, 이런 장소에서 만날 게 뭐란 말인가. 게다가 바로 옆 테이블에 앉아 맞선 현장까지 중계하게 됐으니 정말 설상가상이었다. 순간 속이 울렁거리고 머릿골이 띵 울렸다. 한나는 간신히 정신을 차리고 자신을 오래 기다려 준 남자를 향해 다가가 인사를 건넸다.

"죄송합니다. 많이 기다리셨죠?"

그 다음부터는 아무 말도 할 수가 없었다. 눈이 멍해지고 아무 소리도 들리지 않는 진공 상태가 되어버렸다.

된장피카소와의 네 번째 만남.

더 이상 우연이란 말이 무색해지는 순간이었다. 현은 '운명'이란 말을 다시 끄집어낼 수밖에 없었다. 하지만 부인하고 싶었다. 저 포악한 성질머리를 한 여자가 자신의 운명이라니. 생각만 해도 온몸에 두드러기가 날 것 같았다. 아니다. 아닐 것이다.

하지만 또 다른 면에선 된장피카소의 등장이 반갑기도 했다. 더 이상 검색할 필요도 없이 눈앞에 나타났으니 말이다. 어쩌면 그다지 수고를 하지 않아도 일이 잘 해결될 것만 같은 예감과 기대감이 들었다. 쉬운 일은 아니겠지만.

멍이나 상처의 흔적이 말끔하게 사라진 된장피카소는 선보러 나온 여자답게 엄청 신경을 쓰고 나왔다. 화사한 느낌이 났다. 만약 오늘 같은 모습으로 처음 만났더라면 나름대로 좋은 점수를 줬을 것이다. 하지만 현은 막상 된장피카소가 정환의 말에 얌전을 빼며 '네', '아니요' 하며 내숭을 떨자 오장육부가 다 뒤틀렸다. 현은 대놓고 웃어주고 싶었다. 속지 마라, 정환아! 조금만 더 친절하게 대해주면 아마 뺨을 맞든지 정강이를 차일 거다.

한나는 살인미소가 자꾸 자신을 쳐다보는 것 같아 이만저만 불편한 게 아니었다. 살짝 보니 마주한 여자는 샴푸모델이 아니었다. 그새 여자가 바뀌었다. 분위기를 보니 살인미소도 맞선 자리에 나온 것 같았다. 애인을 두고 선을 보는 남자라니. 한나는 다시 샴푸모델이 불쌍하게 느껴졌다. 버림받고 눈물 흘릴 샴푸모델을 생각하니 남 일 같지가 않았다. 그 슬픔과 아픔이 어떠한 것인지 너무나 잘 알기 때문이었다. 잔인한 남자 같으니라고!

남자가 있어서 부케를 받았던 게 아니었다. 현은 최대한 콧평수를 넓혀 콧방귀를 뀌었다. 하긴 정신이 멀쩡한 남자라면 저런 여자를 좋아할 리가 없지. 두꺼운 가면을 쓴 여자였다.

정환아! 너 이따가 나한테 단단히 한턱 쏴야 할 거다. 내가 저 여자의 본색을 낱낱이 드러내⋯⋯. 참! 참! 참! 아니지⋯⋯ 이게 아니지⋯⋯. 저 여자만 잘 이용하면 이모나 부모님한테 들볶일 필요가 없을 텐데⋯⋯. 놓치면 안 되지. 친구야, 미안하다. 네가 나한테 양보 좀 해야겠다. 저 여자가 마음에 들어서가 아니라 단지 필요해서란다. 이 은혜 내가 나중에 꼭 갚으마.

"운명이란 거 믿으세요?"

현이 갑자기 혜련에게 물었다. 일부러 된장피카소의 주의를 끌어보려는 심산이었다. 슬쩍 곁눈질로 된장피카소를 보니 작전이 성공한 것 같았다. 귀를 쫑긋 세우고 있었다.

"글쎄요⋯⋯."

느닷없는 질문에 혜련이 무척 당황한 표정을 지었다.

"생판 모르는 사람을 하루에 세 번씩이나 만나고 일주일 후에 또 만났다면 그건 우연일까요, 아니면 운명일까요?"

현이 책을 낭독하듯이 또박또박 물었다.

"우연이라고 하기에는 좀 특별하네요. 운명에 가깝지 않을까요?"

혜련의 답변에 장난스럽게 물었던 현의 얼굴이 사뭇 진지해졌다. 그럼 정말 된장피카소가 나의 운명일 수도 있다는 건가? 현이 심각하게 다시 물었다.

"그럼 그런 운명은 무시를 해야 합니까, 아니면 신의 계시로 생각하고 존중해야 합니까?"

"호호호, 글쎄요. 그런데 그런 경우가 있겠어요?"

누가 생각해도 이런 경우는 확률적으로도 드물 것이다. 속 시원하게 대답해 주는 사람이 있다면 얼마나 좋을까?

"하하하, 있을 수도 있겠죠?"

말을 마친 현이 살짝 한나를 쳐다봤다. 그들의 시선이 공중에서 마주치자 강력한 불꽃이 빠지직 하고 튀었다.

너 지금 나 들으라고 하는 소리니? 그런데 너 원래부터 머리가 안 좋냐? 너같이 산수 실력도 안 되는 사람이 어떻게 의사가 됐니? 하루에 세 번이 아니라 두 번이야, 쨔샤! 그리고 그게 악연이지 무슨 운명이냐? 신의 계시? 웃기고 있네. 그게 바로 신성 모독이라고 하는 거야! 너 여전하구나, 살인미소 남발하는 버릇은? 그런데 너 샴푸모델은 어디다가 버려두고 선을 보러 나왔냐, 이 나쁜 놈아! 한나는 간질간질, 근질근질한 입을 보이지 않는 때타월로 힘껏 밀고 정환을 보며 환한 미소를 지었다.

"정환 씨는 애인이 있는 데도 선보러 다니는 사람 어떻게 생각하세요?"

이에는 이! 눈에는 눈! 한나도 살인미소를 겨냥하고 다소 큰 소리로 정환에게 물었다.

"그러면 안 되죠."

"그렇죠? 사람이 그러면 안 되는 거죠?"

한나가 일부러 한 단어 한 단어에 힘주어 꾹꾹 누르듯이 말했다. 그리고 살짝 살인미소를 쳐다보았다. 다시 한 번 공중에서 엉킨 그들의 눈빛이 화광과 연염에 진동하는 굉음을 냈다.

흥! 이 여자야, 잘못짚었어! 뭘 알려면 제대로 알아야지! 뭘 보고 내가 애인 있는 남자라는 거니? 너 지금 꿈꾸다 왔냐? 내가 애인이 없어서 너한테 애인 행세 좀 해달라고 부탁하려 한다. 그러니 나한테 적극 협조 좀 해라.

잠시 후 혜련이 잠시 실례를 하겠다며 일어섰다. 화장실에 갈 생각인 것 같았다.

그래! 기회는 바로 이때다. 내가 살인미소의 덫에서 저 여자도 구하고 샴푸모델 눈에서 눈물도 그치게 해주마! 난 정의의 용사! 김한나다!

"저어, 잠시 실례 좀 할게요."

한나도 정환에게 수줍은 미소를 지으며 일어나 화장실로 향했다. 현은 두 여자가 사라지자 재빨리 정환의 테이블로 건너가 앉았다. 된장피카소에게서 정이 뚝 떨어지게 만들고 퇴짜를 놓게 할 작정이었다. 그래야 꿩 먹고 알 먹는 식으로 된장피카소를 이용할 수 있을 것이다.

"야, 저 여자 네가 생각해도 별로지?"

현이 음흉한 눈빛으로 정환에게 물었다.

"한나 씨? 글쎄…… 난 괜찮은데……."

"괜찮다고?"

현이 잔뜩 인상을 구기며 되물었다. 자신의 눈에는 형편없는 여자로 보이는데 친구 녀석의 눈엔 괜찮은 여자로 보인다니. 시력 검사 한번 받아보라는 충고를 하고 싶었지만 길게 말할 시간이 없었다.

"너 지금부터 내가 하는 말 잘 들어라. 사실 저 여자가 말이지……."

현이 100m 달리기를 하듯 그간 있었던 일을 정환에게 다 쏟아냈다.

"헉! 그게 정말이냐? 섬뜩하다. 그렇게 안 보이는데."

정환이 마치 자기도 뺨을 맞은 것처럼 볼을 어루만지며 중얼거렸다.

"저 여자 혹시 직업이 연기자 아니야?"

"약사라는데."

현이 의외라는 표정을 짓고 다시 정환에게 속삭였다.

"어쨌든 완벽한 연기에 내숭이야. 속지 마. 너 오늘 하늘이 도와서 날 만난 거라고 생각해라. 나 아니었으면 어쩔 뻔했니? 생각만 해도 끔찍하지?"

같은 시각, 여자 화장실 안.

"정말이에요?"

혜련이 믿을 수 없다는 표정으로 물었다.

"허우대만 멀쩡하지 하는 행동은 영락없는 바람둥이라니깐
요."

한나가 인상을 팍팍 쓰며 열변을 토해냈다.

"정말 확실한 거예요?"

어지간히 살인미소가 마음에 들었나 보다. 아쉬움과 배신감
이 교차하는 듯 혜련의 눈빛이 마구 흔들렸다.

"그럼요. 제가 오죽하면 이렇게까지 해서라도 알려 드리겠어
요? 절 만나신 거 정말 행운으로 여기셔야 해요. 요즘 이상한 인
간들 많으니까 조심하세요. 도움이 되셨기를 바라요. 그럼."

한나가 비밀첩보원이라도 된 것처럼 혜련에게 속삭여 주고
화장실을 나왔다. 위대한 일을 해낸 것처럼 어깨에 힘을 잔뜩
주고 말이다.

화장실을 다녀온 후 두 테이블의 분위기는 완전히 180도 바
뀌었다. 누구 하나 쉽게 입을 여는 사람이 없었다. 오랜 침묵을
깬 사람은 불쾌한 기색이 역력한 현의 맞선 상대 혜련이었다.

"혹시 애인 있으세요?"

"네? 아…… 저기…… 네."

갑작스런 혜련의 질문에 현이 이렇게 얼버무렸다. 어차피 이
모가 나중에 혜련에게 둘러댈 말이라 그렇게 말할 수밖에 없었
다.

"그랬군요. 기분이 썩 좋지는 않네요. 저 더 이상 앉아 있을 필요 없는 거죠? 먼저 일어날게요. 안녕히 가세요."

혜련이 찬바람을 일으키며 자리를 떴다. 화장실에 들어갈 때와 나왔을 때의 기분 상태가 다르다고 하지만 현은 갑자기 태도가 돌변한 혜련을 이해할 수가 없었다. 사귈 생각은 없었지만 첫 맞선에서 퇴짜를 맞은 것 같아 창피했다. 헤어질 때 헤어지더라도 이런 식을 원한 건 아니었다. 정환이 녀석도 보고 된장피카소도 보는 자리에서 말이다. 혹시……? 현이 된장피카소에게 눈을 돌렸다. 심증은 있으나 물증이 없는 상황. 그래도 의심이 들었다. 된장피카소! 너냐? 도대체 나에 대해서 뭐라고 떠든 거야?

호호호! 아이고, 고소해라! 한나가 속으로 쾌재를 불렀다. 하지만 남의 불행을 기뻐하는 것도 잠시, 정환이 어렵게 입을 열었다.

"저기…… 제가 다른 약속이 있어서……."

"네? 아…… 네……."

한나는 무척 당황스러웠다.

"제가 먼저 일어나겠습니다."

정환이 미안한 듯 자리에서 뭉그적거리며 일어났다.

"네. 그럼…… 안녕히 가세요."

이런, 된장! 갈 때 가더라도 살인미소가 먼저 간 후에나 가주지. 한나는 무안해졌다. 그래도 오늘만큼은 나름대로 맞선 분위기가 좋아 만족할 만한 결과를 얻을 줄 알았는데, 자신만의 착각이었단 말인가? 아니면 맞선 도중에 화장실에 간 여자를 용납할 수 없는 남자란 말인가? 내가 다 된 밥에 재를…… 재? 혹시……?

한나가 고개를 돌려 살인미소를 쳐다보았다. 마침 자신을 째려보고 있는 살인미소와 눈이 마주쳤다. 살인미소! 너냐?

둘 사이에서 냉랭하고 싸늘한 기운이 감돌았다. 속으로 어이가 없다는 듯 콧방귀를 뀐 한나가 가방을 손에 쥐고 벌떡 일어섰다. 곧 현도 일어섰다. 같이 나가는 게 싫어서 한나는 다시 주저앉아 손가락으로 목을 거칠게 긁어댔다. 꼴도 보기 싫은 남자!

"안 가세요?"

현의 물음에 한나의 손동작이 멈췄다.

"먼저 가세요."

한나가 쳐다보지도 않고 퉁명스럽게 대답했다. 그런 한나를 잠시 쳐다보던 현이 이내 먼저 나가 버렸다. 현의 뒷모습을 바라본 한나의 얼굴이 심하게 일그러졌다. 너 맞지? 내 얼굴을 망가뜨린 것도 모자라서 다 된 밥에 재 뿌린 거 너 맞지? 나쁜 놈!

밖으로 나와 바라본 하늘이 유난히 파랗고 높았다. 이렇게 화창한 날엔 인라인 스케이트를 타는 게 딱 좋은데……. 하지만 퇴짜맞고 들어온 딸을 보은이 가만 놔둘 리 없었다. 한나는 아쉬운 마음으로 인라인 스케이트를 포기했다. 오랜만에 재즈 댄스 연습실에 들러 춤이나 춰야겠다고 생각한 한나가 비참한 심정을 다스리고 힘을 냈다. 김한나! 한두 번 겪는 일이더냐? 아자! 아자! 파이팅!

현이 차 안에서 호텔 현관 앞에 서 있는 한나를 노려보았다. 여우 같은 여자! 현은 아까 한나를 붙잡고 도대체 혜련에게 무슨 짓을 한 거냐고 다그쳐 묻고 싶었지만 간신히 참고 나왔다. 작전상의 후퇴였다. 시간이 필요했다. 잘못했다가는 된장피카소를 이용하려는 자신의 계획이 수포로 돌아갈 수 있기 때문이다. 또 어떻게 생각하면 자신이 한 짓이나 한나가 한 짓이나 오십보백보라서 양심상 한나만 탓할 순 없었다.

현은 정환과 한나를 그냥 놔뒀으면 과연 잘될 수 있었을까 하는 의문이 들었다. 그랬을지도 모른다. 현은 그들을 이간질해 떼어놓은 것 같아 짧게나마 죄책감이 들었다. 하지만 어디 가서 저렇게 특이하고 희귀한 된장피카소의 닮은꼴을 찾는단 말인가? 절대 불가능한 일이었다. 지금 현은 결코 호락호락한 성격이 아닌 한나를 구워삶을 일도 큰 과제처럼 생각돼서 더 이상 다른 생각을 할 겨를이 없었다. 그때 현의 핸드폰이 울렸다.

"정환아……."

정환이 술 마실 장소를 정하라고 했다. 이 순간 현은 정환에게 손이 발이 될 정도로 빌고 싶어졌다. 친구야, 미안하다. 날 용서해다오! 내가 다음에 근사하게 한턱 쏘마.

"정환아, 이거 어쩌냐? 내가 지금 아주 중요한 일이 생겨서 너랑 술 못 마실 거 같다. 다음 기회에 하자. 그래. 그래. 정말!

정말! 미안하다."

전화를 끊은 현이 비장한 각오를 하고 한나 가까이로 차를 몰
았다. 저걸 어떻게 구워삶지? 현이 차 바퀴와 더불어 머리도 열
심히 굴렸다.

"타세요!"

"헉! 어…… 어어어! 아이쿠!"

계단을 내려서던 한나가 현의 목소리에 놀라 그만 헛발질을
해 볼썽사납게 뻗어버렸다.

'이런, 된장! 차가 얼마나 좋기에 툭하면 타라고 하는 거야?'

짜증과 수치심에 한나의 얼굴이 빨간 토마토처럼 확확 달아
올랐다. 빨리 수습할 생각으로 일어난 한나가 곧 괴로운 신음
소리를 내며 다시 주저앉고 말았다.

"아아아……."

오른쪽 발목에서 심한 통증이 느껴졌다.

"괜찮아요?"

차에서 내린 현이 급히 다가와서 물었다. 무척 당황한 기색이
었다. 구워삶을 생각이었지 또 다치게 할 생각은 추호도 없었던
현이다.

"내가 지금 괜찮아 보여요? 아아아……."

따지듯이 말하며 일어나려던 한나가 다시 주저앉았다.

"병원으로 가죠."

위기가 절호의 기회일 수도 있다! 현이 갑자기 한나를 번쩍

안아 들었다. 놀란 한나가 마구 발버둥 치며 소리를 질러댔다.

"헉! 이봐요! 뭐 하는 거예요? 안 내려놔요? 아악!"

"낯이 익다."

느닷없이 여자를 안아 들고 병원 안으로 뛰어들어 온 현 때문에 동범은 적지 않게 놀랐다. 처음엔 여자가 아니라 고삐 풀린 망아지인 줄 알았다. 서로 아끼고 자주 만나는 선후배 사이라 서로에 대해 모르는 것이 없을 정도였다. 현과 여자는 서로 처음 만나는 사이 같지도, 그렇다고 잘 아는 사이 같지도 않았다. 여자를 어디선가 분명히 본 적이 있는 동범이 애써 기억을 더듬으며 중얼거렸다.

"어디서 봤지?"

"형도 본 적 있는 여자야."

현의 말에 동범이 은근슬쩍 고개를 돌려 다시 여자를 살폈다. 하지만 도무지 기억이 나지 않았다. 동범이 현에게 빨리 말하라는 식으로 눈치를 줬다.

"성범이 결혼식에서 부케 받은 여자."

"잉? 그 얼굴 망가진? 그럼…… 네 뺨 때린 여자?"

동범은 하마터면 큰 소리로 외칠 뻔했다. 현이 고개를 끄덕이자 동범은 더욱 궁금해졌다.

"그런데? 어떻게 된 거야? 너 또 저 여자가 탄 택시 들이박았냐?"

현이 동범의 물음에 사뭇 진지한 표정이 되었다.

"그런 식으로 다시 만난 건 아닌데 자꾸 우연히 저 여잘 만나게 되네. 형, 이거 어떻게 해석해야 해?"

우선 현은 자신이 궁금하게 생각하고 있던 부분을 먼저 동범에게 물었다. 아까 혜련에게 물었던 것처럼. 형이 없는 현은 동범을 거의 친형처럼 믿고 따랐기 때문에 특히 동범의 조언을 듣고 싶었다.

"그거 참 별난 인연일세. 그래서 혹시 저 여자가 네 운명일지도 모른다는 생각을 한 거야? 그렇지만 네 스타일은 아니잖아?"

현이 고개를 끄덕였다. 단 한 번도 저런 스타일의 여자를 좋아해 본 적이 없었다. 외모도 성격도 말이다.

"글쎄다. 진짜 너의 운명이라면 계획하지 않아도 필연적으로 다가오겠지. 하지만 운명에 너무 의존하지는 마라. 중요한 건 네 마음이잖아. 네가 그랬잖아, 눈보다 마음이 먼저 알아보는 여자를 만나고 싶다고. 내 말보다 네 마음에 귀를 기울여라."

현이 쉽게 풀리지 않는 수학 문제를 대하는 것처럼 난감한 표정을 지었다.

"형, 나 오늘 선봤어."

"선? 하하하! 설마 저 여자가 네 상대는 아니겠지?"

"저 여자는 정환이 맞선 상대였어."

"후후, 뭐야? 너희 단체 맞선이라도 봤냐?"

동범이 자꾸 웃음을 터뜨렸다.

"그게 아닌데도 같은 곳에서 저 여잘 만났으니 내가 얼마나 황당했겠어."

"크크큭……."

"갑자기 이모님이 전화를 하셔서 다짜고짜 선보러 나가라고 하시는 거야. 그래서 나도 모르게 애인이 있다고 했거든. 그런 데 어떤 여자냐고 물으시기에 내가 누굴 설명했는지 알아?"

동범이 황당한 표정으로 한나를 고갯짓으로 지목하자 현이 고개를 끄덕였다.

"그런데 저 여잘 만난 거야. 형, 나…… 저 여자 이용하려고 해."

"뭐?"

동범의 눈이 사발만큼 휘둥그레졌다.

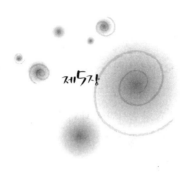

제5장

한나가 목발을 짚고 병원 밖으로 나왔다. 한나는 깁스한 다리를 못마땅한 듯이 내려다보았다. 꼴이 아주 우스웠다. 손이 부족한 상태라 어쩔 수 없이 현이 한나의 가방과 하이힐 한 짝을 들고 있었다. 한나는 정말 할 말이 없었다. 전생에 살인미소와 견원지간으로 살았던 게 틀림없다. 현을 만난 이후로 되는 일이 하나도 없으니 말이다. 그나마 얼굴이 정상으로 돌아왔나 했더니 이제는 다리가 고장났다. 아주 지독한 악연으로 인한 악재의 연속이었다. 한나가 깊은 한숨을 내쉬었다.

"많이 힘들죠? 그런데 목발을 능숙하게 다루시네요."

현의 말투가 꽤 부드럽게 들렸다.

"……."

한나는 위로도, 칭찬도 반갑지 않았다. 친한 사이라면 새벽에 갑자기 찾아온 성진을 보고 너무 반가워서 아파트 1층 자신의 방 창문에서 뛰어내리다가 다쳐 한 달 정도 목발 신세를 진 적이 있노라고 말해 줄 수 있지만 지금 이 상황에선 아무 말도 하고 싶지 않았다. 그저 빨리 집으로 가고 싶은 마음뿐이었다. 현은 한나로 하여금 끝없이 성진을 떠올리게 했다. 한나는 그것이 괴로운 듯 입술을 세게 깨물었다.

진정제 주사라도 맞았나? 병원에 도착할 때까지 악을 써대며 난동을 부렸던 한나가 너무 조용했다.

"집이 어디예요?"

"……."

"혹시 잠실 근처에 살아요?"

"그걸 어떻게 알아요?"

한나가 갑자기 걸음을 멈추고 고개를 홱 돌려 퉁명스럽게 물었다.

"결혼식이 있던 날 잠실 한강 부근에서 인라인 스케이트 타는 거 봤어요."

보통 질긴 악연이 아니었다. 한나는 눈살을 찌푸렸다. 그래서 아까 선보는 자리에서 하루에 세 번이나 만났다고 했던 거였군.

"모셔다 드릴게요."

"됐어요. 택시 타고 갈 거예요."

"가면서 할 말이 있어요."

"듣고 싶지 않아요."

"부탁이 있어요."

"부탁이요?"

한나가 갚잖다는 듯이 되물었다. 그래! 내가 먼저 부탁 좀 하자. 우리, 지도 놓고 활동무대 표시해서 다시 부딪치는 일 좀 없게 하자!

"그래요, 부탁……. 저기…… 내 애인 좀 되어줘요."

"뭐, 뭐, 뭐요!"

거품 물고 쓰러지기 일보 직전이라 한나는 말더듬이가 되고 말았다. 자신이 제대로 현의 말을 들었는지 한나는 다시 한 번 확인하고 싶었다.

"내 애인 좀 되어달라고요."

"미쳤어요!"

한나가 소리를 꽥 질러 버렸다. 한나의 모습은 마치 콧구멍으로 불을 뿜으며 달려드는 성난 황소와 흡사했다. 현의 자존심은 한나의 뿔에 받히고 뒷발질에 걷어차였다. 부드럽게 부탁을 했더니 미친 사람 취급을 했다. 현은 이용도 이용이지만 화가 발끝부터 스멀스멀 기어올라 왔다. 강한 타격을 입었지만 오기가 생겨 다시 침착하게 물었다.

"싫어요?"

"싫어요!"

재고의 여지도 없다는 듯이 한나가 앙칼지게 대답했다. 한나는 현의 두뇌 구조가 궁금했다. 애인이 있으면서 선을 보고 다니는 남자, 그리고 그것도 모자라서 아무 여자한테 애인이 되어 달라는 부탁을 하는 남자의 두뇌 구조는 정말 남다를 것이다.

"왜요?"

현이 다시 한 번 더 침착하게 물었다.

"재수없어요!"

첫 단어에 강한 악센트를 두었다. 더 심한 충격을 받은 듯 현의 동공이 커졌지만 한나는 여기에서 멈추지 않았다.

"댁은 약도 없을 만큼 심각한 과대망상증에 교만하고 뻔뻔스럽기까지 해요. 댁 같은 남자한테 붙여줄 만한 단어가 더 많이 있을 텐데 지금은 그것밖에 떠오르지 않는군요. 아! 하마터면 잊을 뻔했네요. 충고 한마디 할게요. 시간 내서 정신과 치료 좀 꼭 받으세요. 무슨 병이든 조기 발견이 중요하니까요."

아무렴, 연구대상이지. 그렇고말고. 애인이 있다는 사실을 망각하고 새로운 애인을 찾아 돌아다니는 남자의 심리는 충분히 연구할 가치가 있지. 현은 아마 백 번 이상 결혼하고도 다른 여자에게 청혼할 남자였다. 도대체 여자를 뭘로 보는 거야? 여자가 그렇게 만만해 보이니, 이 나쁜 놈아! 너 양다리도 아니고 문어다리지? 너 같은 바람둥이가 외다리로 온다 해도 하나도 안 반갑다. 개 버릇 남 못 준다고 너도 타고난 바람둥이 기질은 남 못 줄 거야. 길 가는 모든 여자들한테 눈웃음 치며 작업을 걸 너랑 사귀는 여자는 그런 너의 행동 하나하나를 일일이 쫓아다니며 태클을 거느라 엄청 힘이 들 거다. 필히 강력한 체력과 인내심을 가지고 있어야 너랑 결혼할 수 있을 거야. 보나마나 나중엔 의부증 환자로 치부돼 정신 병원에서 비명을 지르며 머리털 다 뽑고 있어야 하겠지만 말이야. 그런데 내가 머리에 총 맞았니, 너 같은 인간이랑 사귀게? 한나는 깁스를 깨고 현의 정강이를 차주고 싶은 마음이 굴뚝같았다.

한나의 불손한 언사와 신랄한 모욕에 현이 할 말을 잃었다. 가끔 사람들은 마음에 없는 말을 내뱉고 후회하기도 하는데 한나는 조금도 미안한 기색이 없었다. 괘씸했다. 다른 여자들 같으면 그런 제의를 받자마자 감동받은 얼굴로 당장 승낙을 하든지 아니면 적어도 시간을 두고 생각해 보겠다든지 할 텐데 한나는 오히려 자신을 형편없는 인간으로 몰아붙였다.

진작에 이런 무모한 계략이 쉽게 먹히리라고는 생각하지 않았지만 한나가 이렇게 예민하고 히스테릭한 반응을 보이며 인신공격할 줄은 몰랐다. 해도 해도 너무했다. 누굴 탓하랴. 네 번의 만남에 너무 큰 의미를 부여했던 자신이 어리석었다. 그래, 세상의 절반은 여자다. 굳이 저 여자일 필요는 없다. 운명시험이고, 이용이고 다 필요 없다.

"그래요, 내가 미쳤죠. 당신같이 고약한 손버릇에 거친 말솜씨, 처세까지 엉망인 여자한테 그런 부탁을 하다니 내가 단단히 미쳤죠. 안 들은 걸로 해줘요."

더 이상 어떤 소리도 듣지 않겠다는 듯이 현이 한나를 등지고 땅에 화풀이를 하듯 퉁퉁대며 차를 향해 걸어갔다.

상종 못할 인간! 감히 날 농락해? 한나는 속에서 불이 나고 복장이 터질 것만 같았다. 똥이 무서워서 피하나 더러워서 피하지! 마침 빈 택시 한 대가 길가에 있는 것을 본 한나는 목발을 짚고 씩씩대며 다가갔다. 단 1초라도 지체하고 싶지 않았다. 한나는 문을 탁 닫고 기사에게 행선지를 밝혔다. 그러나 자신의 가방과 하이힐 한 짝이 현에게 있다는 끔찍한 사실을 깨달은 것은 그로부터 한참이 지나서였다.

"이 정신 나간 계집애! 너 도대체 어떻게 된 거야?"

보은이 경악을 금치 못하고 소리를 꽥 질러댔다. 죽는소리로 전화를 걸어 한진에게 택시비 좀 들고 나오라 했을 때부터 이상한 생각이 들었다. 하지만 멀쩡하게 선보러 나갔던 딸이 깁스한 다리에 목발을 짚고, 게다가 빈털터리로 들어오리라고는 생각하지 못했다.

"……."

아무것도 가진 게 없다는 걸 깨달았을 때 눈앞이 얼마나 캄캄했던가. 한나는 택시기사의 곱지 않은 시선을 받아가며 핸드폰을 빌렸고, 한진에게 SOS를 요청해 겨우 집으로 들어올 수 있었다. 그런데 숨 돌릴 여유도 없이 보은의 닦달에 시달려야 했다.

"뭐라고 말 좀 해봐! 답답해 죽겠네. 만나기는 했어?"

보은은 딸의 신상보다 맞선 결과가 더 중요한 게 틀림없었다. 한나는 발끈 울화가 치밀었다.

"네! 만났고요. 보기 좋게 퇴짜맞았어요. 그리고 계단에서 넘어져 인대가 늘어났고요. 살!"

'살인미소가 가방하고 신발 한 짝을 가져가 버려서 이렇게 돌아올 수밖에 없었어요' 라고 설명하려 했던 한나가 입을 다물었다. 설명한들 엄마가 살인미소를 어찌 알겠는가. 더 할 말이 없냐는 듯이 한나를 쳐다보던 보은의 눈이 점점 살벌해졌다. 한나는 심장이 오그라드는 느낌이 들었다.

"살고 싶지 않겠지! 나라도 그럴 거다. 그런데 너 지금 나한테 잘했다고 큰 소리를 치는 거냐?"

차마 끝내지 못한 한나의 말을 받아 보은이 빈정거렸다.

"누가 그렇대요?"

한나가 목발을 짚고 있으면서도 오른쪽 손으로 목을 벅벅 긁어댔다.

"어떻게 처신을 했기에 퇴짜를 맞고 들어와, 이 계집애야! 내가 그렇게 잘하라고 신신당부를 했건만!"

목젖이 보일 만큼 보은이 고래고래 고함을 질렀다.

"몰라요! 제가 맘에 안 든다는데 그럼 어떡해요?"

한나도 신경질적으로 발을 흔들어 하이힐 한 짝을 벗었다. 살인미소의 염장. 보은의 닦달. 한나는 짜증이 있는 대로 났다.

"쯧쯧쯧······."

팔짱을 끼고 한심하다는 듯이 쳐다보는 보은을 지나쳐 한나는 자신의 방으로 들어가 문을 쾅 닫았다. 보은은 그런 한나가 괘씸해 쫓아가 방문에 주먹 한 방을 날렸다.

"너 어쩔 거야? 좋은 자리 다 놓치면 언제 시집 가?"

"혼자 살다 죽게 놔둬요!"

"이놈의 계집애. 말하는 것 좀 봐! 누굴 말려 죽일 셈이야?"

"제발 저 좀 가만히 내버려 둬요!"

"너 이따가 보자! 날 말려 죽일 셈이라면 엄마는 널 굶겨 죽일 셈이다! 오늘 저녁 없어!"

"그게 뭐야?"

경이 눈이 휘둥그레져서 물었다. 현이 여자 핸드백과 하이힐 한 짝을 들고 들어왔기 때문이다. 현이 뚱한 표정으로 그것을 내려다보자 경이 더 가까이 다가왔다.

"다시 물을게. 누구 거야?"

"······."

"혹시 오늘 선보러 나온 여자가 현대판 신데렐라였어?"

"······."

"말 좀 해봐."

"······."

묵묵부답으로 일관하던 현이 입술을 삐죽거리며 방으로 향했다. 궁금증을 해결 못한 경이 그림자처럼 바짝 뒤쫓았다. 현이 책상 위에 그것들을 놓고 방에 딸린 드레스 룸으로 들어갔다. 눈치를 살피던 경이 낯선 물건을 들고 요리조리 살폈다. 경은 그 물건의 주인이 분명 현의 맞선 상대일 거라 생각했다. 발 사이즈가 무척 작고, 힐 높이가 꽤 높은 것으로 보아 여자의 키가 작은 게 틀림없었다. 키다리 현에게 키 작은 여자? 왠지 잘 어울리지 않을 거 같았다. 입술을 요리조리 삐죽거리던 경이 어깨를 으쓱 추켰다.

그때 갑자기 옆에 있던 가방에서 우렁찬 핸드폰 벨소리가 들렸다. 그 바람에 경이 소스라치게 놀라 그만 신발을 떨어뜨렸다. 베토벤 바이러스라는 요란한 벨소리였다. 이런 벨소리를 선택한 여자라면 결코 성격이나 취향이 평범하지 않을 것이다. 경은 본 적도 없는 물건의 주인이 더욱더 마음에 들지 않았다. 드레스 룸에서 셔츠 단추를 풀던 현도 정지 상태였다.

"오빠, 받아야 하지 않을까? 이 물건들 주인일 수도 있잖아."

경의 말대로 된장피카소일지도 모른다. 하지만 현은 동생이 있는 자리에서 된장피카소와 옥신각신하고 싶지 않았다. 현은 당연히 한나가 가방과 구두 때문이라도 자신을 따라올 줄 알았다. 하지만 차 문을 열고 뒤돌아섰을 때 한나는 이미 신기루처럼 사라진 후였다. 너무 황당한 나머지 현은 그 자리를 뜰 수가 없었다. 다시 한 번 경이 현을 부르며 재촉했다.

"놔둬."

현이 다시 손을 움직여 셔츠 단추를 풀었다. 옷을 다 갈아입었을 때쯤에 베토벤의 비창과 스타크래프트 게임 음이 섞인 시끄러운 벨소리가 이내 잠잠해졌다. 현이 편한 옷차림으로 드레스 룸을 나오자 경이 떨어뜨린 신발을 재빨리 책상 위에 올려놓았다.

"경아, 네가 보기에도 내가 과대망상에 교만하고 뻔뻔하니?"

현이 의자에 털썩 주저앉으며 자존심이 엄청 상한 듯 물었다.

"누가 그래? 혹시 이 물건 주인이 그런 악평을 해? 오빠에 대해 무슨 오해를 했는지 몰라도 어떻게 그 딴 식으로 말할 수가 있어?"

경이 펄쩍펄쩍 뛰었다. 이모가 말도 안 되는 소리를 지껄이는 여자를 현에게 소개시켜 주다니 정말 믿을 수가 없었다. 이모가 원망스럽기까지 했다.

"오해?"

경의 말을 곰곰이 반추해 보던 현이 불현듯 떠오른 생각에 자신의 무릎을 탁 치고 머리를 쥐어박았다. 선보는 자리에서 애인이 있다고 했던 게 기억났던 것이다. 바람둥이 같은 행동을 했으니 된장피카소가 오해할 만도 했다. 치밀하지 못한 계략은 실패였다. 그것도 모르고 한나에게 험담을 퍼부었으니……. 후회스러웠다. 절망스러웠다. 깁스한 다리로 방방 뛰며 난리를 부리던 한나의 모습이 떠오르자 더욱 암담해졌다. 한성깔 하는 여자, 된장피카소!

"참! 아까 엄마한테 전화 왔었어."

"언제 귀국하신대?"

"오빠한테 여자가 있다는 소식 들으시고 일정 앞당겨서 들어오신대. 지금 해외 여행이 문제겠어? 예비 며느리가 조만간 인사하러 올지도 모른다는데."

그때 거실 전화가 울렸다. 경이 방을 나갔고 혼자 남은 현은 다시 고민에 빠졌다. 조만간 사귀는 여자를 데려오라고 하실 게 뻔한데 어디 가서 여자를 구한단 말인가. 현에겐 지금 애인이 아니라 애인 역할만이라도 해줄 여자가 필요했다.

현이 알고 지내는 여자들을 떠올려 봤지만 그들은 하나같이 픽션이 아니라 논픽션을 원하기 때문에 섣불리 부탁을 할 수 없었다. 부탁이나 운명 시험 대상으로 된장피카소가 제일 적합했는데 말이다. 발을 빼기에도, 발을 들여놓기에도 딱 좋은 위치에 있는 여자는 오직 된장피카소밖에 없었다. 순간 또 아쉬워졌다. 괜한 거짓말을 해 일을 이 지경으로 만들었나 싶어 현이 괴로운 표정을 지었다. 이제 와서 부모님을 실망시킬 수는 없었다.

고민의 늪에 빠져 허우적대고 있을 때 다시 된장피카소의 요란한 핸드폰 벨소리가 울렸다. 남의 물건에 손대는 것이 왠지 꺼림칙했지만 된장피카소일 수도 있다는 생각에 현이 가방을 열었다. 발신인을 확인한 현이 인상을 찌푸리며 중얼거렸다.

"잠실대표미남……?"

모르는 사람의 전화를 받을 수는 없었다. 한참 뒤에 전화는 더 이상 울리지 않았다. 궁금했다. 된장피카소의 전화번호 목록엔 이 남자 외에 얼마나 더 많은 남자 이름 있을까? 마치 남의 일기장을 훔쳐보는 것처럼 가슴이 두근댔다. 현이 호기심으로 전화번호를 차례로 검색해 보았다.

〈1번 우리집 2번 원조미남 3번 조폭마마 4번 잠실대표미남 5번 날버린남자 6번 요조숙녀…….〉

현은 어이가 없었다. 이름이 하나같이 별명으로 등록이 되어 있었다. 엉뚱하고 특이한 여자였다. '원조미남'은 누구고 '날버린남자'는 누굴까? 남자 관계가 복잡한 게 틀림없었다. 그런 주제에 누구한테 과대망상이니 뻔뻔하다느니 하는 거야? 위선자! 불여우! 늙은 꽃뱀!

현은 자신을 향해 따따따따 종알종알 쏘아붙이는 한나의 빨간 입술이 다시 생각났다. 유일하게 예쁘다고 생각됐던 그 입술마저 지금은 너무 얄미웠다. 된장피카소! 너 내가 애인이 없다는 걸 확인시켜 줘도 날 싫어할 거니? 설마 아니겠지? 또 거절하면 어쩌지? 현은 자신이 없어졌다. 이거 정말 자존심 무지 상하네!

이불을 뒤집어쓰고 씩씩대던 한나가 이불을 젖히고 벌떡 일어났다.

"고약한 손버릇에 거친 말솜씨, 처세까지 엉망인 여자라고? 내가 아무한테나 그러는 줄 아니? 너같이 형편없는 놈팡이한테나 그러지."

움켜잡은 이불을 이로 물어뜯던 한나가 그래도 분이 안 풀리는지 베개를 잡아 내려쳤다.

"건방진 놈!"

힘껏 비틀었다.

"바람둥이!"

침대 아래로 처박아 버렸다.

"협잡꾼!"

그때 방문이 벌컥 열리고 한진이 무선 전화기를 들고 들어왔다.

"누나, 전화!"

"누군데?"

한나가 전화를 받아 들며 조그맣게 물었다.

"김현 씨래."

"뭐? 누구?"

"김! 현!"

이름을 못 들어서 물은 게 아니었다. 여기가 어디라고 전화를 걸어, 이 인간이! 이 남자 독심술까지 있나? 여하튼 양반은 아니군. 한나가 동생의 손에서 거칠게 전화를 빼앗아 퉁명스럽게 받았다.

"여보세요?"

[다리 괜찮아요?]

"제 다리한테 안부 전해드리죠."

새침하게 비꼬았다.

[언제 드릴까요? 가방하고 구두.]

"……."

물건을 받으려면 다시 만나야 하는데 차마 그러고 싶지 않아서 한나는 우물쭈물했다.

[그리고 핸드폰이 계속 울리네요. 약사라는 소리를 들었는데…….]

한나가 믿을 수 없다는 듯이 입을 벌렸다. 혀를 내두르고 싶었다.

"그건 또 어떻게 아셨어요?"

[세상이 하도 좁아서요. 다리도 불편하니 약국 위치를 알려주시면 내일 제가 갖다 드릴게요.]

경계심을 늦출 수가 없는 이 상황에서 한나는 말하기를 미적거렸다. 하지만 결국 알려줄 수밖에 없었다. 구두 정도라면 그냥 포기할 수 있지만 핸드폰과 지갑만큼은 한나에게 중요한 것이었다. 더 이상 할 말이 없어진 한나는 인사를 하는 둥 마는 둥 전화를 끊어버렸다. 옆에 서 있던 한진이 곧바로 기다렸다는 듯이 입을 열었다.

"누나, 내가 아까 누나 핸드폰으로 열심히 전화했는데 어떤 놈이 가져갔는지 절대 안 받더라. 분실 신고라도 해야 하는 거 아니야?"

"됐어. 내일 갖다 준대."

"지금 전화한 사람이 주웠대? 혹시 사례비 많이 요구하면 나 불러. 이런 일은 남자가 나서야 돼."

"말이라도 고맙다."

다음날 아침. 한나는 불편한 자세로 양치질을 하며 거울을 쳐다봤다. 거울이 미쳤나 보다. 갑자기 살인미소가 나타났다. 무슨 백설공주에 나오는 마법의 거울도 아닌데 이런 경우가 다 있냐? 음흉한 미소를 짓는 살인미소를 향해 한나가 주먹을 말아 쥐고 때릴 듯한 폼을 잡았다. 그리고 가운뎃손가락을 위로 치켜 세웠다. 한나의 공격에 살인미소가 연기와 함께 펑 하고 사라졌다. 한나는 다시 이가 부서져라 세게 닦았다.

한나는 오늘 하루가 그리 평탄치 않을 것 같아서 염려스러웠다. 1주일 정도를 멍든 얼굴 때문에 손님들한테 시달렸는데 또 1주일 정도를 다친 다리 때문에 시달릴 생각을 하니 벌써부터 지긋지긋해졌다.

불편한 다리로 출근을 준비하느라 한나는 많은 시간을 소비했다. 평소엔 하얀 가운 차림으로 있기 때문에 청바지와 티셔츠만 입어도 됐다. 그런데 다친 다리엔 바지보단 치마가 편할 것 같아 고심 끝에 치마를 골라 입었다. 그리고 치마에 어울리는 옷을 찾다 보니 블라우스를 입게 됐고, 왠지 옷에 비해 얼굴이 초라해 보여 화장도 하게 됐다. 그러고 나니 한나의 모습은 일하러 가는 여자가 아니라 선보러 가는 여자처럼 되고 말았다.

"어머머! 오늘 무슨 날이에요?"
"아뇨."
"화장하니까 너무 예쁘다."
"헤헤, 아닌 줄 알면서도 기분은 좋네요."
"난 내가 잘못 들어온 줄 알고 깜짝 놀랐어요."
"호호호, 농담도 잘하세요."
"나도 약국 주인이 바뀐 줄 알았어요."
"그러셨어요?"
"어머나! 그런데 다리는 왜 그래요?"
"계단에서 넘어졌어요."
"에그, 쯧쯧……. 계속 안 좋은 일이 생겨서 어째?"
"그러게요."
"결혼 안 하고 살다 늙어서 아프면 그렇게 서럽다죠? 그러니까 어서어서 시집가요."
참 신기했다. 전혀 상관없는 대화를 하다가도 대화의 종점은 결혼 또는 시집이었다. 한나가 떨떠름한 표정으로 웃으며 손가락으로 목을 긁어댔다. 여하간 오늘도 한나는 미주알고주알 캐

묻기 좋아하는 손님들을 상대하느라 점심 시간이 되기도 전에 진이 빠졌다.

현은 벌써 1시간째 차에서 대기 중이었다. 아쉬운 사람이 침 뱉은 우물 다시 먹는다고 현은 자신을 오해하는 한나에게 다시 한 번 부탁을 할 생각이었다. 지금으로서는 달리 누구에게 부탁할 사람이 없었다. 우선 한나가 부탁을 들어주면 만날 기회가 생길 것이고, 그러다 괜찮은 사람이란 판단이 들면 그때 진지한 연애나 교제를 운운해도 될 것이다. 물론 그럴 일은 없겠지만 말이다. 스스로 생각해도 너무 계산적이고, 약삭빠른 행동이었다. 하지만 신중해서 나쁠 건 없지 않은가.

그런 꿍꿍이를 가지고 온 현이 선뜻 한나의 약국으로 들어가지 못하고 있었다. 성격이 우유부단해서가 아니었다. 아무리 생각해도 한나가 운영하는 약국은 약을 사고파는 곳이 아니라 동네 사람들이 모여 앉아 수다를 떠는 사랑방 같았다. 한 번 들어간 사람들은 도무지 나올 생각을 하지 않았고, 대여섯 명을 유지하면서 계속 로테이션이 되었다. 그 바람에 현이 적당한 때를 얻지 못하고 있었던 것이다.

그래도 오래 기다린 덕분에 현은 새로운 사실들을 깨달았다. 한나도 웃을 줄 아는 여자라는 사실과 사람들과의 유대 관계가 돈독하다는 것이다. 특히 반달 형태의 눈으로 눈웃음을 치는 한나의 모습은 아주 충격적이었다. 사람의 마음을 들뜨게 만드는 눈웃음의 위력에 현조차 넋을 잃을 뻔했다. 가슴까지 녹아드는 기분이었다. 마치 다른 사람을 보는 것 같았다. 정말 다르게 보였다. 정반대의 성격을 가진 쌍둥이 자매일지도 모른다는 생각까지 들 정도였다. 몇 가지 장점이 한나를 바라보는 현의 시각을 조금씩 흔들었다.

슬슬 배가 고파진 현은 도저히 더는 참을 수가 없었다. 현이 쇼핑백을 들고 차 밖으로 나와 약국 문을 밀고 들어갔다. 순간 와시글와시글한 소리에 현은 정신을 차릴 수가 없었다. 괜히 들어왔나 싶을 정도였다. 함께 떠들고 웃던 한나가 현의 입장에 일순간 얼굴이 굳어졌다. 이상한 낌새를 맡은 손님들이 슬슬 일어났다.

"어머나! 시간이 벌써 이렇게 됐나? 빨리 가서 애들 점심 챙겨줘야겠다."

"하여간 여기만 오면 엉덩이가 무거워진단 말이야."

"자, 자, 어서 나갑시다."

손님들이 현을 힐금힐금 쳐다보며 약국을 나갔다. 한나는 밖에 나간 사람들이 한참 속닥거린 후 파하자 왠지 불안해졌다. 조만간 동네에 이상한 소문이 돌 것만 같은 기분이 들었다. 약국은 밀물이 빠져나간 바닷가처럼 고요한 적막에 잠겼다.

"이거요."

머쓱해진 현이 쇼핑백을 한나에게 건넸다.

"고마워요. 바쁘실 텐데 제가 번거롭게 했네요."

어쩜 이렇게 다를 수가 있단 말인가. 현은 일순간 돌변한 한나의 표정과 태도가 야속하게 느껴졌다. 툴툴거리는 말투로 맘에도 없는 인사치레를 하는 한나가 정말 얄미울 정도였다.

"그런 말도 할 줄 아네요."

"네?"

"고맙다는 말이요."

한나가 대답 대신 말꼬리를 잡고 시비를 거는 현의 말에 어이없다는 듯 피식 웃었다. 그런 비웃음 말고 아까처럼 좀 웃어 봐 줘요. 현이 속으로 괜한 투정을 부렸다. 그때 문이 열리면서 앞치마를 두른 아주머니가 신문지로 덮은 커다란 쟁반을 이고 들어와 한나에게 건넸다.

"오늘 점심 메뉴는 된장찌개야. 그런데 다리 다쳤다면서?"

"네에……."

"조심 좀 하지 그랬어?"

현은 자신이 좋아하는 구수한 된장찌개 냄새에 코를 킁킁댔다. 입에 침이 가득 고이기 시작했다. 그런 현을 아주머니는 곁눈질로 쳐다보며 혼자 중얼거렸다.

"약을 사러 오신 분 같지는 않고……."

"저기…… 아주머니, 1인분만 더 가져다 주시면 안 될까요? 제가 지금 무지 배가 고파서요."

현의 말에 한나와 아주머니의 눈이 휘둥그레졌다.

"그래요…… 그럼……."

이 남자가 무슨 생각으로 이러는 거야? 아주머니가 서둘러 나가자 한나가 손가락으로 목을 긁어댔다. 이런, 된장! 애써 자신의 물건을 가져다 준 사람이 배가 고프다고 하는데 그냥 내쫓을 수도 없고, 그렇다고 같이 먹자니 벌써부터 속이 거북해지네.

곧 아주머니가 또 하나의 쟁반을 들고 왔다.

"와! 번개처럼 빠르시네요!"

현이 놀라면서 쟁반을 받아 들었다.

"밥장사 1, 2년 해보나요? 그럼 맛있게 들어요."

"네, 고맙습니다. 저기 밥값은?"

현이 지갑을 꺼내 돈을 지불하려 하자 아주머니가 됐다는 식으로 손을 흔들었다.

"이건 내가 그냥 주는 거라우. 댁이 마음에 들거든. 하하하!"

아주머니가 호탕하게 웃으며 문을 열고 나갔다, 의미심장한 눈빛을 한나에게 보내면서. 오해를 받는 것 같아 한나는 기분이 언짢아졌다. 하지만 현은 그 말에 기분이 좋은지 활짝 웃으며 허리까지 숙여 인사를 했다.

"고맙습니다. 잘 먹겠습니다!"

한나가 몰래 한숨을 푹 쉬었다. 어쩔 수 없는 상황이었다.

"저기…… 이리로 오세요."

한나가 약국에 딸린 뒷방으로 현을 안내했다. 좁은 공간에 커다란 현과 함께 쟁반을 놓고 마주 보고 앉으니 더 이상 남는 공간 없이 방이 꽉 찼다. 정말 배가 고팠는지 현이 허겁지겁 밥을 먹었다, 계속 '음…… 음…… 진짜 맛있다' 라는 말을 덧붙여가며. 식성 하나는 타고난 듯했다. 양 볼이 미어터질 것 같았다. 먹는 속도도 엄청 빨랐다. 한나가 삼 분의 일 정도 먹었을 때 현은 밥그릇을 들고 남은 밥풀 하나 없이 싹싹 긁어 먹고 있었다. 그러고도 아직 양이 안 차는지 한나의 밥을 넘보았다.

"남길 생각이면 딱 한 숟가락만 줘요."

한나가 아무 대꾸도 못하고 한 숟가락을 퍼서 현의 밥그릇에 넣어주었다. 현이 무척 행복한 미소를 지었다. 순간 한나의 눈빛이 흐려졌다. 현이 웃자 한나는 또 성진이 생각났던 것이다. 마음이 뒤숭숭해졌다. 또 가슴 아픈 지난날의 일들이 회상되기 시작했다.

한나가 준 밥까지 또 금세 다 먹어버린 현이 한나가 건넨 물로 보글보글 소리를 내며 입까지 헹궜다. 고의가 아닐 텐데도 왜 이렇게 하는 짓도 비슷하고 닮은 구석이 많은지…….

"와! 잘 먹었다."

할 일이 없어진 현이 계속 한나를 쳐다보았다. 든든한 배를 두드리며 기회를 노리고 있었다. 어떻게 말을 해야 한나가 쉽게 자신의 제의를 받아줄까 싶어 현은 머리를 자갈 굴리듯 굴리고 또 굴렸다. 동정심을 자극하는 게 제일 좋은 방법이란 생각이 들었다.

현의 시선이 불편했는지 한나가 서둘러 식사를 마쳤다. 빨리 이 방에서 나가고 싶었던 것이다. 그런데 한나가 다 먹은 것을 확인한 현이 이야기를 늘어놓기 시작했다. 약간 슬픈 눈빛을 연출하면서 말이다.

"어제는 제가 선보기 싫어서 주선한 이모님께 만나는 여자가 있고, 조만간 부모님께 인사드리게 할 거라고 거짓말을 했어요. 그런데도 이모님이 나가서 적당하게 둘러대고 오라고 하시더군요. 어차피 맞선 상대 아가씨도 나중에 이모님한테 그런 설명을 듣게 될 거 같아서 애인이 있냐고 묻기에 그렇다고 말한 거예요. 그런데 점점 일이 커졌어요. 해외 여행 중이신 부모님들이 일정을 접고 들어오실 정도로 너무들 좋아하시고 기대를 하셔요. 지금 같아서는 거짓말을 왜 했나 싶어 심히 후회가 되지만 실망하실 부모님을 생각하면! 으윽…… 도저히…… 도저히! 거짓이었다고 말씀드릴 수가 없어요."

신세타령을 하듯 말하는 현에게 약간의 동정심이 느낀 한나가 남의 일 같지 않아 충분히 그 심정을 이해한다는 듯 고개를 끄덕였다. 그런데 그때 순간적으로 잊고 있었던 샴푸모델이 퍼뜩 떠올랐다. 한나는 다시 경계의 눈빛으로 현을 쳐다보았다. 그리고 차갑게 물었다.

"그럼 샴푸모델은 뭐예요?"

"샴푸모델이요?"

무슨 말인지 몰라 현이 눈만 깜박였다.

"결혼식에 데려온 여자분 말이에요. 그분이 애인 아니었어요?"

누굴 속이려고! 홍! 한나는 기억력이 좋은 자신이 대견스럽고 자랑스러웠다.

"푸하하하! 제 동생 경이요? 저 여동생하고 연애할 만큼 정신 나간 패륜아 아니에요."

"여, 여, 여동생이요?"

당황한 한나가 말을 심하게 더듬었다. 이런, 된장! 여동생이었어? 이게 되게 쑥스럽구먼. 그럼 선봤던 여자한테 내가 무슨 짓을 한 거야? 애고, 애고……

"네."

무척 미안한 표정을 짓는 한나에게서 희망이 조금씩 엿보였다. 현이 다시 긴장의 끈을 조여 매고 한나를 공략했다.

"어쨌거나 아주 걱정이에요. 이런 상황에서 어떻게 해야 할지……"

한숨을 한번 길게 토하고 나서 현이 덧붙여 말했다.

"그래서 말인데요……"

현이 선뜻 말을 못하고 우물쭈물했다. 이것도 나름대로 연출이었다. 음하하하!

"저랑 협력하시는 거 어떠세요?"

"협력이요?"

난데없는 제안에 한나의 표정이 멍해졌다.

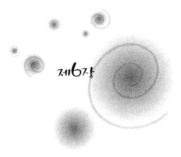

제6장

"**네,** 자유를 얻기 위한 협력이요."

여전히 무슨 소린지 이해를 할 수 없는 한나가 고개만 갸우뚱
했다.

"음……. 제 짐작대로라면 한나 씨도 집에서 선보라고 들들
볶아대는 것 같은데 우리 사귀면서 적당히 서로를 이용하는 거
예요. 여기서 사귄다는 의미는 가끔 만나서 밥도 먹고, 차도 마
시고, 대화도 나눈다는 거죠. 그리고 서로를 이용하자는 의미는
가족들한테 사귀는 사람이 있다는 걸 믿게 함으로써 더 이상 맞
선 자리에 끌려 다니지 말자는 거죠. 그러다가 둘 중 어느 한 사
람이라도 정말 좋아하는 사람이 생기면 그 협력은 종결되는 거

구요. 어때요?"

현의 말을 듣던 한나가 눈동자를 좌우로 떼구루루 굴려가며 고민을 했다. 이용? 적당한 단어가 없다면 그거라도 좋다. 자유! 그럼 그 지긋지긋한 맞선도 안녕? 선이란 소리만 나와도 소름이 돋을 만큼 질려 버린 한나가 현의 제안에 귀가 솔깃해졌다. 어제의 적이 오늘의 동지가 되는 순간이라 망설여지기는 했지만 한나는 정말 맞선에서의 탈출을 원하고 원했다. 당분간만이라도 좋으니 한나는 정말 그 지긋지긋한 맞선에서 해방되고 싶었다. 하지만……. 붕 뜨는 기분이었던 한나가 다시 어두운 얼굴을 했다.

"싫어요."

금방이라도 고개를 끄덕일 것 같았던 한나의 입에서 단호한 거절의 말이 툭 튀어나왔다. 현이 믿을 수 없다는 표정을 지었다. 발사된 우주선을 쳐다보며 환호하다가 펑 하는 소리를 내고 폭발해 버리는 장면을 보는 것처럼 기운이 쏙 빠졌다. 동정심을 자극해도 안 먹힌다는 말인가?

"왜요?"

"당신만 보면 자꾸 누가 생각나요."

"남자요?"

"네. 헉!"

한나가 황급히 양손으로 입을 가렸다. 현은 그냥 기분이 나빠 넘겨짚고 물어본 말이었는데 한나가 말실수를 한 듯 그렇다고 대답을 하자 슬슬 기분이 상했다.

"나랑 닮았어요?"

"그게…… 네."

우물쭈물 수긍하는 한나의 말에 현의 표정이 일그러지고 찌그러졌다. 잘생긴 연예인을 닮았다는 소리였다면 모를까. 이 상황에서는 주가가 하락하는 걸 보는 것처럼 기분도 하락세였다. 도대체 어떤 놈이 나랑 비슷한 얼굴을 해가지고 돌아다닌다는 거야! 아니면 벌써 내가 모르는 사이에 나를 복제한 클론들이 있다는 거야? 그럼 이때까지 날 싫어하고 화를 낸 게 그 남자 때문이었던 거야?

"실연당했어요?"

의도했던 연출이고 뭐고 다 필요 없었다. 부아가 치민 현이 툴툴대며 비꼬듯이 물었다.

"어머머! 그게 댁하고 무슨 상관이에요?"

현의 무례한 질문에 화가 난 한나가 따지듯이 대들었다.

"얼마나 호되게 당했으면 닮은 남자만 봐도 몸서리를 칠까?"

한술 더 떠서 비아냥거렸다.

"뭐, 뭐, 뭐라구요?"

폭발하기 일보 직전이었다.

"시집가기 힘드시겠어요? 지금까지 시집 못 간 거 그 남자 때문이에요?"

현이 끝내 겁도 없이 도화선에 불을 붙였다.

"야! 당신 따위가 뭘 안다고 주제넘게 떠들어? 당장 나가지 못해!"

도저히 참을 수가 없는 한나가 발광을 하듯이 고래고래 고함을 질렀다. 현이 이글거리는 눈빛으로 한나를 노려보았다. 한나의 씰룩거리는 빨간 입술과 심하게 오르락내리락하는 가슴이 눈에 들어왔다. 예쁘지만 툭하면 현의 자존심을 잘도 구겨놓는 입술이었다. 혼내주고 싶었다. 현이 갑자기 한나를 확 끌어안고 입술을 찾아 벌하기 시작했다. 그 바람에 그들 사이에 놓인 그릇들이 한나 대신 비명을 질러댔다.

기습적인 현의 키스로 한나의 눈은 있는 대로 커졌다. 한나의 입술을 공격한 현의 성난 혀가 입 안으로 들어가 온통 헤집고 다녔다. 거칠기 짝이 없는 키스였다. 그런 키스임에도 불구하고 한나는 머리 속의 모든 사고가 정지된 듯 멍해졌다. 반면에 심장은 온몸의 피가 갑자기 몰린 듯 빠른 속도로 뛰기 시작했다. 한나에게 이런 가슴 떨림은 참으로 오랜만이었다. 운동을 하거나 춤을 출 때 뛰는 심장 소리와는 차원이 다른 것이었다. 심장 고동 소리에 영향을 받은 듯 오랜 기간 잠들었던 모든 신경과 감각들이 깨어나 꿈틀대더니 점점 흥분 상태가 되었다. 예민해진 신경에서 비롯된 짜릿짜릿한 쾌감으로 전신이 떨려왔다.

김한나! 이것아, 정신 차려! 지금 넌 이 나쁜 놈한테 당하고 있는 거라구! 이성과 상식이란 존재가 없었으면 한나는 그대로 현의 키스에 몰입했을지도 모른다. 간신히 정신을 차린 한나가 비명에 가까운 신음 소리를 내며 두 주먹으로 현을 퍽퍽 소리가 나게 패기 시작했다. 평소 손이 맵다는 소리를 듣곤 해서 현이 금방 떨어져 나가리라고 생각했지만 현은 오히려 더욱 거친 키스로 대응했다. 깁스한 다리를 사용할 수 없는 게 그저 분할 따름이었다. 한 방이면 나가떨어질 텐데!

현은 한나의 얄미운 입술을 벌하면 화가 풀릴지도 모른다고 생각했다. 하지만 화가 풀리기는커녕 오히려 불에 기름을 부은 격으로 더욱더 화가 났다. 이제껏 여자한테 감정을 쉽게 드러내고 분별없이 행동한 적이 없는 현으로서는 지금 자신의 행동이 사춘기를 겪는 십대만도 못하다는 생각이 들어서였다. 그리고 결코 로맨틱한 무드가 느껴지지 않는 이 상황에서 극도로 흥분 상태로 되어 즐기고 있는 꼴이라니……. 체면이 말이 아니었다. 일방적이고, 강제적으로 한 키스의 대가로 얻어맞는 건 당연한 일이었다. 그런데 무슨 여자가 이렇게 손이 맵단 말인가? 멀쩡한 척하고 싶지만 진짜 아팠다. 이래도 이 여자를 고집해야 하는 건가? 갈등이 생겼다.

호흡이 가빠진 한나는 이러다가 질식사할까 봐 슬슬 겁이 났다. 키스 경험이 전혀 없는 건 아니지만 이렇게 사람의 혼까지 홀딱 빼앗을 만큼 강렬한 키스는 처음이었다. 그래도 사람을 죽일 생각은 없었나 보다. 현이 한나를 확 떼어내며 양팔을 붙잡았다. 한나가 날릴 따귀를 차단한 셈이었다.

"이건 어때요? 이것도 닮았어요?"

현이 가쁜 숨을 몰아쉬며 물었다. 여전히 눈에선 불꽃이 튀고 있었다. 한나가 금방이라도 숨이 넘어갈 듯이 헐떡대면서도 화를 못 참고 소리를 질렀다.

"아뇨! 적어도 된장 냄새는 안 났어요!"

자신이 생각해도 엽기적인 키스 평이었다. 한나는 곧 자신의 말이 현의 화를 더욱 자극했음을 알게 되었다. 현이 다시 한나를 와락 껴안고 키스를 해온 것이다. 그런데 현의 입술이 닿는가 싶더니 곧 떨어졌다. 동시에 한나의 귀에 낯익은 음성이 들려왔다.

"한나야, 어머나!"

연락도 없이 찾아온 다영이었다. 서로가 당혹스럽기는 매한가지였다. 뭐라 해명할 겨를도 주지 않고 다영이 후닥닥 퇴장을 해버렸다. 망연자실한 한나는 뒤로 벌렁 자빠져 기절이라도 하고 싶은 심정이었다.

"이, 이, 이런, 되, 되, 된자앙!"

머쓱한 표정으로 한나의 눈치를 살피던 현이 우물쭈물하다가 짧은 인사말을 남기고 줄행랑을 쳤다.

"나중에 봐요."

"야!"

뒷수습도 해주지 않고 치사하게 도망가는 현이 얄미워 한나가 반말조로 소리쳤으나 소용없는 짓이었다. 피가 나올 정도로 목을 벅벅 긁어도 화가 풀리지 않았다. 하는 수 없이 뒷방에서 주뼛거리며 나온 한나는 막 약국으로 다시 들어온 다영과 눈길이 마주쳤다.

"다영아……."

"……."

부끄러움과 분노로 벌겋게 달아오른 한나의 표정과 달리 다영은 무표정이었다. 약간 화가 난 듯 무뚝뚝해 보이기도 했다.

"저기…… 아까…… 그 남자……."

다영이 제대로 기억을 하는 거라면 한나는 분명 지현의 결혼식에서 신경전을 벌였던 남자와 키스를 한 것이었다. 몹시 난처한 듯 말을 더듬지만 다영의 눈엔 한나가 마냥 핑크빛 사랑에 빠진 여자처럼 보였다. 다영은 자신이 모르는 뒷이야기가 몹시 궁금했다.

"둘이 사귀니?"

다영이 심각하게 묻자 한나가 손을 펴서 마구 내저었다.

"아니야! 오해야!"

한나의 강한 부정에 다영은 미궁 속에 파묻히는 듯한 기분이 들었다. 진심이 궁금했다. 대학 학창 시절에도 한나는 성진과의 관계를 몇 번씩 캐물어도 항상 강하게 아니라고 부정했다. 하지만 그들은 어느 누가 봐도 캠퍼스 커플이었다. 좀처럼 진심을 보이지 않는 친구로 인해 다영은 입맛이 씁쓸해졌다.

"나 또 속아야 하니?"

"아니야!"

"일방적인 키스를 할 정도로 널 좋아하고, 잘생겼고, 아까 타고 간 차도 보니깐 꽤 부유한 것 같던데……. 괜찮은 조건 아닌가?"

"어머, 어머! 아니라니까!"

실상을 제대로 알지 못하는 다영이 키스하는 모습만으로 오해하는 건 당연했다. 하지만 오해를 받는 한나가 황당해하는 것도 당연했다. 펄쩍펄쩍 뛰며 부정을 하던 한나가 갑자기 다리에서 고통이 느껴져 비명을 질렀다.

"아악!"

"어머! 다리가 왜 그래?"

그제야 한나의 깁스한 다리를 발견한 다영이 얼굴을 찡그렸다.

"계단에서 미끄러졌어. 하여간 우선 앉아라. 뭐 마실래? 커피? 녹차?"

인상을 찌푸리면서도 한나가 커피포트에 물을 담고 스위치를 눌렀다.

"블랙커피 한 잔 주라. 쓴 게 마시고 싶다. 마음 같아서는 술이 고픈데……."

"무슨 일 있어? 참! 너 남자 생겼다더니 혹시 그 남자가 속 썩이니? 도대체 어떤 남자야? 말 좀 해봐."

한나는 다영에게 남자가 생겼다는 소문은 일찍이 들었지만 친구들에게서 어떠한 설명도 듣지 못한 터라 자세히 아는 것이 없었다. 커피를 타서 건네줄 때까지 다영은 아무 말도 하지 않고 한나의 얼굴만 빤히 쳐다봤다. 어서 말해 보라는 듯 한나가 눈짓을 하자 다영은 그제야 시선을 머그잔으로 떨어뜨리고 한숨을 푹 쉬었다. 다영의 머그잔 안에서 갈색 파랑이 일어났다.

"사랑했던 여자 못 잊고 한밤중에 찾아가 불 꺼진 그 여자의 방 창문만 쳐다보고 오는 남자…… 나 사랑해도 되니? 아니, 그런 바보 같은 남자…… 사랑받을 자격 있니?"

"어머! 어머! 미쳤어! 미쳤어! 너 그런 남자 사랑하는 거야? 말도 안 돼. 너만 상처받을 거야. 당장 그만둬! 앗! 뜨거워!"

한나가 너무 흥분한 나머지 머그잔을 흔들며 말하다가 뜨거운 커피를 손에 흘리고 말았다.

"……."

다영의 치켜 올라간 한쪽 입꼬리에서 피식 하는 바람이 새어나왔다. 순간 눈물이 왈칵 쏟아질 것 같아 다영은 천장을 향해 고개를 쳐들었다. 사랑하는 남자의 인생에서 조연 역할만 해야 한다는 것만큼 서글픈 일은 없었다.

"선택할 수 있다는 거 그게 행복인지 몰랐어. 난 선택할 기회조차 없는데……. 그 여잔 복도 많아. 부러워……."

한나는 다영의 말이 무슨 뜻인지 이해가 가지 않았다. 그저 다영의 눈가에 매달려 있는 눈물이 언제 떨어질지 몰라 마음만 조마조마했다.

"다영아, 가슴 아픈 사랑 하지 마. 그거 너무 힘들고 아파."

"한나야…… 만약에……."

그때 한나의 핸드폰이 주책없이 분위기를 깨며 요란하게 울렸다. 말을 채 다 끝내지 못한 다영에게 미안한 표정을 짓고 한나가 현이 놓고 간 쇼핑백을 뒤져 핸드폰을 찾아 귀에다 댔다.

"여보세요?"

[한나야, 나 지현이야.]

신혼여행에서 돌아와 전화했을 지현을 떠올리며 한나가 환한 낯빛을 했다.

"어머나! 지현아, 언제 왔니?"

[어제. 이제야 숨 좀 돌렸어.]

"여행 어땠어? 좋았니?"

[응. 푹 쉬다가 왔어. 저기 다름이 아니고 돌아오는 일요일에 집들이하려고 해. 신랑 친구들하고 내 친구들하고 함께 모이려고 하는데 올 수 있지?]

"아…… 그래?"

한나가 혹시 현도 올까 싶어서 선뜻 대답을 못했다. 아까 현과 키스를 했던 일이 떠오르자 한나는 다시 얼굴이 화끈 달아올랐다.

[꼭 와. 일요일 1시야.]

"으응……. 참, 다영이는 내가 전해줄게. 여기 있거든."

[그랬구나. 그래. 나 전화할 데가 많아서 이만 끊는다.]

전화를 끊은 한나가 한숨을 푹 내쉬다가 머그잔을 들고 멍하니 허공을 응시하고 있는 다영을 쳐다보았다. 예전 성진 때문에 힘겨워했던 자신의 모습과 너무나 닮았다는 생각이 들었다.

"지가 키가 크기를 해, 아니면 예쁘기를 해? 그렇다고 성격이 좋아? 그런 주제에 튕기기는 또 얼마나 잘 튕기는 줄 알아? 그래도 남자랑 연애는 해봤나 보지? 누군지 몰라도 정신 나간 놈일 거야! 어떻게 그런 여자를 좋아할 수가 있어? 내가 장담하는데 그 여자 분명히 차였을 거야!"

꽤 취한 현이 단숨에 술을 입 안에 털어 넣고 컵을 탁자에 탕하는 소리가 나게 내려놓았다. 취할수록 현은 한나가 너무 미워졌다.

"후후……. 그런데 너 왜 이렇게 흥분하고 그래? 그 여자 한 번 이용해 보려고 했는데 네 뜻대로 잘 안 되니깐 화가 나는 거야? 다른 여자들 많잖아. 뭐 하러 그 여자한테 목매고 그래?"

동범의 눈엔 현이 너무 우스워 보였다. 만나는 순간부터 현은 계속 한나에 대한 이야기만 늘어놓고 있었다. 만나는 여자에 대해 가끔 짧게 말한 적은 있어도 이렇게 과음을 하면서까지 그러지는 않았다. 동범의 눈엔 현의 모습이 자기 뜻대로 되는 일이 없다고 투정을 부리는 어린아이 같기도 하고, 질투라는 절벽에서 균형을 잃고 허우적대는 사람 같기도 했다. 현이 여자를 비하하듯 말했지만 자신 또한 관심을 가지고 다가갔던 사실을 잊고 남의 말을 하듯 하는 게 동범은 너무 우스웠다.

"자꾸 웃지 마, 형!"

"너 그 여자 좋아하지."

"형! 내가 미쳤어?"

현이 펄쩍 뛰며 흥분을 했다. 강한 부정은 강한 긍정인 경우가 대부분이었다. 마음 깊은 곳에 감추고 싶고, 스스로도 인정하기 싫은 것들이 있으면 무의식적으로 그걸 숨기기 위해 정반대의 말이나 행동을 하는 방어기제의 일종인 반동형성이었다.

"사랑은 사람을 유치하게 만드는 힘이 있지."

동범이 계속 해죽거리며 현을 놀렸다.

"사랑? 형 눈엔 내가 그 여잘 사랑해서 이러는 걸로 보여? 절대 아니야. 사랑은 무슨 얼어죽을 사랑……. 우리가 만난 지 얼마나 됐다구……."

말도 안 되는 소리라고 생각한 현이 발끈하며 부정했다. 하지만 동범은 현이 '우리'라는 말을 자연스럽게 사용하자 그것 보라는 식으로 현을 쳐다보았다.

"흐흐흐, 초기 감기나 심한 감기나 감기는 감기야. 정말 그 여자한테 관심이 없다면 네가 이럴 이유가 없잖아. 너 네가 잡으려는 공이 자꾸 튕겨져 나가는 게 신경질나는 거잖아? 안 그래?"

대답하기를 거부한 현이 자신의 컵에 술을 채워 마셔 버렸다.

"늦은 감이 있지만 결국 너도 이렇게 시작하는구나. 사랑의 반대말이 무관심이란 소리도 있잖아. 무관심할 수 없다면 그건 아직도 관심이 있다는 소리고, 사랑은 관심에서 비롯되는 거니까 아니라고는 말 못할 거야. 너 요즘 많이 달라진 거 모르지? 내가 아는 김현이라는 녀석은 이렇게 여자 앞에서 허둥대면서 물불 못 가리는 녀석도, 다짜고짜 애인 해달라고 하는 녀석도, 서로를 이용하는 협력을 제안하는 녀석도 아니었어. 그리고 그런 녀석한테 그럽시다 하면서 달려들 여자들이 몇이나 있나? 여자들은 딱딱한 것보다 부드러운 걸 더 좋아한다구. 정말 마음에 있으면 진실하게 다가가. 진심은 통하는 법이야."

동범이 조언을 하는 동안 현은 연거푸 혼자 술을 따라 마셨다. 점점 취기가 올라오면서 눈앞이 희끄무레해지고 세상이 흔들거렸다. 현이 어지러운 듯 탁자를 양손으로 꽉 잡았다. 자꾸 한나가 눈앞에 아른거렸다. 자신을 향해 종알종알 빼빼거리는 빨간 입술이 점점 확대되어 떠돌아다녔다. 그러다가 하얀 이를 드러내고 환하게 벌어지는 입술로 변했다. 낮에 봤던 한나의 눈웃음마저 떠오르자 현의 가슴이 설레기까지 했다.

"혀엉······. 지진났나 봐앙. 되겡 어지렁······ 네. 형! 근뎅······ 근뎅 그 여자······ 빨간 입술로 웃능 모습 쬐끔, 아주 쬐끔 귀엽당······. 형도 그 여자 눈웃음 보면 아마 뻑갈 거양. 키스도 좋았는뎅."

혀 꼬부라진 소리로 주절거리던 현이 그대로 탁자에 얼굴을 처박고 잠이 들어버렸다. 동범이 어이없는 표정을 짓다가 한쪽 입꼬리를 치켜 올리며 씩 하고 웃었다.

"아이고, 머리야! 애고, 속 쓰려!"

동범의 아파트에서 하룻밤 신세를 지고 일어난 현이 해장국을 떠먹으면서 연신 투덜댔다.

"크크큭."

뭐가 웃긴지 동범이 계속 웃어대자 현이 의혹의 눈길을 보냈다.

"형, 왜 그래?"

"너 술주정 되게 웃기게 하더라. 아무래도 내 생각엔 그게 너의 취중진담이 아닐까 싶다."

"내가 뭘 어쨌는데?"

지난밤 일이 하나도 기억나지 않는 현은 혹시 자신이 실수라도 했나 싶어 조심스럽게 물었다. 그러자 동범이 엄지손가락과 새끼손가락을 귀와 입에다 대고 전화하는 흉내를 냈다.

"된장피카소! 너 딴 놈하고 연애하고, 결혼하면 가만 안 놔둘거야!"

"헉! 내가?"

끔찍하다는 듯한 표정을 짓는 현을 무시하고 동범이 한술 더 떠서 흉내를 냈다.

"숏다리에 선머슴같이 생긴 게 눈웃음 하나로 남자 꼬이는 재주는 있어가지고!"

"내가? 정말 내가 그랬어? 형! 정말이야? 진짜?"

흥분한 현의 목소리 톤이 한껏 커졌다.

"너 나랑 키스까지 했잖아! 넌 내 거야! 넌 내 운명이라구! 네가 날 이렇게 만들었으니 책임져!"

재미를 붙인 동범이 나머지 한 손까지 뻗어가며 리얼하게 연기를 했다.

"아, 미치겠네. 내가 미친 거야. 미치지 않고서야…… 아씨!"

현이 의자에서 벌떡 일어나 방방 뛰며 난리를 부렸다.

"이건 새 발의 피야. 끝나려면 아직도 멀었어. 줄거리 요약해서 들려줄까, 아니면 계속 상황 재연해 줄까?"

현은 있지도 않았던 일을 꾸며 말하는 동범을 조금도 의심하지 않는 눈치였다.

"어떡해, 어떡해? 형! 좀 말리지 그랬어!"

"너 기억 안 나냐, 내가 얼마나 전화 못하게 뜯어말렸는지?"

"으으윽……."

현이 두 손으로 자신의 머리카락을 쥐어뜯으며 괴로워하기 시작했다. 반면 동범은 그런 현의 모습을 즐기듯이 쳐다보며 혼자 해장국을 후루룩 하며 마셨다.

"형…… 나 어떡해?"

"어쩌긴 그 여자랑 계속 만나야지 뭐."

"으으윽……."

현이 벽에 머리를 쿵쿵 박아대며 괴로워했다.

평상시보다 일찍 병원에 나온 현이 멍하니 창문 밖을 쳐다보고 있었다.

"내가 다시 술을 먹으면 사람이 아니지……."

현이 혼잣말로 중얼거렸다. 그리고 지난밤 일을 다시 기억해보려 했다. 하지만 그건 불가능한 일이었다. 현이 눈을 감고 체념한 듯 책상에 머리를 쿵쿵 박아댔다. 된장피카소가 자신의 운명이라는 확신이 들기도 전에 키스를 한 것도 모자라 협박 비스름한 프러포즈를 했으니 그야말로 진퇴양난에 놓였다. 난감했다. 한나에게 다시 전화를 걸어 술김에 저지른 실수였다고 변명을 하려니 사람 꼴이 우스워질 거 같았다. 하여간 그놈의 술이 원수였다. 사람 인생까지 바꿔놨으니 말이다.

고개를 들자 현의 이마가 빨갛게 변해 있었다. 현이 바람 빠진 풍선처럼 한숨을 길게 내쉬었다. 아무래도 상황이 급박하게 돌아갈 것 같은 예감이 들었다. 못마땅했다. 결혼 적령기가 지난 사람들이 결혼을 하게 되는 경우 모든 일들이 일사천리로 처리되는 걸 자주 목격했지만 자신까지 그렇게 될 줄은 꿈에도 몰랐다. 그때 현의 핸드폰이 울렸다.

"여보세요?"

[성범이다.]

"그래."

현이 다 죽어가는 목소리로 힘없이 대답했다.

[너 어디 아프냐? 목소리에 힘이 하나도 없다.]

"웬일이냐?"

[같이 술 한잔하자.]

예전 같으면 얼씨구나 하고 좋아할 현이 술이란 소리에 얼굴을 잔뜩 찡그렸다.

"나 술 끊었다."

[뭐?]

도저히 믿기지 않는다는 투였다.

"술 끊었다구. 앞으론 안 마셔."

[너 정말 어디 아프구나? 그렇지 않고서야 네가 술을 끊을 리가 없잖아?]

"그래, 나 아주 머리가 아프다 못해 터지려고 한다."

성범이 하는 농담도 받아줄 기력이 없는 현은 한쪽 손으로 지끈거리는 머리를 눌러댔다.

[그럼 용건만 간단히 해야겠구나. 이번 주 일요일에 집들이할 거니까 와라. 그리고 그날 오면 내가 좋은 선물 하나 하마.]

"선물?"

[그래, 인마. 그날 오면 알게 된다.]

"그래, 알았다. 그날 보자."

전화를 끊은 현이 다시 책상에 머리를 쿵쿵 박아댔다.

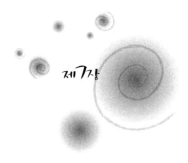
제7장

집들이가 있던 날. 한나는 약국까지 쉬는 날이라 늦잠을 자고 있었다. 핸드폰이 울리자 한나는 눈도 뜨지 않고 손을 더듬거려 그것을 잡아 귀에다 댔다.

"여보세요?"

잠에서 덜 깬 한나의 목소리가 무척 허스키하게 들렸다.

[김현이에요.]

"누구요?"

자신의 청력을 의심하고 되물었지만 이미 한나는 현의 전화에 잠이 확 달아난 상태였다.

[김현이요. 집들이 갈 거죠? 집 앞이에요. 나와요.]

"네에?"

한나가 벌떡 일어났다.

[기다릴게요.]

일방적으로 전화가 끊겼다.

"이런, 된장!"

한나가 새둥지처럼 헝클어진 머리를 신경질적으로 더 헤집고 움켜잡았다. 그동안 아무런 연락도 없었던 현이 난데없이 전화를 하고 집 앞에까지 나타났다. 한나는 아직도 꿈을 꾸는 건 아닌지 싶어 자신의 뺨을 꼬집어보았다.

"아야! 이런, 된장!"

그런데 한나는 왜 이렇게 심장이 뛰는지 알 수가 없었다. 가슴에 손을 대자 손바닥에 쿵쾅거리는 느낌이 전해져 왔다. 한나는 얼굴을 찡그렸다. 이 주책맞은 심장을 꺼내 때려주고 싶었다.

"김한나! 너 미쳤니? 5년 만에 해보는 키스에 네가 드디어 정신이 이상해졌구나. 그 미친놈한테 너도 전염된 거야? 제발 정신 차려!"

한나가 스스로 양 볼을 꼬집고 마구 흔들어댔다.

급하게 나갈 준비를 하던 한나가 옷장 문을 닫다가 가죽벨트를 발견하고는 꺼내 들었다. 눈을 가늘게 뜨고 청바지에 끼워 넣으면서 한나가 혼잣말로 중얼거렸다.

"한 번만 더 날 가지고 놀아봐라. 이 벨트로 목을 졸라주든지 등에 번개문신을 새겨주마. 음하하하하하!"

"내가 그렇게 보고 싶었어요?"

"뭐, 뭐라구요? 착각은 커트라인이 없다더니 무슨 근거로 그딴 소리를 해요?"

주차장에서 팔짱을 끼고 서 있던 현이 터져 나오려는 웃음을 겨우 참고 한나의 발을 향해 손가락질을 했다. 현의 손가락을 따라 고개를 숙인 한나가 짧은 비명을 질렀다.

"엄마야!"

한나가 꽁지에 불붙은 사람마냥 서둘러 다시 집으로 향해 뛰어갔다. 그 모습에 현이 마침내 웃음을 터뜨렸다. 집 안에서 신는 실내화 차림으로 기세등등하게 다가온 한나의 모습이 다시 떠오르자 현은 아예 차에 기대어 미친 듯이 웃어댔다. 지나가던 사람들이 현을 이상한 눈길로 힐끔힐끔 쳐다보았다. 현은 한나가 다시 신발을 갈아 신고 나왔을 때까지 웃음을 참지 못하고 있었다. 한나는 망신스러웠지만 되레 큰소리를 쳤다.

"이봐요! 난 혼자 갈 테니 여기서 계속 웃고 있든지 말든지 알아서 하세요."

"크크큭……. 하하하……. 타세요."

눈물까지 찔끔 흘려가며 웃는 모습에 한나가 현을 쏘아보았다. 웃지 말아요. 제발 좀 웃지 말라구요. 당신이 웃으면 자꾸 그 사람이 생각난단 말이에요. 그리고 바보 같은 내 심장이, 눈도 없는 내 심장이 착각을 한단 말이에요! 한나는 차마 입 밖으로 낼 수 없는 말을 삼켰다.

"무슨 남자가 그렇게 웃음이 헤퍼요? 그리고 왜 쓸데없이 찾아오고 그러세요? 앞으로는 이러지 마세요."

따끔한 한나의 질타에 현이 무안한 듯 웃음을 그쳤다. 나름대로 심각하게 한나를 찾아온 현이었다. 지난 일주일 동안 평생 할 생각과 고민을 다 한 것 같았다. 그런데 현은 이 순간 자신이 괜한 걱정을 했나 싶었다. 자신이 술김에 한 전화를 한나는 그저 단순한 술주정으로 받아들인 게 틀림없었다. 그러지 않고서야 어떻게 심경의 아무런 변화가 없는 듯 자신을 대할 수 있단 말인가.

현은 허탈해지기 시작했다. 자존심에 금이 가는 소리가 들렸다. 바짝바짝 약이 올랐다. 이 여잔 뭐가 이렇게 잘난 거야? 도대체 뭘 믿고 이렇게 튕기냐구!

"저 때문에 다리 다쳤잖아요. 전 한나 씨가 지금까지 깁스하고 있는 줄 알았어요. 이왕 이렇게 왔는데 같이 가죠. 기름 한 방울 안 나는 나라에서 두 배로 기름 쓸 필요 없잖아요."

물론 거짓말이었다. 현은 이미 동범으로부터 한나가 깁스를 풀었다는 말을 전해 들었다. 하지만 이렇게 둘러대야 자존심 덜 상할 것 같았다.

"차비 받으실 건가요?"

한나의 도전적인 말투에 현이 무서운 눈으로 째려보았다.

"이 차가 콜택시로 보여요?"

"차비 받으실 거면 안 탈 거라는 뜻이었어요."

메롱! 약 오르지? 한나가 새침한 표정으로 조수석에 올라탔다.

주말 도로는 수많은 차들로 붐볐고 그들이 탄 차 역시 기어가듯이 움직였다. 현은 묵묵히 운전을 했고 한나는 그저 창밖을 내다보고 있었다. 그러다 한나가 갑자기 뭔가 생각난 듯 손뼉을 쳤다.

"참! 선물 사야 하는데."

"이따가 슈퍼마켓에 들러서 세제나 화장지 사서 가면 되잖아요."

"그런 건 다른 사람들이 많이 사 올 거예요. 전 좀 색다른 걸 준비하려구요. 미안하지만 가다가 전자 매장 좀 들러주실래요?"

잠시 후 그들은 차를 주차시키고 전자 매장 안으로 들어갔다. 주위를 둘러보던 한나가 적당한 선물이 될 만한 것을 발견한 듯 그쪽으로 걸어갔다. 곧 직원으로 보이는 남자가 다가왔다.

"어서 오십시오. 공기 청정기 보시게요?"

"네."

"요즘 많은 분들이 찾으십니다."

"이거 전기세 많이 나가요?"

"아닙니다."

"색깔은 이거 하나인가요?"

"네."

"A/S는 확실하게 잘되는 거죠?"

"염려 마세요."

"어? 여기 흠집이 있네요. 새걸로 주실 거죠?"

"네, 그래야죠."

"이 가격 그대로 받으시나요, 현찰로 드리면 좀 빼주시나요?"

"글쎄요."

"안 빼주시면 카드로 하구요."

현이 계속 꼬치꼬치 따져 묻는 한나를 보며 속으로 혀를 내둘렀다. 결혼하면 살림 하나는 똑 소리 나게 하겠다는 생각은 들었지만 여전히 질문을 끝낼 생각이 없다는 듯 매장 직원을 놓아주지 않았다. 지루하고 따분해진 현이 끼어들었다.

"이걸로 주세요."

"아! 네."

매장 직원이 현을 구세주 바라보듯 쳐다봤다. 하지만 한나는 심히 못마땅한 듯 현에게 눈을 흘겼다. 내가 하는 선물을 왜 네 마음대로 결정하냐는 표정이었다. 그때 심상찮은 분위기를 느낀 직원이 나섰다.

"사모님이 무척 꼼꼼하시고 감각이 뛰어나시네요. 결혼하신 지 얼마 안 되셨죠? 척 보면 압니다. 잘 어울리시는 커플이세요. 새걸로 포장해 드리겠습니다."

직원 말에 한나가 어이없는 표정을 지었다. 차라리 말을 하지 말지. 한나는 눈을 반쯤 뜨고 물건을 가지러 뛰어가는 직원 뒤통수에다 대고 소리를 지르고 싶었다. 다른 매장으로 가서 살 테니 됐다고 말이다. 물론 그다지 기분 나쁜 말은 아니었다. 하지만 도둑이 제 발 저린다고 현에 대한 자신의 감정을 제대로 숨기지 못하고 드러냈나 싶어서였다.

뭐가 우스운지 현이 어깨를 들썩거리며 또 웃기 시작했다. 현은 커플로 보인다는 말이 기분이 나쁘기는커녕 오히려 기분이 묘하면서도 즐거웠다. 포장을 하고 있는 직원에게 다가가자 현이 한나에게 장난을 걸었다.

"자기야, 더 필요한 거 없어?"

한나가 현을 째려보며 속으로 소리쳤다. 너 저기 제일 큰 냉장고로 맞을래, 아니면 드럼세탁기 안에 넣고 돌려줄까? 현이 살벌한 한나의 표정을 보고 더 이상은 놀리지 않았지만 계속 웃음을 거두지 못하고 있었다.

"자, 다 됐습니다."

"카드로 할게요."

한나가 가방에서 지갑을 꺼내려 하자 현이 먼저 선수를 치며 카드를 내밀었다.

"이걸로 해주세요."

한나가 현을 밀어내고 자신의 카드를 내밀었다.

"무슨 소리예요? 저건 내 거니깐 내가 계산해야죠. 아저씨,

이걸로 해주세요."

현은 다시 무안해졌다. 정말 착각은 자신만 하고 있는 듯했다. 현은 당연히 선물을 함께 해도 될 거라고 생각했던 것이다. 매정한 여자! 현은 오기가 생겼다. 다시 자신의 카드를 내밀었다.

"이걸로 해주세요."

"두 분이 아주 금실이 좋아 보이세요. 남편 분 눈에 사랑이 넘치시네요."

직원의 말에 한나가 벌레 씹은 얼굴을 했다. 우선 빨리 이곳을 벗어나고 싶었다. 나가서 현에게 현금으로 주면 될 것이다.

"안녕히 계세요. 저 먼저 나가요."

"하하하! 사모님이 부끄러움을 많이 타시는군요."

등을 돌리고 걸어가는 한나가 그 직원한테 속으로 소리를 질렀다. 이봐요! 저 재봉틀로 입 박아주기 전에 그만 못 둬요?

한나는 거칠게 문을 밀고 나와 먼저 현의 차에 올라탔다. 곧이어 현도 포장된 선물을 뒷자리에 놓고 시동을 걸었다. 현은 여전히 웃음을 띤 얼굴이었다.

"그만 히죽거려요. 더는 못 봐주겠으니까."

"왜요? 난 그 사람 아주 마음에 들던데요."

현의 능청에 한나가 두 손 두 발 다 들었다는 듯이 입에 자물쇠를 채웠다. 그리고 챙겨둔 돈을 현에게 내밀었다.

"이게 뭐예요?"

"선물 값이요. 뭔가 착각하는 모양인데 저 선물은 제가 하는 선물이에요. 같이 하는 선물이 아니라구요. 그런데 왜 저 대신 돈을 내고 그래요?"

현은 내민 돈을 받기는커녕 남자의 자존심을 잘도 뭉개는 한나를 쏘아보았다.

"같이 하는 걸로 하면 되잖아요."

"어머, 어머! 우리가 무슨 사이라도 돼요? 선물을 왜 같이 해요?"

빈정빈정하는 한나의 태도는 현의 화를 더욱 돋우었다.

"키스까지 한 사이면 꽤 가까운 사이 아닌가요? 그거 알아요, 친구와 애인의 경계가 스킨십의 유무라는 거? 애인과는 키스를 할 수 있지만 친구와 키스를 하면 어색한 사이가 되어버릴 수도 있기 때문이죠. 키스는 연인이 되는 첫 단계예요. 그런 면에서 우리 연인이 맞지 않나요?"

어쩌다가 이렇게 여자한테 사정사정하는 놈이 되었는지…….
현은 속으로 이를 악물었다.

한나는 현의 말에 놀라 입을 벌렸고 순간 들이마신 공기로 사레가 들릴 것만 같았다. 아무렇지도 않게 그날의 키스 사건을 운운하는 현 때문에 얼굴이 화끈거렸다.

"장난할 생각이라면 그만둬요."

"한나 씨는 그날의 일 모두를 다 장난으로 받아들인 거죠? 나에 대해서 단 한 번이라도 진지하게 생각해 본 적 없는 거죠? 어떻게 사람이 그래요? 한나 씨 심장은 무쇠와 돌로 되어 있어요? 정말 아무런 느낌이 없는 거예요, 아니면 날 무시하는 거예요?"

현은 키스뿐만 아니라 취중에 전화를 건 일 모두를 두고 한나에게 따지고 들었다. 이미 뚝 부러진 것도 모자라 부서지고 가루가 되어버린 자존심은 세울 수도 없는 지경에 이르렀다.

"키스 한 번 한 것 가지고 말 되게 많네요! 어쨌든 난 김씨라는 성을 가진 남자와 연인이 되고 싶은 생각은 추호도 없어요."

우습게 들릴지도 모르지만 한나는 어느 때보다 진지했다.

"그 무슨 성 차별적인 발언이죠?"

웃기지도 않는 변명에 현이 농담을 던졌다.

"하여간 그런 줄 아세요."

한나의 얼굴에서 잠시 슬픔과 고뇌의 표정이 나타났다 사라졌다. 이 상황에서 또 어쩔 수 없이 성진이 떠올릴 수밖에 없었다.

김성진……. 그는 한나와 동성동본이었다. 알고 사귄 것은 아니었다. 같은 대학 선후배 사이로 정이 든 그들은 연인 사이로 발전하고 나서야 비로소 그 사실을 알게 되었다. 쉽지 않은 장애물이었다. 하지만 성진은 함께 넘자고 한나를 설득했었다. 그런데 막상 맞잡은 손을 놓은 건 한나가 아닌 성진이었다. 인사를 드리러 간 날 성진의 어머니는 한나가 동성동본이라는 사실에 충격을 받고 그 자리에서 고혈압으로 쓰러졌다. 성진은 한나에게 기다려 달라고 했다. 성진이 힘들까 봐 연락도 못한 채 전

전긍긍하며 한나는 기다렸다. 하지만 2개월 후 성진을 대신해서 온 건 달랑 편지 한 장이었다. 이별과 결혼 소식을 전하는 짧은 편지였다. 미련한 사랑은 한나에게 상처만 남겨줬을 뿐이다.

물론 현과 동성동본이 아닐 수도 있다. 확인도 안 해보고 지레짐작으로 그럴 필요는 없었다. 하지만 호된 경험을 한 한나는 자라 보고 놀란 가슴 솥뚜껑 보고 놀란다고 김씨라는 성을 가진 남자는 무조건 기피대상 1호로 생각했다. 그리고 현이 성진의 닮은꼴이라는 게 가장 문제였다. 볼 때마다 성진이 떠오를 텐데 어떻게 그것을 감당할 수가 있단 말인가? 그건 현에게도 못할 짓이고 자신한테도 곤욕스러운 일이었다.

한나가 들고 있던 돈을 얼른 현의 점퍼 주머니에 쑤셔 넣었다. 운전을 하느라 손을 움직이지 못하는 현이 인상을 일그러뜨렸다.

"혹시나 해서 그러는 건데요. 지현이네 집에 가서 괜히 쓸데없는 말이나 행동은 안 해줬으면 좋겠어요."

현이 혹시라도 오해를 불러일으킬 만한 행동을 하지 않을까 한나는 벌써부터 걱정이 되었다.

"예를 들면요?"

한나의 말에 기분이 상한 현이 비꼬듯이 물었다.

"괜히 친한 척하지 말라구요."

"장담은 못하겠는데요? 나 한나 씨한테 점점 관심이 많아져서 그런 가식적인 행동을 할 수 있으려나 모르겠어요. 그냥 속

편하게 연인이라고 말하는 게 낫지 않을까요? 다시 생각해 보는 건 어때요? 나 나름대로 괜찮은 놈이에요."

한나가 현에게 아주 질려 버렸다는 듯한 표정을 지었다.

"싫다니까요."

딱 잘라 말하는 한나였다.

"빨간색 좋아하죠?"

엉뚱한 말에 한나가 눈살을 찌푸렸다.

"좋아해요. 그런데 그건 왜요?"

"충동적, 적극적, 정력적이며 생각한 것은 좋든 나쁘든 즉시 입 밖에 표현한다. 감정의 기복이 심하고 조금이라도 잘못되는 일이 있으면 다른 사람이나 세상 탓으로 돌린다. 가끔 앞뒤를 안 가리고 행동하는 일도 있고, 불행한 일은 다른 사람 탓으로 돌리고 비난하며 어느 한쪽으로 치우치기를 잘한다. 통상적으로 단조로운 일에는 곧 싫증을 내고 내성적인 경향이 부족한 만큼 자신의 단점은 전혀 염두에 두지 않는다. 냉정하고 객관적이 되기는 어렵다는 것을 자기 자신도 알고 있다. 외견상 조용해 보이는 사람이라도 침착한 외견과는 달리 사실은 격심한 감정과 욕망을 감추고 있다. 어때요? 한나 씨 성격하고 딱 맞아떨어지지 않아요?"

"아는 거 많아서 참 좋으시겠어요?"

한나가 비웃으며 비꼬았다.

"나하고 닮은 남자한테 차인 거 맞죠?"

현도 만만치 않게 비꼬듯 다시 물었다. 현은 정말 자존심이 상해서 견딜 수가 없었던 것이다.

"뭐, 뭐라구요? 그, 그게 도대체 댁하고 무슨 상관이에요? 당신 스토커 기질 다분한 거 알아요?"

"또 흥분하는 거 보니 맞나 보네. 그 남자가 김씨였어요? 혹시 동성동본이었나?"

"그만 입 못 다물어요?"

한나가 화를 버럭 냈다. 남의 상처를 아무렇지도 않게 긁어대는 현이 정말 미웠다. 한나가 씩씩대며 현을 노려보았다. 그리고 다시 말을 이어갔다.

"사람에겐 보이지 않는 상처도 있는 법이에요. 무감각해지도록 길들여진 당신 같은 의사들 눈엔 염증 같은 건 보여도 평생 끌어안고 살아갈지도 모르는 상처받은 마음 따위는 보이지도, 느껴지지도 않겠죠. 하긴 하도 찌르고, 가르고, 잘라내는 일을 반복하다 보니 절대 건들지 말아야 할 영역이 있다는 것도 전혀 인식하지 못하겠죠. 그나마 소아과를 선택하신 게 천만다행이에요. 정신과를 선택하셨으면 어쩔 뻔했어요? 틀림없이 돌팔이라는 소리나 들었을 텐데. 요즘 넘치고 넘치는 게 의사라더니……. 우리 나라 의학계가 심히 걱정되네요. 하긴 뭐 돗자리 까셔도 돈은 잘 버셨을 거 같아요. 아니면 사상 최초로 바람둥이 양성학교 하나 설립해서 이사장 자리 꿰차고 앉아도 성공하셨을 거예요. 구시렁구시렁 쫑알쫑알 따따따따……."

한나의 빨간 입술 사이로 신랄한 비난과 공격이 끊임없이 흘러나왔다. 한나의 말에 쇼크를 받은 현이 드디어 스스로 감당할 수 없을 만큼 화가 나자 핸들을 확 꺾어 차를 급하게 길 한쪽으로 세웠다. 그리고 갑작스런 현의 행동에 놀란 한나의 얼굴을 잡고 거칠게 키스를 하기 시작했다. 한나를 조용히 시킬 수 있는 유일한 방법은 이것밖에 없었다.

"어? 한나 언니!"
택시에서 내린 한나가 뒤에서 들려온 여자 목소리에 고개를 돌렸다. 지현의 동생 지선이었다.
"지선아."
"좀 늦으셨네요? 그런데 언니, 어디 아프세요? 안색이 별로 안 좋아요."
"아, 아니야⋯⋯. 괜찮아."
좋을 리가 없는 게 당연했다. 또 한 번의 기습키스를 당한 한나는 현에게 인정사정없이 주먹세례를 퍼붓고 차에서 내려 택시를 잡아탔다. 한나는 그냥 집으로 갈까 하는 생각도 했지만 자신을 기다리고 있을 지현 때문에 마지못해 온 것이다. 단 차에서 급하게 내리느라고 선물도 못 챙겨온 것이 그저 분하기만 했다.
"혹시 결혼식 오실 때 교통사고나셨다고 하더니 그 후유증 아니에요?"

지선이 걱정스런 눈빛으로 한나를 바라보며 나긋나긋하게 물었다. 한나는 희미한 미소를 지으며 고개를 가로저었다. 교통사고 후유증이면 차라리 나을 것이다. 한나는 괜히 벌집을 건드려 벌에게 된통 쏘인 기분이었다. 툭하면 키스로 입막음을 해버리는 현. 그로 인해 머리가 어떻게 된 게 틀림없었다. 처음엔 심장이 주책을 부리더니 이제는 머리도 이상해졌다. 온통 현에 대한 생각 때문에 다른 생각은 할 수가 없었다. 한나는 자기도 모르게 미간을 좁히며 인상을 찡그렸다.

"언니, 아무래도 상태가 안 좋으신 거 같아요. 어서 들어가서 좀 앉으셔야겠어요."

지선의 말에 한나가 피식 웃었다. 아무리 봐도 지현과 지선은 천상 여자 중의 여자였다. 다소곳하고 조용조용한 그들은 한나와 정반대의 성격이었다. 남동생 한진도 한나에게 지현과 지선을 좀 닮아보라며 항상 말버릇처럼 말할 정도였다. 무릎에서 약간 올라간 높이의 찰랑거리는 흰색 스커트, 프릴이 달린 보랏빛 블라우스, 웨이브의 긴 머리를 하고 있는 지선은 어느 때보다 더욱 여성스럽게 보였다.

한나는 지선과 함께 팔짱을 끼고 지현의 집으로 향했다. 그런데 현이 엘리베이터 옆 벽에 기대서 있었다. 한나는 현을 보고 깜짝 놀라 얼굴에서 미소를 거둬들였다. 주책맞은 심장이 또 엄청 쿵쾅거렸다. 자신의 입술을 벌써 두 번이나 훔쳐 간 현을 미워해야 하는 게 정상인데 한나의 심장은 오히려 현을 반기고 있

었다. 현이 환한 미소를 지으며 지선에게 손을 내밀어 인사를
건넸다.

"안녕하세요? 지현 씨 동생 맞죠? 함 들어가는 날 뵌 적이 있
어요."

"아, 맞다. 기억나요."

이미 본 적이 있다? 한나는 함이 들어가던 날 고모의 환갑 행
사가 있어 가지 못했다. 지선은 부끄러운 눈빛으로 현이 내민
손을 가볍게 잡고 인사를 했다. 그리고 현 또한 매력적인 미소
를 지으며 지선을 뚫어져라 쳐다보았다. 한나는 두 사람 사이에
이상한 기류가 형성되는 것을 느꼈다. 또 기분이 이상해졌다.
한나는 속으로 살인미소에게는 힐난을, 지선에게는 위험 신호
를 보냈다. 그러면 그렇지. 바람둥이 기질이 어디 가더냐? 지선
아, 살인미소, 바람둥이 레이더망에 걸리지 않도록 조심하여라.
그렇지 않으면 머지않아 혼란의 도가니에 빠지는 사태가 올 수
도 있으니 말이다. 하지만 한나는 진정 지선을 위해서 그런 조
언을 하는 건지 자신이 없었다. 더 이상 현이 자신을 귀찮게 할
일이 없을지도 모르는데. 개운치 않고 오히려 찝찔한 기분이 들
어 마음만 심란해졌다.

"김현이라고 합니다."

"이지선이에요."

현이 곁눈질로 살짝 한나를 쳐다보았다. 그다지 밝은 표정이
아니었다. 혹시 집들이에 오지 않고 다른 곳에 갔으면 어쩌나

싶었는데 다행히 나타난 한나였다. 물론 반갑고 좋았지만 현은 나름대로 자존심이 많이 상한지라 내색하고 싶지 않았다. 눈이라도 정면으로 마주치면 또 이성을 잃고 고장난 자동차처럼 행동할까 봐 걱정이 앞섰다.

현은 한나가 왜 자꾸 자신을 거부하는지 이제 확실히 알게 되었다. 실연의 아픔이 있는 여자였다. 헤어진 애인과 닮은 남자로 인해 안 좋은 기억들이 떠오르는 건 또 다른 아픔일 것이다. 다가가지 못하게 한다면 다가오게 하고 싶었다. 남자의 오기라고 표현해도 상관없었다. 과연 이 여자가 열두 번 찍이 안 넘어올 여자인지도 확인하고 싶었다. 자신의 경험으로 비춰봤을 때 여자의 적은 남자가 아니라 여자였다. 신도 자제할 수 없는 질투심을 유발하면 분명 마음이 흔들릴 것이다. 현이 속으로 음흉한 미소를 지었다.

"이름도 예쁘고 얼굴도 미인이시네요."

얼씨구절씨구! 이 사람아! 그런 작업기술은 도대체 어디에서 전수받는 거요? 이런 말이 목구멍까지 치밀어 올라와 입을 간질여도 한나는 참을 수밖에 없었다. 그렇더라도 한나는 과연 지선이가 현의 몇 번째 공략 리스트에 올려진 여자인지 물어보고 싶었다. 아무튼 한나가 생각하는 현은 못 말릴 인간이고 여자들 홀리는 선수였다.

"참, 이쪽은 저희 언니 친구 분인 김한나 씨예요. 결혼식에서 보셨는지도 모르는데……."

현과 한나가 서로 아는 사이라는 걸 알 리 없는 지선이 그렇
게 소개하자 그들은 서로 처음 만나기라도 한 것처럼 고개만 약
간 숙여 인사를 건넸다. 그때 엘리베이터 문이 열려 세 사람은
안으로 들어섰다. 지선과 현, 그리고 한나 순서로 나란히 섰다.
그런데 현이 뭐가 그리도 좋은지 계속 매력적인 미소를 지으며
대화를 이어 나갔다.

"오늘 날씨가 참 좋죠? 역시 한국의 가을 날씨는 화려하면서
도 깊이가 있어 좋아요."

"네, 정말 그래요."

"언니 도와주려고 오셨나 보죠?"

"네."

"오실 때 차 많이 막히지 않았나요?"

"그래서 전 지하철을 타고 왔어요."

"아, 그랬군요. 그런데 집들이 이거 결혼 안 한 사람들 염장
지르는 게 목적이죠?"

"후후, 일리가 있는 말씀인데요?"

한나는 졸지에 왕따가 되어버렸다. 둘의 대화에 무관심한 척
했지만 기분이 심히 좋지 않은 한나는 속으로 현을 향해 독설을
퍼붓기 시작했다. 가증을 떨어라, 살인미소! 이 늑대 같은 놈!
여자킬러! 사기꾼! 능구렁이 같은 놈! 살쾡이! 징그러운 동물 이
름 다 붙여주고 싶은 놈! 한나는 지선을 향해 계속 떠드는 현을
째려보았다. 계속 쉬지 않고 움직이는 현의 입술이 눈에 들어왔

다. 한나는 갑자기 아까 차 안에서의 키스가 떠올라 얼굴이 붉으락푸르락해졌다. 키스도 잘하지만 여자 홀리는 것에도 도가 트인 입술! 정말 얄미웠다.

"한나 씨, 어서 오세요. 어? 현아, 어서 와라. 처제도 왔네?"
"어서 와, 어서 오세요. 왔니? 세 사람 어떻게 만난 거예요?"
세 사람이 순서대로 한꺼번에 들어오자 지현과 성범이 의아한 표정을 지으며 물었다.
"오는 길에 만났어, 언니."
지선이 그렇게 말하자 지현과 성범은 곧 이해했다는 듯이 고개를 끄덕였다.
"이거 받으세요."
현이 집들이 선물을 지현에게 건넸다. 휘둥그레진 한나의 눈에서 분노의 불길이 활활 타올랐다. 자신이 고른 선물이 고스란히 현의 이름으로 건네지고 있었다. 한나의 양손이 부르르 떨렸다.
"어머나! 이게 뭐예요?"
"공기 청정기요. 세제나 화장지는 다른 분들이 많이 사 오셨을 거 같아서요."
"어머, 어머! 현이 씨 굉장한 센스가 있으시네요!"
한나는 억울하고 분해서 당장이라도 거품을 물고 쓰러질 것만 같았다. 뻔뻔한 놈이 두 눈을 시퍼렇게 뜨고 살아 있는 자신

앞에서 아무런 죄책감도 없이 자신의 대사와 선물을 가로채 가고 있기 때문이었다.

"한나 넌 뭐 가져온 거 없어?"

지현이 한나의 주위를 살피며 물었다. 이 상황을 어떻게 넘겨야 할지 몰라 한나가 눈동자만 이리저리 굴려댔다. 곧 퉁명스러운 말을 내뱉었다.

"도둑맞았어."

"어머! 정말? 어쩌다가?"

"한나 언니, 그런 일이 있으셨군요. 어쩐지 안색이 안 좋으시다 했어요. 언니, 좀 앉으세요. 많이 힘들어 보이세요."

"그래, 한나야. 저기 성범 씨 친구들하고 우리 친구들 와 있어. 어서 가서 앉아라."

한나는 몸을 홱 돌려 거실을 향해 걸어갔다. 그리고 이미 와 있는 사람들한테 인사를 하며 자리에 앉았다.

현이 잔뜩 약이 오른 얼굴로 빨간 입술을 삐죽거리는 한나를 쳐다보았다. 귀여운 표정에 현은 금방이라도 웃음이 터져 나올 것만 같았다. 현은 한나를 더 약 올려줄 생각에 일부러 한나가 앉은 바로 옆 자리로 다가가 털썩 주저앉았다. 그리고 능청스럽게 다른 사람들과 인사를 나눴다.

당황한 한나가 현을 째려보다가 옆구리를 쿡 찔러 다른 자리로 가라고 눈치를 주었다. 하지만 현은 본 척도 하지 않았다. 이 인간이 도대체 왜 이러는 거야? 정말 미워 죽겠어! 그때 주방에서 지선이 앞치마를 두르고 음식을 들고 오자 한나는 벌떡 일어나 지선을 자신의 자리에 앉혔다.

"지선아, 나 지현이한테 말할 것도 있으니까 내가 음식 나르면서 할게. 넌 여기 앉아서 좀 먹어."

황당한 표정을 짓는 지선과 현을 뒤로한 채 한나는 도망치듯 주방으로 들어갔다. 그곳에서는 지현과 시어머니가 음식을 준비하며 분주하게 있었다.

"안녕하세요? 저 지현이 친구 한나예요."

"아, 네."

"제가 좀 도와드릴게요."

"아니에요. 손님이신데……."

"이거 나를까요?"

한나는 그냥 나갈 생각이 없다는 듯 음식이 담긴 접시를 가리키며 물어보았다.

"정 도와주고 싶으면요."

한나가 잡채가 담긴 접시를 쟁반에 받쳐 가지고 거실로 나갔다. 역시 예상대로 현이 매력적인 살인미소로 지선을 공략하고 있었다. 내 그럴 줄 알았다! 한나는 속으로 이렇게 외치며 콧방귀를 뀌었다. 문득 고개를 돌린 현이 한나와 잡채를 보더니 반가운 기색을 했다.

"와, 맛있겠다! 나 잡채 무지 좋아하는데."

그 말이 끝나기가 무섭게 한나가 방향을 틀어 성범의 다른 친구들이 있는 자리에 잡채를 놓아주고는 다시 주방으로 들어가 버렸다.

"제가 잡채 가져다 드릴게요."

"아니에요, 지선 씨. 그냥 해본 소리였어요."

일어서려던 지선을 현이 붙잡았다. 현은 고의적인 한나의 행동에 점점 심술이 났지만 내색하지 않으려 노력했다. 거의 음식을 다 내어갔을 때 지현의 시어머니가 옷과 가방을 챙기며 잘 놀다 가라는 말을 남기시고 떠났다. 지현이 한나를 끌고 주방으로 들어갔다.

"오늘 다영이 못 온다고 하더라. 중요한 일이 생겼대."

"그래?"

그나마 다행이었다. 다영까지 왔으면 현이 분명 지난번 약국에서 만났던 일까지 들춰낼 게 뻔했다.

"너 현이 씨 좀 눈여겨 봐봐."

"누, 누, 누구?"

지현이 뜬금없이 그렇게 말하자 한나는 가슴이 철렁 내려앉았다. 말도 안 했는데 뭔가를 알고 있는 건가 싶어 불안해졌다.

"현이 씨, 성범 씨가 지선이랑 현이 씨 잘 엮어보려고 하거든."

더욱더 깜짝 놀란 한나는 쿵쾅거리는 심장 소리가 지현에게까지 들릴까 봐 조마조마했다.

"이제 우리도 나가서 좀 먹자."

"그으래……."

지현과 함께 거실로 나가니 현과 지선이 계속 도란도란 이야기꽃을 피우며 만리장성을 쌓고 있었다. 잠시 말을 끊은 현이 지현을 보자 한마디 했다.

"제수씨, 고생하셨습니다."

"형수님이지 제수씨가 뭐냐? 너 우리 처제한테 관심있고 나한테 형님 소리 할 수 있으면 동서지간 맺자."

갑작스런 성범의 말에 현이 그저 껄껄 웃어댔고 지선은 얼굴이 빨개져서 고개를 숙였다. 하나는 본능적으로 현의 표정을 살폈다. 현이 성범의 말에 아무런 대꾸 없이 웃고만 있었다. 하나는 현의 속마음이 아주 궁금하면서도 아무런 대꾸도 안 하는 현이 괜히 미워지기 시작했다. 나쁜 자식! 뭐야? 사람 헷갈리게!

먹고 싶지는 않고 남 주기는 아까운 거냐고 묻는다면 할 말이 없었다. 하지만 김이 팍 새는 걸 어쩌란 말인가. 온몸에서 힘이 점점 빠져나가기까지 했다. 심란한 마음을 달랠 길이 없었다.

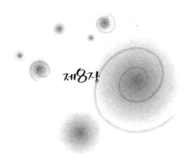

제8장

"혹시 결혼식 때 부케 받으신 분 아니세요?"

"네? 아…… 네."

성범과 현의 친구인 석호가 한나를 보며 물었다.

"꽤 인상적이어서 기억에 남네요. 오늘 뵈니깐 아주 미인이신데요?"

"하하하!"

"호호호!"

다들 그날의 기억이 되살아났는지 한꺼번에 웃어댔고, 한나는 어떻게 대답을 해야 할지 몰라 손가락으로 목을 긁어댔다. 그 와중에 현이 웃음을 거두고 석호를 은근히 노려보았다. 한나를 바라보는 석호의 눈빛이 심상치 않았기 때문이다. 농담처럼 말했지만 한나에게 관심이 있는 표정이었다. 찜해놓은 나무를 같이 찍어낼 생각을 하는 놈의 등장에 현은 심히 불쾌해졌다.

그 이후로 석호는 계속 한나에게 말을 시켰고 한나는 순한 양처럼 꼬박꼬박 '예, 아니요' 하며 대답을 했다. 현이 그런 한나가 더 못마땅해 눈을 흘겼다. 자신한테는 사나운 고양이처럼 발톱을 내세우며 행동하는 한나가 다른 남자들 앞에서는 전혀 다른 모습을 보여주고 있기 때문이다. 정환과 선을 봤을 때도 그랬고 오늘도 그랬다. 도대체 왜 나만 미워하는 거야!

밤이 되어서야 집들이 모임이 끝났다. 사람들이 아파트 밖에서 서로에게 작별을 고하며 흩어지고 있었다.

"와줘서 고마워, 한나야."

"지현아, 고생 많았다."

"현아, 우리 처제 부탁 좀 하자! 하도 예뻐서 혼자 보낼 수가 있어야지."

"응? 그래…… 알았어."

"처제, 얼른 타."

성범이 현의 차 조수석 문을 열고 지선을 태웠다. 현이 잠시 머뭇거렸다. 한나를 앞에 태우고 지선을 뒤에 태울 생각이었기 때문이다. 그때 석호가 큰 소리로 한나를 불렀다.

"한나 씨, 집이 잠실이라고 하셨죠? 제가 그 근처로 지나가니깐 모셔다 드릴게요."

"어머! 석호 씨, 그래 주시겠어요? 제 친구 잘 좀 부탁드려요."

"걱정 마세요, 지현 씨."

정작 한나는 아무 말도 하지 않았는데 지현이 떠밀다시피 해서 석호의 차에 올라타게 되었다. 한나는 오늘 내내 자신한테 이것저것 물어보고 말을 거는 석호가 왠지 부담스럽고 싫었다. 남자가 말이 너무 없어도 문제지만 이 남자는 말이 많아도 너무 많았다. 뭐든 적당한 게 가장 좋다는 생각을 하고 있었지만 오늘처럼 그 말이 절실하게 느껴진 적은 없었다. 한나는 현이 자신을 데려다 주기를 바란 것은 아니었지만 말 한마디 없는 현이 얄밉기도 했다. 지선이랑 단둘이 가고 싶은 게지. 흥!

"우리부터 갈게. 담에 보자!"

석호가 먼저 차를 출발시켰다. 금방 멀리 사라지는 석호의 차를 본 현이 눈살을 찌푸리고 속으로 투덜댔다. 우리? 벌써 어디 사는 거까지 말해 주는 사이가 됐단 말이지? 아니, 그런데 저 여자는 도대체 뭘 믿고 처음 만난 남자 차를 아무렇지도 않게 타고 가는 거야?

"자, 어서 가. 현아! 조만간 술 한잔하자."

"어, 그래……. 갈게."

"현이 씨, 안녕히 가세요. 지선아, 언니가 나중에 전화할게."

한나는 서둘러 석호에게 작별 인사를 건네고 차에서 내렸다.

데려다 준다는 명목 아래 쉴 새 없이 재잘거리는 석호를 상대해 주다 보니 기진맥진할 수밖에 없었다. 1초라도 빨리 석호와 헤어지고 싶기만 했다. 굳이 아파트 단지 안까지 들어가서 내려주겠다는 석호의 호의를 사양하고 한나는 아파트 정문 앞에서 내려 자신의 집을 향해 빠른 걸음으로 걸어가고 있었다.

어두컴컴하고 조용한 밤처럼 점점 한나의 기분은 가라앉고 우울해졌다. 이것까지 수다쟁이 석호의 탓으로 돌릴 수는 없었다. 한나는 자꾸 서로 다정하게 쳐다보며 웃는 한 쌍의 모습이 눈에 아른거렸다. 한나는 현과 지선 때문에 감정 조절이 안 된다는 사실을 인정하고 싶지 않았다.

김한나, 너 정말 맘에 안 든다. 아무리 네가 좋아했던 남자랑 닮았다지만 왜 그렇게 살인미소한테 신경 쓰는 건데? 너도 봤잖아, 아무도 못 말리는 바람둥이인 거. 그런 남자한테 마음을 주는 건 자살 행위나 다름이 없다구! 제발 정신 좀 차려!

긴 한숨을 내쉬며 거의 자신의 집 가까이 왔을 때 한나는 우두커니 서 있는 한 남자를 발견했다. 어둠 속에 잘 보이지는 않았지만 낯익은 실루엣이었다. 이상한 느낌이 뒷목을 타고 올라왔다. 한나가 걸음을 멈췄다. 다시 남자를 향해 천천히 고개를 돌렸다. 설마…… 설마…… 그럴 리가 없어. 그럴 리가…….

자신도 모르게 한나는 남자를 향해 걸어가기 시작했다.

또각……. 또각…….

하이힐 소리가 아주 느린 리듬을 타고 공중으로 퍼져 나갔다.

그 소리에 남자가 고개를 천천히 돌렸다. 낯익은 이마에, 낯익은 눈매, 낯익은 코, 낯익은 입이 베일을 벗듯 나타났다. 한나는 숨을 급격하게 들이켰다. 심장에서 번져 나간 충격으로 한나는 온몸을 사시나무 떨듯 떨어댔다. 뭐라도 잡지 않으면 금방이라도 쓰러질 것만 같은 모습이었다.

오늘 하루는 한나에게 너무 끔찍한 날이었다. 그럼 이건 꿈일지도 모른다. 악몽일지도 모른다. 지금 눈앞에 보이는 사람은 분명 실체가 아닌 헛것일 것이다. 눈을 깜박거려서라도 다시 확인하고 싶었지만 마취가 된 것처럼 조금도 움직일 수 없었다.

뜻하지 않은 만남에 놀랐는지 남자도 얼어붙은 모습이었다. 한참 후에야 남자가 천천히 다가왔다. 남자의 구두에서 울리는 무거운 음이 귓가에 가까이 들려올수록 한나의 신경이 팽팽해지고 맥박은 더욱 빨라졌다. 낯익은 남자의 모습에 이어서 낯익은 향이 감각의 줄을 타고 전해져 왔다. 성진…… 김성진이다.

성진의 숨소리까지 느껴질 정도로 거리는 가까웠다. 짙은 그리움과 안타까움을 담은 성진의 눈길에 접착이 된 듯 한나는 시선을 피할 수가 없었다. 석고상이 된 한나의 눈에서 눈물 한 방울이 또르르 뺨을 타고 내려왔다.

성진이 말없이 다가와 한나를 품 안에 가두었다. 그리고 점차 강도를 높여 으스러져라 꽉 껴안았다. 가로등 불빛 아래 두 개의 그림자가 하나로 합해졌다. 꿈은 아니었다. 꿈이라면 잊었다고 생각한 성진의 향기가 다시 기억날 리 없었다. 한나는 눈을 지그시 감았다. 감은 눈 사이로 계속 뜨거운 눈물이 타고 내려왔다. 비가 오는 걸까? 머리 위로 뭔가가 뚝뚝 떨어졌다.

"한나야……."

성진의 음성이 갈라지듯이 나뉘어 귀를 타고 한나의 온몸 구석구석으로 메아리쳐 울렸다. 자신의 이름만 부른 것인데도 한나는 꾹꾹 눌러두었던 원망과 슬픔이 터져 나올 것만 같아 입술을 꽉 깨물었다. 제일 삼키기도, 누르기도 힘든 것이 슬픔이라는 감정이었다. 그 부피와 무게와의 싸움에서 이기지 못하면 오히려 그 감정이 자신을 삼켜 버릴 수도 있다는 걸 경험상 너무나 잘 아는 한나였다.

아무렇지 않게 한나를 안는 성진처럼 그녀도 그를 안고 싶었다. 모든 걸 망각해 버리고 안아주고 싶었다. 하지만 그래선 안 된다는 경고의 음성이 나지막하게 들렸다. 이미 다른 여자의 남자가 되어버린 성진이기 때문이다. 성진을 향해 뻗었던 손을 한나가 죽을힘을 다해 다시 거둬들였다.

"보고 싶었다."

유부남인 남자가 하기엔 무척 뻔뻔스러운 말이었다. 하지만 한나 또한 메아리가 되어 성진의 말을 그대로 되돌려 주고 싶은 게 솔직한 심정이었다. 차마 그럴 수 없기에 그저 참을 뿐이었다.

원망스러웠다. 흘러간 세월이, 시간이 얼마만큼인데 아직도 미련의 끈을 놓지 못하게 하는 성진이 너무 원망스러웠다. 세상을 다 덮을 만큼 홍수가 난 한나의 마음엔 아직도 아픈 비가 내리고 있었다. 그 사실을 인정할 수밖에 없다는 것이 또한 절망스러웠다. 한나는 성진을 자신의 몸에서 힘겹게 떼어냈다.

"어디 가서 차라도 마시죠."

한나는 냉정을 찾고 싶었다. 이대로 계속 있다가는 이성을 잃고 복받치는 감정에 무너질 것만 같았다. 등을 돌리고 먼저 앞장서는 한나가 몰래 눈물을 닦았다. 그리고 숨을 크게 들이마시며 눈을 감았다 떴다.

늘 나란히 앉아 차를 마셨던 그들이 서로 마주 앉았다. 서로의 눈동자를 거울 들여다보듯이 했던 그들이 지금은 시선을 어떻게 처리해야 할지 몰라 애를 먹고 있었다. 모든 게 낯설고 어색했다. 무의식적으로 홀짝거리며 마신 커피가 거의 바닥을 드러낼 때까지 그들은 침묵을 지켰다.

"머리 모양만 변했네."

힘겹게 입을 연 성진이 못내 아깝다는 듯이 한나의 짧은 머리를 지적했다. 무심결에 뒷목으로 손이 올라간 한나는 머리카락 끝을 만지작거렸다.

"오빠…… 옛날 모습 그대로네요. 행복하시죠?"

의례상 물어본 말이었는데 뱉어놓고 보니 후회가 됐다. 마치 자신을 버리고 다른 여자랑 살아보니까 좋더냐고 묻는 것 같았다.

"아니, 난 너랑 함께 있었을 때가 제일 행복했던 것 같아."

아주 느리고 조심스러웠지만 참 뻔뻔한 대답이었다. 예상 못한 성진의 반응에 한나는 당혹스러웠다. 책망해야 하는 게 마땅한데 진심임을 알아달라는 듯이 쳐다보는 눈빛에 마음까지 흔들리고 말았다. 성진에게나 자신에게나 어이가 없기는 마찬가지였다.

"어디서 일해요?"

묘한 분위기를 깰 생각에 한나가 기껏 고르고 고른 질문이었다. 그런데 이번엔 성진이 미간을 좁히며 인상을 찡그렸다.

"다영이랑 같은 제약회사에 다니는 기 몰랐나?"

한나가 눈을 휘둥그렇게 떴다. 금시초문이었다. 아무리 기억력을 더듬어봐도 다영에게서 그런 말을 들은 적이 없었다. 일부러 숨긴 게 아니라 굳이 알려서 좋을 게 없다고 판단했을지도 모른다.

그때 성진의 핸드폰이 울렸다. 성진은 발신인을 확인하고 한참을 망설였다. 한나가 어서 받아보라는 식으로 눈치를 주자 성진이 마지못해 핸드폰을 받았다.

"왜?"

저렇게 쌀쌀맞은 구석도 있었던가? 순간 한나는 의구심이 들었다.

"알았어. 곧 갈게."

상대방이 전화를 끊기도 전에 핸드폰을 덮어버린 게 틀림없었다. 그런 성진의 모습이 너무 낯설었다.

"어머니가 편찮으셔. 아주 많이. 지금 병원에 계시는데 많이 위독하신가 봐. 그만 가봐야겠어."

원래 지병이 있는 건 알았지만 위독하시다는 말에 한나는 무척 놀랐다. 그런데 성진은 일부러 마음 약한 모습을 보이지 않으려고 하는 걸까? 의외로 담담했다. 슬픈 기색은 눈을 씻고 찾아봐도 없었다.

"걱정이 많으시겠어요. 어서 가보세요."

한나가 위로의 말을 전하며 성진을 재촉하듯 자리에서 일어섰다. 그들은 함께 카페를 나와 대로변에서 택시를 기다렸다.

"하고픈 말이 많았는데…… 아쉽다."

성진이 손을 내밀어 악수를 청했다. 머뭇거리던 한나가 응했다. 차가운 기운이 느껴지는 손마저 너무 낯설었다. 택시가 다가왔다.

"안녕히 가세요."

한나의 인사에 고개를 끄덕인 성진이 택시에 올라타며 행선지를 밝혔다.

"서울 대학병원으로 가주세요."

한나는 5년 만에 나타난 성진으로 인해 혼란스러웠다. 성진과 만난 이후로 파문이 일어난 마음은 좀처럼 가라앉지 않았다. 집에 돌아온 한나는 침대 위에 털썩 주저앉았다. 무릎에 올려놓은 가방이 계속 부르르 떨려도 그게 진동으로 맞춰놓은 핸드폰 때문이라는 걸 한참 뒤에 깨달을 정도로 넋이 나간 상태였다.

몽롱한 정신으로 한나가 핸드폰을 꺼내 귀에 댔다.

"여보세요?"

[나예요. 왜 이렇게 전화를 안 받아요?]

살인미소 김현이었다. 무척 화가 난 듯 퉁명스러운 말투였다. 가뜩이나 혼란스러워 미칠 지경인데 여자의 마음을 제일 잘 교란하는 살인미소, 게릴라군 김현까지 가세하려 드는 게 반갑지 않았다. 한나가 똥물을 뒤집어쓴 표정을 지었다. 상대해 주고 싶은 마음이 눈곱만치도 없었다.

"제가 아는 사람 중에 '나예요'라는 이름을 가진 사람 없는데요. 잘못 거셨어요."

[어떻게 처음 만난 남자 차를 아무렇지도 않게 타고 갈 수가 있어요?]

쌀쌀맞게 말하고 전화를 끊으려 했는데 현이 버럭 소리를 질러댔다. 한나가 어이가 없다는 표정을 짓고 앙칼진 목소리로 되받아쳤다.

"뭐라구요? 정말 어이가 없군요. 제가 그러든 말든 무슨 상관이에요? 착각하지 말아요. 우리 아무런 사이도 아니에요. 심히 불쾌하군요. 피곤해서 이만 전화 끊겠어요."

한나가 일방적으로 핸드폰을 끊고 전원까지 꺼버렸다. 스팀이 날 정도로 열을 냈더니 머리가 다 지끈거렸다. 한나는 침대에 누워 씩씩대며 베개를 이빨로 물어뜯었다.

"웃기지도 않아! 지가 뭔데? 지가 뭔데 나한테 이래라저래라

하는 거야?"

잠시 후 방문을 두드리는 소리가 났다. 그 소리에 한나는 벌떡 일어났다.

"누구세요?"

"나다."

한나의 아버지인 대영이었다. 무선 전화기를 한나에게 내밀었다.

"김현이라는 사람인데⋯⋯."

한나는 기가 막힌다는 표정을 하고 전화기를 건네받았다. 대영이 궁금한 눈으로 한나를 쳐다보다가 방을 나갔다. 한나는 문이 닫히자마자 전화기에다가 소리를 꽥 질렀다.

"이봐요! 도대체 왜 이러는 거예요?"

[사람이 왜 그 모양이죠? 왜 그렇게 일방적이고 기본적인 예의가 없어요?]

석호 녀석이 한나에게 데이트 신청이라도 할까 봐 과속까지 해가며 지선을 데려다 주고 차 안에서 부랴부랴 핸드폰을 누른 현이었다. 환청이 들릴 정도로 베토벤 바이러스 컬러링을 들었다. 인내력을 시험하는 것 같아 있는 대로 화가 났지만 오기가 생겨 계속 통화 버튼을 눌러댔다. 그런데 남의 속도 모르고 기껏 전화를 받은 한나가 느긋한 목소리로 염장을 지르더니 생판 모르는 사람 취급을 했다. 현은 이성을 잃고 말았다.

"내가 하고 싶은 말 다 가로채지 말아요."

[뭐가 그렇게 잘났어요? 왜 유독 나한테만 가시처럼 구는 거예요?]

현은 자신의 감정을 함부로 뒤흔들고 분별없이 행동하게 만드는 한나가 미워 죽을 지경이었다.

"약도 없는 바람둥이인 주제에 뭐가 요러니조러니 말이 많아요? 나한테 더 이상 찔리고 싶지 않으면 여러 여자 갖고 유치한 장난치는 버릇부터 고치라구요!"

[지선 씨를 두고 말하는 거라면 그건 오해예요.]

"계속 이딴 식으로 사람 우롱할 거예요?"

질투심을 유발하려 했던 것이 오히려 역효과를 낸 게 틀림없었다. 이 여자에겐 막무가내표 도끼도, 동정심표 도끼도, 질투심표 도끼도 다 소용이 없었다. 더 강력한 뭔가가 있어야만 했다. 단 한 번에 넘어뜨릴 만한 강력한 전기톱 같은 게 필요했다. 이 순간에도 현은 머리를 굴려댔다.

[하여간 기회도 주지 않고 밀어내는 건 너무하잖아요! 당신하고 헤어진 남자 닮았다는 이유 하나로 내가 왜 이렇게 푸대접을 받아야 하는 거죠?]

현이 세상에서 가장 잘할 수 있는 일은 한나로 하여금 끊임없이 성진을 떠올리게 하는 일이리라. 현이 보태주지 않아도 오늘 느닷없이 찾아온 성진으로 인해 한나는 충분히 기분이 싱숭생숭 뒤죽박죽이었다.

"지워야 하는데! 아니, 지운 줄 알았는데 당신 때문에 남아 있는 자국이 선명하게 보이잖아요! 당신만 보면 생각난단 말이에요. 그게 싫은데, 싫어죽겠는데 왜 자꾸 날 괴롭혀요? 그런 데다가 지금 내 심정이 어떤 줄 알기나 해요? 오늘 갑자기 찾아온 그 사람 때문에 마음이 흔들려서 그 자국을 따라 다시 선을 긋고 싶은 유혹으로 들끓고 있다구요! 내가 이런 상황에서 그 사람 닮은 당신이 반갑겠어요? 나같이 미련한 여자 갖고 노는 게 그렇게 재미있어요? 얼굴, 다리 망가지게 한 것도 모자라서 마음까지 망가뜨려야 속이 후련하겠느냐구요? 제발 그만 좀 하면 안 돼요?"

한나가 울먹거리며 속내를 드러냈다. 이때까지 누굴 붙잡고 하소연한 적이 없는 한나였다. 꽁꽁 감추고 혼자 삭였던 실연의 아픔을 토로하고 나니 우선 속은 후련했다. 하지만 드러내고 싶지 않은 치부를 다른 사람도 아닌 현에게 보였다는 게 수치스러웠다.

생각해 보니 현을 만나고부터 자신 또한 쉽게 드러내지 않았던 감정들을 조금씩 보인 것 같았다. 그 사실을 깨닫는 순간 한나는 더욱 절망스럽고 혼란스러워졌다. 왜 이 사람이었을까? 아픈 상처를 아물게 해주는 게 아니라 더 덧나게 할지도 모를 사람인데……. 어쩌자고 이 사람을 택한 것일까?

[그 사람이 왔었어요? 그런 거예요?]

현이 심각한 말투로 조용히 물어왔다. 한나는 자신의 감정을 확인하지 않았더라면 열지 말았어야 할 자신의 감정 상자에서 이것저것을 꺼내 현에게 계속 건넸을지도 모른다. 뒤늦게나마 알게 돼서 다행이었다. 다시 덮어야 했다.

"나…… 더 이상 아파하고 싶지 않아요. 그러니 날 그냥 내버려 둬요."

전화를 끊은 한나가 침대에 그대로 꼬꾸라져 베개에 얼굴을 묻었다. 악몽 같은 하루가 마감될 때까지 한나는 꿈쩍하지 않았다.

다음날 아침. 한나는 숟가락을 들고 아침 식사를 하려 했다. 그런데 가족들 모두가 자신을 뚫어지게 쳐다보고 있자 동작을 멈췄다. 모두들 궁금해하는 눈치였다.

"누나, 그 남자랑 사귀는 거야?"

한진이 먼저 질문을 던졌다.

"어떤 사람이냐?"

대영도 곧바로 질문을 던졌다.

"벌써 토닥거리며 사랑싸움을 할 정도니?"

마지막으로 눈을 반짝거리며 보은도 거들었다.

"누구요?"

한나는 가족들이 현을 두고 묻는다는 걸 알면서도 모르는 척하고 국을 떴다.

"한진이 말로는 그 사람이 잃어버린 가방도 찾아준 사람이라며? 그래서 사귀게 된 거니? 그러면 네 나이에 지체할 게 뭐 있니? 보아하니 그 사람도 너한테 관심…….”

“엄마! 내가 처치하기 곤란한 물건이란 건 알지만 누군지도 잘 모르는 사람한테 그냥 떠넘기고 싶은 거예요?”

“얘는……. 누가 그런 식으로 말했니?”

“괜찮은 사람이면 한번 집으로 데려오너라.”

“아빠!”

이제껏 보은과는 달리 단 한 번도 늦게 시집가는 것에 대해 뭐라 한 적이 없었던 대영까지 그렇게 나오자 한나는 불만 가득한 표정이 되었다.

“시기는 말하지 않으마. 네 마음이 결정되는 대로 한번 보자꾸나.”

“그래, 누나. 이 김에 그 남자 확 잡아서 시집 좀 가라.”

“너 좋다는 사람 생겼을 때 못 이기는 척하고 결혼해야 좋은 거야.”

대영의 말에 힘을 얻은 한진과 엄마까지 한나에게 한마디씩 덧붙여 충고하듯이 말했다.

“그런 사이 아니에요. 알지도 못하면서 왜들 그래요?”

한나는 화가 나서 밥을 잔뜩 퍼 입 안에 쑤셔 넣었다. 그런데 언제부터 꿀맛이던 밥이 모래알이 되었단 말인가? 한나는 밥이 목에 걸리고 보삭거리는 느낌이 들어 인상을 찌푸렸다.

비가 오는 날엔 별로 손님이 없다. 한나는 그런 날을 유비무

환이라고 나름대로 불렀다. 비가 오는 날은 환자가 없다. 꽤 그럴듯하지 않은가. 평소 같으면 한나는 자신이 좋아하는 발라드 음악을 틀어놓고 로맨스 소설을 읽었겠지만 요새는 도통 그런 취미를 잊은 듯 멍해질 때가 많았다. 유리창을 타고 내려오는 빗줄기만 세듯이 카운터에 턱을 괴고 앉아 있던 한나는 자꾸 머리 속에서 성진과 현의 모습, 목소리가 번갈아가며 맴돌자 눈살을 찌푸리고 한숨을 내쉬었다. 한나가 백일몽에 빠져 있는데 한진이 약국 문을 열고 들어왔다.

"누나."

한나가 대답이 없자 한진이 한심하다는 듯 쳐다보다가 다시 불렀다.

"누! 나!"

"네? 어서…… 한진이구나."

그제야 한나가 소스라치게 놀라 벌떡 일어났다. 그리고 얼떨결에 손님이 온 줄 알고 인사하려다가 한진을 발견했다.

"어디 아파?"

"아니, 그냥……. 근데 웬일이니?"

"기분도 꿀꿀하고 걱정도 좀 있고……."

한숨을 내쉬며 말하는 한진의 표정도 그다지 밝지 않았다. 평소 낙천적인 성격의 한진이 잔뜩 풀이 죽은 얼굴을 하고 있으니 어울리지 않았다.

"무슨 일인데?"

"누나, 우리 어디 가서 술 한 잔씩만 하고 들어갈까?"

기분이 우울한 사람이 술을 찾는 건 마음속의 비밀을 털어내고 싶은 기분을 느낄 때였다. 한나는 한진의 고민이 뭘까 궁금했지만 혹시나 하는 마음에 장난을 걸어보았다.

"너 괜히 술 먹고 싶어서 그러는 거 아냐?"

"누난 날 어떻게 보고……."

"알았어, 가자. 하나밖에 없는 동생이 술이 먹고 싶다는데 이 누나가 같이 가줘야지."

현은 진료를 하는 틈틈이 한나의 핸드폰으로 연락을 취해봤지만 전원이 꺼져 있다는 음성만 들을 수 있었다. 핸드폰이 켜져 있어도 현인 것을 아는지 일부러 받지 않는 것 같았다. 요즘 들어 거의 잠을 이루지 못한 현의 얼굴에는 그늘이 드리워져 있었다. 자신도 모르는 사이에 깊은 혼란의 늪에 빠진 게 틀림없었다. 단지 시험, 그리고 이용 대상일 뿐이었던 된장피카소한테 무시당하고 휘둘린 것만으로도 충분히 자존심 상하는 일인데 그 꼿꼿하게 버티는 나무를 찍겠다고 휘두른 도끼로 자신의 발등을 찍고 말았다.

그런데 그런 한나가 밉기는커녕 오히려 가엾고 안쓰러웠다. 울먹거리며 속내를 드러낸 한나의 목소리가 계속 귓전에서 울리고 가슴 한복판이 욱신욱신 쑤셨다. 전혀 보호본능을 일으킬 만한 연약한 여자가 아닌데도 자신이 보호막 또는 안전지대가 되어 지켜주고 싶었다.

현은 기필코 자신을 이 모양 이 꼴로 만들어놓은 한나를 낚아 채리라고 다짐했다. 그래서 부실공사로 위태위태하게 흔들리는 마음도 튼튼하게 리모델링해 주고, 한나를 괴롭힐 만한 요소는 다 근절시켜 주리라!

현은 직접 한나를 찾아가기로 마음먹었다. 혹시 한나가 일찍 퇴근을 해서 집에 갔을까 싶어 현은 망설임 끝에 한나의 집으로 전화를 해보았다.

[여보세요?]

"안녕하십니까? 저는 김현이라고 합니다. 혹시 한나 씨 있으면 부탁드립니다."

[아, 김현 씨! 전 한나 엄마 되는 사람이에요. 그런데 이걸 어쩌나, 한나 아직 약국에서 안 들어왔는데?]

누가 들어도 현을 매우 환영한다는 목소리였다. 한나는 아니더라도 한나의 가족 중 한 사람이 자신을 반갑게 대해주는 게 너무 좋고 고마웠다.

"그럼 지금도 약국에 있겠군요?"

입이 귀에 걸렸다.

[아마 그럴 거예요. 핸드폰으로 연락해 보실래요?]

"전원이 꺼져 있어서 전화를 드렸습니다."

[아, 그래요? 한나가 왜 꺼놨을까? 잘 안 그러는데. 저기······ 우리 애 잃어버린 가방 찾아주신 분 맞으시죠? 참 고맙게 생각

하고 있어요.]

"네? 아…… 네."

정확한 사실은 아니지만 그렇게 생각하고 있는 걸 굳이 아니라고 말해서 이 화기애애한 분위기를 깨고 싶지는 않았다.

[그런데 한나한테 급한 볼일이라도 있으신가 본데 연락이 안 돼서 어쩌죠?]

"제가 약국으로 가보겠습니다."

[그러시겠어요?]

"네. 저기……."

도와줄 지원병이 필요한 현. 한나의 어머니가 제일 적합하다는 판단이 섰다. 현이 용기를 내었다.

[말씀하세요.]

"어머님, 나중에 제가 한번 찾아뵙고 인사드려도 되겠습니까?"

현은 한나의 어머니가 이 능청을 어떻게 받아주실지 걱정이 되었다.

[어머! 그럼요. 한번 오세요. 우리 딸한테 잘해주신 분인데 제가 식사 대접이라도 해야죠. 꼭 오세요.]

"고맙습니다. 꼭 찾아뵙겠습니다."

호의적으로 대해주는 한나의 어머니와 짧은 대화를 나눈 현은 천군만마를 얻은 것 같아 신이 났다.

한나의 약국에 도착해 보니 문은 이미 닫혀 있는 상태였다.

혹시나 해서 다시 한 번 집으로 연락해 본 현은 한나가 아직 들어오지 않았다는 말을 듣고 한나의 아파트 주차장에서 기다리기로 했다. 하루 종일 내린 가을비가 이젠 더 이상 내리지 않았다. 아파트 단지의 단풍이 든 나무들이 조명등 불빛을 받아 더 울긋불긋해 보였다.

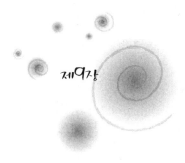

제9장

그 시각 한나와 한진은 동네 포장마차에서 닭발 한 접시를 두고 술을 주고받으며 대화를 나누고 있었다.

"정말?"

"으응……."

한나는 한진이 여자 문제로 고민 중이란 소리를 듣고 놀랐다. 단 한 번도 이런 얘기를 꺼낸 적이 없던 동생이다.

"누구야? 어떤 앤데?"

"누나도 잘 아는 사람."

"잉? 내가 잘 아는 사람? 설마 내 친구들?"

한나가 눈을 크게 떴다가 다시 가늘게 뜨며 물었다.

"아니."

"휴, 다행이다. 난 또 네가……."

비로소 한나의 얼굴에 안도의 미소가 생겨났다.

"지선이."

"누, 누, 누, 누구?"

놀란 한나가 벌떡 일어나다가 닭발 접시를 쳤다. 그 바람에 닭발들이 하늘로 솟아올랐다가 땅으로 떨어질 뻔했다. 다행히 한진이 그것들을 용케 잘 받아냈다. 한나가 다시 앉으며 심각한 얼굴로 물었다.

"동명이인이지? 내가 알고 있는 지현이 동생 지선이 아니지?"

"지현이 누나 동생 지선이 맞아. 근데 왜 그래? 누난 지선이 싫어?"

"싫은 게 아니야! 그게…… 그게 말이지……. 그게……."

한나가 어떻게 이 자리에서 조만간 커플이 될지도 모르는 현과 지선의 충격적인 러브스토리를 꺼낼 수 있단 말인가? 그러고 보니 청산유수같이 말 잘하던 한진이 지선 앞에만 서면 유독 말을 더듬거리고 눈도 제대로 맞추지 못했던 것이 기억났다.

그런데 동생아, 어쩌냐? 어떤 살인미소, 바람둥이, 놈팡이가 지선이한테 도끼질을 하고 있는데. 그 사람은 너보다 돈도 더 많고, 키도 더 크고, 더 잘생기고, 직업도 의사고, 작업하는 기술도 너보다 엄청 뛰어나단다. 넌 그 사람에 비하면 포크레인

앞에서 삽질하는 것밖에 안 될 거야. 이그, 불쌍한 놈. 어쩌다 그런 상대를 만나 가지고……. 한나는 차마 말로는 못하고 속으로 한탄을 했다.

"누굴 좋아하고 있는 눈치였어."

"내 말이 그 말이야! 헉!"

한나가 자신의 입을 틀어막았다. 말실수를 할 뻔했다.

"누난 뭐 알고 있는 거야?"

"알긴 뭘 알아? 내 짐작이 그렇다는 거지."

한나는 정말 이럴 땐 자신의 입을 재봉틀로 박아버리고 싶었다.

"나이 차이도 많은 것 같던데……."

한진은 괴로운지 술을 계속 마셔댔다.

"네 맘 애기해 봤어?"

"아직……."

"왜?"

"두려워. 지금까지 그저 아는 사이로 잘 지냈는데 그 이상의 관계를 원하면 날 별로 좋아할 거 같지 않아. 게다가 남자까지 생긴 것 같은데 어떻게 내 맘을 애기해?"

"……."

"누나, 나 어떻게 해야 돼?"

"글쎄……."

동생이 아닌 다른 사람이, 그리고 지선이 아닌 다른 여자라면 그래도 좀 나을 텐데……. 한나는 한진에게 아무 말도 해줄 수가 없었다. 한나는 지금이라도 맘 돌리고 세상의 반은 여자니 지선이만 빼고, 그리고 살인미소의 여자 리스트에 있는 여자만 빼고 선택하라고 말해 주고 싶었다. 한진아, 너만 상처받을 거야. 어쩌다가 일이 이렇게 꼬였니?

한나는 속상해서 잘 먹지도 못하는 술을 벌컥벌컥 들이켰다. 목구멍이 탈 것 같고 알딸딸해지는 기분마저 들었다. 솔직히 술이 쓴맛밖에 더 있을까? 한나는 맛으로 마시는 게 아니라 기분 때문에 마시는 중이었다. 얼굴까지 벌겋게 변하자 한나가 한진의 잔에 술을 따라주며 건배를 청했다.

"한진아! 누나가 지선이보다 더 좋은 여자애들 많이 소개시켜 줄게! 힘내! 건배!"

"누나, 누난 왜 이렇게 많이 마셔? 누나도 안 좋은 일 있는 거야?"

"나?"

한나는 괜히 웃음이 나오고 기분이 좋아졌다.

"한진아, 나 너무너무 보고 싶은 사람을 만났는데…… 기분이 별로 좋지 않아. 차라리 안 만나는 게 더 나을 뻔했어. 마음만 심란해. 게다가 생긴 것도 기생오라비처럼 생기고 하는 짓도 바람둥이 같은 놈이 누나를 막 헷갈리게 해. 그놈 나쁜 놈이지? 이 여자, 저 여자한테 눈웃음이나 치고 연애하자고 사기치는 놈이야. 아주 나쁜 놈이야! 그치? 한진아! 우리 건배하자!"

그들은 술잔을 부딪쳐 단숨에 들이켰다.

"어떤 놈이야, 우리 귀한 누나한테 집적대는 놈이! 내가 가만 안 놔둔다고 그래! 건배!"

연거푸 건배를 하는 동안 그들은 많이 취한 상태가 되었다.

현이 시계를 쳐다보았다. 거의 자정이 되어가고 있었다. 이 지루하고 막연한 기다림을 몇 번이고 포기하고 싶었던 현은 무던한 인내심을 발휘해 버텨내고 있었다. 목도 마르고, 화장실도 가고 싶고, 배도 고팠다. 무슨 잠복 중인 경찰도 아닌데 좁은 공간에서 이렇게 있어야 한다는 게 너무 힘들었다. 현이 잔뜩 찡그린 얼굴로 뻣뻣해진 다리를 이리저리 움직여 보았다. 한나에게 연락해 지금 집 앞에서 기다리고 있으니 빨리 오라고 하면 오히려 더 피할까 봐 현은 그러지도 못하고 있었다. 한나라는 여자의 나무를 찍는 건 너무 고된 일이었다.

그때 택시 한 대가 어둠을 뚫고 다가왔다. 문이 열리고 한나가 내렸다. 기다린 만큼 반가웠다. 기쁜 나머지 현이 문을 열고 한나를 향해 뛰어가려 했다. 그런데 한나는 혼자가 아니었다. 한 남자가 한나를 따라 내렸다. 손잡이를 잡고 있는 현의 얼굴이 얼음장처럼 굳어졌다. 혹시…… 헤어졌다던 그 동성동본 남자?

택시가 떠나자 한나가 남자에게 다가가 팔짱을 꼈고 뭐라 웃으면서 말하자 그 남자도 하늘을 향해 고개를 쳐들고 웃어댔다.

서로 장난을 치는 그들을 바라보던 현의 눈에 강한 질투심의 불꽃이 이글이글 타올랐다.

"한진아! 힘내!"

한나가 한진의 등을 찰싹 때리며 말했다. 그러자 잠시 매운 손맛에 움찔하던 한진도 한나의 등을 소리나게 치며 대답을 했다.

"고마워! 누나!"

"아야! 야! 아프잖아!"

"누나도 만만치 않아."

"저걸 동생이라고. 내일 아침에 내 등짝에 손자국 화석만 새겨져 있어봐! 죽음이야!"

"누나, 나한테 술 냄새 많이 나?"

한진이 한나의 얼굴 가까이 입을 가져다 대고 입김을 불었다. 한진의 술 냄새와 입 냄새에 인상을 찡그리던 한나도 한진과 똑같은 행동을 취했다.

"으음…… 응. 나도 많이 나지? 우리 나이트 가서 몸 좀 풀고 올 걸 그랬나?"

한나가 한진의 어깨에 손을 대고 빙그르르 돌며 춤을 추기 시작했다.

"그러게. 누나, 우리 이대로 들어가면 엄마한테 죽겠다. 단지 한 바퀴 돌고 냄새 좀 사라지면 들어가자."

"그래, 그러자."

한나가 술기운에 기분이 좋아 춤을 추며 앞으로 걸어갔다. 뒤따라오던 한진이 못 말리겠다는 듯이 박수를 쳐가며 웃어댔다.

"한진아, 누나 섹시하게 잘 추지?"

"주접을 떨어라."

한나가 깔깔대며 한진에게 다가가 팔짱을 끼고 집이 아닌 다른 쪽으로 걸어가기 시작했다.

아무 소리도 못 들은 현이 그 모습을 보고 기가 막힌다는 표정을 지었다. 이 야심한 밤에 귀가할 생각은 안 하고 다시 남자와 팔짱을 끼고 어디를 가는 것일까? 게다가 남자와 키스를 주고받고, 남자를 유혹하듯 춤을 춰? 아주 작정을 했구먼! 춤을 추는 한나의 모습은 현도 눈앞이 아찔아찔할 정도였다.

지금이라도 당장 내려서 둘을 쫓아가 떼어놓고 싶은 마음은 굴뚝같았다. 하지만 현은 그저 핸들을 꽉 쥔 채 어둠 속으로 사라져 가는 그들의 뒷모습을 노려볼 수밖에 없었다. 한나가 저렇게 행복해하는 모습이 처음이었기 때문이다. 자신이 아닌 다른 남자에게 환하게 웃어주는 여자. 그 모습이 너무 행복해 보여서 다가갈 수가 없었다. 자신이 끼어들 자리는 어디에도 없어 보였다. 이대로 끝내야만 하는 것인가?

한나와 한진이 현관문을 열고 들어가자 보은이 번개같이 나타나 그들을 막아섰다. 남았던 취기까지 확 달아난 그들은 혹시라도 늦게까지 술 마시고 들어온 것에 대해 꾸중을 들을까 봐 약속이라도 한 듯 신발장에 바짝 달라붙어 두 손을 번쩍 들었다. 그것은 어려서부터 보은한테 받아왔던 벌의 한 종류였다.

"엄마, 미안해요. 늦어서……."

"어서 오너라. 그런데 너희들 손은 왜 드니? 내리고 빨리 들어와 봐."

한나와 한진은 어리둥절한 표정을 지으며 서로 마주 보았다. 이상했다, 표정도, 목소리도. 뭔가 구린 냄새가 났다. 하지만 하도 변화무쌍한 보은이 언제 변할지 모르는 일이었다. 조심하는 게 좋을 것이다. 눈치를 보던 한나와 한진은 신발을 벗고 보은이 앉아 있는 소파로 다가가 바닥에 무릎을 꿇고 앉았다.

"야! 야! 올라 앉아!"

보은이 소리를 지르자 두 남매는 냉큼 소파 위로 올라가 앉았다.

"같이 있었니?"

왜 이렇게 부드럽고 나긋나긋하단 말인가? 그들은 여전히 불안했다.

"네."

"그 사람이 데려다 주고 갔어?"

보은의 얼굴에 화색이 돌았다.

"그 사람이라뇨?"

한나가 무슨 소린지 몰라 어리둥절한 표정으로 되물었다.

"김현이라는 사람."

"그 사람이 왜 저희랑 같이 있고 우릴 데려다 줘요?"

한나는 엄마 입에서 살인미소 이름이 나오는 게 거북해서 투덜대며 대꾸했다.

"뭐? 그럼 같이 있었던 게 아니야?"

보은이 갑자기 악마로 돌변했다. 유리가 쨍 하고 갈라지는 소리가 으스스했다.

"네……."

"그 사람이 전화를 두 번씩이나 하고 약국까지 갔었는데 끝까지 연락이 안 닿았던 거야?"

"그 사람은 왜 시키지도 않은 일을 하고 그런대요?"

"뭐? 야! 그럼 너희들, 지금이 몇 신데 술 처먹고 이제 들어와? 엉? 야! 야! 원위치."

한나와 한진이가 부리나케 소파 밑으로 내려왔다.

"누가 거기 있으래? 신발장 옆에 가서 30분 동안 손 들고 반성하고 있어!"

둘은 보은의 고함 소리에 겁을 집어먹고 신발장 옆으로 가서 손을 번쩍 들었다. 잔뜩 화가 난 보은이 쿵쿵 소리를 내며 침실로 들어가 문을 쾅 하고 닫아버렸다. 잠시 후 조용해지자 한진이 눈치를 보며 손을 내리고 한나를 꾸짖었다.

"눈치 봐서 대충 좀 둘러대지. 누나는……."

"너 나 거짓말 못하는 거 알잖아."

"내려, 내려. 이따가 나오시면 다시 들어."

"됐어. 중간에 걸리면 60분 연장인 거 몰라?"

"하긴……."

한진이 다시 손을 들었다. 한나는 이 모든 게 다 살인미소 탓이라고 생각했다. 옛 성현들의 가르침에 의하면 우물을 파도 한 우물만 파랬거늘 왜 문어다리로 여러 곳을 파가지고 사람을 피곤하게 만드느냐 말이다. 그때 갑자기 보은이 문을 확 열고 불여우같이 쫙 찢어진 눈으로 째려보며 무섭게 소리를 질렀다.

"너! 한나! 이번 주 일요일에 그 사람 안 데려오면 일요일 이후부터 매일 아침, 점심, 저녁 3번씩 선봐서 시집보낼 줄 알아!"

옛날부터 하도 혼을 많이 내는 엄마가 혹시 계모가 아닌가 싶어 물어봤다가 또 맞은 기억이 났지만 아무래도 친엄마가 아닌 것 같았다. 그러지 않고서야 어찌 저런 말을 해서 딸 가슴에 전동드릴로 대못을 박아대나 말이다. 한나는 손을 든 채로 땅이 꺼져라 깊은 한숨을 내쉬었다.

손님이 뜸한 시간. 한나는 핸드폰을 만지작거리며 인상을 쓰고 있었다. 아침마다 밥을 먹으려 하면 보은이 타이머처럼 '5일 남았다. 4일 남았다. 3일 남았다……' 하면서 날짜를 세는 통에 한나는 살이 쭉쭉 빠지고 밥맛도 없어졌다. 스트레스를 받은 한나는 조금만 먹어도 체한 증상이 나타났다. 약국에 진열된 소화제들을 보면서 저걸 위 속에 다 들이부어도 소화가 되지 않을 거라고 확신했다.

찾아왔다는 그날 이후로 코빼기도 안 내미는 살인미소 김현. 한나는 그런 현이 너무 얄미웠다. 뻔질나게 연락을 했었던 현이 정작 필요할 때는 발을 쏙 빼버린 것이다. 연락이라도 와야 최후의 만찬에 초대를 하든지 일을 이 지경으로 만든 책임을 물어 몽둥이세례를 주든지 할 텐데 살았는지 죽었는지 도대체 현에게선 아무런 연락이 없었다.

토요일인 오늘이 사형 전날 같기만 했다. 내일이 지나면 한나는 월요일부터 하루에 세 번씩 선을 봐야 하는 곤경에 빠지게 된다. 거짓말이 아니라는 것을 보여주기라도 하듯 보은이 매일같이 여기저기 맞선 자리를 알아보고 다녔다. 매일 저녁 한나를 불러 날짜별, 시간대별로 맞선 상대 사진을 정리해 붙여놓은 목록을 꺼내 보여주기까지 했다.

한나가 또 한 번 땅이 꺼져라 하고 한숨을 내쉬었다. 기네스북에 오를 만큼 끔직한 맞선을 보느니 차라리 살인미소를 구워 삶는 게 나았다. 불고염치하고 예전에 현이 제안했던 '자유를 얻기 위한 협력'을 내세워 좀 도와달라고 손을 내밀고 싶었다. 연락이 오지 않으면 어쩔 수 없이 한나가 연락을 취할 수밖에 없었다.

하지만 그 인간한테 전화를 걸어 부탁을 하는 건 정말 죽기보다 싫은 일이었다. 다가오지 말라고 밀어낸 사람도 자신이었는데 어떻게 자신의 집으로 밥을 먹으러 오라는 초대를 할 수 있단 말인가. 미친 게 아니냐는 소리를 들어도 정말 할 말이 없을 것이다. 한나는 울상을 짓고 입술을 깨물었다.

긴 망설임 끝에 한나는 딱! 딱! 딱! 한 번만! 더도 말고 딱 한 번만 미친 여자가 되기로 마음먹고 핸드폰에 저장된 현의 번호를 찾아 통화 버튼을 꾹 눌렀다. 신호가 가자 한나는 또다시 끊어? 말아? 하면서 갈등하기 시작했다. 손이 떨려오고 심장이 점점 작아져 콩알만해졌다.

[여보세요?]

현의 목소리를 듣는 순간 한나는 심장 마비로 사망하는 줄 알았다. 그런데 현의 목소리가 평소와는 달리 무척 쌀쌀맞고, 딱딱했다.

"저기…… 김한나예요."

[네. 웬일이세요?]

없던 정까지 뚝뚝 떨어질 만큼 냉정한 말투였다. 한나는 순간 반발심이 일었다. 웬일이긴! 너를 최후의 만찬에 데려가서 독약 넣고 비빈 밥이나 술 마시게 해서 저 세상으로 보내려고 한다. 왜! 이렇게 말하고 싶지만 차마 그럴 수 없는 한나가 입술만 잘근잘근 깨물었다. 그리고 다시 입을 열었다.

"이번 주 일요일에 시간 어떠세요?"

[일요일이요? 왜요?]

왜요는 뭐가 왜요냐? 왜요는 일본담요나 일본가요가 왜요지. 한나는 보이지 않는 현에게 잔뜩 눈을 흘겼다.

"저희 부모님이…… 뭔가 오해를 하셨는지…… 집에서 한번 보자고 하시네요."

쥐어짜듯이 말하는 한나가 꽤 고역스러워 보였다.

[부모님께서요?]

이게 다 누구 때문인데? 이 살인미소, 바람둥이, 놈팡이야!
양심없이 거절만 해봐! 내가 너 때문에 얼마나 더 늙었는지 알
아, 이 나쁜 곰팡이 같은 놈팡이야!

"네."

[전화 잘못한 거 아니에요? 저 초대하신 것 맞아요?]

이제는 의심까지 하는 말투였다. 이런, 된장! 너 정말 머리 나
쁘냐? 지금까지 뭘 들었어? 얼마나 많은 여자들한테 이랬으면
나한테 연애하자고 했던 것도 생각이 안 나는 거니? 내가 진짜
시간만 났으면 네 뒤를 쫓아다니며 너의 눈웃음에 쓰러지는 여
자들에게 진정제 한 알, 진통제 한 알씩 집어넣은 약 봉투에 너
한테 넘어가면 안 되는 이유 100가지를 적은 종이를 복사해서
나눠 주었을 것이다. 한나는 틀니가 필요할 정도로 이를 갈며
마음을 가라앉힌 다음 다시 입을 열었다.

"네. 맞아요."

[그 남자는 어떡하고요?]

"그 남자라뇨?"

[그 동성동본이란 남자 말이에요. 그 사람을 소개시켜 드려야
하는 거 아니에요?]

"……."

한나가 한참 할 말을 잃었다. 아무리 발뺌을 하고 싶어도 그
렇지 왜 여기서 성진을 들먹이는지 정말 기가 막혔다.

"그 남잔 이미 결혼한 사람이에요."

한나의 말에 현 또한 한동안 침묵했다.

[한나 씨 나 안 좋아하잖아요. 그런데 왜 부모님께 그런 사실
을 솔직하게 털어놓지 못하고 이런 초대를 하는 거죠?]

"그럼 어떡해요? 엄마가 당신을 데려오라는데. 안 그러면 다
음 주 월요일부터 아침, 점심, 저녁으로 선보게 해서 시집보낸
다고 하시잖아요! 그러기에 당신이 우리 집으로 전화만 하지 않
았어도 이런 일은 없잖아요. 내가 당신이랑 그런 사이 아니라고
해도 안 믿으시는 걸 어쩌란 말이에요. 당신이 일을 이 지경으
로 만들었으니깐 직접 와서 해명을 해주든 자유를 얻기 위한 협
력을 해주든 뭔가를 해줘야 하는 것 아니에요?"

한나가 속상한 마음에 현에게 버럭 소리를 질러 버렸다. 이래
가지고 도움을 얻을 수 있으려나 싶었지만 속이 다 후련했다.
한동안 침묵을 지키는 현. 한나는 도와줄 생각이 없으면 관둬라
말하고 전화를 끊고 싶은 마음이 부글부글 끓어올랐다.

[몇 시쯤에 뵈면 될까요?]

거절하면 어쩌나 싶었는데 현이 올 것처럼 말하자 한나는 이
제야 겨우 살았다는 듯한 표정이 되었다.

"12시쯤이요. 오실 건가요?"

[가야죠. 어른들이 보자고 하시는데.]

"고마워요. 그리고 미안해요."

[뭐가요?]

"그냥, 이것저것."

현이 또 한동안 아무런 말이 없었다.

"저기…… 그날 오셔서 저 도와주는 셈치고 밥 한 끼만 드셔주세요. 이런 부탁 드려서 죄송해요. 나중에 혹시라도 현이 씨 도울 일이 생기면 그땐 저도 협력해 드릴게요. 그럼 안녕히 계세요."

한나는 그렇게 인사를 하고 전화를 끊어버렸다.

일요일 아침. 한나는 이불을 김밥처럼 둘둘 말고 번데기마냥 자고 있었다. 그때 갑자기 방문이 쾅 닫히는 소리가 났다. 잠이 덜 깬 한나가 눈을 반쯤 떴다가 다시 자려고 눈을 감았다. 하지만 누군가가 한나의 뺨을 세게 잡아당겼다. 한나는 찢어질 것 같은 아픔을 느끼고 비명을 지르며 다시 눈을 번쩍 떴다. 사천왕처럼 험악한 표정을 짓고 내려다보는 보은이었다.

"아아아아! 엄마! 왜 이래요?"

"야! 너 지금이 몇 신데 이러고 있어?"

찡그린 얼굴로 벽시계를 힐끔 쳐다본 한나가 다시 눈을 반으로 감았다.

"6시 30분이잖아요. 일요일인데 좀 봐줘요."

"오늘이 무슨 날인지 알지?"

"네. 잊을 리가 있겠어요?"

살인미소가 최후의 만찬에 초대되어 오는 날을 잊을 리가 있겠는가. 그런데 그게 어쨌다는 건가? 한나는 꼼지락거리며 이불 속으로 더욱 파고들었다. 하지만 곧 이어진 보은의 2차 공격에 김밥이불은 풀어지고 한나는 그 안에 들어 있는 재료마냥 떼굴떼굴 굴러 침대 밑으로 추락하고 말았다.

"아이고, 팔이야! 엉덩이야!"

"빨리 사우나에 갔다가 미용실 들러서 드라이하고 오너라."

"무슨 대통령 각하라도 와요? 저 어젯밤에 샤워 열심히 해서 괜찮아요."

"골라라! 1번 검도, 2번 유도, 3번 권투."

"뭘 골라도 전 샌드백이어서 움직이지도 못하잖아요!"

"알면 빨리 움직여 갔다 와!"

보은의 닦달로 한나는 목욕통을 들고 집에서 쫓겨났다. 오리처럼 나온 입으로 연신 구시렁거리며 동네 사우나를 향해 걸어갔다. 언제쯤 엄마의 독재 치하에서 독립 만세를 부르며 자유롭게 될 수 있을까? 그놈의 살인미소만 아니면 더 잘 수 있었는데! 내 인생이 언제부터 이렇게 꼬이고 꼬였냐? 신이시여, 제가 불쌍하지도 않나이까? 한나가 들은 척도 안 하는 하늘을 우러러보며 한숨을 토해냈다.

약국이 집에서 가까운지라 손님과 간혹 만나는 경우가 있어 되도록이면 사우나에 가지 않는 한나였다. 그나마 이른 아침이라 사람들이 거의 없어 마음이 푹 놓였다. 한나가 하품을 하며 목욕을 하기 시작했다. 한참 후 누군가가 한나의 어깨를 툭툭 건드렸다. 단골손님인 사오정할머니였다.

"약사양반 맞지? 언제 왔어?"

"안녕하세요, 할머니! 아까 왔어요."

한나는 홀딱 벗은 몸으로 인사를 하려니 쑥스러웠다.

"어디에 할머니하고 아가가 있어?"

엉뚱한 말을 하는 할머니에게 한나가 다시 크게 소리를 쳤다.

"그게 아니고요! 아까! 아까 왔다고요."

"그러니까 아가가 어디 있냐구?"

"저 처녀예요!"

"처년데 애를 낳았어? 이런, 부모님이 상심이 크시겠구먼."

한나가 얼굴을 찌푸렸다. 졸지에 미혼모가 되어버렸다.

"할머니, 등이나 닦아드릴게요."

자신의 말을 이해시키기를 단념한 한나가 할머니 등을 열심히 밀었다. 나올 땐 할머니에게 이온 음료를 하나 사주고 인사를 했다.

"할머니, 이거 드세요."

"응? 먹으라고? 고마워. 근데 약사양반은 애 낳은 여자치고 몸매가 좋네. 가슴도 안 처지고 탱탱하네. 똥배도 없고, 엉덩이도 예쁘고. 아기 아빠는 뭐 하는 사람이기에 약사양반같이 직업 좋고 예쁜 사람 결혼식도 안 올려준대?"

몸짱이란 소리는 듣기 좋지만 계속 미혼모 취급을 당하는 건 정말 미치고 환장할 노릇이었다. 하지만 어쩌겠는가. 속으로 한숨 한 번 더 내쉴 뿐이었다.

"할머니, 저 먼저 갈게요."

"암, 가야지. 가야 하고말고. 시집가서 하나 더 낳아야지."

더 말하면 뭐 하리. 한나는 그저 쓴웃음만 지으며 할머니에게 고개를 숙여 인사를 했다.

한나는 사우나 다음 코스인 미용실에 들러 머리를 하고 집으로 돌아왔다. 들어오자마자 한나는 온 집 안이 잔치 분위기임을 보고 눈이 휘둥그레졌다. 나갔다 온 사이에 이모들까지 다 동원이 돼 지지고, 볶고, 뒤집고…… 그야말로 명절을 맞는 분위기였다. 옆에 있어봤자 거치적거릴 뿐 하등의 도움이 안 되는 한나를 내쫓은 이유가 다 있었던 것이다.

"어머, 한나 왔니?"

"이모!"

"한나야, 축하한다."

"네?"

"한나야, 가서 화장이나 해."

딸만 넷인 집에서 장녀로 태어난 보은의 파워는 참 대단했다. 보은의 명령에 이모들은 한마디 군소리도 없이 손발을 척척 맞춰가며 일을 해 나갔다. 그들은 거의 말을 하지 않고도 서로 필요한 것을 짧은 말로 다 알아들었다.

"저거."

"여기."

"너."

"했어."

"이거."

"알아."

11시 40분이 되자 모든 준비가 완벽하게 끝났다. 거실에 놓여진 큰 상 두 개는 다리가 부러질 정도로 진수성찬이었다. 이모들은 식사하러 오는 사람이 불편할 거라며 다음을 기약하고 각자의 집으로 돌아갔다.

"우와! 예비 매형 온다고 잔치 벌이는 거예요?"

방에서 옷을 들고 급하게 나온 한진이 차려진 상을 보고 눈이 휘둥그레졌다.

"그런데 넌 어디 가냐?"

"갑자기 급한 볼일이 생겼어요. 죄송해요. 저 나가요!"

보은의 따가운 눈총을 뒤로하고 한진이 도망치듯 후다닥 나가 버렸다. 그러거나 말거나 한나는 도대체 뭐가 뭔지 정신을 차릴 수가 없었다.

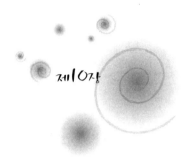

제10장

칼처럼 정확하게 12시에 벨을 누른 현이 한 손엔 과일 바구니를, 다른 한 손엔 와인을 들고 들어왔다. 보은과 대영이 현의 수려한 외모에 눈을 반짝거리며 대환영했다. 간단한 인사를 마친 그들은 거실로 향했다.

"초대해 주셔서 감사합니다."

"자, 먼저 식사부터 하세요. 차린 건 없지만."

차린 게 없다니? 그렇게 말하는 건 누군가의 말처럼 무거운 진수와 성찬이를 낑낑대며 이고 있는 두 개의 밥상을 두 번 죽이는 일이었다. 하여간 한국 사람들은 반어법(反語法) 사용을 잘한다니깐.

"다 맛있어 보여서 어느 것부터 먹어야 할지 모르겠습니다."

눈을 반짝거리는 현이 참 행복해 보였다. 현과 보은, 그리고 대영은 밥을 먹으면서도 쉴 새 없이 하하, 호호, 껄껄거리며 대화를 나눴다. 정말 찰떡궁합이 따로 없었다. 한나는 밥 먹는 일에만 입을 사용할 뿐이었다. 아무리 봐도 대단한 남자였다. 언제 어디서나 어떤 사람이든지 재치있는 입담으로 자기편으로 만들 수 있는 스펀지, 아니, 초강력 진공청소기와 같은 마력을 지니고 있었다. 벌써부터 보은과 대영은 현에게 푹 빠져 연체동물처럼 흐물흐물해졌다. 현이 해명과 협력 중 협력을 선택한 게 틀림없었다. 말과 행동이 그렇다는 걸 증명해 주고 있었다.

"자네는 본관이 어떻게 되나?"

대영이 드디어 본격적인 확인작업을 할 생각인지 현에게 질문을 던졌다. 다른 이야기엔 별다른 관심을 보이지 않았던 한나도 그 부분에 대해선 무척 궁금한 듯 귀를 쫑긋 세웠다.

"연안입니다."

한나는 자신도 모르게 안도의 한숨을 내쉬고 스스로 놀라 눈을 가늘게 떴다. 김한나! 이건 실제상황이 아니잖아. 일종의 협력일 뿐이라구. 하지만 한나는 이게 실제의 상황이고 지금 자신의 부모 앞에 앉아 있는 사람이 현이 아니고 성진이었다면 얼마나 좋았을까 하는 아쉬움이 들었다. 부질없는 생각을 떨치고 싶은 마음에 한나는 자신의 허벅지를 몰래 꼬집고 소리없는 비명을 질러댔다.

현은 부모님과 결혼한 여동생이 있다고 가족 사항을 설명하고 자신의 직업을 밝혔다. 그 순간 보은의 입이 귀에 걸렸다. 눈은 다이아몬드를 바라보는 것처럼 반짝거렸다. 대부분의 어른들이 '사' 자 들어가는 직업을 대단하게 생각하는 경향이 있다는 걸 알지만 한나는 노골적인 관심을 표명하는 보은에게 찬물을 끼얹고 싶은 충동이 일어났다. 엄마, 직업만 멀쩡하면 뭘 해요? 엄마 눈엔 저 사람의 문어다리가 안 보여요? 여자들한테 동시다발적으로 작업하는 게 저 사람 특기고, 취미예요. 눈 좀 크게 뜨고 보시라구요. 하지만 보은의 표정을 보아하니 오늘 당장이라도 양가 상견례를 하고 내일이라도 결혼을 하는 게 어떠냐고 묻는 눈치였다.

"우리 한나를 어떻게 생각하세요?"

보은이 조심스럽게 현에게 물었다.

"저 한나 씨 좋아합니다."

새빨간 거짓말! 나도 나지만 저 남자도 만만치 않게 연기를 잘하는군. 흥! 한나가 속으로 비꼬듯이 말했다.

"그래요?"

현의 말에 보은은 감격해서 쓰러질 것만 같았다.

"허락하시면 한나 씨와 결혼하고 싶습니다."

현의 폭탄선언에 한나는 보은이 쓰러지기 전에 자신이 먼저 쓰러질 것처럼 앉은 자세에서 휘청거렸다. 이런, 된장! 저 인간이 뭘 믿고 저렇게 무지막지하게 나오는 거야? 한나가 어이없다는 표정으로 현을 째려보았다. 아무리 협력이라고 하지만 이건 도가 지나쳐도 너무 지나쳤다.

"어머나! 그래요?"

보은은 이제 죽어도 여한이 없다는 표정이었다. 한나는 체한 듯 속이 답답해졌다. 강력 소화제가 절실하게 필요했다. 더불어 앞날이 암담해졌다.

"한나 씨와 함께 조만간 저희 부모님께 인사를 드리러 가고 싶습니다."

"어머나! 어머나!"

보은이 저렇게 뛸 듯이 좋아하는 모습은 머리털나고 처음인 것 같았다. 이 인간이 우리 부모님이랑 나를 한날한시에 저 세상으로 보내려고 작정을 했나? 한나는 더욱더 뒷감당하기 힘들게 일을 저지르는 현 때문에 미칠 지경이 되었다. 세게 꽉 물고 있는 입술에선 당장이라도 피가 터져 나올 것만 같았다.

식사도 끝내고, 차도 마시고, 과일도 먹은 후 현이 대영과 보은에게 한나를 데리고 드라이브를 다녀와도 되겠냐고 묻자 그들은 아예 오늘부터 같이 살아도 된다 하는 표정을 지었다.

밖으로 나온 한나와 현이 차에 올라탔다. 그리고 단둘이 있게 되자 한나가 현에게 따지듯이 물었다.

"정말 저랑 결혼하고 싶으세요?"

"응."

다짜고짜 현이 말을 놓았다. 그러지 않아도 당황스러운 한나가 더욱 당황한 얼굴이 되었다.

"진심이에요?"

"그래."

"얼렁뚱땅! 사고뭉치! 막무가내! 우격다짐! 누가 밥 한 끼만 먹어달라고 했지 결혼해 달라고 했어요? 이게 무슨 협력이에요? 그건 그렇고 왜 갑자기 저한테 반말을 하시는 거예요?"

드디어 폭발한 한나였다.

"그만큼 당신하고 친해지고 싶은 거야. 그리고 나 미친놈 취급 하지 마. 생각할 만큼 하고 진지하게 말하는 거라구. 당신은 협력을 원했는지 몰라도 지금의 난 아니야. 물론 그런 제안을 처음 했을 때만 해도 나도 내가 이럴 줄은 몰랐어. 나도 내 자신이 이해가 안 가기는 해. 내가 왜 당신만 고집하는지 내 스스로도 알 수가 없어. 그런데 자꾸 당신한테 마음이 가. 하루 종일 당신 생각만 난다구. 나한테 화만 내는 당신 얼굴이 뭐가 좋다고 자꾸 떠오른다구. 이런 상태에서 협력 따위는 무의미하다는 걸 깨달았어. 좋아하는 감정이 생겼는데 그런 게 무슨 소용이 있냐구."

"착각이에요!"

다가오려고 하는 현을 애써 외면하며 한나가 딱 잘라 말했다.

"착각? 당신이야말로 착각하는 거 아니야?"

현이 버럭 화를 냈다. 그리고 말을 이어 나갔다.

"물론 동성동본이라는 거 요즘 같은 세상엔 장애도 아니야.

하지만 그 사람은 이미 가정이 있는 남자라구. 그 사람이 무슨 말로 당신을 정신 못 차리게 만들었는지 몰라도 지금 당신은 그 사람의 테크닉에 속고 있으면서 그를 사랑하는 거라고 착각하는 거야. 자기 아내한테 써먹었던 말과 행동, 당신한테 재방송하는 거라고 생각해 본 적 없어? 그게 그렇게 감격스러워? 그 사람 참 운도 좋아. 동성동본이라는 걸 내세워 말썽이 생겨도 당신이 스스로 알아서 문제 처리를 할 테니 말이야. 그런 남자가 당신한테 어울린다고 생각해? 그놈 지금 어디선가, 가정도 지키면서 바보같은 여자하고 스릴있는 인생을 즐기는 자기가 세상에서 가장 능력있는 남자라고 떠벌리고 다닐지도 몰라. 착각하지 말고 잘 생각해 봐. 잘 포장된 불륜을 사랑이라고 부르고 싶어도 불륜은 불륜인 거야. 나무에 달려 있는 싱싱한 사과를 놔두고 남이 들고 먹던 사과를 빼앗아 먹는 사람들의 이야기. 내가 세상에서 제일 경멸하는 드라마지. 왜 위험한 사랑에 목숨 걸고 자신에게 돌아오는 피해와 아픔을 고스란히 감당하려고 해? 내가 붙잡아줄게. 내가 당신 붙잡아주겠다구. 그러니 나한테 와."

절대 놓치지 않으리라 마음먹고 온 현이었다. 불행의 구렁텅이에 빠져들어 갈지도 모르는 한나를 더 이상 관망만 하고 있을 순 없다는 결론 끝에 결혼을 결심하고 온 현이다.

"제대로 알지도 못하면서 지나치게 과장하지 말아요. 사람이니까 잠시 흔들린 건 사실이지만 나 역시 그런 드라마의 여주인공으로 캐스팅되고 싶은 생각은 눈곱만치도 없어요."

"그럼 나하고 결혼해."

한나가 현을 슬픈 표정으로 쳐다보았다. 청혼을 할 만큼 자신을 사랑하고 있는 남자도 아니었다. 또한 자신도 청혼을 받아들일 만큼 이 남자를 사랑하고 있는 건 아니었다. 진심인지 장난인지 아직 분간도 못하고 있는데 무슨 대답을 할 수 있단 말인가. 한나는 답답한 심정으로 한숨을 내쉬었다. 자신부터 진심을 말해야 한다는 생각이 들었다.

"저 솔직히 나이도 먹을 만큼 먹어서 더 이상 맞선보러 다니는 것도 신물이 나고, 부모님 속도 그만 썩여 드리고 싶고, 동생한테 똥차 역할도 그만 하고 싶어요. 버텨봤자 값만 떨어지겠죠. 더구나 모든 조건이 완벽하다 할 정도로 좋은 사람이 이런 나를 구제해 준다는데 고마워하지는 못하고 투정하는 제가 어리석은 거겠죠. 하지만 저 갑자기 나타난 그 사람 때문에 확실히 알게 된 게 있어요. 내 결혼의 조건은 사랑이 될 수가 없다는 거요. 남은 사랑은 더 이상 없더군요. 그 수많은 선을 보면서도 왜 내가 결혼을 못했는지 이제야 알게 됐어요. 사랑하는 사람을 떠나보내던 날 제 사랑도 함께 떠났더라구요. 줄 것도 없으면서 새로운 사람을 찾고 있었어요. 아마 그 사람을 제외한 남자. 제 결혼의 대상은 될 수 있지만 사랑의 대상은 될 수 없을 거예요. 그 사람하고 닮은 당신이 나타나서 잠시 내 마음이 흔들렸던 건 사실이에요. 하지만 아직도 당신에 대한 내 마음이 어떤 건지

나도 정확하게 모르겠어요. 이런데도 저랑 결혼하고 싶으세요? 분명 후회하실 텐데요. 결혼이란 거 환불도 힘들고, 반품도 힘들고, A/S도 힘든 거잖아요."

그렇게 말하고 고개를 돌리는 한나의 표정이 서글프게 느껴졌다. 한참 동안 둘 사이에 무거운 침묵이 흘렀다.

"우리 어디 갈까?"

우선 이쯤에서 물러나 주는 게 나을 수도 있다는 판단이 든 현이 분위기를 바꾸려고 다른 이야기를 꺼냈다.

"아무 데나 가요."

한나가 힘없이 대답했다.

"아무 데나라는 곳이 어디 붙어 있어? 가는 길 알면 가르쳐 줘."

현의 실없는 농담에 한나가 피식 웃어버렸다.

"썰렁한 거 알죠?"

"대부분 그렇게 말하는 사람들이 꼭 웃고 나서 그러더라. 그런 게 이율배반적인 행동이지. 그러나저러나 어딜 가지? 어딜 가도 휴일이라 사람이 많겠고⋯⋯. 조용히 단둘이서 음악도 듣고 차 한 잔 마실 수 있는 카페가 하나 있기는 한데⋯⋯ 거기 갈까? 우리 거기 가서 현 시점의 의약분업에 대한 심도있는 토론이라든지 불황타계를 위한 해결방안을 모색해 보는 건 어때?"

"후후후⋯⋯. 머리에서 쥐가 다 나네요."

현이 자신 앞에서 처음 웃는 한나를 지그시 쳐다보았다. 한나가 웃으면 자연적으로 빨간 입술이 돋보였다. 가지런한 하얀 이를 드러내고 웃는 모습. 유난히 예뻐 보였다. 더 활짝 웃어 봐. 현이 마음속으로 마법의 주문을 외우듯 그렇게 중얼거렸다.

"여기가 카페예요?"

"내가 운영하는 카페 맞아."

"말도 안 돼."

한나가 기가 막힌다는 듯이 웃어버렸다. 현이 데려온 곳은 그의 병원이었다. 현이 거짓말이 아니라는 걸 확인이라도 해주듯 한나를 휴게실로 데려갔다. 나름대로 휴식을 취할 수 있도록 꾸며놓은 휴게실이었다. 안락해 보이는 소파와 오디오, 여러 종류의 커피 이름이 붙여진 용기, 창가 쪽에 진열된 허브 화분이 한나의 눈에 들어왔다. 향긋한 허브 향과 녹색 빛깔이 삭막한 병원에 생기를 불어넣고 있었다. 색다른 공간연출이었다. 병원이라고 느껴지지 않을 만큼.

"커피 마니아예요?"

한나가 다양한 커피용기를 만지작거리며 현에게 물었다.

"매력있잖아, 다 똑같아 보여도 제각기 향이 다르고 맛이 다르다는 거. 꼭 커피만 그런 건 아니지만."

커피 메이커에 물을 붓고 CD를 골라 음악을 튼 현이 한나를 향해 돌아섰다.

"어떤 음악 좋아해? 물어보고 틀 걸 그랬나?"

"전 어떤 꽃을 좋아하느냐, 어떤 색을 좋아하느냐, 어떤 음악을 좋아하느냐는 질문 되게 난감해요. 하나만 골라서 말해야 하는 거 가장 힘든 일이에요."

현의 입가에 미소가 걸렸다. 하여간 특이한 여자였다. 이런 대답은 처음이었다. 한나는 계속 커피 용기를 비교하느라 그런 현의 모습을 보지 못했다. 점차 커피 향이 허브 향과 어울려져 갔다. 현이 다 내려진 커피를 컵에 따르며 한나에게 물었다.

"커피를 블랙으로 마시는 사람은 고독을 즐기는 사람이고, 설탕 하나를 넣고 마시는 사람은 커피 맛을 즐기는 사람이고, 설탕 둘을 넣어서 마시는 사람은 단맛으로 마시는 사람이래. 자, 골라. 어떻게 해줄까?"

한나가 깜짝 놀라며 고개를 들어 현을 바라보았다. 한나의 눈빛이 흔들리며 흐려졌다. 손끝이 흔들리자 한나는 잡고 있던 용기를 얼른 내려놓았다. 심장이 절구를 찧듯이 쿵쿵거렸다. 재빨리 등을 돌려 버렸다.

"블랙으로 주세요."

한나가 창가로 다가가 밖을 내다보았다. 괴로운 듯 눈을 감았다. 현이 일부러 그랬을 리는 없지만 어떻게 토씨 하나 다르지 않게 예전에 성진이 한 말을 그대로 읊어댈 수 있는지 정말 놀랍기만 했다. 많이 닮았다 했지만 이건 지나칠 만큼 너무 닮았다.

"자, 여기."

현이 건네는 컵을 받아 든 한나의 손이 여전히 약하게 떨렸다. 그제야 현은 한나가 이상하다는 걸 깨닫고 안색을 살폈다. 갑자기 우울한 표정을 짓고 있었다. 창밖 먼 곳을 초점없이 바라보는 눈빛이 왠지 다른 세계를 향한 듯 보였다. 예전에도 이런 모습을 본 적이 있었다. 인라인 스케이트를 신고 비를 맞고 서 있을 때도 이랬다. 현은 그제야 비로소 한나가 또 그 사람을 떠올리고 있다는 걸 알게 됐다. 가까이 서 있어도 멀게만 느껴지는 거리감은 현으로 하여금 조바심을 갖게 했다. 다른 남자에 대한 추억을 향해 하염없이 달려가는 한나를 잡아 자신에게 다가올 수 있는 방향으로 돌려주고 싶었다.

"이거 한번 볼래?"

현이 벽에 걸린 커다란 물고기 액자 앞으로 다가가 손을 한 번 스쳤다. 그러자 갑자기 액자에 돌출되어 나와 있던 물고기가 'Don't worry, Be happy'라는 흥겨운 노래를 부르며 몸을 반으로 접고 움직였다.

"하하하! 저거 뭐예요?"

금방 한나의 얼굴이 환해졌다. 하지만 한나의 물기 어린 눈은 미처 슬픈 빛을 감추지 못한 채 현에게 드러나고 말았다.

"친구한테 선물 받은 건데…… 우는 사람 달래주려고 갖다 놨어."

겉으로는 웃으면서 속으론 울고 있는 여자. 현은 한나가 안쓰러웠다.

"주사 맞고 우는 애들 달래기엔 딱 좋겠네요."

노래를 하며 춤을 추는 물고기에 넋을 빼놓고 있는 한나에게 현이 천천히 다가왔다. 그리고 한나의 눈을 빤히 쳐다봤다. 한나의 눈동자에 자신의 모습을 채울 생각인 듯. 현이 강한 눈빛으로 빤히 쳐다보자 한나는 얼굴에서 미소를 서서히 거둬들였다. 현이 손에서 컵을 천천히 빼앗자 얼굴이 화끈거리고, 심장이 심하게 뛰는 게 느껴졌다.

"저기…… 아! 덥다! 여기 에어컨 없어요? 아! 참! 의약분업! 경제 불황타계! 그거 토론……."

한나는 딴소리를 해서라도 이 이상야릇한 분위기를 넘기고 싶었다. 하지만 현이 한나의 말을 무시하고 얼굴을 점점 가까이 내렸다. 곧 현의 입술이 한나의 입술에 살짝 겹쳐졌다. 한나의 얼굴을 두 손으로 잡은 채 붉은 입술에 입 맞추고 아랫입술을 살짝 깨물며 촉촉한 혀로 부드럽게 핥았다. 입 안으로 애무를 하듯 혀를 밀어 넣자 살포시 감은 한나의 눈과 살짝 벌어진 입술이 바르르 떨렸다.

현은 자신과 함께 있는 여자가 다른 남자에 대한 생각에서 벗어나지 못하는 걸 그저 방관만 하는 사람이 되고 싶지 않았다. 현이 한나에게 한 키스는 자신과 있는 시간만큼은 자신에게 집중해 달라는 부탁이자 바람이었다. 더 이상 그 사람 생각 하지 마. 나만 보고 나만 느껴.

그런 마음을 알 리 없는 한나는 무척 당황하며 떨고 있었다.

하지만 쿵쾅거리는 심장을 달래듯 감싸 안은 현의 품이 유난히 따뜻하게 느껴지기 시작했다. 두려움과 평온함이 동시에 느껴지는 아이러니한 순간이었다. 한나는 현을 거부할 수가 없었다. 이유는 알 수 없지만 자신조차 외면했던 여자의 외로움. 내면 깊이 숨어 있던 그 심한 외로움이 고개를 쳐들고 눈을 뜬 것 같았다. 현의 키스와 품은 시기적절하게 위로로 작용했다. 잔잔한 음악 한 곡을 듣게 해주는 것처럼 키스는 부드럽고 따뜻했다.

어느 정도 시간이 흘렀는지 가늠할 수 없었지만 키스를 시작했을 때 들었던 음악과 현이 입술을 뗐을 때 비로소 들린 음악이 달랐다. 꿈을 꾸다가 깬 사람들처럼 정신이 몽롱했다. 자신에게 시선을 고정시키고 있는 한나를 본 현이 마침내 자신의 바람이 이루어진 것 같아 흡족한 미소를 지어 보였다. 한나의 얼굴이 다시 새빨갛게 달아올랐다.

재빨리 현의 품을 벗어난 한나가 컵을 방패 삼아 들었다. 이미 차갑게 식어버린 커피를 한 모금 마시자 조금 전 입 안에 머물렀던 키스의 열정이 다소 사그라졌다. 현이 다른 컵에 따뜻한 커피를 따라 한나가 들고 있는 컵과 바꾸어주었다. 컵의 온기만큼 따뜻한 현의 마음이 전해졌다. 자신을 바라보는 현의 갈색 눈동자도 따뜻한 커피 빛깔을 띠고 있었다. 한나는 다시 마음이 동요되는 것을 느꼈다. 벌써 세 번째의 키스였다. 키스는 마음을 빼앗는 가장 힘세고 위대한 도둑이라더니 어느새 현이 한나의 마음을 조금씩 빼앗아가고 있었다.

자신을 빤히 쳐다보는 한나의 입술이 키스로 인해 더욱 빨갛게 부풀어 올라 있었다. 붉은 뺨과 더불어 고혹을 느끼게 했다. 현은 그 순간 한나가 어떤 여자보다 아름답게 느껴져 숨이 멎는 기분이 들었다. 이런 게 사랑 느낌일까? 현의 심장은 이미 빠른 속도로 뛰고 있었다.

"나에게 기회를 줘. 당신한테서 도망간 사랑 내가 되찾아줄게. 나 당신이 날 사랑하게끔 만들 자신 있어."

현이 한나에게 진심으로 프러포즈를 했다. 진심은 통한다고 했던 누군가의 충고가 그때서야 생각났다.

"왔니?"

현과 저녁을 먹고 들어온 한나가 현관문을 열고 들어가자 보은이 번개 같은 속도로 나타나 가방을 들어주며 다정하게 어깨를 감싸 안았다. 계속 방까지 쫓아와 궁금한 얼굴로 쳐다보자 한나는 옷 갈아입는 것을 포기하고 입을 열었다.

"뭐 하실 말씀 있으세요?"

"아니, 그냥 예뻐서."

"엄만 그 사람이 마음에 드세요?"

"들다마다."

본색을 드러내며 보은이 얼른 대답을 하자 한나가 쓴웃음을 지었다. 헤어지는 순간까지 현은 자신의 마음을 움직이려고 애를 썼다. 그 바람에 마음이 현을 향해 많이 굽혀진 것도 사실이었다.

"엄만 제가 그 사람하고 결혼하면 좋으시겠어요?"

"당연히 좋지 안 좋니? 그만한 사람이 또 어디 있다구."

"엄마…… 내 마음을 나도 모르겠어요. 자꾸 이리저리 흔들려요. 나 후회하지 않을까요?"

한나의 눈동자가 불안하게 흔들렸다.

"너 하기에 달렸어."

보은이 한나를 품에 안아주며 조용히 속삭이듯 말했다.

"노력해 볼게요."

여전히 자신없고 불안했지만 한나는 용기를 내보기로 했다. 현을 믿어보기로 했다.

"그게 정말이니?"

보은이 손뼉까지 치며 한나를 껴안고 껑충껑충 뛰었다. 그리고 곧 눈물을 글썽이며 한나를 쳐다보았다.

"한나야! 나 지금 아들 낳았을 때보다 더 좋다! 어서 씻고 자렴. 나는 네 아빠랑 축배라도 들어야겠다."

한나를 남겨두고 보은이 노처녀 시집보내기 운동 절반 성공을 자축하기 위해 방을 나갔다. 마치 처치 곤란한 물건을 떨이로 팔아 고민거리를 털어버린 사람처럼 기쁜 얼굴이었다. 그때 핸드폰이 울렸다.

"여보세요?"

[나 지현이야.]

"지현아…… 잘 있었어?"

지선과 현을 맺어주려고 했던 지현인지라 한나는 미안한 마음이 앞섰다.

[나 너한테 정말 섭섭하다. 너 현이 씨하고 사귄다며?]

심술이 난 말투였다.

"으응……. 그런데 그거 어떻게 알았어?"

[어제 성범 씨가 현이 씨한테 전화해서 지선이 어떠냐구 물었더니 오늘 너희 집에 인사드리러 간다고 하더라. 도대체 어떻게 된 거야? 진작 말하지 그랬어. 난 그것도 모르고 지선이하고 현이 씨 잘 엮어보려고 했잖아.]

"미안해, 지현아. 그게…… 그게 말이지……."

한나가 어떻게 설명해야할지 몰라 말을 얼버무렸다.

[지선이도 현이 씨 맘에 들어하는 눈치였거든. 우리만 바보된 거 같다, 얘!]

"정말…… 정말 미안해. 지현아."

정말 난감한 한나가 그저 미안하다는 말만 반복했다.

[그래. 사람 인연이라는 게 어디 마음대로 되니? 잘해봐. 좋은 사람인 거 같았어. 아깝기는 하지만 너니깐 내가 양보한다. 후후.]

"이해해 줘서 고맙다."

[나 너한테 해줄 말 있어.]

귓속말을 하듯 지현이 목소리를 낮추고 속삭였다.

"뭔데?"

[나 사실은 임신 4개월이야.]

"뭐!"

한나는 거품을 물고 쓰러질 뻔했다. 요즘 애 하나쯤은 혼수품 목에 들어간다는 말도 있지만, 천하에 조신하기로 유명하고 보수적인 성향이 강한 지현이가 결혼 전 임신이라니. 충격의 극치였다.

[미안해, 나도 너한테 숨겨서.]

"어떻게 표시도 안 나니?"

[사실은 집들이한 날 나 입덧이 심해서 너희들 다 보내놓고 이만저만 고생한 게 아니야. 아직 부모님들도 모르는 사실이야. 곧 말씀은 드려야 하겠지만 많이 놀라시겠지?]

"그럴 거 같다. 어쨌든 지현아, 축하해."

[고마워. 넌 혹시라도 조심해라. 난 성범 씨가 하도 조르는 바람에 이렇게 됐지만 신혼 기간도 짧아지고, 주위 시선도 감당하기 힘들어.]

"충고 고마워. 힘들어도 밥 잘 챙겨 먹어."

[밥? 우웩!]

"왜 그래?"

[밥이란 소리만 들어도 밥 냄새 나는 거 같아서……. 우웩! 미안해! 우웩! 끊어. 우웩!]

한나가 인상을 구기며 끊긴 전화를 보았다. 자신의 귀에다 구토를 한 것 같아서 기분이 찜찜했다.

샤워를 하고 나온 한나는 막 현관문을 열고 들어오는 한진과 마주쳤다. 뭐가 좋은지 싱글거리며 들어오던 한진이 한나를 발견하고는 확 끌어안았다. 한나가 몸서리치며 한진을 떠밀었다.

"야! 야! 뭐야? 징그럽게. 난 남편 될 사람의 스킨십 외는 사절이야!"

그래도 한진은 뭐가 그리도 좋은지 실실 웃음을 흘려댔다. 인터넷 복권에서 10만 원짜리에 당첨됐다고 한밤중에 한나의 방으로 뛰어들어 와 소란을 떨던 그 이후로 처음 보는 행복한 웃음이었다.

"누나, 축하해 줘!"

"뭘?"

한진은 감격해서 울 것만 같은 얼굴이었다.

"지선이가 오늘 나한테 전화했더라고. 그래서 나갔거든. 지선이가 좋아하던 사람이 다른 여자를 좋아한다고 했대. 많이 우울해하더라고. 그래서 내가 위로해 주면서…… 크큭, 그 다음은 누나가 알아서 상상해. 어쨌든 지선이랑 나 많이 가까워졌어."

남자는 다 저러나 싶었다. 틈새 공략으로 예상 밖의 수확을 노리는 저 사냥꾼 같은 근성 말이다. 오래 같이 살면 다 그러나 보다. 엄마와 이모들처럼 굳이 길게 설명하지 않아도 눈빛 또는 짧은 말로 모든 걸 꿰뚫을 수 있는 능력을 소유하게 되는 것 말

이다. 한나는 그 의미를 금방 알아차리고 한진의 뒤통수를 올려
친 후 방으로 들어가 버렸다.

"퍽!"

"아야!"

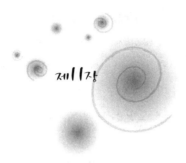

제11장

"**원**장님이 요즘 이상하세요."

"왜요?"

"매일같이 핸드폰을 손에서 안 놓으시고 계속 문자 보내시면서 웃으세요. 점심 시간이 되면 부리나케 나가셨다가 오후 진료도 간혹 늦으셔요."

간호사들이 해준 말을 들은 경이 원장실로 향했다. 문을 열고 들어가니 간호사들 말대로 현이 핸드폰을 들고 있었다. 경을 힐끔 쳐다본 현이 다시 히죽거리며 열심히 문자를 쳤다.

"왔니? 나 저녁 약속 있는데."

"누구랑?"

"애인이랑."

"나도 같이 가면 안 돼? 너무 궁금해."

잠시 골몰하던 현이 가운을 벗고 양복 상의를 걸쳤다. 된장피카소가 애인이란 사실을 알면 경은 아마 펄쩍펄쩍 뛸 것이다. 현이 우물쭈물 말을 못하고 주저했다.

"어차피 조금 있으면 볼 텐데 뭐. 나중에 보자."

"오빠!"

현이 재빨리 문을 열고 나가 버렸다. 어이없어하는 경이 눈을 반짝거렸다. 곧 재빨리 따라나섰다.

현이 탄 차를 추격하듯 따라가던 경의 표정이 점점 일그러졌다. 애인과 함께 저녁을 먹으러 나간 현이 도착해 들어간 곳은 식당이 아니라 약국이었다. 현이 약을 사러 이 먼 곳까지 올 리가 없다고 생각한 경은 그저 어리둥절할 뿐이었다. 투명한 유리문을 통해 현이 약사와 웃으며 이야기를 나누는 모습이 보였다. 여자의 직감으로 경은 곧 약사가 현의 애인임을 깨닫고 더 자세히 보려고 눈을 가늘게 떴다.

"헉!"

갑자기 눈을 크게 뜬 경이 눈을 몇 번 더 깜박이고도 못 믿겠다는 듯이 고개를 흔들고 다시 쳐다봤다.

"말도 안 돼……."

경은 당장이라도 차 문을 열고 나가서 현과 된장피카소를 떼어놓고 싶은 충동이 일어났다. 아무리 여자가 없어도 그렇지 어떻게 된장피카소 같은 여자랑 사귈 수가 있단 말인가. 아무리 생각해도 이해가 되지 않았다. 그날 된장피카소한테 뺨을 맞은 이후로 현의 머리가 어떻게 된 게 틀림없었다. 억장이 무너지는 심정으로 경이 가슴을 퍽퍽 쳤다.

"안녕? 그대, 보고 싶었어!"

어느새 현의 엠보싱 치킨스킨 오겹이 돋는 인사말에 익숙해진 한나는 빙그레 웃기만 했다. 낮에는 문자를 보내고, 저녁엔 함께 만나 저녁을 먹고, 새벽 늦게까지 전화가 아니면 인터넷 메신저로 만나다 보니 그들은 오래된 연인처럼 많이 가까워져 있었다.

한나의 표정은 누가 봐도 많이 달라져 있었다. 사랑에 빠졌을 때 나타나는 증상이었다. 문득 노래를 흥얼거리거나 정신 나간 사람처럼 히죽거리고, 발이 땅에 닿지도 않는 거 같고, 밥을 안 먹어도 배고프지 않고, 바람에 흔들리는 나뭇잎과 길가에 심어진 꽃들이 자신한테 노래를 해주는 거 같아 마냥 행복한 증상 말이다. 이제 한나의 입에서 더 이상 '이런, 된장!' 이란 소리를 들을 수가 없었다. 예전엔 온몸에 달고 다니던 송곳을 조금만 신경 거슬리게 하는 사람에게 하나씩 뽑아 던졌던 히스테리 노처녀가 다소곳한 천사가 되어 있었다. 사랑은 여자를 아름답게 하고 착하게 만드는 힘이 있었다.

"오늘 새벽까지 전화하느라고 한숨도 못 잤을 텐데 집에 가서 쉬지 그랬어요."

음성조차 버터처럼 미끌미끌했다.

"난 분명히 집으로 가려고 했는데 손과 발이 당신을 보고 싶었나 봐. 자동차랑 공모해서 날 이쪽으로 데려다 놨네?"

현의 능청 또한 만만치 않았다. 순간 약국이 양계장으로 돌변했다. 손님이 없기에 망정이지 제정신으로 들어줄 만한 대화가 아니었다.

"더 있어야 해?"

"아뇨."

"그럼 어서 문 닫고 나랑 좋은 데 가자."

"어디요?"

한나는 현이 강변 쪽에 있는 호텔로 차를 몰자 불안한 마음을 감추지 못하고 물었다.

"여기를 가자구요?"

"응. 왜?"

좋은 데라는 곳이 호텔인데 한나가 놀라는 것은 당연했다. 더구나 낮도 아니고 밤에 말이다. 한나가 의심스런 눈초리로 현을 힐끔 쳐다봤다.

"여기 자주 와봤어요?"

"응."

헉! 헛바람을 들이킨 한나가 할 말을 잃고 말았다. 그러거나 말거나 현은 주차장에 차를 세우고 핸드폰을 들고 전화를 걸었다.

"어머니, 예비 사위입니다. 지금 한나 씨랑 같이 있는데 좀 늦어도 될까요? 네, 그냥 오늘 데리고 가서 살라구요? 하하하. 네. 네, 안녕히 계세요."

엄마! 여기가 어딘 줄 알고 그렇게 순순히 허락을 해주는 거예요? 엄마 딸 오늘 처녀 딱지 떼는 중대사가 벌어질 수도 있단 말이에요! 아, 정말…… 이럴 땐 어떻게 해야 하는 거지?

"저기…… 저기요……. 그냥 집으로 가면 안 될까요?"

아무리 생각해도 여러 가지가 마음속에 걸렸다. 이런 일이 있을 줄 알았으면 피임약이라도 먹어두는 건데 하는 후회도 들고, 지금 입고 있는 속옷도 그다지 이런 날엔 어울리지 않을 거 같아서였다. 이런 식으로는 싫었다.

"왜?"

"저…… 전요……. 아직…… 준비가……."

한나의 말뜻을 이해 못하겠다는 듯 현이 눈만 끔뻑였다.

"너무 이르다는 생각이 들어서……."

현이 그제야 눈치를 챘다. 하지만 한나를 놀릴 작정으로 손목을 확 가로챘다.

"싫어! 난 오늘 밤 먹고 말 거야!"

헉! 먹는다고? 내가 무슨 시중에 나오는 과자 이름이냐? 한나는 강제적으로라도 일을 치르겠다는 현의 말에 거의 울 것 같은 얼굴이 되었다.

"이리 와!"

"으으으아악!"

현이 한나를 붙잡고 힘찬 발걸음을 내디뎠다. 오, 하나님! 저 악마 같은 살인미소에게서 저를 구원하옵소서! 눈을 꼭 감은 한 나가 현의 힘에 이끌려 질질 끌려갔다.

엘리베이터가 17층에 이르고 문이 열렸다. 그리고 한나의 걱 정을 한순간에 씻겨주기라도 하듯 스카이라운지가 눈앞에 펼쳐 졌다. 창밖으로 한강 상류와 미사리의 야경이 파노라마처럼 펼 쳐져 있었다. 한나가 소리를 내지 않고 '와우!' 하는 감탄사를 냈다. 미리 예약을 했다고 설명하는 현에게 웨이터가 예약석으 로 그들을 안내했다.

잔잔한 재즈 선율이 가득한 이곳엔 낭만적인 분위기를 연출 하려는 커플들이 많아 보였다. 사방을 두리번거리던 한나가 자 신을 놀리듯이 웃는 현의 시선을 느끼고 갑자기 얼굴이 붉혔다. 하긴 호텔이란 곳이 잠만 자는 곳이 아닌데 왜 자신은 그렇게밖 에 생각을 못했는지 한심하기만 했다.

"저기…… 아까……."

아까 한 말을 다시 주워 담을 수만 있다면!

"칵테일 한 잔 하자."

그냥 넘어가 주려나 보다 싶어 한나는 다소 안심이 되었다.

"운전해야 하잖아요."

"알코올없는 칵테일 마시면 돼."

"전 칵테일에 대해서 아는 게 없어요. 추천해서 주문해 주세요."

"그럼 치치하고 레몬스퀴시 마시자."

함께 야경을 감상하던 그들 앞에 주문한 칵테일이 놓여졌다. 한나는 자신 앞에 놓인 치치라는 칵테일을 한 모금 마셔보았다.

"꼭 파인애플 주스 같아요."

"치치는 미국의 속어로 현란하고 야하다는 뜻이야. 프랑스어로는 프릴로 화려하게 연출한 여성용 블라우스의 가슴 장식물의 이름이고."

"네에. 아는 것도 많으세요."

비꼬려고 한 게 아니었는데 내뱉고 보니 약간 그런 느낌이 들어 한나가 고개를 들어 현을 바라보았다. 조명 때문일까 현의 눈빛이 오늘따라 위험하게 빛이 나고 있었다.

"바꿔 마시자."

"네?"

"당신 닮은 이거라도 먹어버려야 속이 시원할 거 같아서."

"헉!"

누가 들을까 싶어 한나가 주위를 둘러보았다. 현이 한나를 강렬한 눈빛으로 쳐다보며 칵테일을 홀짝거렸다. 아! 정말! 버터 같은 저 눈빛에 뇌진탕을 일으키겠다. 아무리 생각해도 이 사람은 타고난 선수임이 틀림없어.

"내 얼굴에 뭐 묻었니? 왜 그렇게 빤히 봐?"

현이 얼굴을 더듬거리며 경에게 물었다. 집에 들어오는 순간부터 경이 계속 자신을 빤히 쳐다봤기 때문이다. 그제야 경이 손에 들고 있던 잡지책으로 시선을 옮기고 페이지를 넘기며 입을 열었다.

"어떤 사람이 불의의 사고로 정신도 이상해지고, 눈도 멀었어. 그런데 어떻게 도와줘야 할지 모르겠어. 그냥 모른 척해야 해, 아니면 정상으로 돌아올 수 있게 도와줘야 해?"

경은 최선을 다해 이성적으로 생각해도 현의 행태를 이해할 수 없었다. 자신이 내린 결론은 현이 정신적으로 이상해졌다는 거였다. 다시 한 번 된장피카소를 떠올린 경이 입술을 삐죽거렸다. 키가 크기를 해, 얼굴이 예쁘기를 해? 성질머리도 계란 썩는 냄새처럼 고약한 여자. 도대체 뭐 하나 제대로 된 게 없는 여자를 현이 왜 만나고 돌아다니는지를 정말 이해할 수 없었다. 세상 모든 여자들이 다 땅속으로 꺼지고 하늘로 증발했다면 모를까, 이건 도대체 말이 안 됐다. 심혈을 기울여 현의 반쪽을 찾아 나서지 않았던 게 이렇게까지 후회스러울 줄은 몰랐다.

"그 사람 누군지 몰라도 참 안됐구나. 치료 시기를 놓친 게 아니라면 도와줘야지."

현이 소파 맞은편에 앉아 신문을 뒤적거리며 이렇게 말하자 경이 눈을 들어 현을 다시 빤히 보았다. 오빠가 생각해도 이건 말이 안 되는 거지? 경은 차마 입 밖으로 뱉어낼 수 없는 말을 간신히 꿀꺽 삼켰다. 곧 경의 시선을 느낀 현이 고개를 들어 쳐다보았다.

"내 도움이 필요해서 그런 거야? 아는 의사라도 소개해 줘?"

아무리 의학적인 전문 지식이 없어도 사랑에 빠진 사람들한테는 어떤 약도 소용없다는 것쯤은 경도 이미 알고 있는 바였다. 어디 마음 고쳐먹는 게 쉬운 일인가?

"마음을 고쳐먹을지 모르겠네. 워낙 고집불통이라서 말이야. 그건 그렇고 말이야. 오빠, 난 남자들의 심리를 도무지 이해할 수가 없어."

"후후, 여자의 심리를 이해할 수 없는 건 나도 마찬가지야."

"하긴 같은 여자로서 이해 안 가는 여자도 있기는 해."

이렇게 빙빙 돌려가며 말을 해도 현은 경의 말에서 느껴지는 가시의 존재를 눈치 채지 못했다. 정말이지 현과 된장피카소가 함께 호텔로 들어가는 것을 목격했을 때는 피가 역류하는 것만 같았다. 방방 뛰며 반대를 해봤자 눈에 콩깍지가 낀 사람이 고분고분 말을 들을 리는 없었다. 경은 무던히 화를 억누르며 현을 회유하는 중이지만 자신의 인내심이 언제 바닥을 드러낼지 알 수가 없었다.

"내가 아는 사람 중에 성질 고약한 여자랑 결혼한 사람이 있는데 그 사람이 요즘 땅을 치며 후회를 하더라구. 요즘 같은 세상에 매 맞고 사는 남자는 자기밖에 없을 거라고 한탄해. 이혼을 하고 싶어서 그 여자한테 말했더니 이혼하는 날 사람 하나 사서 쥐도 새도 모르게 죽인다고 협박까지 했대. 그 사람 아주 노이로제 증상을 보여. 자기 부인이랑 같은 이름을 가진 사람만 봐도 온몸을 부들부들 떤다니깐. 정말 안됐더라. 여자 하나 잘 못 선택해서 그 사람 인생 아주 망가졌어. 정말 딱해."

"쯧쯧. 정말 안됐구나."

현이 신문에 시선을 고정시킨 채 그저 고개만 끄덕이며 대답을 하자 경은 이미 새까맣게 타서 재가 된 가슴을 움켜잡고 울고만 싶었다. 하지만 여기서 포기할 수는 없었다. 여자 잘못 만나 세상에서 가장 불행해진 가상의 남자를 하나 더 만들어서 기필코 현의 마음을 돌려낼 것이다.

"그리고 또……."

경이 머리 속에서 연출한 비극적인 가정 드라마를 풀어내기도 전에 현의 핸드폰이 반역을 하듯 요란하게 울어댔다. 곧 발신인을 확인한 현은 입이 귀에 걸렸다. 경은 한눈에 전화를 건 사람이 된장피카소임을 알고 눈살을 찌푸렸다. 여우 같은 여자! 현이 반갑게 전화를 받으며 방으로 향하자 경은 핸드폰을 빼앗아 화장실 변기통에 처박고 싶었다. 손이 부르르 떨렸다.

"빨리 결혼해야겠어. 그래야 전화 요금도 덜 나오고 그러지."

벌써 한나와 2시간째 전화로 통화 중이었다. 며칠째 한나와 날밤을 새며 대화를 했건만 현은 전혀 피곤함을 느끼지 못했다. 단지 핸드폰이나 전화기를 손이 저릴 때마다 왼손, 오른손을 번갈아 사용해야 하고, 양손이 아프면 어깨를 사용해야 한다는 것이 좀 귀찮을 뿐이었다.

[정말…… 나랑 결혼하고 싶어요?]

그렇게 여러 번 상기를 시켜줬음에도 불구하고 한나는 아직도 의심스러운지 가끔 '결혼'이란 단어가 나오면 이렇게 되묻곤 했다.

"또 한 번만 물어보면 나 벽에다가 머리 박을 거야."

[정말요?]

"지금 나보고 벽에다 머리 박으란 소리야?"

새어 나오는 웃음을 참으며 현이 짐짓 위협하듯 물었다.

[믿어지지 않아서 그래요. 가끔 당신같이 잘난 남자가 뭐 하러 나같이 보잘것도 없고, 성질머리도 지독한 여자랑 결혼이 하고 싶은 걸까 하는 의문이 들어요.]

지독한 실연의 경험이 있는 한나로서는 남자에게 다가가는 것이 번지점프를 결심하는 것만큼 어려운 일이었다. 뭔가를 알아가는 것에는 시간이 필요했다. 하지만 현의 진심을 알기엔 그들이 함께 보낸 시간이 너무 짧았다. 그래서 현의 말이 어쩔 때는 그저 농담처럼 여겨질 뿐이었다.

"날 칭찬해 주는 건 고마운데 왜 자신을 그렇게 비하하는 발언을 하고 그래? 당신은 좋은 여자야. 같이 있으면 기분 좋은 여자, 질리지 않는 여자, 날 웃게 만드는 여자. 나 당신이 좋아."

[……고마워요, 날 그렇게 생각해 줘서.]

한나가 한참 후에 떨리는 음성으로 대답을 했다. 한나는 현에게 미안했다. 그러지 않으려고 노력하지만 현이 가끔씩 성진이 했던 말을 그대로 읊어대 자신을 깜짝깜짝 놀라게 만들기 때문이었다. 그럴 때마다 우울해지는 마음은 어찌할 수가 없었다. 현이 갑자기 노래를 부르기 시작했다.

"Who knows how long I've loved you. Do you know I love you still. Will I wait a lonely lifetime. If you want me to I will. For if I ever saw you. I didn't catch your name. But it never really mattered. I will always feel the same. Love you forever and forever. Love you with all my heart. Love you whenever we're together. Love you when we're apart. And when at last I find you. Your song will fill the air. Sing it loud so I can hear you. Make it easy to be near you. For the things you do endear you to me. You know I will I will. 우리 아버지가 어머니한테 가끔 들려주는 노래야. 아버지가 하도 부르셔서 어느새 나도 다 외웠어."

현의 감미로운 노랫소리에 한나는 마음이 평온해졌다. 사랑하는 모습을 보고 자란 사람이라면 현도 역시 사랑하는 법을 잘 아는 사람이리라. 한나는 그런 현에게 기대고 싶어졌다. 그래도 될 것만 같았다.

[노래 잘하시네요. 그런데 혀 안 꼬였어요?]

한나의 칭찬과 농담에 현이 키득거리며 웃어댔다.

[피곤하지 않으세요? 이제 그만 주무세요.]

"그래. 아쉽지만…… 잘 자. 내 꿈 꿔."

남자에게 귀엽다는 소리를 하는 건 그다지 칭찬으로 들리지 않겠지만 한나는 현이 가끔 귀엽게 느껴졌다. '풉' 하는 소리를 내고 웃던 한나는 장난기가 발동했다.

[악몽을 꾸라구요? 알았어요. 그럼 안녕히 주무세요. 전화 끊을게요.]

"뭐?"

종료 버튼을 누르기 직전 현의 항의하는 듯한 말소리가 들려왔다. 한나가 빙그레 미소를 지었다. 침대 옆 스탠드를 끄려는 순간 다시 핸드폰이 울렸다.

"또 왜요?"

[나 다영이야.]

현이 다시 전화를 한 줄 알았는데 뜻밖에 다영이었다. 목소리가 꽤 침울하게 들렸다.

"다영아, 오랜만이다! 어떻게 지냈어? 그렇지 않아도 궁금했었는데."

[너랑 통화하기 힘들더라. 매일같이 계속 통화 중이던데?]

한나는 활짝 웃었다.

"후후, 나 요즘 연애해. 넌 이미 봐서 누구라고 설명 안 해도 되겠다."

[혹시 지난번 약국에서 봤던 남자?]

꽤 조심스럽게 말을 건네는 다영이었다.

"응."

[그래? 잘됐구나. 그 사람이랑…… 결혼할 거니?]

"아마도."

[확실해?]

확답을 받아두려는 듯 다시 묻는 다영이었다.

"응? 글쎄, 그건 혼인 신고까지 해야 확실해지는 거 아닌가? 후후. 그런데 너 이때까지 잘도 날 속였더라?"

[소, 소, 속이다니?]

엄청 뜨끔했을 것이다. 한나가 쓴웃음을 지었다.

"너 나 걱정해서 성진 선배랑 같이 근무하면서도 알리지 않은 거지?"

충격을 받았는지 다영이 한동안 아무 말도 하지 않았다.

[어, 어, 어떻게 알았어? 성진 선배 만났던 거야?]

말까지 더듬는 걸 보니 꽤 놀란 게 틀림없었다.

"지현이네 집들이 있던 날 집 앞에 찾아왔더라구. 다영아, 너무 걱정하지 마. 그냥 차 한 잔 마시고 헤어졌어. 변한 게 없는 듯하면서도 참 많이 낯설더라. 솔직히 나 그날 성진 선배 만나서 마음이 조금 심란했던 것도 사실이야. 하지만 아무리 법적으로 인정을 받을 수 있게 된 사이라도 이제 와서 그런 게 다 무슨 소용이 있니? 이미 결혼도 하고 어쩜 애도 있을지도 모르는데……. 내가 혹시나 하는 마음을 품는 것만으로도 나 나쁜 사람 되는 거잖아. 참, 성진 선배 어머니가 많이 위독하시다는 얘기 들었는데, 지금은 어떠신지 너 혹시 알아?"

[오늘…… 돌아가셨어.]

한나는 하마터면 핸드폰을 손에서 떨어뜨릴 뻔했다. 심장이 대신 쿵 하고 내려앉았다.

"어딜 갔지?"

다음날 점심 시간에 현이 한나와 함께 밥을 먹기 위해 약국으로 달려왔다. 동범과 함께 저녁 식사를 하기로 되어 있었지만 그래도 자꾸 보고 싶었던 것이다. 저녁에나 올 줄 알고 있을 한나를 놀래줄 생각에 현은 아무 연락도 없이 찾아왔다. 하지만 '외출 중'이란 푯말이 문에 걸려 있고 문은 잠겨 있었다.

"나 들어가게 비켜봐."

한 할머니가 지팡이를 짚고 현을 올려다보며 말했다.

"약 사러 오셨어요?"

현이 물었다.

"약사가 없다고?"

"네? 네."

할머니의 동문서답에 현이 말을 얼버무렸다.

"어디 갔을까? 아기 보러 갔나?"

할머니의 중얼거리는 소리에 현이 어리둥절한 표정을 지었다.

"아…… 기라뇨?"

"당연히 아깝지. 처녀가 애를 낳아도 할 말이 있다는데 어떤 사람이 남편인지…… 참 안됐어. 젊고, 예쁘고, 마음씨도 착한 여자가 결혼식도 안 올리고 아기를 키우는 거 같아."

"할머니…… 여기 약국 약사가요?"

현은 자신의 귀를 믿을 수가 없었다. 그래서 손가락으로 약국을 가리키며 되물었다.

"할머니가 봐준대. 목욕탕에도 할머니랑 아기를 데리고 왔었어."

현이 할 말을 잃고 말았다. 다리에서 힘이 빠져나가고 심장이 점점 빠른 속도로 쿵쾅거렸다. 날벼락을 맞은 기분이었다.

"그런데 곧 결혼할 건가 봐. 아기 아빠 되는 사람하고 하는지 다른 사람하고 하는지는 몰라도 말이야."

현은 말도 안 되는 이야기라고 몇 번이고 속으로 되뇌며 자신을 설득했다. 하지만 할머니가 너무 자신만만하게 말을 하고 있었다. 한나가 곧 결혼할 거라는 것까지 아는 할머니. 현은 더 이상 할머니의 말을 의심할 수가 없었다. 머리 속이 하얀 백지가 되기도 했다가 까만 먹지가 되기도 했다. 별로 춥지도 않은데 온몸이 덜덜 떨려왔다. 현이 떨리는 손을 움켜잡았다.

이런…… 된장! 빌어먹을! 애가 있다고? 할머니가 키워주시고 있다고? 말도 안 돼. 어떻게…… 어떻게……. 어떻게 이럴 수가 있어? 혼란에 빠진 현이 어떻게 해야 할지 몰라 주먹을 폈다 쥐었다 하며 약국 앞을 서성거렸다. 아무것도 안 보이고, 아무

소리도 들리지 않고, 아무 생각도 할 수 없었다.

"그러나저러나 약사양반이 올 생각을 안 하네. 오늘은 다른 약국으로 가야겠군. 젊은이도 상태가 많이 안 좋아 보이는데 다른 약국 가서 약 사 먹어. 난 간다우."

할머니가 가자 현이 급하게 핸드폰을 꺼내 단축키를 길게 눌렀다. 곧 한나의 음성이 들리자 현이 다짜고짜 소리를 질렀다.

"어디야?"

[서울 대학병원이요.]

"거기는 왜?"

한나가 우물쭈물 말을 하지 못했다.

"누가 아파?"

다시 묻자 그제야 한나가 입을 열었다.

[그 사람…… 어머니가 돌아가셨어요.]

현은 가슴을 한 방 얻어맞은 기분이 들었다. 눈과 입에서 일어난 경련이 온몸으로 번져 나갔다.

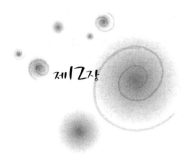

제12장

현이 일방적으로 전화를 끊어버렸다. 화가 난 것 같았다. 한나는 현에게 미안한 마음이 들었다. 하지만 지인의 부고를 받은 이상 그냥 모르는 척할 수가 없었다. 쉽게 결정하고 찾아온 것은 아니었다. 이렇게 불쑥 찾아가면 성진 또한 많이 놀랄 것이다.

한나는 마무리를 하러 가는 길이었다. 현과 결혼을 선택했으니 더 이상 성진을 향한 찌꺼기 감정을 담아두어선 안 된다고 생각했다. 이번 기회에 다 끄집어내서 털어낼 생각이었다. 단지 인연이 아니었던 사람일 뿐이다. 평생 거북한 관계로 남고 싶지 않았다. 우연히 만나도 편하게 인사할 수 있는 그런 사이로 남고 싶었다.

현은 저녁에 만나기로 했으니 그때 잘 설명을 하면 이해해 줄 것 같았다. 한참 불편한 마음으로 핸드폰을 내려다보던 한나가 가방 속에 핸드폰을 집어넣고 장례식장으로 향했다.

빈소에는 많은 사람들로 붐볐다. 상주(喪主)인 성진이 조문객과 맞절을 하고 있었다. 피곤한 기색이 역력하지만 눈빛만은 결연해 보였다. 빈소 입구에 서서 성진을 바라보며 머뭇거리던 한나가 안으로 들어섰다. 하지만 방금 성진과 맞절을 하던 사람이 뒤돌아서자 다시 정지하고 말았다.

다영이었다. 성진과 직장 동료이자 대학 후배이기도 한 다영이 성진의 어머니 빈소에 찾아온 건 이상한 일이 아니었다. 그 사실을 깨달은 한나가 다시 걸어갔다. 그때 한나를 발견한 다영이 무척 놀랐는지 얼굴이 백지장처럼 변했다. 곧 이어 한나를 발견한 성진도 마찬가지였다. 하지만 한나만은 달랐다. 마음의 평정이 조금도 흐트러지지 않는 모습이었다. 한나 자신이 생각해도 이상하리만큼 무덤덤했다. 한나는 침착한 모습으로 다가가 분향재배를 하고 성진과 마주 섰다. 제대로 눈을 마주해도 전혀 어색함이 느껴지지 않았다.

'오빠……'

'한나야……'

성진은 이렇게 찾아와 준 한나가 너무 고맙고 반가워 안아주고 싶었다. 이런 자리가 아니라면 당장이라도 속에 가득 담아둔 말을 다 쏟아낼 텐데, 그저 안타까울 뿐이었다.

'오빠, 나 이제 그만 미련 버려도 되는 거죠?'

한나가 속으로 한숨을 토하듯이 말했다.

'너무 오래 기다리게 해서 미안하다. 명목상뿐이었던 결혼, 명목상뿐이었던 남편의 굴레에서 벗어나는 데 이렇게까지 오래 걸릴 줄은 몰랐다.'

성진은 한나에게 그동안 차마 할 수 없었던 하소연을 이제야 속으로나마 하게 됐다. 하지만 한나의 속마음까지 헤아리지는 못했다.

'오랫동안 오빠를 원망했어요.'

한나의 눈빛이 촉촉해졌다.

'미안하다. 하지만 난 한 여자의 남자이기 전에 한 여자의 아들일 수밖에 없었어.'

성진은 시한부 인생을 선고받은 어머니의 소원을 외면할 수 없었다. 하지만 어머니가 돌아가시는 순간 이혼을 하고 한나를 찾아가 구애를 할 생각이었다. 한나에겐 미안해서 도저히 이런 사실을 알릴 수도, 기다려 달라는 부탁도 할 수가 없을 뿐이었다.

'저 이제부터는 행복해지고 싶어요. 좋아하는 남자가 생겼어요.'

한나가 현을 떠올리며 희미한 미소를 보였다.

'더 이상 널 아프게 하지 않을 거야.'

하루 속히 모든 연극이 끝나기만을 기다린 성진이었다. 하지만 감쪽같이 속았다는 걸 나중에서야 알게 되었다. 어머니는 지병을 가지고 계셨지만 시한부 인생은 아니었다. 성진은 미칠 것만 같았다. 어머니를 용서할 수 없을 만큼 미워했고 원망했다. 눈에 흙이 들어가기 전에 절대 이혼은 안 된다고 못 박은 어머니를 원망하고 또 원망했다. 하나의 잔인한 연극이 끝나기까지 자그마치 5년이란 세월이 흐른 것이다.

'이게…… 끝인가 봐요. 이제는 정말 지울게요. 남은 자국도 더 이상 보지 않을게요.'

한나는 마음속으로 성진을 향해 작별을 고했다.

'조금만 더 기다려 줄래? 곧 너에게 갈 수 있을 거 같아. 우리 다시 시작하자.'

한나의 마음을 읽지 못하는 성진이 혼자만의 희망과 기대를 품었다.

다영은 성진의 입가에서 희미한 미소가 생겼다 사라지는 것을 놓치지 않았다. 정신이 아뜩해졌다. 성진이 무슨 생각을 하는지 다 알고 있기에 그저 망연자실할 수밖에 없었다.

성진은 2년 전 다영이 다니는 제약회사에 스카우트되었다. 무척 어색한 재회였지만 다영은 솔직히 내심 기뻤다. 하지만 다영은 절대 내색할 수가 없었다. 친구의 애인이었기 때문에 드러낼 수 없었던 자신의 사랑 감정이 다른 여자의 남편이 되어 나타난 남자라고 해서 인정받을 수 있는 건 아니었다.

성진은 다영에게 인사를 건넨 후 제일 먼저 한나의 근황에 대해 물었다. 그때만큼 당황스럽고 비참한 때는 없었다. 성진에게서 한나와 헤어지고 결혼할 수밖에 없었던 사연과 별거 중인 아내가 해외 유학을 떠난 상태라는 말을 들었을 땐 정말 충격을 받았다. 성진은 다영에게 말할 기회가 있을 때마다 끊임없이 한나에 관한 것들을 물어왔다. 그럴 때마다 다영은 상한 자존심을 감추고 그저 성진과 눈만 마주치고 있는 것이 좋아 한나의 이야기를 들려주었다.

하지만 시간이 갈수록 다영은 인내심의 바닥을 드러냈고 결국 성진에게 짜증을 내며 자신의 감정을 털어놓았다. 자신의 고백을 곤욕스러워했던 그때의 성진의 얼굴이 다시 떠오르자 다영은 미간을 좁히며 울상이 되었다.

성진이 중환자실에서 사경을 헤매며 오늘내일하시는 어머니를 두고, 어머니가 돌아가시면 아내와 이혼을 한 후 한나를 찾아가 프러포즈를 하겠다고 했다. 그날 다영은 눈물을 쏟아내며 성진과 말다툼까지 벌였다. 그날 이후로 다영은 성진에게 절대 한나에 관한 소식을 전하지 않았다. 한나만 곧 결혼하면 모든 것이 해결될 것 같았다. 그런데 결국 두 사람이 만난 것이다. 다영은 마음이 조마조마하고 조급해졌다.

"너 왜 이래?"

동범이 술병을 빼앗았다. 현이 말도 없이 계속 술만 퍼마셨다. 결혼하기 전에 한나와 함께 저녁을 먹자던 녀석이 혼자 와 반쯤 정신 나간 사람처럼 술만 마시니 걱정을 안 할 수가 없었다. 아침에 통화를 할 때만 해도 행복해 죽을 것만 같았던 현이 지금은 불행해 죽을 것만 같은 표정을 짓고 있었다.

"어떻게 나한테 이럴 수가 있어?"

"도대체 무슨 일이야?"

"형! 이럴 수는 없어! 으윽!"

현이 주위의 시선은 아랑곳하지 않고 주먹으로 테이블을 꽝꽝 내려쳤다.

"현아! 좀 알아듣게 설명해라."

심히 괴로운 듯 현이 양손으로 자신의 머리카락을 쥐어뜯듯 움켜잡다가 놓았다. 까치집처럼 변한 머리를 한 현이 울먹이며 말하기 시작했다.

"그 여자가 날 속였어. 남자만 있었던 게 아니라 숨겨둔…… 애가…… 있대."

"뭐?!"

깜짝 놀란 동범이 외마디 소리를 내질렀다. 벌어진 입을 다무는 것도 잊고 있었다. 곧 동범은 현만큼 심각한 표정이 되었다.

"빌어먹을!"

동범이 빼앗은 술병을 입에 가져다 대고 벌컥벌컥 들이켰다. 좀처럼 뛰는 가슴을 진정시킬 수 없어 호흡이 거칠어진 상태였다.

"뭐 이런 경우가 다 있냐?"

동범은 죄책감마저 들었다. 나름대로 스스로 사람 보는 눈만큼은 정확하다고 자부하고 있었다. 많이 만난 건 아니지만 한나에게서 거짓되고, 위선적인 모습은 찾아보기 힘들었다. 현이 좋아하는 여자였기에 잘되기를 바라는 마음으로 일까지 꾸몄다. 후회막심이었다. 속상해진 동범이 다시 술병을 들고 바닥을 드러낼 때까지 마셔 버렸다.

둘은 한동안 아무런 말도 하지 않았다. 각각의 초점없는 시선들이 허공에서 떠돌아다녔다. 현에겐 선택과 결단이 필요했고, 동범에겐 현에게 해줄 위로와 충고의 말이 필요했다. 하지만 모두 쉬운 일은 아니었다.

"형…… 나 그 여자가 미워. 날 속인 그 여자가 너무 미워. 그런데 나 절대 헤어지고 싶지 않아. 이미 내 운명이라고 생각해 버렸단 말이야."

현의 마음속에서 증오라는 감정의 불씨는 사랑이란 바람 앞에서 제대로 피어오르지도 못하고 꺼지기를 계속 반복했다. 오히려 한나를 이해해 줘야만 한다는 동정이 아지랑이처럼 스멀스멀 피어오르고 있었다.

"현아, 쉬운 일이 아니야. 수많은 난관에 부딪칠 거야."

"상관없어. 중요한 건 내 마음이잖아. 가끔 한나 씨 나한테 무슨 할 말이 있는 사람처럼 굴었어. 속일 생각은 없었을 거야. 나한테 말하려고 했는데 기회를 놓친 것뿐이야. 다 이해한다고 했는데도 가끔씩 슬퍼 보이는 표정……. 왜 그랬는지 이제야 이해할 수 있을 거 같아. 그 사람도 마음고생 많이 했을 거야. 형, 나 괜찮아…… 괜찮아. 나 다 이해할 수 있어. 내가 사랑하는 여자의 아이, 내 아이라고 생각하고 살면 돼. 단 그 나쁜 놈이 아이를 빌미로 계속 집적대면 아주 가루로 만들어서 변기에 수장시켜 주겠어!"

이렇게 말한 현이 갑자기 자리에서 벌떡 일어났다. 과음을 해서 그런지 순간 균형을 잃고 비틀거렸다. 그런 현을 동범이 붙잡았다.

"어디 가려고?"

"날 기다리고 있을 거야. 가서 말할래."

"현아!"

현이 동범을 뿌리치고 술집을 나가 버렸다.

장례식에서 돌아온 한나는 약국에 앉아 현이 두고 간 차와 질긴 눈싸움을 하고 있었다. 하지만 벽에 걸린 시계가 밤 11시를 가리키자 더 이상은 참을 수 없다는 듯이 벌떡 일어났다.

"이런, 된장! 이 남자가 사람 속 터져 죽는 꼴을 보려고 이러나? 같이 저녁 먹으러 가자고 한 사람이 연락도 없고 전화도 안 받으면 어쩌자는 거야? 오기만 해봐라. 지금부터 1분당 한 대씩이다."

부르르 떨리는 손을 말아 쥔 한나는 단단히 벼르고 또 별렀다. 하지만 초심과는 달리 30분이 지나자 한나는 혹시 현에게 무슨 일이라도 생긴 게 아닌가 싶어 눈물을 글썽였다.

"코빼기만이라도 보여줘요. 납치라도 된 거예요, 아니면 나한테 삐쳐서 그런 거예요?"

다시 30분이 지나자 한나는 '납치냐? 증발이냐?' 라는 제목으로 시나리오 한 편을 완성하고는 목 놓아 엉엉 울고 말았다.

"엉엉! 꺼이! 꺼이! 현이 씨!"

한진은 밤늦도록 아무런 연락 없이 귀가하지 않는 한나가 걱정돼 전화를 걸었다. 그런데 신호음이 떨어지기가 무섭게 전화를 받은 한나가 현의 이름을 다급하게 외쳤다.

[현이 씨!]

"누나, 나 한진이야."

잠시 후 한나가 대성통곡하며 횡설수설하기 시작했다. 한진은 귀청이 떨어져 나갈 것만 같아 수화기를 귀에서 멀찌감치 떨어뜨렸다. 뭐라고 열심히 떠들기는 하는데 도통 알아들을 수가 없기 때문이었다.

전화를 끊은 한진이 차를 몰고 쏜살같이 약국으로 달려왔다. 문을 열고 들어가 보니 한나가 티슈 한 통을 눈물콧물 닦고 푸는 데 다 쓰고 있었다.

"누나, 도대체 무슨 일이야?"

한나가 한진의 품으로 뛰어가 다시 목 놓아 울었다. 하지만 이곳에 직접 와서 들어도 한나가 하는 소리를 도통 알아들을 수 없는 건 마찬가지였다.

"한진아…… 엉엉…… 누나가…… 엉엉…… 장례식…… 꺼이…… 현이 씨…… 훌쩍…… 자동차…… 쿵! 납치…… 증발…… 어떡해? 쿵!"

"말을 똑바로 해야 알아듣지!"

한진는 울화통이 터져 버럭 소리를 질렀다.

"그러니까…… 훌쩍…… 현이 씨가…… 엉엉."

같은 한국말임에도 불구하고 한진은 한나의 말을 해석하느라 진땀을 뺐고 마침내 이해할 수 있었다. 그렇게 되기까지 무려 20분이나 소요됐다.

한진과 한나가 그러고 있는 사이 술에 잔뜩 취한 현이 비척거리며 택시에서 내렸다. 아직도 약국에 불이 켜져 있는 것을 본 현이 한나가 자신을 애타게 기다리고 있을 거라 생각하며 걸음을 재촉했다. 하지만 현은 몇 발자국 못 가서 멈춰 서고 말았다.

한나가 자신이 아닌 다른 남자의 품에 안겨 울고 있었기 때문이다. 그것도 예전에 택시에서 함께 내려 웃으며 장난을 쳤던 남자, 즉 더 이상 만나지 않는 줄 알았던 동성동본인 남자의 품에 안겨서 말이다. 게다가 남자는 어머니가 돌아가셨다고 했는데 상복도 아닌 평상복을 입고 있었다. 도대체 어디까지가 진실이고 어디까지가 거짓이란 말인가? 현은 한동안 망연자실할 수

밖에 없었다. 그대로 굳어 석고상이 되어버렸다. 현은 그 남자
가 분명히 애 아빠일 거라 확신했다.

배신감으로 주체할 수 없는 분노의 불길이 발끝에서 머리끝
까지 빠른 속도로 확 치솟았다. 부들부들 떨리는 몸은 곧 산산
조각이 날 것만 같았다. 억장이 무너진 현이 바로 옆에 있던 전
봇대를 향해 불끈 말아 쥔 주먹을 날렸다. 심한 고통을 수반한
아픔이 팔을 타고 올라와 이미 새카맣게 타버린 심장에 부딪쳤
다. 찢어진 손등에서 검붉은 피가 흘러나와 땅에 뚝뚝 떨어졌으
나 눈은 이미 분노의 불길에 녹아버린 상태여서 아무것도 보이
지 않았다.

그럼 지금까지 미련을 버리지 못하고 은밀히 만나는 이유가
아이 때문이었단 말인가? 도대체 한나는 언제까지 날 속이려고
마음먹은 것일까? 저놈은 아이의 존재에 대해 알고 있기나 한
것일까? 혹시 저놈이 그런 사실을 뒤늦게 알고 한나를 설득하기
위해 다시 온 것일까? 그래서 한나는 재회의 눈물을 흘리는 것
이고? 현은 '여자 버린 놈팡이가 다시 돌아오다'라는 제목으로
네버엔딩 스토리를 전개하며 치를 떨었다.

"나쁜 놈! 나쁜 여자! 용서할 수 없다!"

현이 곧장 약국을 향해 돌진했다. 문을 벌컥 열고 들어간 현
이 다짜고짜 한나를 안고 있던 한진의 멱살을 잡고 면상에 주먹
을 날렸다. 비명을 지를 새도 없이 나가떨어지는 한진을 다시
일으켜 세운 현이 인정사정없이 계속 주먹을 날렸다. 쓰러지면

다시 일으켜 세워 패고, 더 이상 주먹이 쓰라려서 팰 수가 없자 이단 옆차기로 한진을 쓰러뜨렸다. 현은 최선을 다해 한진을 패고 쓰러뜨렸다.

"아악! 사람 살려!"

"아아아아아악! 현이 씨! 아아아아아악!"

사라졌던 현이 갑자기 무지막지한 무뢰한처럼 나타나 한진을 패자 한나는 눈물콧물 범벅이 된 얼굴로 비명을 지르며 현의 이름을 외쳤다. 한나는 마치 오페라의 여주인공처럼 고음을 내며 약국이 떠나가라 소리를 질렀다. 분이 풀리지 않아 씩씩대는 현이 한진을 향해 삿대질을 하며 고함을 질렀다.

"이 나쁜 놈! 너 그렇게 살지 마!"

피범벅 걸레가 되어 축 늘어진 한진은 이 불한당 같은 남자에게 자신은 이때까지 살면서 맹세코 철천지원수를 만든 적도 없고 나름대로 바르게 살아왔다고 말하고 싶었다. 그나마 흠이 있다면 오로지 지선만을 열렬히 사랑해 자신을 사모하는 뭇 여성들을 서운하게 한 점,그것뿐이라는 말을 덧붙여서 말이다. 남자의 일편단심도 죄가 된단 말이오! 하지만 이 모든 말들은 그저 신음 소리에 흡수되어 버렸다. 현이 고개를 홱 돌려 한나의 양어깨를 움켜잡고 흔들어댔다.

"이놈이야, 나야? 결정해!"

"네?"

비명을 지르던 한나는 무슨 영문인지 몰라 현을 멀뚱멀뚱 쳐다보았다.

"평생 함께 살 사람을 결정하란 말이야!"

현이 한나에게 악을 써대며 윽박 질렀다.

"현이 씨, 도대체 지금 왜 이러는 거예요? 내가 누굴 결정할지 몰라서 이러는 거예요? 푸훗! 잘 알면서 왜 이래요?"

한나는 너무나 당연한 걸 묻는 현이 이해가 되지 않아 코웃음을 쳤다.

"빌어먹을!"

현은 믿을 수가 없었다. 한나의 웃음은 분명한 비웃음이었다. 현은 자신을 비웃는 한나에게 오만가지 정이 다 떨어지는 것 같았다. 현이 한나를 무섭게 노려보자 한나가 눈살을 찌푸리며 인상을 찡그렸다. 그제야 현은 자신이 한나의 양 어깨를 멍이 들 만큼 힘껏 움켜잡고 있다는 걸 깨달았다. 손을 뗀 현이 주먹을 불끈 쥐고 고개를 숙인 채 비련의 주인공처럼 말했다.

"그래, 알지. 너무 잘 알지. 당신 정말 바보 같은 여자야! 당신 머지않아 반드시 후회할 거라구!"

한나는 현이 하는 소리를 도무지 알아들을 수가 없어 아픈 어깨를 주무르며 인상을 찡그렸다. 이 사람이 꿈을 꾸다가 몽유병 환자처럼 여기 와서 잠꼬대를 하나? 아니면 술주정을 하나?

현이 등을 돌려 한진에게 다가가 다시 멱살을 잡았다. 다시 한나를 버리는 일이 있으면 절대 용서하지 않겠다는 말을 하고 싶어서였다. 그런데 막상 다시 남자를 잡고 보니 다시 화가 치밀었다. 자신과 별로 닮지도 않아서였다. 자신을 우롱한 한나에게 더욱 화가 났다.

"으악!"

쌍코피가 터지고 온몸에 멍이 든 한진은 비명을 지르며 또 맞을까 봐 몸을 사렸다.

"제발 그만 해요!"

한나가 놀라서 현을 만류했다.

"이거 놔!"

한나가 현의 팔을 잡아끌어 내리려 했다. 원래 이렇게 힘이 센가? 무쇠팔 무쇠다리 로켓 주먹인 현이 꿈쩍도 하지 않았다.

"이런 자식은 비 오는 날 먼지가 날리도록 얻어터져야 해! 애가 있는 여자를 버려? 네가 그러고도 사람이야?"

생각할수록 분노가 느껴진 현이 한나의 손을 뿌리치고 다시 핵주먹을 날렸다.

"아악!

한진이 다시 쓰러졌고 한나가 비명을 지르며 현의 뺨을 찰싹 때렸다.

"정말 왜 이래요? 정신 좀 차려요!"

한나를 노려보던 현의 눈이 점점 빨개지고 얼굴 근육이 들썩거렸다.

"이게 당신 진심인 거야? 아직도 나보다 이런 나쁜 놈을 감싸줄 만큼 당신 사랑은 이 사람한테만 향한 거야? 그런 거야? 그런 거군. 바보 같은 여자……."

현이 한나를 무섭게 쳐다보더니 문을 열고 뛰어나가 버렸다. 한나는 머리 속이 하얘졌다. 상황 파악을 할 겨를도 없이 정신이 아찔아찔했다. 현에게 심각한 술주정 버릇 아니면 병이 있는 게 확실했다. 술주정이 아니라면 이런 병명이 있을지 모르겠지만 '아닌 밤중에 홍두깨 횡설수설증' 이 틀림없었다. 막막하기는 했지만 병이 있다고 현과 헤어질 수는 없었다. 묘약을 찾아서라도 현을 꼭 치유하리라! 한나는 속으로 다짐했다. 그때 한진이 괴로운 신음 소리를 흘리며 한나를 찾았다.

"으윽……. 누…… 나……."

"괜찮니? 도대체 이게 무슨 날벼락이라니?"

한나가 한진을 부축해 의자에 앉혔다.

"누나…… 저 사람이 미래의 매형이야?"

"응."

"그런데 왜 날 때리는 건데? 저 사람 혹시 미친 거 아니야? 왜 나랑 자기 중에 하나를 고르라는 거야? 그리고 내가 애 있는 여자를 버렸다구? 혹시 저 사람…… 뭔가 단단히 착각하고, 오해하는 거 아니야? 내가…… 누나 동생인 줄…… 몰라서 저러는 거 아니야? 그런가 봐……. 하하하핫."

한진은 갑자기 터져 나오는 웃음을 참을 수가 없어서 크게 웃고 말았다.

"넌 그렇게 맞고도 웃음이 나오니? 난 지금 심각한데?"

"저 사람한테 직접 물어봐. 뭔가 오해가 있는 거 같은데. 그런데 나 애 있는 여자를 버린 적은 없는데. 하여간 신고식 요란하게도 한다."

한나는 현에 대한 걱정으로 아무 소리도 들리지 않았다. 아프면서도 자꾸 실실거리며 웃는 한진도 현에게 전염이 된 게 아닐까 싶었다. 한나가 약국에 있는 소독약과 연고를 가져와 한진의 상처에 발라주었다.

한나를 데려오겠다고 하고 나간 한진이 망신창이가 되어 돌아오자 보은이 경악하며 다가가 한진의 얼굴을 붙잡고 이리저리 돌려가며 살폈다.

"아아아아! 아파요. 엄마, 살살 좀 만져요!"

"어떤 놈이야, 우리 잘생긴 아들을 옥동자처럼 만들어놓은 놈이! 불어! 누구야! 내 당장 이놈들을! 몇 대 몇으로 싸운 거야? 이 정도면 적어도 3대 1이겠는데?"

보은이 과격한 몸짓으로 양손 관절을 꺾으며 우두둑 소리를 냈다.

"한 사람한테 이유도 모르고 무조건 맞았어요."

한진이 차마 보은에게 엄마의 백년손님이 될지도 모르는 미래의 사위에게 맞았다는 소리를 할 수가 없었다.

"뭐? 네가 그러고도 남자냐? 이런! 이런 놈을 낳고 내가 미역국을 먹었다니. 넌 손이 없어 이가 없어! 물어뜯기라도 했어야지!"

보은은 분하고 원통하다는 듯이 한진을 꾸짖었다.

"제가 무슨 개예요, 물어뜯게?"

"아니면 꽁지가 빠지게 도망이라도 갔어야지 이게 뭐야?"

그들의 대화를 말없이 듣고만 있던 한나는 온몸이 입이라도 할 말이 없었다. 현을 대신해서 미안하고 면목이 없어 슬그머니 방으로 들어가 버렸다.

"한나야? 어?"

이른 아침 보은이 콧소리가 섞인 목소리로 딸의 이름을 부르며 문을 열고 들어갔다. 요즘 들어 예쁜 짓만 골라 하는 한나를 위해 정성이 듬뿍 담긴 녹즙을 만들어온 것이다. 그런데 방이 텅 비어 있었다. 이미 침대는 깨끗이 정돈된 상태였고 항상 화장대 위에 올려져 있던 가방과 손목시계가 보이지 않았다. 꼭두새벽부터 챙겨 나갔다는 게 좀 이상했지만 보은은 이내 흐뭇한 미소를 흘렸다.

"앙큼한 계집애! 이른 아침부터 사랑하는 님 만나러 간 거니? 그래도 좋다. 계속 이렇게만 살아다오! 음하하핫! 그러나저러나 이 아까운 녹즙은 누굴 주지?"

호탕한 웃음을 날린 보은이 갑자기 한나의 방 건너편에 있는 한진의 방으로 고개를 홱 돌렸다. 마치 한진의 방이 과녁인 양 노려보았다. 보은은 어제 일방적으로 맞고 들어온 한진이 못마땅해 맞은 데를 몇 대 더 때려주었다. 그런 녀석이 뭐가 예쁘다고 녹즙을 먹인단 말인가? 자신이 그렇게 키우지도 않았건만 남자 구실 하나 제대로 못하는 녀석을 말이다. 보은은 고도의 특별 훈련을 시켜서라도 한진을 결혼시켜야겠다는 생각을 했다.

결혼? 으음! 보은의 눈빛이 새로운 먹이를 노리는 독수리처럼 번뜩거렸다. 한진에게 결혼 독촉화살을 겨냥하기로 마음먹고 음흉한 미소를 지었다. 한나만 결혼시키면 더 이상 바랄 것이 없다고 늘 입버릇처럼 말해 왔던 보은의 마음에 새로운 욕심의 싹이 돋아났다. 자식들이 스스로 알아서 배우자를 찾아오면 자신이 이럴 필요가 뭐 있겠는가? 보은은 스스로를 합리화하며 곧장 한진의 방을 향해 돌진했다. 곧 방에서 찢어질 듯한 비명 소리가 들렸다.

"아아악!"

"지금이 몇 시야? 길거리에 나가서라도 결혼할 만한 여자 낚아채 와!"

"조금만 더 자고요."

"골라라. 1번 검도, 2번 유도, 3번 권투."

"전 뭘 골라도 샌드백이잖아요!"

"알면 움직여!"

현의 차가 사라졌다. 한나는 자신을 눈을 믿을 수가 없었다. 새벽 내내 현에게 전화를 걸어도 전원이 꺼져 있어 통화를 할 수가 없었다. 분명 차를 가지러 올 것 같아 현을 만날 생각에 이른 아침 부랴부랴 왔다. 그런데 벌써 왔다 갔는지 차가 흔적도 없이 사라진 것이다.

도대체 무슨 오해를 하고 현이 이렇게까지 나오는지 이해를 할 수가 없었다. 슬슬 화가 나기 시작했다. 핸드폰을 꺼내 다시 한 번 연락을 취했다. 다행히 전원이 켜진 상태였다. 드디어 현이 전화를 받았다.

"현이 씨! 나랑 말 좀 해요."

[지금은 아무런 말도 듣고 싶지 않아. 나중에 내가 연락할게.]

이렇게 말한 현이 무정하게 전화를 끊어버렸다. 한나는 정말 어이가 없다는 표정으로 핸드폰을 내려보다가 옆에 있는 전봇대를 향해 발길질을 해댔다.

"이런, 된장! 이 인간이 도대체 왜 이러는 거야?"

현이 침대에 걸터앉아 고개를 숙이고 인상을 일그러뜨리고 있었다. 속은 갈퀴로 긁어대는 것처럼 쓰리고 머리는 무거운 돌이 얹어져 있는 것처럼 멍했다. 힘없는 손을 내밀어 침대 옆 테이블 위에 놓여진 물 컵을 잡아 입에 가져다 댔다. 입 안 가득 모래가 든 것처럼 껄끄러운 느낌이 물과 함께 목구멍으로 넘어가자 현이 더욱 인상을 찌푸렸다. 그때 경이 방문을 열고 들어와 현에게 열쇠 꾸러미를 건넸다.

"고맙다."

"뭐 이쯤이야."

죽을 것만 같은 현에 반해 경의 표정은 한껏 들떠 있었다. 애를 쓰지 않아도 경이 원하는 대로 일이 착착 진행되어 거의 해결이 되었기 때문이다. 밤늦게 만취한 상태에서 귀가한 현이 꼬치꼬치 캐묻는 경에게 그간 있었던 일들을 다 털어놓았고, 된장 피카소와 헤어지겠다는 의사 표현을 했던 것이다. 경은 자신의 생각이 딱 맞아떨어졌다고 생각했다. 그런 여자와 현이 인연의 끈으로 묶어졌을 리가 없었다. 짧은 순간의 착각과 실수로 현이 상처를 좀 받은 것 같았지만 좋은 인생 경험이 됐을 거란 생각이 들었다.

"오빠, 힘내. 인연이 아니었을 뿐이야. 그래도 결혼 전에 알게 돼서 얼마나 다행이야? 안 그랬으면…… 생각만 해도 끔찍하지 않아?"

"나 출근 준비하게 그만 나가주라."

어떤 위로의 말도 현의 심정을 달랠 수는 없었다. 우두커니 침대에 앉아 있는 현을 바라보던 경이 지금은 그냥 혼자 마음을 추스를 수 있도록 해주는 것이 나을 것 같아 조용히 나갔다. 문 닫히는 소리가 들리자 현이 침대에 누웠다.

헤어지기로 마음먹었지만 현은 아직도 한나가 다시 마음을 바꾸고 자신에게 돌아오기를 바랐다. 한나를 잊으려면 상당한 시간이 필요할 것이다. 서로 만나 사귄 지 얼마 되지 않았지만 사랑이란 감정이 이렇게 강한 자생력을 지녔고, 쉽게 뽑히지 않는 뿌리 깊은 나무인 줄 몰랐다.

정리할 시간도 주지 않는 건 너무 잔인한 짓이었다. 한나에게 옛 애인을 지우라고, 잊으라고 했던 게 얼마나 말로만 쉬운 일인지 실감할 수 있었다. 한나가 예전에 한 말이 생각났다. 지워도 자국이 남는다는 말. 아마 자신에게도 그런 자국이 남은 것 같았다. 가슴 한구석이 뭔가에 베인 듯 욱신욱신 쓰리고 아려왔다.

　눈을 감아도 자신을 향해 환히 웃는 한나의 얼굴만이 떠돌아다녔다. 한나가 보고 싶었다. 어제 현이 듣고 본 것이 모두 꿈이었다고 한나가 말해 준다면 더 이상 바랄 것이 없었다. 다시 감은 현의 눈가에 촉촉한 이슬이 맺혔다. 이렇게 송곳으로 찔린 것처럼 가슴이 아픈 적은 없었다. 처음이었다. 현은 자신이 의사이기 전에 사람이고, 남자라는 사실을 절실하게 깨달았다. 그런 사실을 깨닫게 해준 사람이 한나였기에 현은 더욱 아팠다.

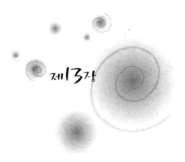

제13장

도대체 나중이란 말은 언제쯤을 말하는 걸까? 한나는 이른 아침부터 2시간 동안 약국에 앉아 현의 전화를 기다렸다. 현에게서 하도 연락이 없자 답답해진 한나는 약국에 있는 컴퓨터를 이용해 '나중'이란 단어를 인터넷 국어사전에서 검색하기 시작했다.

"나중! 얼마가 지난 뒤."

애매모호한 말에 인상을 찡그린 한나가 다시 얼마라는 단어를 찾았다.

"얼마! 정하지 않았거나 아직 모르는 수량, 값, 정도 따위를 나타내는 말. 밝혀 말할 필요가 없는 수량, 값, 정도 따위를 나타내는 말……. 뭐야? 그럼 정해지지 않았고, 밝혀 말할 필요가 없다는 건 내가 할망구가 된 시간도 의미할 수 있다는 거야? 이런, 된장! 된장!"

한나가 화풀이를 하듯 컴퓨터를 끄고 벌떡 일어나 약국 안을 서성거렸다. 오전 9시를 가리키는 시계를 노려보기도 했다가 한나의 손 안에서 침묵을 지키는 핸드폰을 째려보기도 했다. 혹시나 해서 핸드폰 배터리를 수십 번 확인했고, 하도 울리지 않는 핸드폰이 이상해서 약국 전화로 여러 번 걸어 확인도 해보았다. 시간이 갈수록 불안했다. 뭔가가 이상했다. 계속 현이 한 말이 신경에 거슬렸다. 단순한 술주정이라고 하기에는 너무 이상했다. 성진의 어머니 장례식에 다녀온 것 때문에 화가 났다고 해도 이건 너무 심했다.

별의별 상상과 온갖 추측이 한나를 정신적으로 지치고 힘들게 만들었다. 화가 나기도 했다가 걱정이 되기도 했다가 의심이 되기도 했다. 미칠 것만 같았다. 한나는 더 이상 참을 수 없다는 듯 가운을 벗은 후 가방을 들고 약국을 나섰다.

한나는 현이 운영하는 소아과 건물 앞에 팔짱을 끼고 서 있었다. 드디어 현의 차가 나타나자 한나는 팔을 벌려 앞을 막아섰다. 갑자기 나타난 한나의 출현에 깜짝 놀란 현이 브레이크를 밟고 차에서 내렸다.

"얘기 좀 해요."

"타."

한나가 차를 올라타자 현은 도로로 다시 나와 어디론가 향했다. 현이 핸드폰 단축키를 누르자 한 여자가 고운 목소리를 내며 전화를 받았다.

[김현 소아과 의원입니다.]

"최 간호사, 나예요."

[네, 원장님.]

"일이 생겨서 오전 진료 늦을 거 같으니깐 알아서 좀 해줘요."

[네, 알겠습니다.]

현이 전화를 끊자마자 한나가 말을 꺼냈다.

"우선 어제 뺨 때린 거 미안해요. 하지만 현이 씨 행동이 너무 심했어요."

"덕분에 당신의 진심을 알게 됐지. 이렇게 헤어지게 돼서 나도 유감이지만 말이야."

현이 쳐다보지도 않고 매정하게 말을 내뱉었다. 한나는 너무나도 갑작스러운 충격에 정신이 아뜩해졌다. 자신이 정확하게 들었다면 지금 현은 절교 선언을 하고 있는 것이다. 뺨 한 대 때렸다고 이 남자가 헤어지자는 거야? 쫀쫀하고 옹졸한 놈! 그동안 나한테 했던 맹세며 약속은 다 뭐였니?

"진심이에요, 헤, 헤어지자는 말?"

"그럴 수밖에 없잖아."

한동안 한나는 할 말을 잃고 쇼크 상태에 빠졌다. 현기증이
나는 것 같아 눈을 감은 한나는 이 순간 갑자기 자신만큼 충격
을 받을 보은이 생각났다. 이 사실을 알면 엄마는 아마 10초 정
도 기절 상태로 쓰러지겠지. 그리고 정신을 차리면 틀림없이 현
을 찾아가 얼굴에 사차선 도로를 만들고 시퍼런 진검으로 반 토
막 내버릴 거야. 한나가 생각만 해도 끔찍해서 인상을 찡그렸
다. 그리고 엽기상상의 다음 페이지 버튼을 눌렀다. 저녁 TV 뉴
스에 낯익은 등짝이 등장했다. 윗도리로 얼굴을 가리고 슬리퍼
차림의 50대의 여성이 떠듬거리는 말소리가 자막 처리된다.

〈죄, 죄송합니다. 화, 홧김에 제정신이 아닌 상태에서 그런 짓을
저질렀습니다. 흐흑! 제 딸 한나는 아무런 잘못이 없습니다.〉

상상만으로도 감당할 수 없어 한나가 종료 버튼을 누르고 눈
을 번쩍 떴다. 식은땀 한줄기가 오른쪽 이마를 타고 흘러내렸
다. 그래, 이 나쁜 놈아! 날 농락하고 버리겠다고? 네 놈 가는 길
에 진달래꽃 대신 압정과 고슴도치를 뿌려줄 테니 콱콱 밟고 가
라!

"사기꾼!"

"뭐라고?"

"거짓말쟁이!"

"지금 나한테 하는 소리야?"

"날강도!"

"나 이런 장난 별로 재미없어. 그만 해."

"장난? 그래요, 당신은 장난이었죠? 그동안 날 가지고 논 기분 어땠어요? 평가 좀 듣자고요."

한나는 조롱당한 기분에 비참하기까지 했다. 금방이라도 왈칵 눈물이 쏟아질 것만 같았다.

"사람을 속이며 가지고 논 사람은 내가 아니고 당신이야!"

"뭐라구요?"

"운전 중이니깐 좀 있다가 말하지."

현이 가까운 한강 근처로 차를 돌렸고 그들은 한적한 곳에 도착하자 누가 먼저라고 할 것도 없이 전쟁을 선포했다.

"약속 지켜요."

"무슨 약속?"

"벽에다 머리 박고 죽는다면서요? 저기 대교다리 시멘트 벽 저거 좋네요. 아주 딱 좋은 장소네요. 워낙 튼튼해서 벽에 금 갈 일도 없겠어요. 유언장 대필해 드려요?"

"적반하장도 유분수지, 지금 누구한테 큰 소리야? 아이가 있다고 진작 털어놨어도 내가 이러지는 않아! 죄없는 애가 불쌍하지도 않아? 지금도 할머니한테 숨겨놨나?"

만만치 않게 현이 다그치며 화를 냈다.

"아, 아이요? 하, 할머니요? 언제 나랑 잔 적 있어요? 아무리 의학기술이 발달해도 그렇지 요즘 여자들은 혼자서 애를 갖고 한 달 만에 애를 낳는대요? 그리고 우리 친할머니, 외할머니 다들 돌아가셨는데 도대체 어떤 할머니를 말하는 거예요?"

하도 어이가 없는 한나가 말을 더듬었고 분한 마음에 현에게 삿대질까지 했다.

"어디서 오리발이야? 그 동네 사람들은 다 알고 있는 사실 같던데."

"내가 할 말을 사돈이 한다더니, 문어발도 모자라서 오리발까지 내미는 사람은 누군데요? 나 이거 참, 보여줄 수 있는 것도 아니고. 이거 왜 이래요? 나 지금까지 처녀딱지도 못 뗀 숫처녀라구요."

죽을 만큼 기가 막히고, 억울한 한나가 앉은 자세로 방방 뛰었다.

"흥! 정말 완벽한 연기군! 아카데미상감이야! 내가 이 귀로 똑똑히 들었어. 당신 약국 손님인 할머니한테서."

현이 비꼬듯이 박수까지 쳐주었다.

"누구요? 혹시…… 지팡이 짚고 오시는 할머요?"

"그래."

"그 할머니가 그런 거예요?"

갑자기 현의 멱살을 낚아채며 한나가 마구 흔들어댔다.

"그렇다니까."

"벽에다 머리 박고 죽고 싶은 사람은 지금 나예요. 말리지 말아요. 나 죽을래요."

"왜 이래?"

한나가 문을 열고 나가려 하자 현이 만류했다.

"진작 그 할머니한테 보청기를 사드리지 못한 게 후회막심이에요. 지금 현이 씨, 그 사오정 할머니 말만 믿고 나한테 이러는 거였어요? 어떻게 나한테 이럴 수가 있어요? 내가 그런 여자로밖에 안 보였어요? 정말 그렇게 생각했던 거예요?"

"그 말은…… 그 하, 할머니가…… 귀가 안 좋으시다는 거야?"

현이 말을 더듬거렸다.

"그래요."

"정말이야? 어쩐지…… 내가 말씀을 드리면 좀 엉뚱한 대답을 하시기는 했지. 그럼 그날 밤 당신하고 포옹하고 있던 남잔 도대체 누구야? 그 사람이 애 아빠 아니었어?"

"신문에 날 일 있어요, 남동생하고 그러게?"

한나가 억울하다는 듯이 소리를 버럭 질렀다.

"도, 동생? 당신이 어려 보이는 거야, 아니면 남동생이 나이 들어 보이는 거야?"

"연년생이라 그럴 거예요. 그런데 왜 은근슬쩍 말 돌려요? 그럼 내가 현이 씨 안 찾아왔으면 그대로 저랑 헤어질 생각이었어요? 어떻게 본인한테 묻지도 않고 그런 생각을 한 거죠? 정말 실망이에요. 제가 얼마나 현이 씨를 걱정했는지 알아요? 밤새 한숨도 못 자고."

"누군 잘 잔 줄 알아? 그리고 이거 안 보여?"

현이 손등을 보여주자 피가 맺힌 흉터 자국이 보였다.

"이거 왜 이래요?"

"서울에 있는 전봇대 다 패느라고 그랬지. 그만큼 나도 괴로웠다고."

"에이! 설마 서울에 있는 전봇대를 다 팼겠어요? 뻥이 엄청 심하군요."

"대충 새겨들어 주길 바라. 그러나저러나 미래의 처남한테 미안해서 어쩌지?"

"어쩌긴요, 때린 만큼 맞아줘야죠."

한나가 눈을 샐쭉 흘기며 대꾸했다.

"그걸 지금 조언이라고 하는 거야?"

"마음 같아선 내가 당신을 때려주고 싶어요. 어떻게 그럴 수가 있냐구요? 생각할수록 어이없고 화나는 거 알아요? 당신 같은 남자를 믿고 내가 어떻게 결혼을 해요? 나 아무래도 다시 한번 생각해 봐야겠어요."

다소 위협적으로 말하는 한나의 반격에 현이 화들짝 놀랐다.

"미안해. 그럼 어떡해? 모든 게 맞아떨어지는 걸. 더구나 당신이 옛 애인 어머니의 장례식에까지 갔으니 내가 그런 오해를 할 수밖에 없잖아. 화 풀어……. 응? 우리 서로 족보 가져와서 조직도를 만드는 거야. 친척들 얼굴 사진 붙이고 이름 달자고. 또 다른 오해 불러일으키지 않게. 응? 제발 화 풀어."

정말 이 여자 앞에선 자신의 위신이 어디까지 떨어질 수 있는지 알 수가 없었다.

"다음에 만날 때 정말 족보 가져와요. 한 번만 더 이런 오해로 날 화나게 하면 나 그땐 정말 참지 않아요."

그래, 너 참 무섭다. 무서워. 현이 속으로 구시렁거리면서도 다시 한 번 달랬다.

"정말 미안해. 내가 정말 잘못했어. 죽을죄를 졌어. 다시는 안 그럴게."

현이 생각을 해도 아찔하기는 했다. 어이없는 오해로 한나와 헤어질 뻔했다. 현은 아랫입술을 툭 내밀고 삐쳐 있는 한나가 귀엽게 느껴져 품에 안으려 했다.

"이러지 말아요. 나 이럴 기분 아니에요. 난 그날 가서 마음 정리 다 하고 왔단 말이에요. 그런데 어떻게 나한테 이럴 수가 있어요?"

"한나야……."

그런 줄도 모르고 난리를 부렸으니, 현은 무안해졌다. 사과하고 싶은 마음에 다시 껴안으려 했다. 하지만 한나가 새침하게 콧방귀를 뀌며 고개를 돌렸다.

"한나야! 김한나! 사랑하는 한나야! 널 사랑한다!"

현의 사랑 고백이 차 안에 가득 채워졌다. 한나가 피식 웃으며 고개를 돌렸다. 여자가 사랑이란 단어 앞에서 엄청 연약한 존재라는 걸 너무 잘 아는 현이었다. 현이 한나를 지그시 쳐다보았다.

"나 여자 때문에 처음으로 가슴이 갈기갈기 찢어지는 느낌을 받았어. 너랑 헤어져야 한다는 생각을 하는 순간부터 내 인생이 지옥으로 변했어. 너란 존재가 내 인생에 있어서 이렇게까지 큰 줄 몰랐어. 한나야, 고맙다, 바보 같은 날 찾아와 줘서. 약속할게. 어떤 일이 있어도 널 오해하는 일 앞으로 없을 거야. 믿어 줘. 그리고 정말 널 사랑한다. 나와 결혼해 줘."

한나가 양팔로 현의 목을 휘감았다. 한나는 지금 현이 한 고백이 100% 진실이 아니더라도 이 순간만은 행복을 느낄 만큼 기쁘고 좋았다. 누군가가 자신 때문에 가슴 아파하면서까지 사랑한다는 게 믿을 수 없을 만큼 좋았다. 사랑받고 있다는 느낌. 이것만큼 행복한 순간이 또 있을까?

이 남자와 헤어지고 싶지 않았다. 생각만 해도 끔찍했다. 자신에게 남은 사랑은 더 이상 없다고까지 현에게 말했는데 지금 이 순간 그 말이 거짓말같이 느껴졌다. 자신에게서 도망간 사랑을 현이 되찾아준다고 하더니 정말 그런 것일까?

"나…… 다시는 사랑 같은 거 못할 줄 알았어요. 그런데 이 순간 느끼는 감정이 아무래도 사랑 같아요. 나도 당신 사랑한다고 말해도 될까요? 현이 씨…… 사랑해요……."

말이 끝나기가 무섭게 현이 한나의 입술에 정열적인 키스를 퍼부었다. 이제 한나의 입술은 아무런 설득도 필요 없이 그대로 벌어졌다. 서로의 혀가 엉키면서 하나가 되었다. 달콤한 사랑의 맛을 먼저 찾기 위해 그들은 서로 쟁탈전을 벌였다. 그 어느 때보다 황홀했다. 가슴이 터질 것만 같은 한나가 탄성과도 비슷한 신음 소리를 흘렸다. 어느새 현의 커다란 손이 한나의 니트 안으로 들어와 한나의 풍만한 가슴을 어루만지고 있었다. 현이 브래지어를 올리고 엄지로 가슴 꼭대기를 희롱하듯 어루만지자 그것이 낯선 공격에 꼿꼿해지고 단단해졌다. 한나는 머리끝에서 발끝까지 짜릿짜릿한 쾌감이 빠른 속도로 질주해 나가는 느낌을 받았다. 계속 한나의 입에선 가냘픈 신음 소리가 나왔지만 현의 입 안에서 흡수되고 말았다. 그들은 서로에 대한 갈증과 원망을 해소하느라 오랫동안 떨어질 줄을 몰랐다. 그때 어디선가 웅성거리는 소리가 들려왔다.

"와! 죽인다!"

"저게 키스라는 거야. 절대 뽀뽀가 아니지."

"와! 영화 보는 거 같다. 저 아저씨가 아줌마 가슴도 만지는 것 맞지?"

"얘들아, 여기 와봐! 아저씨 아줌마 키스한다!"

그 소리에 화들짝 놀란 현과 한나가 황급히 떨어졌다. 차창 밖을 쳐다보니 한강으로 그림을 그리러 나온 몇 명의 초등학생들이 초롱초롱한 눈으로 바라보고 있었다. 아이들과 눈이 마주친 그들은 멀지 않은 곳에서 다른 학생들이 무더기로 우르르 몰려오는 걸 보고 비명을 질렀다. 그들은 곧 부리나케 시동을 걸어 도망치듯 차를 몰았다.

한나가 현의 부모를 만난 이후 곧바로 양가 상견례가 이루어 졌다. 그 자리에서 양가 부모들은 이왕 하는 결혼 해를 넘길 이유가 없다며, 그야말로 번갯불에 콩 볶아먹는 결혼을 준비해 나갔다. 마치 모든 것이 준비되어 있었던 것처럼 눈 깜짝할 사이에 모든 것이 이루어졌다. 별다른 트러블 없이 결혼 준비가 된 것은 다행스러운 일이었지만 도대체 뭐가 뭔지 정신을 차릴 수 없는 한나였다.

"야! 저 남자 너무 잘생겼다. 키도 크고. 엥? 옆에 있는 여자가 신부야? 키도 땅콩처럼 작고 별로 예쁘지도 않잖아?"

"돈 많은 재벌가 딸인가 보지. 너무 안 어울린다. 그렇지?"

"맞아. 다들 한 사람이 괜찮다 싶으면 한 사람은 좀 그렇더라고. 남자가 좀 아깝다."

이런, 된장! 저 똑같은 소리도 한두 번이지 정말 못 참겠군! 결혼식 전날 롯데월드에서 야외 촬영 중인 한나는 붉으락푸르락한 얼굴로 화를 다스리고 있었다. 야외 촬영이고 뭐고 다 때려치우고 싶은 마음뿐이었다.

한나는 귀엽고 사랑스러운 이미지를 살릴 수 있는 핑크 컬러 메이크업을 해서 진주처럼 빛나는 피부를 자연스럽게 표현하고 있었다. 자신이 보기엔 변신을 넘어 변장에 가까운 수준이었다. 그리고 폭이 좁은 A라인 드레스에 세로 방향의 레이스 장식으로 날씬하고 키가 커 보이도록 연출했다. 그 외에도 웨딩드레스를 담당한 디자이너가 키 작은 한나를 위해 얼마나 눈물겹게 애를 썼는지 이미 잘 알고 있었다. 하지만 이 모든 게 별 소용이 없는 듯했다.

기분 나쁜 수군거림은 계속되었다. 한나는 타이트해서 걷기도 힘든 드레스를 헐크처럼 찢어버리고 엄청난 높이를 자랑하는 하이힐을 벗어 계속 수군거리는 여자들의 입에 처박아주고 싶은 충동을 99번째 참아냈다. 나 안 예쁘다고 하는 너희들도 만만치 않은데 뭘? 한나는 속으로 구시렁거렸다. 마음 같아선 '한판 붙어!' 하고 선전 포고를 한 후 레슬링이든 복싱이든 아무 종목이나 골라서 대결하고 싶었다.

한나가 불편한 심기를 감추지 못하고 옆에서 매력적인 미소를 지으며 포즈를 취하는 현을 째려보았다. 현은 오히려 건장한 체구를 작아 보이도록 하기 위해 실크 소재의 블랙 턱시도를 입고 있었고, 고급스러운 아이보리 컬러의 베스트와 넥타이로 중후하고 밝은 인상을 강조하고 있었다. 누가 봐도 정말 매력적이고 멋진 남자였다. 모델을 해도 손색이 없을 정도였다.

그런데 그게 문제였다. 모든 사람들의 시선을 끌어당기는 힘이 너무도 강해 옆에 서 있는 한나에게도 그 영향이 미친다는 것이었다. 얼마나 뚜렷한 비교 대상인가? 부케를 잡은 한나의 손에 힘이 가해졌다. 한 번만 더 못생긴 여자가 어쩌고저쩌고하는 소리가 들리면 현의 면상으로 부케가 날아갈지도 모른다.

넌 뭘 먹고 자라서 그렇게 키도 크고 잘생긴 거야? 하긴 잘생긴 아버지와 미인인 어머니의 유전자를 가지고 태어났으니 그럴 수밖에 없겠지만 그래도 너무하잖아! 난 왜 너 때문에 이런 소리를 들어야 하는 건데? 한나는 속으로 현에게 불평을 늘어놓았다.

"신부님, 표정이 왜 그래요? 웃어요! 그게 웃는 거예요? 이러다가 오늘 다 못 찍어요. 신랑처럼 좀 웃어봐요."

이런, 된장! 사진작가마저! 한나는 값비싼 카메라를 빼앗아 바닥에 집어 던지며 소리를 지르고 싶었다. 찍기 싫으면 관둬! 아니면 입 닥치고 그냥 찍든지! 한 번만 더 구박하면 2박3일 동안 바이킹 타면서 찍으라고 할 거야.

하지만 오늘만은 참아야 한다. 그래도 행색이 아름다운 드레스를 입은 예비 신부인데 어찌 그런 거친 말을 할 수 있단 말인가? 한나는 그저 마음속에 넋두리를 꾹꾹 눌러 담고 있을 뿐이었다.

한나는 평생 사진을 찍으면서 이렇게 비참하고 슬픈 적은 없었다. 하루 종일 사진작가한테 끌려 다니면서 갖은 구박을 받았다. 그리고 촬영 끝엔 만족할 만한 사진을 건질 수 있을지 모르겠다며 투덜대는 말까지 들어야만 했다. 한나는 울고 싶을 만큼 기분이 저조했다.

현의 차를 타고 집으로 향하는 길이었다. 한나는 말없이 창밖을 쳐다보고만 있었다.

"힘들었지?"

현이 조심스레 물었다.

'네. 까무러칠 만큼 힘들어요' 라는 속의 말 대신 '조금요' 라는 말을 했다.

"기분이 안 좋아?"

'잡쳤어요' 라는 거친 말 대신 '조금요' 라는 같은 대사를 반복했다.

"혹시 사진작가 때문에 그런 거야? 내가 손 좀 봐줄 걸 그랬나?"

"아무리 생각해도 우린 공인된 어울리지 않는 커플인가 봐요."

한나가 한숨 섞인 말을 내뱉었다.

"그게 무슨 소리야?"

"하루 종일 사진 찍는 우릴 보고 사람들이 한 말은 어울리지 않는다는 거였어요."

"누가 그랬어?"

"못 들었어요? 하긴 현이 씨는 침 흘리면서 쳐다보는 여자들한테 손수건 건네느라고 들을 수가 없었겠죠."

"어허! 자기 신랑 될 사람을 그런 식으로 매도하다니."

"사실인걸요 뭐."

한나의 입술이 점점 오리처럼 앞으로 튀어나왔다.

"그래서 이렇게 부은 얼굴로 있었던 거야?"

"……."

아파트 단지 주차장에 차를 세운 현이 한나의 어깨를 감싸주며 말했다.

"누가 뭐라고 해도 나한테는 당신이 제일 예쁘고 사랑스러워."

사실이었다. 오늘 웨딩드레스를 입은 한나는 그 어느 때보다 아름답고 예뻤다. 작은 체구였지만 한나의 몸매는 균형이 잘 잡혀 있었다. 꿀을 발라놓은 것처럼 반짝거리는 입술은 달콤하게 보였고 드러난 하얀 살결은 실크처럼 보드라워 보였다. 자꾸 만지고 싶고, 안고 싶은 걸 간신히 참아낸 현이었다.

"입에 침이나 바르고 그런 소리 해요."

하지만 이런 상황에서는 현의 다정한 말도 그다지 효력을 발휘하지 못했다.

"그래도 설마 마음 바뀌었다고 내일 식장에 안 나타나거나 하지는 않을 거지?"

정말 그래도 된다면 그렇게 하고 싶은 게 솔직한 한나의 심정이었다. 보나마나 내일 있을 결혼식에서도 똑같은 말을 들을 것이고 평생 그럴지도 모를 일이었다. 각오는 하고 있었지만 벌써부터 덤덤하게 대처할 자신이 없어졌다.

"그래도 돼요?"

"뭐?"

현의 얼굴이 당혹스럽게 찌푸려졌다.

"그럴 수만 있으면 그러고 싶어요. 그래서 나도 나보다 못생긴 신랑 찾아서 결혼할래요."

"이거 참! 그럼 결혼식 끝나고 내가 성형 수술 할게. 누구로 해줄까? 말만 해. 슈렉 정도면 되겠어? 나 이제부터 운동도 안 하고, 먹고 자고 먹고 자고 해서 뱃살도 키우고 그럴게. 그러면 되겠어?"

"진심이에요?"

"그렇다니깐. 혈서라도 써줘?"

"네."

말이 끝나기가 무섭게 대답하는 한나를 정말 못 말리겠다는 표정으로 현이 쳐다봤다.

"헉! 당신이 이겼어. 그래! 어디 가서 추남 하나 찾아봐. 난 내일 아침 신문 1면에 '뛰어난 외모 때문에 약혼녀한테 버림받고 비관 자살하다' 라는 헤드라인을 장식하고 나타날게."

한나가 잠자코 있었다.

"왜 안 말리는 거야? 정말 그러라는 거야?"

"네. 그래야 이 세상 추남추녀들도 살 만한 세상이 드디어 도래했다는 걸 알 수 있잖아요. 살신성인한 당신은 영웅이 될 거예요."

한나가 결코 농담이 아니라는 듯이 진지한 눈빛으로 쳐다보며 대답을 했다.

"당신이란 여자…… 으윽……. 이리 와, 용서하지 않을 거야."

현이 화가 나서 한나의 입술을 찾아 벌을 주려는 듯 키스를 해댔다. 힘차고 강한 키스였다. 현의 성난 혀가 한나의 입속으로 들어와 거침없이 헤매고 다녔다. 입 안에서 달콤한 향과 맛이 나자 현이 참을 수 없다는 듯이 신음 소리를 내며 더욱더 깊이 격렬하게 파고들었다. 처음엔 심드렁하던 한나도 정열적인 현의 키스에 무너지듯 현의 목을 휘감고 열렬히 반응했다. 잠시 후 환한 불빛과 더불어 고함 소리가 들렸다.

"아니, 여기가 여관입니까? 이 무슨 짓들이오! 그렇게 하고 싶으면 집에 들어가서 하든지 호텔로 가요!"

아파트 경비원 아저씨였다. 차에서 튕겨져 나갈 정도로 화들짝 놀란 그들은 다시 차에 시동을 걸고 아파트 주차장을 도망치듯 나왔다. 그리고 길거리를 한참 배회하다 귀가할 수 있었다.

잠이 오질 않았다. 아무리 자려고 애를 써도 정신이 더욱 말똥말똥해졌다. 침대에 누워 눈만 껌벅껌벅하던 한나가 이불을 젖히고 일어나 앉았다. '결혼'이란 단어가 계속 머리 속에서 떠다니고 있었다. 그런데 갑자기 '미친 짓이다'라는 단어가 더 떠오른 것이다. 한나는 눈을 크게 뜨고 눈동자를 이리저리 굴렸다.

곧 한나는 침대에서 튕겨져 나와 컴퓨터를 켜 인터넷 검색 창에 '결혼'이라는 단어를 쳤다. 과연 다른 사람들은 결혼에 대해 어떻게 생각하고 있는지 궁금해서였다. 자신만 그런 고민을 하는 게 아니었나 보다. 꽤 많은 글들이 한나의 질문과 유사했다. 한나는 그것들을 유심히 보며 읽어 나갔다.

〈결혼해서 후회하는 사람들을 설문 조사한 결과 결혼을 일찍 한 사람은 30%, 늦게 한 사람은 70%입니다.〉

"뭐야? 후회할 확률이 이렇게 높아?"

한나의 이맛살에 주름이 잡혔다. 첫 글부터 그다지 긍정적인 반응은 아니었다. 기분이 상한 한나는 다음 글로 시선을 돌렸다.

〈늦게 결혼한 사람들은 아무래도 연애를 지겨울 만큼 했으니까 바람은 거의 안 피운다고 합니다. 물론 돈이 많이 부족한 집이거나 밤에 속궁합이 안 좋다면 바람 또는 헤어질 수도 있겠죠. 제가 생각하기엔 남녀하기 나름이라고 생각합니다.〉

"밤에 속궁합이 안 좋으면 바람피울 수도 있고 헤어질 수도 있다고? 그걸 내가 결혼 전에 어떻게 알아? 한 번 자보고 결정할 걸 그랬나? 으이그. 시간이 부족하잖아, 시간이. 진작 알아볼걸."

점점 한나의 인상이 찡그려졌다.

〈여자한테 결혼은 손해라고 생각합니다. 특히 육아 문제. 요즘 같이 맞벌이가 아니면 안 된다는 시대에 육아 문제까지 아무리 분담한다고 해도 여자한텐 무지 부담이죠.〉

"여자한테 손해라. 육아 문제! 아, 그거도 걱정이네. 난 일하고 싶은데."

〈결혼한 사람에겐 달콤한 것이고 안 한 사람에겐 미친 짓이라고 생각하면서 살자고요!〉

"미친 짓 하지 말라는 얘기야?"

〈얼마 전 뉴스에서 봤는데요, 결혼한 남자는 결혼 안 한 남자보다 오래 살구요, 결혼한 여자는 결혼 안 한 여자보다 빨리 죽는다고 합니다.〉

"캑! 빨리 죽는다고? 이것들이! 뉴스에서까지 그런 소리를 했단 말이야?"

〈남자 입장에서는 모르겠지만요, 저는 여자들이 결혼하는 건 고생의 구렁텅이로 들어가는 거라고 생각해요. 실제로 주위의 결혼한 여자 분이나 아들딸 다 키워놓은 여자 분들이 그러시더라고요, 굳이 결혼할 필요 없다고. 여자는 능력만 되면 혼자 사는 것도 괜찮다고. 자기가 결혼하고 싶으면 결혼하는 거고 하기 싫으면 안 해야 행복한 거 아니겠어요? 그리고 결혼해서 행복한 일도 많으니까 꼭 미친 짓이라고 말할 수는 없겠지요.〉

"고생의 구렁텅이……."

〈결혼은 둘이 정말 미치도록 사랑해서 하는 것이기 때문에 그렇지 않고서는 할 수 없는 게 결혼입니다.〉

"그래, 내가 미친년이지. 휴……. 그런데 왜 다들 부정적인 거야? 나 정말 내일 도망쳐야 하는 거 아니야?"

한나는 답답한 심정으로 컴퓨터를 끄고 침대에 벌렁 누웠다. 그런데 다들 보면 결혼식 전날 엄마랑 하룻밤 같이 자면서 울기도 하고 그런다는데 왜 자신의 엄마는 그런 소리를 하지 않는지 갑자기 궁금해졌다. 한나가 방에서 나가 보은을 불렀다.

"엄마."

"누구냐?"

보은이 물었다.

"한나예요."

"왜? 안 자고."

"나 오늘 엄마랑 같이 자면 안 돼요?"

하루라도 빨리 헤어지고 싶었는데 막상 그러려니 아쉬움이
남았다.

"안 하던 짓 하지 마라. 난 너보다 네 아빠랑 같이 자는 게 좋
아."

보은의 무심한 말에 한나가 입술을 삐죽거렸다.

"엄마는 하나도 안 슬퍼요?"

"왜 슬프냐? 기뻐해야 할 일이지. 난 너무 좋다, 혹 뗀 거 같
아서. 빨리 자!"

진짜 친엄마 맞느냐고 되묻고 싶었다. 풀이 죽은 한나가 그냥
발길을 되돌렸다.

한편 보은은 어두컴컴한 침실에 앉아 한나 몰래 눈물을 삼키
고 있었다. 옆에 누워 있던 대영이 일어나 보은에게 손수건을
건네며 등을 토닥거려 주었다. 딸에게 약한 모습을 보이고 싶지
않은 엄마의 마음이었다.

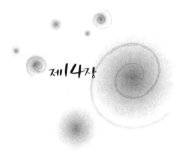

제14장

호텔에서 저녁에 결혼을 하면 시간적인 여유를 가지고 식을 올릴 수가 있고, 식이 끝난 후 곧바로 호텔 스위트룸에서 숙박할 수 있다고 해서 한나와 현은 저녁 결혼식을 선택했다. 저녁 결혼식의 특성상 한나는 신부 화장을 조금 진하게 했고 웨딩드레스도 마찬가지여서 흰색보다는 색깔이 들어간 실버톤이었다.

그런데 한나는 지난밤 거의 잠을 자지 못한 데다가 하루 종일 단장하는 데 힘을 다 써 기운이 없었다. 게다가 잔뜩 긴장한 상태에서 뭘 먹으면 체할 거 같아 굶은 상태라 더욱 그렇게 보였다. 그래서 한나는 친구들과 친지들이 와서 축하 인사를 해도 누가 왔고 누가 안 왔는지조차 알 수 없었다. 그저 식을 빨리 끝내고 예약된 룸에 가서 자는 게 소원이었다. 그때 한진과 지선, 지현과 성범이 한꺼번에 신부 대기실로 들어왔다.

"와! 호박에다 줄 그어도 수박 되네!"

동생인지 원수인지. 그게 결혼하는 누나한테 할 소린가? 하지만 대응할 힘이 없었다, 하도 졸리고 피곤해서.

"한나야, 너무 예쁘다. 로마의 휴일에 나온 오드리 햅번 같아."

그래도 역시 친구라 달랐다. 한나가 고맙다는 듯이 지현에게 희미한 미소를 보였다.

"하하하! 지현 누나! 오소리를 잘못 발음한 거죠?"

또 한진이 초를 치자 한나가 째려보려 했지만 눈에 힘을 줄 기력이 없어서 그냥 내버려 두었다. 다른 때 같으면 어림 반 푼 어치도 없는 소리였다.

"오빠, 농담도. 언니, 너무 예뻐요."

한진의 팔을 끌어당기며 지선이 말했다. 한진과 지선은 그동안 상당히 친밀한 사이가 되어 있었다. 서로 말없이 교환하는 눈빛에서 애정이 느껴졌다. 하지만 한나는 아무것도 별 반응을 보이지 않고 눈만 반쯤 뜨고 있었다. 그냥 놔두면 쓰러져 잘 것만 같았다.

"피곤해?"

지현의 물음에 한나가 그저 힘없이 고개만 끄덕였다.

그런 한나에 비해 현은 너무나도 생기발랄하고 웃음꽃만발이었다. 결혼식을 열 번 이상 더 해도 될 것처럼 힘이 넘쳐 보였다. 경이 남편인 지웅과 함께 현에게 다가와 인사를 건넸다.

"형님, 결혼 진심으로 축하드립니다."

"오늘 귀국했다면서?"

"네."

"피곤할 텐데 참석해 줘서 고마워."

"무슨 말씀을요. 이런 경사스런 일이 또 어디 있겠어요? 정말 축하드립니다."

활짝 웃은 지웅과 달리 옆에 서 있는 경은 그다지 표정이 밝지 않았다.

"축하해, 오빠."

심사가 뒤틀렸는지 뾰로통한 표정으로 인사를 건네는 경이었다.

"고맙다."

"그냥 남들처럼 평범하게 낮에 하면 되지 뭐 하러 사람들 피곤하게 저녁 시간에 잡았담."

지웅이 투덜대는 경의 옆구리를 쿡쿡 찔러 눈치를 줬지만 경은 계속 입을 쑥 내밀고 삐죽거렸다. 한나를 새언니로 맞이하는 일이 결코 반갑지 않은 경이었다. 집으로 인사하러 온 날 한나는 경에게 무척 싹싹한 태도로 대했지만 경은 차마 그럴 수가 없었다. 한 번 눈밖에 난 사람과 친해지는 건 결코 쉬운 일이 아니었다. 시간이 지나면 모를까 지금 심정으로는 절대 쌍수를 들고 환영할 수가 없었다. 포기하고 단념하고 온 자리였지만 경에게 희희낙락한 표정을 지으라는 건 무리한 요구였다.

"어머! 이모, 오셨어요? 정말 보고 싶었어요."

경이 다른 친지들에게 시선을 돌리고 인사를 건네기 시작했다. 현을 마주한 지웅이 대신 멋쩍은 미소를 지을 뿐이었다.

현의 결혼 소식을 듣고 동범과 정환, 그리고 석호 외에 다른 친구들이 한꺼번에 몰려들었다.

"김현! 너 어떻게 이럴 수가 있냐?"

한나와 맞선을 봤던 정환이 먼저 시비를 걸듯 말을 붙였다. 완전히 뒤통수를 맞은 얼굴이었다.

"미안하게 됐다."

난감한 표정으로 현이 머리를 긁적였다.

"너 나한테 술 단단히 사야 하는 거 알지?"

정환이 현의 어깨를 툭 치며 그날 깨진 술 약속을 상기시켰다.

"그래, 그래."

"정환이 너만 한나 씨 놓친 거 아니야. 나도 좀 억울하다구. 현이 넌 재주도 좋다. 집들이 때 한나 씨한테 공들인 사람은 난데 어떻게 너랑 맺어지냐? 거참……. 하여간 축하한다!"

석호도 만만치 않게 서운함을 토로했다. 옆에 서 있는 동범만 그저 피식피식 웃음을 참고 있었다. 지금 생각해도 한나에게 숨겨둔 애가 있다고 오해를 했던 일은 정말 천국과 지옥을 오가는 지독한 경험이었다. 사람 인생 하나가 자신으로 인해 망가지는 것 같아 끔찍했던 것이다. 그러나 모든 일들이 순조롭게 해결돼서 천만다행이었다.

"축하한다, 현아. 잘살아라."

"형, 고마워."

현과 동범은 기분 좋은 미소를 지으며 손을 맞잡았다.

너무 피곤하고 졸렸다. 한나는 몽롱한 상태에서 몰려오는 졸음과 전쟁을 벌이고 있었다. 하지만 자신 앞에서 주례를 하는 분의 입이 점점 금붕어가 뻐끔거리는 것처럼 보이고 볼륨이 줄어드는 것처럼 소리가 들리지 않게 됐다. 자꾸 눈이 감기고, 고개가 꾸벅꾸벅 숙여지는 것이 느껴져 눈을 억지로 크게 떠보려 했지만 그것도 잠시뿐이었다. 주례사가 자장가처럼 들려왔고 눈꺼풀은 돌덩어리가 매달려 있는 것처럼 아래로 떨어졌다. 이런 것도 만유인력의 법칙에 해당하는 것인가? 한나는 마침내 서 있는 상태에서 잠이 들고 말았다. 주례를 맡은 이가 그것을 보고 당황했다. 그리고 현에게 눈짓을 하며 신부를 깨우라고 했다.

현은 믿을 수가 없었다. 어떻게 일생 단 한 번인 결혼식에서 잠을 잘 수가 있단 말인가? 황당했다. 현이 손가락으로 한나의 허리를 쿡 찔렀다. 그런데 이게 웬일인가? 한나가 그대로 푹 쓰러지고 말았다.

"까악! 신부가 쓰러졌어요!"

"한나야!"

"아가! 아가!"

순간 결혼식장은 아수라장이 되었다. 한나가 자다 쓰러진 것을 모르는 호텔 직원들과 가족들, 하객들은 한나가 기절을 한 줄로만 알고 눈을 까보며 의사를 찾았다. 급기야는 119 구급차를 불러야 한다는 의견까지 나왔다. 하지만 옆에 서 있던 현과 주례를 맡은 이는 어이가 없는 표정만 지을 뿐이었다.

한나는 창피해서 죽을 것만 같았다. 정말 기절이라도 하고 싶은 심정이었다. 쓰러지면서 잠이 깼지만 도저히 창피해서 일어날 수가 없었다. 기절한 척할 수밖에 없었다. 서로들 뺨을 두드리고 119를 부르는 소리에 한나는 심장이 콩알만해지는 것 같았다. 그래도 어쩔 수가 없었다. 연기가 필요한 이 시점, 자다가 쓰러졌다고 하는 것보다는 잠시 실신을 했다는 게 나을 거 같아 간신히 정신을 차린 듯 조금씩 눈을 떴다. 이럴 땐 정말 평소에 드라마를 열심히 본 게 도움이 됐다.

"한나야! 정신이 드니?"

"아가! 괜찮니?"

쓰러졌다가 다시 일어난 한나를 확인한 지현이 가슴을 쓸어내렸다. 옆에 앉아 있던 한진이 혀끝을 차며 한마디 했다.

"하여간 특이해요."

"얼마나 긴장하고 힘들었으면 졸도를 했겠어요."

옆에 있던 지선이 안쓰럽다는 듯이 중얼거렸다.

지현이 주위를 두리번거렸다. 온다고 한 다영이 아직 도착하지 않아서였다. 계속 이리저리 고개를 돌리던 지현이 다영은 아니지만 누군가를 발견한 듯 눈살을 찌푸렸다. 다시 확인해 볼 생각에 고개를 돌린 지현이 입을 떡하니 벌렸다. 가슴이 철렁 내려앉았다.

지현이 발견한 사람은 다름 아닌 성진이었다. 어두운 구석에 서 있었지만 성진이 틀림없었다. 성진의 얼굴이 무척 창백하고 절망스럽게 보였다. 지현은 놀랍기도 했지만 성진의 뻔뻔함에 화가 나기도 했다. 저 사람이 무슨 자격으로 이곳에 나타난 거람! 그때 지현은 또다시 놀라고 말았다. 그렇게 찾고 있었던 다영이 갑자기 나타나 성진의 팔을 끌어당겨 식장을 나가려 했던 것이다. 다영의 얼굴이 심하게 일그러져 있었다. 고통과 분노가 섞인 표정이었다. 한나의 친구라면 누구라도 똑같은 심정일 것이다. 이 순간 성진만큼 환영받지 못할 불청객은 없었던 것이다. 지현은 성진을 끌고 식장을 빠져나간 다영이 언제쯤 다시 들어올까 궁금한 눈빛을 하고 기다렸다. 하지만 다영은 그 이후로 모습을 드러내지 않았다.

결혼식이 끝났다. 스위트룸에 들어오자마자 현이 피식피식거리며 웃기 시작했다. 급기야는 배를 움켜잡고 침대에서 뒹굴며 웃어댔다.

"우하하하하하! 푸헤헤헤헤! 키득키득키득!"

"그만 웃어요."

한나가 눈살을 찌푸리며 눈을 흘겼다.

"당신 정말 대단한 사람이야. 어떻게 결혼식에서 잠을 잘 수가 있어?"

간신히 웃음을 그친 현이 눈 끝에 매달려 있는 눈물을 훔쳤다.

"제발 그만 해요. 그러지 않아도 창피해 죽겠는데."

"그렇게 졸렸어?"

현이 한나의 어깨를 감싸 안으며 물었다.

"비밀로 해줄 거죠? 어디 가서 얘기하면 안 돼요."

"그런데 주례 해주신 분 입단속은 누가 하지?"

"난 몰라. 어쩌면 좋아."

한나가 손톱을 물어뜯으며 괴로운 표정을 지었다.

"나도 당신이 어떻게 하느냐에 따라서 시청 광장에 '김한나 결혼식에서 졸다 쓰러짐'이라고 쓴 현수막을 걸 수도 있고 아니면 무덤까지 비밀로 가져갈 수도 있지."

"이거 확실한 협박 맞죠?"

한나가 현을 노려보았다.

"응."

"원하는 게 뭐예요?"

"당신."

"저요? 결혼하면 다 잡은 물고기나 다름없는데 원하는 게 나밖에 없다고요?"

믿지 못하겠다는 듯이 한나의 눈이 커졌다가 가늘어졌다.

"살면서 나에 대한 사랑이 식은 것 같으면 확 불어버릴 거야. 명심해."

현이 손등으로 다정하게 한나의 볼을 쓰다듬었다.

"정말 피곤하고 졸렸단 말이에요."

한나가 아직도 졸린 듯 하품을 하며 입을 가렸다.

"그래? 그럼 우리 일찍 자자."

"지, 지, 지금요?"

자자는 말에 한나의 눈이 갑자기 하늘에 떠 있는 보름달만큼 커졌다. 얼굴도 점점 빨갛게 달아올랐다.

"응. 우리 시간도 아낄 겸 같이 샤워할까?"

현의 음흉한 미소에 한나는 심장까지 쿵쾅거렸다.

"네? 뭘 같이 해요?"

"샤워."

"아, 아, 아뇨! 먼저 하세요."

한나가 손과 고개를 동시에 흔들며 말하자 현이 키득거렸다.

"그래? 그럼 그사이에 잠들기 없기야."

"네……."

잠시 후 욕실에 들어간 현이 샤워를 하며 흥얼거리는 소리가 들렸다. 한나는 잔뜩 긴장한 모습으로 침대 주위를 서성거렸다.

이런, 된장! 왜 이렇게 떨리고 더운 거야? 수전증도 아닌데 손이 덜덜 떨리고 입술과 입 안이 바짝바짝 말라왔다. 나이가 몇인데 첫날밤을 어떻게 보내야 하는지 몰라서 이러겠는가. 단지 실전 경험을 해보기도 전에 심장 마비로 죽는 건 아닐까 싶어서였다. 뒤에서 욕실 문이 열리는 소리가 났다. 그 소리에 바짝 긴장한 한나가 그대로 얼어붙고 말았다.

"당신 차례야."

욕실 가운을 입고 나온 현이 그렇게 말을 하자 한나가 옷을 챙겨 들고 욕실로 뛰어들어 갔다. 한나는 왜 이렇게 자신이 허둥대나 싶어 머리를 긁적였다. 순간 한나의 인상이 일그러졌다. 머리카락이 짧아서 가발을 덧붙였는데 머리가 헤어스프레이로 인해 돌덩이처럼 딱딱해져 있었던 것이다. 머리부터 감을 생각에 한나가 핀을 뽑아내기 시작했다. 그런데 이번엔 고통스러운 비명을 질러야만 했다. 핀을 뽑을 때마다 머리카락도 함께 잔뜩 뽑혀졌던 것이다. 아무리 참으려 해도 워낙 아파서 가냘픈 신음 소리를 낼 수밖에 없었다.

"아…… 아아…… 아아아……."

엄청난 시간을 들여 핀을 뽑아냈지만 수없이 숨어 있는 핀과의 전쟁은 끝이 날 줄 몰랐다. 울고만 싶었다. 이런, 된장! 이러다 대머리 되겠네. 그때 문을 두드리는 소리가 들렸다.

"설마 거기서 자는 건 아니지?"

"네? 아, 아, 안 자요."

"그럼 뭐 해? 물소리도 안 들리던데."

한나가 핀 한 개를 더 뽑아내며 고통스런 신음 소리를 냈다.

"아…… 아아……."

"뭐 하는 거야? 어디 아파? 나 들어간다."

"아, 아, 안 돼……요!"

'요' 자가 끝나기도 전에 문이 벌컥 열렸다. 그리고 현이 한나의 번개 맞은 머리를 보고 경악했다.

"왜 이래? 머리가?"

"잉…… 미용사가…… 잉잉…… 머리를…… 잉잉…… 가발…… 잉잉…… 아파서…… 핀…… 잉잉."

한나가 우는소리로 횡설수설했다. 현이 한나 앞에 놓여진 수많은 핀을 보고서 그제야 이해를 했는지 배를 움켜잡고 웃어댔다.

"우하하하하! 푸헤헤헤! 크크크크! 기다려 봐. 사진 찍어줄게."

"뭐라고요?"

"너무 웃겨, 당신."

"난 아파 죽겠는데……. 도와줘요. 제발……."

"알았어, 알았어. 그런데 이 많은 핀이 정말 당신 머리에서 나왔어?"

"네."

머리핀과의 전쟁으로 한나는 진짜 실신할 만큼 기진맥진하게 됐다. 현은 한나가 너무 불쌍하다는 생각을 하면서도 계속 터져 나오는 웃음을 참을 수가 없었다. 그나마 현이 도와준 덕분에 시간이 단축되었다.

"고마워요. 이젠 혼자 할 수 있어요. 그만 나가줘요."

"정말 혼자 할 수 있겠어? 그러다 진짜 쓰러지는 거 아니야?"

"아뇨. 괜찮아요. 빨리 나가줘요, 그만 킥킥대고."

한나가 현을 내보내고 거울을 쳐다봤다. 자신이 봐도 너무 황당하고 기가 막힌 머리였다. 다소 진한 화장과 더불어 공포 영화나 코미디 영화에 출연하면 딱 좋을 것 같았다. 헤어스프레이로 완전히 떡이 된 머리는 샴푸로 3번 감아서야 비로소 제 머리로 돌아왔다. 진한 화장도 여러 번의 클렌징 후에 해결이 됐다. 샤워를 마치고 나니 한나는 정말 손 하나 까딱할 힘도 없었다. 다들 이런 식으로 첫날밤을 준비하나 싶은 의구심이 들었다. 가져온 잠옷을 입고 준비를 다 한 한나가 문 손잡이를 잡은 채 한참을 서 있었다. 긴장이 되면서도 다시 잠이 쏟아졌다. 나가서 현을 만나야 하는데…….

한참을 기다려도 한나가 나오지 않자 현이 욕실로 다가가 문을 두드렸다.

"다 했어?"

"……."

"나 들어간다."

문이 쉽게 열렸다. 문을 열고 들어간 현은 어이가 없었다. 한

나가 뚜껑이 닫힌 변기 위에 앉아 잠을 자고 있었다. 다시 웃음
이 터진 현이 욕실 문에 기대어 웃기 시작했다. 간신히 진정을
한 현이 한나를 안아 들고 욕실을 나왔다.

현이 한나를 침대 위에 눕혀놓고 얼굴을 빤히 들여다보았다.
이번엔 번개 맞은 머리를 한 한나가 떠올랐다.

"크크큭……."

속이 훤히 들여다보이는 네글리제를 입고 눈을 감은 채 유혹
하듯 잠이 든 여자가 이렇게 앙증맞고 귀여워 보일 수도 있나
싶었다. 고른 호흡으로 들썩거리는 가슴과 살짝 벌어진 빨간 입
술이 꽤 섹시하게 느껴졌다. 하지만 또다시 떠오른 번개 맞은
머리 때문에 현은 베개에 얼굴을 묻고 미친 듯이 웃을 수밖에
없었다. 아마 첫날밤을 혼자 미친 듯이 웃으며 보낸 남자는 자
신밖에 없으리라.

편했다. 분명히 변기 위에 앉아 눈을 감았기 때문에 무척 불
편할 줄 알았는데, 예상외로 포근하고 따뜻했다. 뭔가 이상하다
는 생각이 들어 한나가 눈을 억지로 떠보았다. 몽롱한 눈앞에
벽이 보였다. 신기하게도 벽이 규칙적으로 들썩들썩 움직였다.
게다가 은은한 향기까지 내뿜고 있었다. 한나가 호기심에 벽을
손가락으로 살짝 눌러보았다. 약간 물컹거리면서 따뜻한 온기
가 느껴졌다. 잠결에 한나는 정말 신기한 벽이란 생각을 하며
다시 눈을 감았다. 그때 갑자기 누군가가 한나의 엉덩이를 꽉
움켜잡고 끌어당겼다. 그 바람에 한나가 눈을 번쩍 뜨고 날카로

운 비명을 질렀다. 그 순간 벽이 심하게 요동 치며 사라졌다.

"아악!"

"왜 그래? 무슨 일이야!"

옆에서 곤히 자던 현이 한나의 비명 소리에 놀라 스탠드 불을 켜고 일어섰다. 한나는 팬티 외에 아무것도 걸치지 않고 서 있는 현을 보고 눈이 휘둥그레져서 자신의 입을 양손으로 틀어막았다.

"무슨 일이야?"

"미, 미안해요. 딸꾹!"

너무 놀란 나머지 한나가 딸꾹질을 해댔다. 한나는 그제야 벽이 현의 가슴이었고, 엉덩이를 움켜잡은 것이 현의 손이라는 걸 깨달았다.

"도둑이라도 든 줄 알고 깜짝 놀랐잖아. 그런데 웬 딸꾹질이야? 내가 물 가져올게."

"고마워요. 딸꾹!"

현이 금방 물이 든 유리컵과 설탕이 든 용기를 가져왔다.

"일어나서 허리를 90도로 숙이고 물 한 잔을 조금씩 계속 마셔봐."

"딸꾹. 이렇게요? 딸꾹."

한나는 침대에서 나와 현이 시키는 대로 했다. 이 무슨 한밤 중에 딸꾹질 멈추기 쇼란 말인가? 그러나저러나 한나는 현이 뭐라도 좀 걸쳐 줬으면 하는 마음이 들었다. 거의 반나체로 돌아다니는 현 때문에 딸꾹질이 멈추기는커녕 더 심해졌다.

"자, 이리 와서 아 해봐."

"아."

현이 설탕을 한 티스푼 떠서 한나의 입 안에 넣어주었다.

"혀에 설탕을 올리고 녹여 먹어. 신경이 혀끝의 강한 단맛으로 자극되면 새로운 자극에 반응하느라 딸꾹질이 멈추게 돼."

"이거 정말이에요?"

"세계 유명 의학 잡지에도 소개되어 효과를 입증받은 방법이야. 그 외에도 손가락을 양쪽 귀에 넣어 자극하기. 무릎을 가슴 쪽으로 끌어당겨 안기. 목젖 부위를 면봉, 숟가락으로 자극해서 재채기나 헛구역질을 유발하기. 잘게 간 얼음을 씹어 먹기 등등이 있지. 당신도 효과를 본 거 같은데?"

정말 신기하게도 한나의 딸꾹질이 멈춰 있었다. 현이 살짝 미소를 지으며 한나의 뺨을 매만졌다.

"미안해요, 한밤중에 소란 피워서."

"괜찮아. 오늘 너무 힘이 들었나 보다. 자다가 놀라고 말이야."

현이 수줍은 표정으로 자신을 올려다보는 한나를 품 안으로 끌어당겼다. 그 바람에 한나의 입술과 봉긋한 가슴이 현의 맨가슴에 부딪쳤다. 그들의 규칙적인 심장의 고동 소리가 점점 더 빠른 박자로 변해가고 있었다.

"나도 많이 힘들었어."

현의 음성이 갈라지며 탁하게 들렸다. 요염한 자태로 잠든 신부를 깨워 사랑을 나누고 싶은 열망을 잠재우느라 현이 무던히도 애를 쓴 건 사실이었다. 하지만 한나는 현이 그런 의미로 한 말인 줄 모르고 고개를 끄덕였다. 현은 그런 한나가 우스워 피식 웃었다.

"내가 한 말이 무슨 뜻인 줄 알기나 하고 고개를 끄덕이는 거야?"

눈동자를 이리저리 굴리던 한나는 비로소 현의 말뜻을 이해하고 얼굴을 붉혔다. 그런 한나를 현이 번쩍 안아 들고 침대로 데려갔다. 소중한 물건을 놓듯이 한나를 눕힌 현이 곧 옆에 함께 누웠다. 그리고 한나의 목까지 이불을 끌어당겨 덮어준 다음 한나의 눈을 들여다보았다.

"나 인내심이 별로 없기는 한데 도 닦는 심정으로 오늘 하룻밤은 참아볼게. 푹 쉬어."

다시 불을 끈 현이 한나에게 팔베개를 해주며 품에 가두고 잠을 청했다. 하지만 이미 잠이 싹 달아난 한나는 어둠 속의 올빼미처럼 눈을 말똥말똥 뜬 채로 있었다. 하도 심심해 한나는 현에게 더 이상 참지 않아도 된다고 말해 주고 싶었다. 하지만 이미 현은 깊은 잠에 빠져 있었다. 자신이 움직이면 혹시라도 현이 깰까 봐 한나는 손끝 하나 움직이지 못했다. 점점 진하게 느껴지는 현의 체취와 숨결 때문에 잠이 오지 않았다. 그저 자신과 다른 현의 호흡을 연구하며 길이를 맞춰보는 놀이를 하다가 뒤늦게 잠이 들었다.

　다음날. 한나와 현은 공항에서부터 리무진을 타고 전속 안내원의 설명을 들으며 태국 푸켓에 있는 풀 빌라 리조트에 도착했다. 호텔이 단순한 숙박 시설이라면 풀 빌라 리조트는 숙박은 물론 휴양 시설을 함께 갖춘 완벽한 개인 휴양 시스템이었다.

　그곳은 열대 정글 속, 바다가 내려다보이는 아름다운 언덕에 자리 잡고 있었다. 그림에서나 볼 수 있는 파라다이스와도 같았다. 일상의 번거로움을 피해 진정한 휴식을 원하는 사람들에게 최고의 로맨틱한 공간을 완벽하게 제공하는 곳이기도 했다. 대리석으로 만들어진 바닥재와 빌라 전체를 감싸고 있는 고풍스러운 인테리어는 품위를 더해주었다.

　독립된 대문을 열고 들어가니 넓은 발코니에 자쿠지와 선테크가 놓여져 있고 실내에는 하얀 휘장으로 장식된 킹사이즈의 침대와 바로 연결되는 욕실, 넓은 드레스 룸이 아우러져 있었다. 자쿠지는 일종의 스파테라피 효과가 있는 것으로 물방울이 온몸의 피로를 풀어주는 기능성 욕조였다. 석양이 물드는 시간 자쿠지를 이용해 목욕을 하면 바다가 보이는 곳에 위치해 있어 천혜의 바다를 감상할 수 있다는 안내원의 설명을 들었다. 또한 욕조에 꽃잎을 띄우고 향긋한 허브 차를 마시면 복잡한 머리 속이 맑아질 거라 했다.

　한나는 세상에 이런 곳이 있었나 싶어 경이로운 눈빛으로 곳

곳을 살피며 연신 감탄했다. 단둘이 되자 현이 한나의 손을 잡고 테라스로 나갔다. 그곳엔 아무도 훔쳐볼 수 없도록 만들어진 둘만의 풀장이 있었다.

"음…… 역시."

현이 음흉한 미소를 지으며 고개를 끄덕였다.

"수영복 가져왔지?"

현이 한나를 돌아보며 물었다.

"네."

"우리 수영할까?"

"좋아요."

곧 한나가 큰 꽃무늬가 조금 들어간 노란색 비키니 수영복에 랩 스커트를 걸치고 모습을 드러냈다. 먼저 수영복으로 갈아입고 기다리던 현이 한나의 모습을 경탄하며 쳐다봤다. 곧 현의 눈이 뜨거운 열기를 내뿜었다.

"예쁘다."

"고마워요."

부끄러워 아랫입술을 살짝 깨무는 한나가 무척 사랑스럽게 보였다. 어젯밤 보았던 현의 몸은 한나의 기억대로였다. 운동으로 다져진 현의 몸은 군살 하나 없이 단단하고 강해 보였다.

"이리 와."

한나가 천천히 다가가자 현이 품 안으로 가까이 끌어당겼다. 현의 따뜻한 체온이 느껴지는 것과 동시에 현의 입술이 한나의

빨간 입술을 덮었다. 그리고 잠시 후 고개를 든 현이 한나에게
물었다.

"내가 여길 왜 선택한 줄 알아?"

"왜요?"

"아무도 볼 사람이 없다는 거지. 소풍 나온 애들도 없고, 전등
을 들고 쫓아오는 방해꾼 경비원 아저씨도 없다는 거야. 내가
얼마나 이러고 싶었는데……."

황홀한 키스가 연이어졌다. 키스는 달콤하고 중독성도 강했
다. 또한 사람을 용감하게 만드는 힘이 있고 서로를 소유하고
싶은 욕망을 더욱 부채질하기도 했다. 그들은 서로를 고즈넉한
시선으로 바라보며 수영장 안으로 들어가 한참 물장난을 치고
수영을 했다. 피부로 와 닿는 물방울에 자극을 받으며 그들은
사랑하는 사람을 탐닉하는 행복을 맛보았다.

구석으로 한나를 몰고 간 현이 다시 키스를 하며 어깨에서 비
키니 끈을 끌어 내렸다. 곧 한나의 풍만하고 하얀 가슴이 모습
을 드러냈다. 후크까지 풀어낸 현이 손을 움직여 한나의 매끄러
운 등과 어깨를 마사지하듯 애무하다가 의도적으로 가슴 부위
에서 배회했다. 한나를 애타게 만들 작정이었다. 눈을 감은 한
나의 입에서 가느다란 신음 소리가 새어 나왔다. 현이 흡족한
미소를 지었다.

"이곳에 보물이 숨겨져 있었군. 정말 아름다운 가슴이야."

한나의 가슴을 향해 입술을 놀리며 현이 중얼거렸다. 현이 부

드러우면서도 탄력있는 한나의 젖가슴에 가볍게 입맞춤을 했다. 급하게 한나를 안을 생각은 없었다. 약한 터치에도 불길이 일어나는 민감한 몸이었다. 남자의 손길이 익숙하지 않다는 거였다. 사랑을 나누는 게 뭔지 가르쳐 주고 함께 경험하고 싶었다. 여자에게 있어 첫 경험은 아픔만 남겨줄 수 있기 때문에 최대한 배려해야 했다.

"두려워?"

"조금요……."

떨리는 말끝이 현의 입술에 의해 잘렸다. 출렁거리는 물소리와 가끔씩 그들이 내뱉는 호흡은 서로를 자극했다. 손을 뻗어 가슴을 살며시 움켜잡자 한나의 도드라진 핑크빛 유두가 손바닥에서 느껴졌다. 현의 손가락 사이에 갇혀 버린 앙증맞은 유두는 탱탱하게 솟아올랐다. 현은 한나가 안달이 날 정도로 부드러운 손길로 느긋하게 애무를 했다. 한나의 숨결이 점점 거칠어졌다.

한나가 현의 목을 두 팔로 휘감자 현이 한나의 엉덩이를 두 손으로 가볍게 잡고 자신에게 끌어 올렸다. 그리고 한나의 다리로 자신을 감싸게 만들었다. 현의 정열적인 애무와 키스 세례로 한나는 자신의 몸속에서 불꽃이 타오르는 듯한 느낌을 받았다.

현이 한나의 귓불을 살며시 깨물다가 귀 안으로 혀를 밀어 넣었다. 사각사각 비단옷이 마찰되는 음에 자극된 한나는 정신이 혼미해졌다. 한나가 전신을 부르르 떨었다. 가슴은 더욱 현의 가슴에 밀착되고 허리는 뒤로 꺾일 듯이 휘어졌다. 아랫배 근육이 조여들었고 낯선 느낌이 몸을 두 쪽으로 가르는 듯 내달렸다. 한나의 그런 유혹적인 자태에 현은 더 이상 참을 수가 없게됐다. 급해졌다. 당장 한나의 안으로 들어가고 싶은 갈등이 현을 몰아세웠다.

"침대에서 사랑해 줄게."

이렇게 속삭인 현이 한나의 손을 잡고 수영장 밖으로 나왔다. 그리고 한나를 번쩍 안아 들고 침대로 향했다. 그들 몸에서 뚝뚝 떨어지는 물로 침대 시트가 젖어 들어갔다.

한나는 부끄럽고 아찔했다. 남자 앞에서 이런 모습으로 누워있다는 사실만으로도 이성과 감정이 분리되었다. 현의 눈은 부끄러운 듯 눈을 감은 한나에게 고정되어 있었다.

"눈을 떠봐."

열망과 부끄러움을 담고 살며시 뜬 눈이 현을 향해 반짝거렸다. 만족한 미소를 짓는 현의 눈이 즐겁게 빛났고 말없는 애무를 담고 있었다. 온몸 위로 현의 손과 입술이 다시 여행을 하듯자유자재로 돌아다니며 자국을 남겼다. 현이 최대한 정성껏 한나를 애무했다. 서두르지 않고 천천히, 기대감을 부풀게 하여최상의 만족을 느낄 수 있도록. 희열을 만끽하는 한나의 몸이바르르 떨렸다. 한나는 어떻게 해야 할지 갈피를 못 잡고 그저본능적으로 나오는 신음을 흘리고 쾌락에 몸을 뒤척였다. 곧 현의 손에 의해서 마지막 남은 한나의 보호막이 벗겨졌다. 현이 한나의 허벅지 안쪽을 쓸어내며 다리를 벌리게 했다. 짧게 당혹스러움과 수치스러움이 스쳐 지나갔지만 한나는 본능적으로 그렇게 해줘야 한다는 걸 깨달았다. 타인의 손길이 닿은 적이 없는 한나의 신비로운 부분을 현이 부드럽게 어루만졌다. 한나의 여성이 현의 손길로 촉촉해졌다.

"나 더 이상은 참을 수가 없어."

한나는 그 말의 의미를 깨닫고 고개를 끄덕였다. 단단하게 응집된 현의 정열이 허벅지 사이에 닿았다. 곧 현이 한나를 정복하기 위해 밀고 들어갈 준비를 했다. 현의 호흡이 더욱 가빠지자 한나는 두려움 속에서 현에게 조금씩 자신의 문을 열어주었다.

"많이 아플 거야……."

한나가 조용히 눈을 감고 기다렸다. 좁은 길을 찾아온 현이 한나의 문을 두드리며 곧 밀고 들어왔다.

'세상에…… 이런 거였구나.'

커다랗고 강한 압력에 한나의 몸이 저절로 휘어졌다. 한나는 현이 놀랄까 봐 죽을 것만 같은 고통을 참으려 애를 쓰며 비명을 삼켰다. 한나의 몸은 생전 처음 느끼는 충격과 고통에 적응하지 못하고 경보음을 내며 힘을 모았다. 너무 고통스러운 나머지 한나는 숨을 몰아 거칠게 내쉬었다. 덩달아 자기도 모르게 뜨거운 눈물을 흘리고 말았다.

"미안해……. 조금만 참아줘. 긴장을 풀고 날 느껴봐."

현은 아주 완벽하게 한나를 채우고 소유했다는 기쁨에 몹시 흥분된 상태였지만 한나를 배려해야 하는 걸 잊지 않았다. 현의 입술이 기억해 두었던 한나의 성감대를 찾아 움직였다.

　시간이 좀 흐르자 한나의 몸에서 힘이 서서히 빠져나갔다. 그것을 깨달은 현이 다시 움직였다. 한나를 향해 깊숙이 움직일 때마다 한나는 새로운 느낌과 전율을 느꼈다. 어느새 현의 속도는 점점 더 빨라졌고, 한나는 그 소용돌이에 휩쓸렸다. 곧 현이 주는 사랑과 영혼이 담긴 선물이 한나의 안에 뿌려졌고 한나는 그들을 둘러싼 세계가 현란한 수천 개의 조각으로 폭발하는 것을 느꼈다. 한나의 이름을 중얼거리는 현이 덧붙여 말했다.

　"사랑해……."

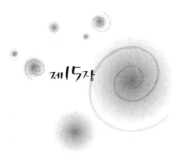

제15장

정원의 탐스러운 열대 꽃들이 남국의 정열을 마음껏 발산하고 있었다. 그 안에서 저녁 식사를 하고 있는 현과 한나는 서로의 손을 잡고 이국의 향취와 바람의 상쾌함을 즐기고 있었다. 금빛으로 변해가는 석양을 뒤로하고 밤하늘의 초록색 별들이 하나둘 떠오르는 진풍경은 그들의 감정을 더욱더 로맨틱하게 만들었다.

"참 아름답네요. 천국에 온 거 같아요."

한나는 무엇이 자신을 이렇게 충만하게 만드는지 모르겠다는 생각이 들었다. 세상은 변한 게 없는데 자신은 다시 태어난 사람 같았다.

"나랑 있어서 더 좋지?"

현의 질문에 한나가 싱긋 웃으며 고개를 끄덕였다. 이런 행복한 기분과 느낌이 평생 지속된다면 얼마나 좋을까? 한나가 현의 커다랗고 단단한 손등을 쓰다듬으며 입을 열었다.

"저 태양처럼 퇴장할 때의 모습이 가장 아름다운 사람이 될 수 있다면 얼마나 좋을까요? 인간의 아름다움은 한때잖아요. 아름다움이 사라지면 서로 실망하고 권태를 느낄 텐데 난 솔직히 두려워요. 당신이 나한테 그런 감정을 빨리 느낄까 봐서요."

사뭇 진지한 표정으로 말하는 한나가 불안감을 담은 눈빛으로 현을 쳐다봤다.

"당신 가끔씩 날 당혹하게 만드는 거 알아?"

현이 한나의 뺨을 손등으로 쓸어 내렸다.

"제가요?"

"뭐가 그렇게 당신을 두렵게 하고 불안하게 만드는 거지?"

연약해 보이는 한나의 어깨를 현이 감싸 안아주었다.

"어렸을 때 키웠던 강아지 한 마리가 있었어요. 제가 무척 좋아했어요. 그런데 어느 날 그 강아지가 절 물고 달아났어요. 그리고 영영 돌아오지 않았고요. 그 이후로 전 절대 강아지를 좋아할 수 없게 됐어요. 한 번 깨져 버린 믿음이란 그릇에 희망을 담는 건 쉬운 일이 아니에요."

현은 한나가 무엇을 말하는지를 알고 있었다. 한나의 두려움과 불안감이 어디에서 비롯되었는지 현은 정확히 알고 있었다.

"다시 물리지 않게 해줄게. 그리고 항상 보호해 주고 웃게 해 줄게. 절대 당신을 혼자 내버려 두거나 떠나지 않을게."

현이 한나의 손을 잡아 그의 입술에 가져다 댔다. 한나의 가 슴이 조금씩 벅차올랐다. 그리고 왜 자꾸 눈물이 나려 하는지 알 수가 없었다.

"우리 춤출까?"

"음악도 없는데요?"

"파도 소리와 바람 소리가 블루스를 추기에 적당한 음악 같지 않아?"

현이 한나의 손을 잡고 일어나 허리 뒤쪽을 부둥켜안았다. 한 나는 현의 목에 손을 엮고 가슴에 머리를 기댔다.

"눈을 감아봐. 그리고 듣고 느껴봐. 세상에서 가장 아름다운 음악이 들릴 테니."

현의 부드러운 음성이 한나의 머리 위에 사뿐히 내려앉았다. 눈을 감자 현의 말대로 아름다운 자연의 소리가 각각의 리듬으 로 다가와 들렸다.

"우리 퍼즐처럼 딱딱 들어맞지 않는 부분이 있더라도, 각자의 색깔이 혼합돼서 다른 색깔로 살아가야 할지라도 있는 그대로 의 모습을 서로 인정해 주고, 이해하고, 용납하고 살자. 서로에 대해서 공부할 필요가 있으면 평생 노력하는 마음으로 살자. 나 많이 노력할게. 당신도 그래 줄 수 있지?"

한나가 고개를 끄덕였다. 감은 눈에서 눈물이 흘러나왔다. 뺨을 타고 떨어지는 눈물이 현의 가슴을 적셨다.

"우는 거야?"

"자꾸 눈물이 나요."

"왜?"

"행복해서 그런가 봐요. 누군가가 날 이렇게 사랑해 준다는
게 너무 기쁘고 믿을 수가 없어서요."

한나가 여전히 눈을 감고 잠긴 음성으로 중얼거렸다. 현이 한
나를 힘껏 끌어안아 등을 다정한 손길로 쓰다듬어 주었다.

신혼여행 마지막 날. 한나가 샤워를 끝내고 욕실을 나왔다.
현이 한나의 열린 가방 앞에서 뭔가를 들고 넋이 나간 표정을
하고 있었다. 다가가 보니 현이 들고 있는 것은 한나의 피임약
이었다.

"샤워 안 하세요?"

"피임약 맞지?"

"네."

별일 아니라는 듯이 말하는 한나의 말에 현은 턱이라도 한 방
얻어맞은 느낌이었다.

"왜 피임이 필요했지?"

"계획임신을 하고 싶었어요. 결혼 전부터 임신만큼은 충분히
생각하고 부모 될 자격이 있다고 생각됐을 때 남편과 상의해서
하고 싶었거든요. 아무 생각 없이 애를 갖는다는 건 아이한테도

미안한 일이잖아요. 세상에서 가장 소중한 생명인데 자격도 없는 사람들이 하룻밤 실수로 저지른 불장난의 결과물이 되어선 안 된다고 생각해 왔어요. 많이 놀랐어요?"

"그래……. 좀 놀랐어. 의외였어."

현이 이마를 덮은 머리를 손으로 쓸어 올렸다. 현은 한나가 이런 생각까지 철저히 하고 있는 여자인 줄 미처 몰랐다. 처음 피임약을 발견했을 때 느낀 감정은 솔직히 배신감과 서운함이었다. 하지만 한나의 생각을 듣고 보니 아무런 계획 없이 사랑을 나눈 자신이 오히려 부끄러워졌다.

"결혼을 했다고 해서 계획없이 아이를 만드는 건 자제해야 한다고 생각해요. 많이 낳을 것도 아닌데 계획없이 생긴 아이들에 대해서도 생각해 봐야 하잖아요. 난 절대로 낙태는 하지도, 권하지도 않을 거예요. 누가 뭐라 해도 생명은 생명이고, 말을 못한다고 해서 사람들 임의대로 그 생명을 좌지우지해서는 안 된다고 생각해요. 전 우리 아이들한테 너희는 엄마, 아빠가 가장 사랑할 때 아끼고 노력하는 마음으로 태어난 특별한 아이들이다라고 말해 주고 싶어요."

"하지만 좀 서운했던 건 사실이야. 미리 말이라도 해줬으면 이렇게까지 놀라지는 않았을 거야."

"그랬다면 미안해요. 난 좋은 아내도 되고 싶지만 좋은 엄마도 되고 싶어요. 이해해 줄 수 있죠? 우리 충분히 부모가 될 준비가 되었을 때 계획하고 임신해서 아이도 출산하고 사랑과 정성으로 키워요. 네?"

한나의 말을 들은 현이 수긍을 하면서도 못내 아쉬운 표정을 지었다. 하지만 한나가 아기를 낳기 싫어서 그랬던 것이 아니어서 다행스러웠다. 34살이란 나이가 결코 적은 나이가 아니었기에 나름대로 빨리 아기를 가졌으면 하는 게 솔직한 현의 심정이었다. 하지만 한나의 의견을 존중해 주고 싶었다. 한나의 신중한 태도가 한편으로는 대견스럽기도 했다.

신혼여행에서 돌아온 한나는 몇 차례의 집들이를 하고 나서야 좀 한숨을 돌릴 수가 있었다. 현이 운영하는 병원에서 가까운 아파트에 신접살림을 차린 한나는 곧 현의 병원과 같은 건물로 약국을 이전하기로 하고 잠시 일을 쉬게 되었다.

한가한 오후 시간에 지현이 한나의 집으로 놀러왔다. 이런저런 얘기 끝에 지현이 조심스레 말을 꺼냈다.

"있잖아…… 성진 선배 이혼했다더라. 성진 선배 어머니가 돌아가시자마자 곧바로 했대."

느닷없이 튕겨져 나온 이름과 이혼 소식에 충격을 받은 한나가 할 말을 잃었다.

"나 이런 말까지 해야 하나?"

지현이 난처한 표정을 지으며 망설였다.

"성진 선배…… 네 결혼식에도 왔었어."

"뭐?"

한나가 잔뜩 일그러진 입술로 외마디의 말을 내뱉었다.

"다행히 다영이가 성진 선배를 식장 밖으로 끌고 나갔어. 그런데 식이 끝날 때까지 다영이가 오지 않는 거야. 그래서 내가 다음날 전화를 했더니 그런 말들을 전해주더라구. 그동안 그 선배 애도 없었고 부인이랑 오래전부터 별거 중이었대. 그럴 거면서 뭐 하러 결혼했다니? 네 마음 아프게 하면서까지 말이야. 그런데 정말 뻔뻔하지 않니? 이제 와서 뭘 어쩌려고 널 찾아와? 그것도 결혼식 날 말이야. 혹시 연락이라도 오면 딱 잘라 말해. 괜히 신랑한테 오해 사지 말고."

한나는 마음이 심란해졌다. 혹 만나게 되더라도 무슨 할 말이 있겠는가? 자신은 더 이상 혼자가 아닌데……. 한나는 계속 자신의 손가락에 끼워진 반지만 만지작거렸다.

며칠 후 한나는 백화점 식품 코너에서 쇼핑 카트를 밀며 장을 보고 있었다. 오렌지가 먹음직스럽게 생겨서 고르고 있는데 누군가가 뒤에서 어깨를 톡톡 건드렸다. 고개를 돌린 한나의 눈과 입이 손에 들고 있는 오렌지만큼 커졌다. 손에서 오렌지가 떨어져 나갔지만 한나는 얼어붙은 사람마냥 자신 앞에 서 있는 남자를 빤히 쳐다보고 있었다. 떨어진 오렌지를 들어 다시 손에 건네준 남자는 다름 아닌 성진이었다. 우연한 만남에 한나는 심장이 쿵쾅거렸다.

장례식에서 마음정리를 했을 때는 다시 만나게 되더라도 가볍게 인사를 나누고 안부를 물을 수 있는 사이가 될 수 있을 거라 생각했다. 하지만 며칠 전 성진이 자신의 결혼식에 찾아왔었다는 말과 그의 이혼 소식을 들어서인지 그럴 수가 없었다. 성진도 혼자 장을 봤는지 쇼핑 카트 안에 물건을 꽤 들어 있었다.

"역시 너였구나?"

성진의 목소리가 약간 떨렸다.

"……."

한나는 입술에 접착제가 발라진 것처럼 도무지 입을 열 수가 없었다.

"오랜만이다."

한나가 간신히 고개를 끄덕였다.

"이 근처에 사니?"

한나가 벙어리처럼 그저 고개만 끄덕였다.

"차 한 잔 같이 마실래?"

성진의 제안이 간절한 애원처럼 들렸다.

백화점 위층에 있는 카페로 함께 들어간 성진과 한나는 그들 앞에 놓여진 뜨거운 커피가 차갑게 식을 때까지 침묵했다. 그나마 심하게 쿵쾅거렸던 한나의 심장이 평상시처럼 안정을 찾은 것이 다행스러웠다.

"결혼 축하해."

오랜 침묵을 깨고 성진이 건넨 첫 마디였다.

"고마워요. 결혼식에 오셨다는 얘기 들었어요."

한나는 슬그머니 탁자 위에 놓였던 손을 내리고 반지를 만지작거렸다. 자신의 현재 위치를 확인이라도 하려는 듯이.

"남편은 뭐 하는 사람이야?"

"의사요."

한나가 고개를 숙여 시선을 피했다. 왠지 편치가 않았다. 남편이 아닌 남자와 대화를 하고 있다는 게 이렇게까지 부담스러운 일인 줄 몰랐다.

"잘해주니?"

"네에……."

"행복해 보인다."

그렇게 말하는 성진의 목소리가 잠겨 있었다. 한나가 행복해 보이는 게 다소 못마땅하다는 듯한 말투였다. 한나는 자기도 모르게 고개를 들었다. 그리고 성진의 눈빛에서 낭패감을 맛보았다. 성진의 눈빛은 여전히 정직했다. 예전에도 그랬다. 입으로는 거짓말을 할 수 있어도 절대 눈으로는 하지 못하는 사람이었다. 성진은 눈빛으로 '난 불행해'라고 말하고 있었다.

"내가…… 너무 늦은 거니?"

성진의 얼토당토아니한 질문에 한나가 눈살을 찌푸렸다. 이무슨 해괴망측한 소린가? 어머니 때문에 버릴 땐 언제고, 마치자신이 돌아올 때까지 기다려 달라고 말한 사람처럼 굴고 있었다. 한나는 기분이 불쾌해졌다.

"기억에 없어요, 저한테 기다려 달라고 했던 일."

한나가 다시 시선을 회피했다.

"장례식에 왔을 때 네 결혼 소식을 들었더라면 절대 널 놓치지 않았을 거다. 이혼하고 나서 너한테 청혼하려고 했었어. 난 너밖에 없었으니깐. 결혼 소식 듣고 나 미친 듯이 널 찾아갔었다. 널 데리고 도망이라도 치고 싶었어. 조금만 더 날 기다려 주지 그랬니?"

한나가 마른침을 삼켰다. 안정을 되찾았던 심장이 다시 정신 없이 펄떡거렸다. 온몸에서 경련이 일어났다. 말도 안 되는 소리를 지껄이는 성진의 입을 틀어막고 싶었다. 도저히 제정신에 할 수도, 들을 수도 없는 말이었다.

"결국 우린 이럴 수밖에 없는 거니?"

이제 와서 뭘 어쩌라는 것인가? 지금이라도 결혼을 물리고 오라는 말인가? 말도 안 된다. 차라리 만나지 말았더라면 좋았을 것이다. 이런 장난 같은 운명을 저주하고 싶어졌다. 한나는 자기도 모르게 반지를 낀 손을 불쑥 성진에게 내밀었다.

"보세요. 나 이렇게 다른 남자와 반지를 나눠 끼고 평생을 함께하겠다고 서약까지 한 사람이에요. 이젠 정말 돌이킬 수 없어요. 아니, 돌이키지 않아요. 상처가 얼마나 아픈지 아는데 그 상처를 다른 사람에게 입히라구요? 난 그럴 수 없어요. 그리고 난 이미 그 사람을 사랑하고 있는걸요."

"……."

한나는 더 이상 이런 대화를 이어 나가고 싶지 않았다.

"미안해요. 저 먼저 일어날게요. 만나서……."

예의상 반갑다고 말을 해야 했지만 솔직한 심정으로는 절대 반갑지 않았다. 차라리 만나지 말아야 했고, 아무 소리도 듣지 말았어야 했다. 뒷말을 끝내 하지 못한 한나가 벌떡 일어나 고개를 숙이고 그곳을 빠져나왔다.

넋이 나간 사람처럼 택시를 타고 집에 가는데 핸드폰이 울렸다.

[어디니?]

보은이었다.

"택시 안이에요. 장보고 집에 가는 길이에요."

정신이 여전히 얼떨떨했다.

[오늘 김장했으니 와서 가져가라.]

"저 부르시지 그러셨어요?"

[하얀 색이면 무조건 설탕인 줄 아는 너한테 내가 무슨 큰 득을 보겠다고 널 부르냐? 이모들이랑 같이 했다. 요즘 김 서방 살 안 빠졌냐? 네 음식 먹어주는 거 고문일 텐데.]

요리에 대해서는 정말 입이 열 개라도 할 말이 없는 한나였다. 요리하는 시간이 제일 곤욕스럽고 무서울 정도였다. 엄마한테 전화를 해서 이것저것 물어도 보고 요리책을 참고로 해서 해보기도 했지만 좀처럼 한나의 요리 실력은 나아지지 않았다. 덕분에 현이 자주 한나에게 외식을 하자고 밖으로 불러내기는 했다.

[꽤 무거울 텐데 차 가져와라.]

"저보고 운전을 하라구요?"

한나가 화들짝 놀라며 물었다.

[그놈의 운전 면허증은 나중에 국 끓여먹을 거니? 왜 그렇게 아껴?]

대학 졸업 후 운전학원 강사에게 갖은 구박을 맞아가면서 어렵게 딴 면허증이 있기는 했다. 하지만 여자들이 조금만 잘못 운전해도 험악한 욕설이 난무하는 현실에선 차라리 마음 편하게 대중 교통을 이용하는 게 나았다. 하도 오래된 일이라 한나는 자신에게 그런 게 있었나 싶기도 했다. 이런 상황에선 다시 운전연수를 받더라도 운전대를 다시 잡을 수 있을지조차 의문스러웠다.

[나중에 애라도 생기면 차 쓸 일 많을 테니 미리미리 준비해. 지금이 딱 좋잖아. 일도 쉬고 있으니.]

"네. 내일 찾아뵐게요. 끊어요."

집에 돌아와 저녁을 준비하면서도 한나는 계속 요리에 열중하지 못하고 멍해지기만 했다. 한숨을 내쉰 한나가 고개를 흔들고 보글보글 끓고 있는 된장찌개를 맛보았다.

"웩! 맛이 왜 이러지?"

잔뜩 얼굴을 찡그렸다. 가뜩이나 음식 솜씨가 없는데 심란한 마음까지 겹쳐 오늘도 찌개를 망친 것 같았다. 한참 뜸했던 단어가 입에서 튀어나왔다.

"이런, 된장! 된장 넣고 끓였는데 왜 된장 맛이 안 나고 똥 맛이 나는 거야? 이런, 된장! 된장! 뭘 빠뜨린 거지? 틀림없이 책에서 넣으란 대로 다 넣었는데. 그런데 왜 이렇게 눈이 많이 내리는 거야? 아주 폭설이네."

그때 전화가 울렸다. 현이었다.

"어디예요?"

[거의 다 왔어.]

"빨리 와요. 아니!"

한나는 현이 보고 싶어 이렇게 말했다가 엉망인 된장찌개 때문에 표정이 어두워졌다.

"어떡하죠? 오늘 준비한 된장찌개 또 실패인데……."

[그래? 또 조미료 대신 설탕 집어넣은 거 아니야?]

"모르겠어요."

[그건 그렇고 지금 아파트 뒤편 주차장으로 나와봐.]

"왜요? 눈도 엄청 오는데. 현이 씨 오늘 차도 안 가져갔잖아요."

[하여간 와. 알았지? 기다릴게.]

"네."

한나가 앞치마를 벗고 급히 외투를 걸치고 집을 나섰다. 온 세상이 눈으로 하얗게 변해 있었다. 꽤 많이 쌓인 눈 위를 걷자 부츠가 쑥쑥 빠졌다. 한나는 현이 스커트 입은 모습을 좋아해서 스커트를 입고 있었지만 쌀쌀한 찬바람이 다리 사이로 스며들자 집에 다시 들어가 바지로 갈아입고 싶은 마음이 들었다. 한나는 잔뜩 몸을 옴츠리고 오들오들 떨며 주차장으로 향했다.

꽤 어두운 겨울밤이었다. 아파트 뒤편 주차장은 거의 인적이 드문 곳이었고 일렬로 주차된 차들은 식별하기 힘들 정도로 모두 새하얗게 눈으로 뒤덮여 있었다. 제일 구석진 곳에 현의 차가 있다는 사실을 알고 있었기에 망정이지 하마터면 일일이 찾아 헤맬 뻔했다. 꽤 으스스한 분위기였다. 현의 차 역시 온통 눈으로 덮여 있는 상태라 안이 들여다보이지 않았다. 한나가 조수석 문을 열고 안으로 들어갔다. 먼저 도착한 현이 안에서 기다리고 있었다.

"눈이 너무 많이 와요."

"그렇지?"

"그런데 왜 여기로 오라고 한 거예요? 외식하러 가려구요?"

한나는 몸에 묻은 눈을 털어내다가 대답이 없는 현을 쳐다봤다. 현이 뜨거운 눈빛으로 한나를 쳐다보고 있었다. 갑자기 현이 한나를 확 끌어당겨 키스를 했다. 그리고 정신없이 한나의 옷을 풀어헤쳤다.

"헉! 왜 이래요? 미쳤어! 미쳤어! 누가 보면 어쩌려고요?"

"보긴 누가 봐. 하나도 안 보여. 내가 아까 나가서 봤어. 안 보여."

"뭐라구요? 그럼 이러고 싶어서 나오라고 한 거예요?"

"응. 스릴 만점이잖아."

현이 한나의 스웨터 속으로 손을 집어넣어 브래지어를 밀어 올렸다. 차가운 기운에 금방 한나의 하얀 가슴이 부풀어 올랐고 옅은 갈색을 띤 꼭대기 부분이 꼿꼿해졌다.

"나 정신이 어떻게 됐나 봐. 하얀 흰 쌀밥만 봐도 당신 하얀 가슴이 생각나. 그런데 오늘 마침 하얀 눈이 엄청 오잖아. 집에 오는 내내 내가 얼마나 주체를 할 수 없었는지 알아?"

현이 가슴에 얼굴을 묻으며 격렬하게 외쳤다.

"어머! 그게 제 책임이에요?"

"맞아! 당신 책임이야! 책임져!"

현이 으르렁거리며 가슴을 핥고 깨물었다. 현이 다급한 손길로 한나의 스커트를 공략했다. 차가운 손에 의해 한나의 스타킹과 팬티가 내려졌다. 현이 의자를 뒤쪽으로 젖히고 한나를 자신 쪽으로 끌어당겨 몸 위에 올려놓았다. 그들은 재빠른 동작으로 하나가 되었다. 거칠어진 숨결과 더불어 하얀 입김이 공중으로 흩어졌다.

그들의 입술이 다시 마주쳤다. 한나도 현의 넥타이를 느슨하게 만들고 셔츠 단추를 풀었다. 현의 가슴에 손을 대자 격동하는 심장의 움직임이 느껴졌다. 한나는 자신의 목덜미와 입술을 어루만지는 현의 손가락을 촉촉한 혀로 핥다가 입 안에 넣고 힘껏 빨았다. 그러자 현의 숨결이 더욱 빠르고 날카롭게 터져 나왔다.

"아! 정말 미치겠군!"

현을 흥분시킬 수 있다는 사실에 즐거워진 한나가 환하게 웃었다. 하나로 엉킨 두 사람의 움직임은 점점 빨라졌다. 둘 다 정신을 잃을 것만 같았다. 마침내 절정의 순간을 맞이한 두 사람은 서로를 꼭 끌어안은 채 가쁜 숨을 몰아쉬었다.

"좋아?"

"네."

아직도 자신의 몸속을 가득 채우고 있는 현을 음미하며 한나가 중얼거렸다. 현 덕분에 성진에 대한 생각이 싹 사라졌다. 이렇게 가까이 있는 현이야말로 자신이 진정 사랑하고, 평생을 사랑해야 할 사람이라는 생각이 들었다. 한나는 오늘 있었던 일을 떨쳐 내고 싶은 듯 현을 꽉 끌어안았다.

"한 번 더 할까?"

"네?"

현의 제안에 한나가 깜짝 놀라 눈을 번쩍 떴다.

"분명히 네라고 했어."

"아니…… 헉!"

차 안에서 1시간을 머물다 허기진 배를 안고 집 안으로 들어선 그들은 깜짝 놀라 눈이 휘둥그레졌다. 온 집 안이 매캐한 연기와 탄 냄새로 진동했다. 갑자기 뭔가가 생각난 듯 한나가 비명을 지르며 주방으로 뛰어갔다. 아까 끓이다 만 된장찌개를 그냥 불에 올려놓고 간 것이었다.

"이런, 된장! 된장! 난 몰라! 몰라! 어떡해!"

그날 밤 한나는 눌러 붙은 그릇을 닦느라고 진을 뺐고 현은 이 사고의 원인 제공자로 주방 바닥에 앉아 손을 들고 있었다.

"한나야…… 배고프다! 우리 나가서 밥 먹고 들어와서 벌서고 닦으면 안 될까? 내가 맛있는 거 사줄게. 응?"

"시끄러워요! 이게 누구 때문인데요?"

"다시는 안 그럴게. 응?"

현이 등을 돌리고 있는 한나의 눈치를 보며 은근슬쩍 손을 내렸다.

"이런, 된장! 왜 이리 안 벗겨지는 거야? 손 내리면 1시간 연장이니깐 똑바로 들어요!"

이 여자는 뒤통수에도 눈이 달린 게 틀림없었다. 현의 입술이 점점 앞으로 나오고 있었다.

"우씨! 좋아서 죽으려고 했을 땐 언제고."

"뭐예요!"

쫙 찢어진 눈으로 한나가 현을 째려보았다.

"당신 조폭 출신이지?"

"그래요! 나 조폭 마누라예요! 손이나 똑바로 들어요!"

"잉! 제발 밥이나 먹고 와서 벌 받읍시다!"

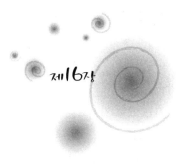

제16장

운전 연수를 받기 위해 학원을 찾아간 한나는 과연 자신
이 면허를 딴 사람인지 의심스러울 정도였다. 강사가 당장이라
도 달리는 차 문을 열고 한나를 밀어내 버릴 만큼 무서운 눈초
리로 구시렁거렸다. 한나는 그런 강사 때문에 잔뜩 주눅이 들고
말았다.

"아이! 아줌마! 똑바로 좀 해요. 누구 죽일 일 있어요?"

이런, 된장! 당신은 처음 운전대 잡을 때부터 프로였어? 당신
도 나같이 올챙이 시절이 있었을 거 아니야? 이렇게 소리를 지
르며 한판 붙고 싶었지만 갑자기 보은의 충고가 떠올랐다.

절대 김 서방한테 부탁하지 마라. 내가 너희 아버지한테 운전

배우다가 이혼도장 찍을 뻔했잖니. 그래, 어떻게 하겠는가? 목마른 사람이 우물 판다고. 이혼보다는 구박이 낫지 않겠는가.

"왼쪽 깜박이 켜고……. 아아! 아줌마가 늦었잖아요."

"알았어요. 노력할게요."

"아이 참! 아줌마! 브레이크를 그렇게 세게 밟으면 어떡해요? 정말 면허를 따기는 땄던 거예요?"

자신이 만약 아찔한 미니스커트를 입고 섹시한 목소리로 말하는 팔등신 미인이었어도 강사가 저렇게 자신을 죽일 듯한 눈으로 쳐다봤을까 싶었다. 한나는 말끝마다 '아줌마! 아줌마!' 하는 강사를 트렁크 속에 집어넣든지 강사가 앉은 자리 쪽을 바로 옆에서 달리고 있는 덤프트럭에 박아버리고 싶었다. 나 결혼한 지 얼마 되지도 않은 새댁이란 말이야! 아줌마타령 좀 그만 해!

그래, 조금만 참자. 그러면 나도 더 이상 추운 날 버스 정류장에서 발을 동동 구르며 버스를 기다리지 않아도 되고, 모임에 가서 내가 운전할 테니 당신은 마음껏 술 마시라고 현에게 넓은 아량을 베풀 수 있을지도 모른다. 그리고 가끔 도로에서 연수중인 차들을 보면 '처음엔 다 그런 거야' 하고 교만을 떨 수도 있을 거다. 조금만 참자, 조금만. 한나는 자신을 타일렀다. 그리고 다시 '아줌마!'로 시작되는 강사의 꾸지람을 들으며 이마의 식은땀을 닦아내야만 했다.

현의 병원 주차장에 차를 주차시킨 한나는 위풍당당하게 현의 병원 문을 열고 들어갔다. 현에게 자랑을 하고 싶어서였다. 직접 운전을 해서 방금 시댁과 친정집을 차례로 다녀왔노라고 말해 주고 싶었다. 한나가 간호사들에게 미소를 지으며 물었다.

"있죠?"

"네에……. 그런데 손님이 와 계세요."

손님이라고 표현한 그들의 표정이 좀 이상했다. 누굴까?

"그래요?"

"저기…… 아시죠? 탤런트 한성은이란 분."

아역 탤런트가 아니라면 분명 지현의 결혼식장에서 본 적이 있는 여자를 지칭하는 게 맞을 것이다. 무슨 일로 병원에 찾아왔을까 하는 의문이 들었지만 간호사들 앞에서 괜히 표시를 내고 싶지 않아 한나는 소파로 가서 앉으며 말했다.

"그래요? 이따가 사인이라도 받아야겠네요."

그랬던 한나가 잡지책 마지막 페이지를 덮으며 원장실을 힐끔 쳐다보았다. 아무리 환자가 없는 시간대지만 자신이 잡지책 한 권을 독파할 때까지 문이 열리지 않는 건 너무 심하다 싶었다. 은근히 화가 나기 시작했다. 계속 있으면 간호사들이 더 수군댈 것 같아 한나는 자리에서 벌떡 일어났다. 그때 오늘 안으로 열릴 것 같지 않은 문이 열렸다. 그리고 서로의 얼굴을 바라보며 환하게 웃는 현과 여전히 예쁜 성은이 함께 나왔다. 한나를 발견한 현이 성은을 향해 인사를 시켜주었다.

"당신 왔어? 서로 인사해. 이쪽은 성범이 사촌 동생 한성은

씨야."

"안녕하세요? 김한나예요. 만나서 반가워요."

화를 숨기고 한나가 활짝 웃으며 인사를 건넸다. 그런데 성은은 한나를 믿기 힘들다는 듯이 눈을 가늘게 뜨고 훑어보았다. 한나는 왠지 기분 나빠졌다. 잠시 후 성은의 입에서 연기자답게 꽤 반가운 말투의 인사말이 흘러나왔다.

"안녕하세요? 반가워요. 그런데 낯이 참 많이 익네요. 분명히 뵌 적이 있는데……."

카랑카랑하게 야무진 음성이었다. 한나는 성은이 기억을 더듬는 게 별로 반갑지 않았다. 그래 봤자 지현의 결혼식 이야기가 나올 게 뻔했기 때문이다.

"아! 맞다! 성범 오빠 결혼식! 맞죠? 그때 부케 받으신 분!"

이런, 된장! 기억력 무지 좋네. 한나가 쓴웃음을 지으며 고개를 끄덕였다. 아주 짧은 순간 성은의 약간 치켜 올라간 입꼬리에서 비웃음이 흘러나왔다.

"현이 오빠의 마음을 단시간에 확 사로잡은 분이 과연 어떤 분일까 하고 무척 궁금했는데 그때 그분이었군요. 이거 정말 드라마 같은 이야기네요. 혹시 그날 처음 만나신 건가요? 누가 능력이 좋으신 건가? 호호호……. 그런데 저랑 현이 오빠 꽤 친한 사이였는데 저에 대해서 별다른 얘기 안 하던가요?"

"네?"

왠지 성은의 말에서 날카로운 가시가 느껴졌다. 어떻게 네까

짓 게 현을 낚아챘냐는 듯한 의미로 받아들인다면 자신이 너무 예민한 걸가? 한나는 점점 더 성은의 등장이 달갑지 않아졌다.

"저희 부모님이 해외 파견 근무를 많이 하셔서 제가 거의 성범 오빠네 집에서 살다시피 했거든요. 현이 오빠네 가족하고 성범 오빠네 가족이 친하게 지내다 보니 저까지 그렇게 된 거죠. 제가 중학생이었을 때 처음 현이 오빠를 만났으니깐 정말 오래됐죠?"

"그렇군요."

처음 듣는 이야기였다. 그런데 왜 이 여자는 현과의 친분을 과시하고 싶은 걸까? 한나는 성은의 의도가 궁금해졌다.

"만나서 반가웠어요. 저 이만 가볼게요."

"안녕히 가세요."

남자라서 둔감한가? 현이 그저 싱글벙글거리며 성은과 작별 인사를 나눴다. 하지만 한나는 기분이 좋지 않았다.

"이 근처에서 드라마 촬영이 있었대."

뭐가 그리도 좋은지 현이 여전히 웃는 얼굴이었다. 현의 면상이 종이라면 한 번쯤 손으로 구겨주고 싶었다.

"그래요?"

"어디 다녀오는 길이야?"

한나는 자신이 왜 여기에 왔는지조차 잊은 채 멍하니 서 있다가 운전 자랑을 하러 왔다는 걸 깨달았다. 하지만 한나는 그럴 기분이 아니었다.

"네? 그냥…… 그냥요. 이따 봐요."

"그래."

건성으로 대답하는 현의 말이 뒤돌아서서 가던 한나의 마음을 서운하게 했다. 가슴 한구석이 허전해졌다.

"어머! 다영아, 이 시간에 네가 웬일이야?"

성은의 등장으로 기분이 무지 저조해 있는데 다영이 집으로 불쑥 찾아왔다. 눈에 띄게 핼쑥해진 얼굴이었다.

"점심 먹었니?"

오후 3시가 넘었는데 아직 밥을 못 먹었는지 다영이 그렇게 물었다.

"아니. 잘됐다, 나랑 점심이나 하러 가자."

이미 점심을 먹은 한나였지만 다영에게 밥을 먹일 생각으로 거짓말을 했다.

"그래도 돼?"

힘없이 묻는 다영이 무척 안쓰럽게 보였다.

"당근이지!"

집을 나와 한나가 다영에게 팔짱을 끼며 물었다.

"그런데 너 다이어트라도 했니? 왜 이렇게 살이 쏙 빠졌어? 이젠 그만 해도 되겠다. 우리 뭐 먹을까? 내가 살 테니 말만 해."

"설렁탕."

성진이 좋아하는 음식을 말해 버린 다영이 한나의 눈치를 살폈다.

"설렁탕? 그래, 그거 먹으러 가자."

한나가 별다른 감흥 없이 그렇게 말하고 주차장으로 향했다.

"나, 요즘 운전하고 다닌다. 헤헤, 너 영광인 줄 알아라! 네가 처음이야. 아직 우리 신랑한테도 기사노릇 안 해줬단 말이야."

다영은 행복에 젖어 사는 한나가 무척 부러운 듯 쳐다봤다.

한나는 뜨거운 김이 모락모락나는 설렁탕에 밥을 말아 허겁지겁 먹는 다영의 모습에 놀라움을 금치 못하고 입을 떡하니 벌렸다.

"어머, 너 정말 잘 먹는다. 그런데 내가 왜 이때까지 너 설렁탕 좋아하는 걸 몰랐지? 많이 먹어. 한 그릇 더 먹어도 돼. 후후."

"이것도 유전인가 봐."

이렇게 말한 다영은 순간 속에서 뭔가가 울컥 올라오는 것을 느꼈으나 억지로 커다란 깍두기와 함께 밀어 넘겼다.

"너희 부모님도 설렁탕 좋아하셔? 그런데 대학 4년 내내 너랑 붙어 다니면서 나는 그걸 왜 몰랐을까?"

한나가 계속 기억을 더듬으며 중얼거렸다.

"우리 부모님은 별로 안 좋아하셔."

"응? 뭐라고?"

다영이 혼잣말을 하듯 작게 중얼거리자 한나가 되물었다. 다영이 한나를 슬픈 눈빛으로 바라보았다.

"나…… 아기 가졌어."

"뭐, 뭐, 뭐?"

금방 넘긴 설렁탕 국물에 사례가 들릴 것만 같은 한나가 가슴을 두드렸다.

"나 아기 가졌다구."

임신 소식을 전하는 다영의 눈에 눈물이 가득 고였다. 한나는 할 말을 잃고 말았다. 다영에게 뭐라고 말을 해야 할지 도무지 적당한 말을 찾을 수가 없었다.

"나한테 해줄 말 없어?"

다영이 눈을 내리깔자 유리 알맹이 같은 눈물이 설렁탕 위로 퐁당 빠졌다.

"무슨 말을 원하니?"

한나는 자신이 무슨 말을 하는지도 몰랐다. 다영이 손수건을 꺼내 눈물을 닦았다.

"누구 하나 축하해 주는 사람이 없구나."

시니컬하게 웃는 다영이 아랫입술을 깨물었다.

"다영아…… 아기 아빠 되는 사람은 이 사실을 알아?"

조심스럽게 묻는 한나를 한참 쳐다보던 다영이 고개를 끄덕였다.

"병원에 같이 가달라고 했어. 그 사람 어안이 벙벙해서 같이 가주더라. 의사가 그러는 거야. 아빠 많이 닮았으면 아이가 참

잘생겼을 거라고. 다시 한 번 생각해 보고 결정하라는 거야."

그날을 회상하는 다영의 눈빛이 외롭게 보였다.

"그 사람이 아기를 원치 않는 거야?"

한 마디 한 마디 묻기가 참 어려웠지만 한나가 다시 물었다.

"난 솔직히 기다렸어. 그 사람이 그 순간만큼은 더 생각해 보겠다고 그렇게만이라도 말할 줄 알았어. 그런데 아무 말이 없는 거야. 난 참을 수가 없었어. 결국 난 그 자리를 박차고 나와서 결심을 했어. 나 이 아이 낳을 거야. 이 아이는 그 사람 아이이기도 하지만 내 아이이기도 해. 나 이 아이 혼자서 키울 거야."

굳은 결심을 한 듯 다영이 입을 앙다물었지만 입술에 경련이 일어나 바르르 떨렸다. 그리고 다시 한나의 눈엔 눈물이 채워졌다.

"너 내가 얼마나 미련한 줄 아니? 나 그 사람이 내 친구를 사랑했어도, 다른 여자와 결혼을 했어도, 나 그 사람 못 잊고 사랑했어. 그 사람이 이혼을 했을 때 비로소 난 이 사람을 차지할 수 있게 됐구나 하고 좋아했었어. 그런데 나만의 착각이었어. 그 사람의 사랑은 단 한 번도 변한 적이 없었던 거야. 더 이상 갈 곳이 없는데도 그 사람은 벼랑 끝에 서서 뒤돌아볼 생각도 안 하고 있어. 미련한 남자……. 미련한 나……. 그 면에서만큼은 우리 너무 잘 어울리는 한 쌍이지 않니? 후후……. 나 사표 냈어. 당분간 서울에 없을 거야. 너한테 작별 인사하러 온 거야."

"다영아······."

한나는 그저 안타까움에 다영의 이름을 부르며 그녀의 손을 잡았다. 폭풍 앞에서 깜박이는 촛불처럼 위태위태하게 보이는 친구의 모습에 마음이 쓰려왔다.

"너······ 무척 행복해 보인다."

부럽다는 듯이 중얼거리는 다영의 말조차 고마워할 수 없는 한나였다.

"다영아, 너 어디로 갈 건데?"

"부산."

"부산? 혹시 지수 언니네?"

다영이 고개를 끄덕였다. 지수는 다영의 사촌 언니였다. 버려진 아이들과 장애인들을 돌보며 살고 있었다. 그런 지수를 돕기 위해 방학을 이용해 봉사 활동을 간 적이 많았기 때문에 한나는 쉽게 알 수 있었다. 자신이 어떤 식으로 다영을 도와야 할지 몰라 한나는 안타까운 눈빛만 하고 있었다.

다영과 헤어진 한나는 침울한 표정으로 현의 병원을 다시 찾았다. 거의 퇴근할 시간이 다 되었기에 현과 함께 드라이브라도 하면서 기분 전환을 하고 싶었던 것이다. 운전 자랑도 할 겸.

"왜 그렇게 기분이 안 좋으세요?"

"그럴 일이 좀 있었어요."

그때 현이 원장실에서 나왔다.

"당신 왔어? 그러지 않아도 전화하려고 했는데."

"왜요?"

"갑자기 가야 할 데가 있어서."

"누구 만나러 가요? 친구요?"

"으응……."

"나 기분도 꿀꿀한데 같이 가면 안 돼요?"

"미안하지만 안 될 거 같아. 그럼 다녀올게."

현이 뭐가 급한지 서둘러 나갔다. 간호사들이 수군대자 이상한 낌새를 차린 한나가 태연스럽게 혼잣말로 중얼거렸다.

"친구 누굴까?"

"여자 분이셨어요."

여자라는 소리에 한나는 움찔 놀랐지만 내색하지 않고 물었다.

"혹시 한성은 씨요?"

"아뇨, 다른 분이셨어요. 아까 전화 돌려 드릴 때 최다정 씨라고 하던데요."

이렇게 친절하고 정직한 간호사들은 정말 복 받을 것이다.

"아, 그렇구나. 최다정 씨……. 저기 뭐 드시고 싶은 거 없으세요? 오늘 저랑 같이 저녁 드실래요?"

한나가 간호사들에게 활짝 웃어 보였다. 하지만 속으론 처음 듣는 여자의 이름에 은근히 기분이 나빠져 왔다. 내가 모르는 여자 친구라?

현이 이상해졌다. 일이 끝나면 꼬박꼬박 집으로 직행했던 현이 요즘 무슨 변명을 대서라도 밖으로 나돌았다. 간호사들이 전해준 첩보에 의하면 최근 한성은과 최다정이란 여자에게서 자주 연락이 온다고 했다. 현이 더욱 의심스러웠다. 한나는 이제 연락도 없이 오지 않는 현에게 전화를 걸었다.

[여보세요?]

"현이 씨, 어디예요?"

[으응……. 미안해. 진작 연락했어야 했는데. 나 오늘도 집에서 밥 못 먹을 거 같아. 친구를 만나야 할 거 같아.]

여자들의 이름을 내세워 묻고 싶었지만 한나는 일부러 모르는 척하고 다시 물었다.

"혹시 성범 씨요? 아까 당신 찾던데."

물론 그런 일은 없었다. 일종의 미끼고 덫이었다.

[으응……. 맞아, 성범이.]

허무할 만큼 쉽고 빠르게 한나가 놓은 미끼를 덥석 물었다.

"그래요? 그럼 술은 너무 많이 마시지 말고 좋은 시간 보내고 와요."

[고마워.]

끊겨진 전화를 부서져라 움켜잡은 한나가 입을 씰룩거렸다. 고맙다고? 이 인간이 결혼한 지 얼마나 됐다고 벌써부터 거짓말이야? 걸리기만 해봐라. 죽음이다. 으드득……. 아드득……. 한나가 이를 갈며 지현에게 전화를 걸었다. 그럴 일은 없겠지만 확인 과정이 필요해서였다.

[여보세요?]

"나 한나야."

[응, 그래. 무슨 일이야?]

"신랑 왔는데 내가 괜히 전화한 거 아닌지 모르겠다."

[괜찮아. 성범 씨 지금 밥 먹고 있어.]

빙고! 남자들은 머리가 나쁜 거야, 아니면 단순한 거야? 1분 안에 덜미가 잡힐 걸 왜 솔직하지 못할까? 범죄를 저지르려면 완전 범죄를 저지르든지.

"그래? 한진이가 지선이 집에 인사시킨다고 하던데 들었니?"

[응, 들었어. 아주 둘이서 요즘 자석처럼 붙어 다녀. 집 전화 요금 엄청 나왔다고 엄마한테 혼났나 봐. 새벽 내내 둘이서 수다를 떤다는데? 결국 너와 내가 사돈지간으로 맺어지는구나. 후후.]

"그러게 말이야. 그냥 안부 묻고 싶어서 전화했어. 조만간 만나서 점심이나 하자."

[그래. 잘 있어.]

전화를 끊고 난 한나는 팔짱을 끼고 거실을 계속 뱅뱅 돌았다. 화가 머리끝까지 올라왔고 스팀이 나올 지경이었다. 갑자기 멈춰 선 한나가 얼마나 돌아댔던지 어지러워 비틀거렸다. 그래도 한나는 이를 갈며 주먹을 움켜쥐었다.

"이 인간이 김한나를 속여! 아줌마조직의 쓴맛 플러스 매운맛을 보여주마!"

한나는 혼자 밥을 먹으면서 현을 어떻게 혼내줄까 하고 골똘했다. 분한 한나는 가끔 숟가락을 잡은 손으로 식탁을 쾅 내려치면서 이를 갈았다.

변기에다가 머리를 박아버려? 물 호스를 입에 물리고 1시간 동안 물 고문을 할까? 팬티 바람으로 내쫓아 버려? 속옷을 다 없애 버려서 내일 노팬티로 출근하게 해버릴까? 샴푸에다가 강력 접착제를 섞어놓을까? 칼을 쥐어주고 할복 자살을 하라고 해? 아예 온몸에 난 털은 다 뽑아서 알몸으로 한강에 던져 버릴까? 아니지, 아니야. 그건 수질 오염이지. 아무래도 그냥 생매장이 제일 좋을 거 같다. 이런 된장맞을 놈은 된장항아리에 담아서 지하 500m에 묻는 게 제일 좋아.

한나가 눈을 가늘게 뜨고 벽에 걸린 결혼 사진을 노려보았다. 입술이 들썩거리고 주먹에 힘이 들어갔다. 이에는 이! 눈에는 눈!

밤늦게 현관문이 열렸다. 서재에서 그 소리를 들은 한나가 재빨리 귀에 핸드폰을 가져다 대고 대사를 읊었다.

"만나자고요? 안 돼요. 난 이제 결혼한 몸이잖아요."

가슴에 사무치는 애절한 목소리였다. 현이 침실로 가려다가 조금 열린 서재 안에서 한나의 목소리가 흘러나오자 걸음을 멈췄다.

"다시는 전화하지 마세요. 우린 이미 끝난 사이잖아요."

유령이 대사를 할 차례였다. 잠시 기다린 후 한나가 다시 괴로운 심정을 담아 리얼하게 외쳤다.

"전 그럴 수 없어요. 그건 남편을 배신하는 짓이에요. 그만 미련 버려요. 이제 와서 이러면 무슨 소용이 있어요? 날 곤란하게 만들지 말아요. 안 돼요. 안 된다구요. 몇 번을 말해야 알아듣겠어요? 이젠 이런 전화 하지 마세요. 부탁이에요."

한나가 갖은 표정을 지으며 원맨쇼를 했다. 뒤돌아보지 않아도 현이 거실에서 다 듣고 있음을 알 수 있었다. 전화를 끊은 한나가 조용히 일어나 괴로운 신음 소리를 내고, 우는 척하고 나서 거실로 나왔다. 그리고 아주! 심히! 경악하는 척하며 현을 마주했다. 예상대로 현이 심히 불쾌한 얼굴로 한나를 노려보았다.

"어, 어, 언제 왔어요?"

적당히 말을 더듬어줘야 했다. 김한나! 너 정말 이 길로 나가도 되겠다. 아카데미 여우 주연상은 못 돼도 조연상은 되겠다. 한나는 스스로를 칭찬하며 계속 연기를 해 나갔다.

"조금 전에."

현의 말투가 딱딱하고 냉랭했다. 현이 찬바람을 일으키며 침실로 향했다. 한나가 현의 뒤통수에 주먹을 들이 보이며 속으로 쾌재를 불렀다. 메롱! 너도 당해봐라, 그 심정이 어떤지. 흥!

"피, 피곤하죠?"

현을 따라 들어온 한나가 죄지은 사람처럼 계속 말을 더듬었다.

"조금."

한나는 한눈에 현이 무슨 생각을 하는지 알 수 있었다. 눈도 안 마주치고 한나가 건네는 옷으로 갈아입은 현이 욕실로 들어갔다. 꽤 시간이 지나도 나올 기미가 보이지 않았다. 어느 정도 성공했다고 느낀 한나가 혼자 방을 뛰어다니며 룰루랄라 춤을 추며 즐거워했다. 뭔가 느낀 게 있고, 양심이 있으면 그만두겠지? 곧 물소리가 들렸다 그쳤다. 한나가 후다닥 침대 속으로 들어가 눈을 감았다. 욕실 문이 열리고 현도 곧 침대에 누웠다.

하지만 다른 때 같으면 한나를 품에 가두고 잘 사람이 유난히 조용했다. 한나가 현을 향해 돌아누워 실눈을 떠보았다. 그런데 현의 얼굴이 아니라 등이 보였다. 아니! 이 사람이! 등을 돌리고 자? 뭘 잘했다고! 진짜 딴 짓을 하고 들어온 사람이 누군데! 한나는 소리없이 구시렁거렸다. 현의 등짝에 손바닥 화석을 새겨주고 싶은 마음이 간절해 열 손가락을 펴서 부르르 떨었다. 한나가 시침을 떼고 현을 다정하게 불렀다.

"현이 씨……."

"왜?"

퉁명스러운 음성이었다.

"나 목말라요."

"……."

말이 없던 현이 이불을 홱 들치고 일어나 쿵쿵거리며 침실을 나갔다. 곧 물 한 잔을 떠온 현이 한나에게 건네주고 다시 등을 돌리고 누웠다.

"현이 씨······."

"왜?"

여전히 툴툴거리는 말투였다.

"나 오늘 마법에서 풀렸는데······."

한 달에 한 번씩 찾아오는 손님을 한나는 그렇게 표현했다.

"다음에 하자."

"지금 하고 싶어요."

자신이 생각해도 참 뻔뻔스런 요구였다. 잔뜩 화가 난 얼굴로 현이 뒤돌아 누우며 한나를 노려보았다.

"누구야?"

"누구라뇨?"

한나가 순진한 척하며 눈을 껌벅거렸다.

"아까 전화한 사람! 혹시 그 동성동본 남자야?"

현이 성진을 지목하며 물었다. 한나는 대답을 회피하며 눈길을 돌렸다. 애당초 성진을 떠올리고 저지른 짓은 아니었는데 해놓고 보니 현이 오해할 만도 했다.

"현이 씨, 지금 화났어요? 설마 그 전화 때문에 날 탓하고 있는 건 아니죠? 이런 이야기로 당신하고 감정 싸움하고 싶지 않아요. 그러면 너무 슬플 거 같아요."

한나가 현의 잠옷 단추를 만지작거리며 가라앉은 목소리로 대답했다.

"다시 전화하면 내가 가만 놔두지 않는다고 전해."

"당신, 질투해요?"

한나가 현의 얼굴을 쓰다듬으며 능청스럽게 물었다.

"하여간 당신한테 다시 집적거리다 나한테 걸리면 뼈도 못 찾을 줄 알라고 해. 알았지?"

"네. 그런데 오늘 저녁에 성범 씨 잘 만났어요?"

은근슬쩍 말을 돌리자 현이 당황했다.

"응? 성범이? 으응……. 응!"

이 사람이! 끝까지 오리발을! 너야말로 어떤 년인지 나한테 걸리면 머리에다가 확 불 질러 버린다고 해! 알았어? 한나가 끝까지 능청스런 연기로 현에게 와락 안겼다.

"오늘따라 당신이 너무 보고 싶은 거 있죠? 나 아무래도 당신 없으면 못살 것 같아요. 난 당신밖에 없어요. 만약에 당신이 날 버리면 나 비행기 타고 가다가 문 열고 뛰어내릴 거예요. 사. 랑. 해. 요."

한나가 말을 꼭꼭 눌러가며 현의 귀에 대고 속삭였다. 그리고 속으로 이렇게 덧붙였다. 이 된장맞을 문어다리야! 너 바람피우는 날엔 된장 항아리에 집어넣고 땅속 500m에 매장시킬 줄 알아! 한나가 현에게 의미심장한 미소를 지어 보이고 현의 잠옷 속에 손을 집어넣었다. 현의 등을 애무하듯이 쓰다듬다가 현의 팬티 속으로 손을 집어넣었다. 현이 한나의 당돌한 행동에 움찔했다. 현의 엉덩이를 살며시 움켜잡은 한나가 갑자기 손의 방향을 앞으로 돌려 현의 남성을 확 움켜잡았다.

"헉! 으으으! 으음……."

현이 퇴폐적인 신음 소리를 내며 금방 흥분 상태가 되었다. 지그시 눈을 감은 현이 한나의 애무를 즐겼다.

"좋아요?"

"으응……."

한나가 음흉한 미소를 지으며 더욱 현을 애태웠다. 흥분 상태가 고조되자 현이 한나에게 손을 내밀었다. 적당한 시기가 왔다.

"아! 참! 참! 오늘 받침 안 들어가는 날이죠? 안 되겠구나. 오늘이 아마 화요일이죠?"

한나와 현은 일주일 중 받침이 들어가는 날을 정해 관계를 맺기로 했었다. 한나는 애초부터 현에게 불만 지르고 도망칠 생각이었다. 철저히 계산되고 계획된 행동이었다. 현이 눈을 번쩍 뜨고 아주 황당한 표정으로 한나를 바라보았다.

"미안해서 어쩌죠? 몰랐어요. 피곤할 텐데 그만 주무세요."

한나가 현에게서 손을 떼고 등을 돌렸다.

"야! 김한나! 뭐야! 불만 질러놓고 치사하게 도망치냐? 책임져! 책임지라구! 오늘 화요일 아니고 황요일이야!"

현이 한나의 어깨를 흔들어대며 불만을 토로했다.

"약속은 약속이잖아요. 내일이 숭요일이고 다음은 통요일이라고 해도 안 되는 건 안 되는 거예요. 미안해요. 제가 약속에 있어서 약간 결벽증 비슷한 증상 있는 거 알죠? 나 먼저 잘게 요.”

한나가 이불을 목까지 끌어당기곤 곧 자는 척을 했다. 현이 입술을 깨물며 계속 씩씩댔다. 그리고 곧 안 되겠는지 욕실로 쿵쿵거리며 들어갔다. 욕실에서 계속 낯익은 현의 욕이 들려왔다.

“이런, 된장! 된장! 된장!”

메롱! 약 오르지! 한나가 통쾌하다는 듯이 욕실 문을 향해 혀를 내밀고 혼자 킥킥거렸다.

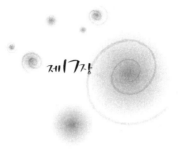

제17장

늦은 밤 귀가한 현은 만취 상태였다. 비틀거리며 쓰러질 듯 들어오는 모습에 한나가 깜짝 놀랐다.

"어디서 이렇게 마셨어요?"

"어? 내 마누라다. 하하하! 내가 좀 슬픈 일이 있어서…… 마셨지……. 꺽!"

한나가 현을 부축해 침대에 눕혔다. 거의 제정신이 아닌 것 같았다. 온몸에서 나는 알코올 냄새 때문에 한나는 숨이 턱턱 막힐 지경이었다.

"왜 슬펐는데요?"

넥타이를 풀어주며 한나가 물었다.

"다정이가…… 다정이가 죽었어. 흐흑……."

현의 말에 한나가 그대로 굳어버렸다.

어럽쇼! 이게 무슨 소리야? 다정이? 최다정? 죽다니? 도대체 이게 무슨 일이야? 그런데 이 남자가 그 여자 때문에 우는 거야? 술까지 마시고? 그렇게 괴로운 거야? 한나는 우선 한 여자의 죽음에 대해 애도의 뜻을 표했다. 젊은 나이의 여자일 것이다. 안타까운 마음이 밀물처럼 밀려왔다.

하지만 현의 행동만큼은 못마땅하고 눈꼴사나웠다. 자신의 남편인 현이 누구인가? 마지막 잎새 때문에 눈물짓는 시인이 아니라 어떤 극한 상황에서도 감정을 잘 드러내지 않도록 길들여진 의사였다. 그런 남자가 아내인 자신이 죽은 것도 아닌데 점점 통곡을 하고 눈물, 콧물, 침까지 흘려가며 우는 건 오버도 보통 오버가 아니었다. 깊은 사이가 아니라면 어찌 이럴 수가 있단 말인가? 설마 거짓말은 아니겠지? 취중진담이라 하지 않는가. 물어보면 될 것이다.

"몇 살이었는데요?"

한나가 현을 위로하듯 부드러운 어조로 다시 물었다.

"17살. 엉엉……. 꺼이…… 꺼이……."

뭐, 뭐, 뭐? 27살도 아니고 17살! 뭐야! 그럼 너 원조교제라도 한 거였니? 어떻게 네가 그럴 수가 있어? 아무리 생각해 봐도 너희 족보에 없는 이름이잖아. 너 뭐야? 변태야? 이런, 된장! 된장! 한나는 주책없이 우는 현을 이불로 돌돌 말아서 당장 베란다 밖으로 던져 버리고 싶었다.

"다정아…… 다정아……. 흐흑……."

한나가 인상을 구기며 손가락으로 목을 박박 긁어댔다. 앞으로 남은 인생 동안 현이 우는 모습을 몇 번이나 보게 될지 모르지만 남자가 우는 모습은 역시 눈뜨고 못 볼 광경이었다. 그래도 인간적인 면에서 좀 가엾게 생각됐다. 한나는 티슈를 뽑아 현을 일으켜 코에다 대주었다.

"킁 해요!"

"킁!"

우웩! 많이도 나오네. 한나가 이맛살을 찌푸리고 입술 모양을 일그러뜨렸다. 그리고 현의 옷을 벗겨주고 다시 눕혀주었다. 현이 여전히 죽은 여자의 이름을 불러댔다. 한나는 그런 현을 한심하게 보며 속으로 소리를 질렀다. 너! 그 여자가 죽어서 그나마 네 목숨이 온전한 줄 알아! 원조교제하는 파렴치한 인간들은 다 벼락 맞고 죽어야 해! 어디 여자가 없어서 그런 어린애를! 너 또 한 번만 그 딴 식으로 개같이 살다 나한테 걸리면 각오해! 된장 항아리 지하 500m이야! 이런, 된장! 된장! 결혼한 지 얼마나 됐다고 네가 나한테 이럴 수가 있냐?

오, 하나님! 저 인간 얼굴을 슈렉으로 만들어주시든지 짝 궁둥이가 되게 해주시옵소서. 평생 나만 바라보고 살겠다고 서약한 저 인간의 입을 귀까지 찢어주시든지 사팔뜨기가 되게 해주시옵소서. 저런 된장맞을 인간을 남편으로 삼은 이 연약한 아낙

네를 불쌍히 여기소서. 더 이상 시험에 들지 않게 하시고 이 가정을 깨지 않도록 제 두 손을 꽉 잡아주시옵소서. 가정 법원이 어디 붙어 있는 줄도 모르게 하옵소서.

밤새 기도를 했건만 현이 멀쩡하게 일어났다. 어디 한군데 비틀어짐도 없이, 찢어짐도 없이 일어났다. 그나마 하나님이 한나를 위로하기 위해 현의 장을 약간 비틀어놓았나 보다. 속이 쓰리다고 배를 움켜잡은 현이 꿀물과 해장국을 찾아댔다. 한나는 목구멍까지 치밀어 오르는 화를 참고 현이 해달라는 대로 다 해주었다. 아무것도 기억하지 못하는 현은 평소와 같이 출근을 했다. 하지만 무척 쓸쓸한 표정이었다.

한나는 도저히 화가 안 풀려서 약국에 나갈 기분이 아니었다. 한나는 약국에 전화를 걸어 일을 도와주는 후배에게 오늘은 못 나갈 것 같다는 말을 남겼다. 그리고 온 집 안을 발칵 뒤집어 대청소를 하기 시작했다. 이 넘치고 넘치는 화의 힘을 그냥 놔두면 가정 폭력으로 이어질 것만 같아서였다. 욕조에 멀쩡한 이불을 집어넣고 그것이 남편인 양 발로 팍팍 밟아댔고, 가구와 씨름을 하듯 번쩍번쩍 들어 배치를 다시 해놓았다.

오후가 돼서야 거의 일을 끝마친 한나는 냉장고에서 캔 맥주를 하나 꺼내 따서 한 번에 들이마셨다. 땀범벅이 된 지금에서야 좀 스트레스가 풀린 기분이었다. 그때 전화가 울렸다.

"여보세요?"

[김현 씨 댁인가요?]

낯선 여자의 목소리였다.

"네 그렇습니다. 누구신가요?"

[저는 최다정이라는 사람의 엄마 되는 사람입니다.]

"네?"

벼랑 끝에 몰려 서 있는 것처럼 눈앞이 아찔해졌다. 손에 쥔 캔이 우지직 하는 소리를 내며 밉상으로 찌그러졌다. 좀 만나달라는 내용의 전화였다. 외출 준비를 하는 동안 내내 한나는 손발이 덜덜 떨렸다. 자신이 죄를 진 것도 아닌데 안절부절못했다. 현에게 전화를 해야 하나 싶어 전화기를 들었지만 다시 내려놓았다. 그러기를 수십 차례. 한나는 차라리 친정 식구들한테 조언을 구할까 하는 생각까지 해보았다. 하지만 출가한 딸의 남편이 원조교제를 하다 여자의 엄마한테 꼬리가 잡혔다는 말은 죽었다 깨어나는 일이 있어도 못할 것 같았다.

이런, 된장! 된장! 이런 일이 있을 줄 알았으면 절대로 결혼하지 않았다. 앞으로 주위에서 결혼하겠다는 여자가 있으면 도시락 싸들고 다니며 말릴 것이다. 결혼하자마자 사고 대책 위원회 겸 피해자 고충 처리 위원회 역할을 하게 될 줄이야! 이 무슨 망신인가? 주위 사람들이 알기라도 하면 소설 주홍글씨의 주인공이 되는 건 시간문제였다. 이런, 된장! 된장! 남편을 잘못 만나면 당대 원수라더니!

약속된 장소에 이미 최다정의 어머니가 와 있었다. 그녀를 향해 걸어가는 한나는 다리가 후들거렸다.

"안녕하세요? 김한나라고 합니다."

"이렇게 나오시라고 해서 죄송합니다."

"아, 아닙니다."

황송해서 치신할 바를 모르겠다는 듯이 한나가 손사래를 쳤다. 만나자마자 머리채를 잡고 흔들지 않는 것만으로도 너무 고마웠다.

"들으셨는지 모르겠지만 저희 딸애가 죽었습니다. 흑흑……."

다정의 어머니가 눈물을 보이자 같은 여자의 입장에서 딱하다는 생각이 들어 한나도 금방 눈물을 글썽거렸다.

"유감입니다. 훌쩍."

한나가 가방 속에서 손수건을 꺼내 눈물을 훔쳤다.

"그동안 김현 선생님께서 저희 애를 잘 돌봐주어서…… 흑흑……."

원조교제를 그런 식으로 표현하다니 참……. 한나는 할 말이 없어서 그냥 듣고만 있을 뿐이었다.

"장례식까지 와주셔서 얼마나 고마웠는지 모릅니다. 하지만 이건……."

다정의 어머니가 흰 봉투를 내밀었다. 한나의 눈이 커졌다. 경악을 금치 못했다. 헉! 이 인간이 벌써 입막음을 했나 보군.

"그동안 돌봐주신 것만으로도 저희는 충분히 감사드리고 있습니다. 더 이상 이런 호의는 받아들일 수가 없습니다."

단호한 눈빛에서 굳은 결의를 엿볼 수 있었다.

"그냥 받으시면 안 될까요?"

구차한 행동은 하고 싶지 않았지만 한나는 기어들어 가는 목소리로 봉투를 다시 밀며 말했다.

"사모님도 천사 같으신 분이시군요."

천사요? 이런, 된장! 원조교제한 남편 뒷감당하는 마누라보고 천사라뇨! 그게 이 상황에서 어울리는 표현이라고 생각되시나요? 차라리 백사라 불러주시면 망할 놈의 남편을 확 물어 온몸에 독을 퍼뜨리렵니다.

"다정이가 김 선생님을 참 많이 따르고 좋아했어요. 처음 백혈병이란 진단을 내려주시고 크고 좋은 병원에서 수술을 받을 수 있도록 도와주셨죠. 경과도 좋았는데 다시 재발하는 바람에…… 흐흑……."

"흐흑……. 헉! 뭐, 뭐, 뭐라고요? 배, 배, 백혈병이요? 이런, 된장!"

깜짝 놀라 울음을 그친 한나가 자기 입을 얼른 손으로 막았다.

"죄송합니다. 제가 말실수를……."

"아, 네에……. 어쨌든 너무 오랫동안 김 선생님의 도움을 받고 살았어요. 더 이상은 면목이 없어서 이렇게 찾아뵈었어요. 장례식 때 오셔서 놓고 가신 거예요. 사모님이 대신 받아주세요."

"아니요! 저 못 받아요! 엉엉……. 고맙습니다. 다정이 어머니! 엉엉……. 어떡해요? 어떡해요? 다정이 불쌍해서 어떡해요?
엉엉……."

한나가 다정의 어머니 손을 붙잡고 대성통곡을 했다.

현이 하루 종일 울적한 마음으로 일을 하고 집으로 돌아왔다.
벨을 눌러도 한나가 문을 열어주지 않자 직접 열쇠를 꽂고 들어
올 수밖에 없었다. 곧 현은 눈이 휘둥그레져서 주위를 둘러보았
다. 아무래도 자신의 집이 아닌 것 같았다.

감미로운 재즈 음악의 선율이 현의 귓가에 닿으며 온몸을 휘
감듯 흘러내렸다. 현관부터 침실까지 이어진 길을 향초들이 길
게 늘어서 붉은 불빛으로 현을 이끌었고 길 위엔 장미 꽃잎들이
흩어져 있었다. 현이 길 중간중간에 놓여진 존재들이 궁금해 손
으로 들어 올려 보았다. 하늘거리는 실크 슬립이었다. 멀지 않
은 곳엔 버림받은 브래지어와 팬티가 있었다.

현이 곧장 열려진 침실로 들어갔다. 현의 하얀 셔츠만 걸친
한나가 다리를 꼬고 침대 위에 앉아 있었다. 살짝 고개를 들어
올린 한나의 시선과 현의 시선이 공중에서 엉켰다. 한나가 현을
반기듯 싱긋 웃었다. 꽤 매혹적인 미소였다. 한나의 손엔 붉은
와인이 담긴 글라스가 있었다. 한나가 현을 응시하며 붉은 입술
로 와인 한 모금을 마셨다. 촉촉해진 붉은 입술이 촛불에 반사
되어 빛이 났다. 다시 한 모금을 입에 담은 한나가 옆 테이블에
잔을 놓고 천천히 일어나 현에게 걸어왔다. 한나가 걸어올 때마

다 거의 단추를 채우지 않은 셔츠 사이로 하얀 가슴의 골짜기와 언덕이 아슬아슬하게 보였다. 환상적이고 관능적이었다. 그런 한나의 모습에 현이 마법에 사로잡힌 듯 홀렸다.

현을 마주한 한나가 넥타이를 끌어당겨 고개를 숙이게 했다. 발뒤꿈치를 든 한나가 현의 입술에 자신의 입술을 가져다 댔다. 현의 목을 휘감은 한나가 저항없이 벌어진 입 안으로 달곰쌉쌀한 액체를 밀어 넣었다. 현의 입술과 혀를 살짝 핥은 한나가 현의 귓불을 살며시 깨물었다.

"많이 힘드셨죠? 사랑해요."

한나의 속삭임이 혀끝에서 느껴지는 와인의 맛만큼이나 달콤했다. 짜릿하고 나른한 감각이 귀를 통해 온몸으로 퍼져 나갔다. 잔뜩 흥분된 현이 거친 숨을 몰아쉬었다. 그런데 현은 갑자기 한나가 의심스러워지기 시작했다. 오늘은 분명 받침이 들어가지 않는 토요일이었다. 지난번처럼 자신을 놀릴 생각으로 이러는 게 아닌가 싶었다.

"나도 사랑해. 그런데 당신 또 불 질러놓고 도망가는 건 아니야?"

"쉬."

한나가 손가락으로 현의 입술을 막았다. 현의 외투와 넥타이를 벗겨낸 한나가 현을 침대에 앉혔다. 그리고 음악에 맞춰 현의 앞에서 춤을 추기 시작했다. 어깨의 흔들림으로 셔츠가 흘러내렸고 엉덩이의 움직임으로 셔츠가 펄럭거렸다. 등을 돌린 한나가 양팔을 들고 춤을 추자 통통한 엉덩이가 반쯤 드러났다. 이내 셔츠 앞섶을 양손으로 잡은 한나가 어깨를 들썩거리자 셔츠가 벗겨져 아름다운 어깨선과 매끈한 하얀 등이 현의 눈앞에 펼쳐졌다. 사람의 눈을 현혹하는 한나의 몸짓 하나하나에 자극된 현이 마른 입술을 혀로 살짝 축였다. 입고 있는 바지가 불편할 정도로 이미 현의 남성은 단단하게 솟아오른 상태였다.

다시 뒤돌아선 한나가 가슴을 반쯤 드러내고 셔츠를 여민 채현을 섹시한 눈길로 쳐다보며 다가왔다. 침대에 앉아 있는 현의 어깨를 짚고 등 뒤에 앉은 한나가 현을 안고 셔츠 단추를 풀기 시작했다. 한나의 몸에서 풍기는 상큼한 비누와 샴푸 향이 현의 후각을 자극했다. 한나가 현의 단단한 목덜미를 코와 입술로 부비며 셔츠를 끌어 내리고 어깨를 살짝 혀로 핥다가 깨물었다.

"눈을 감고 날 느껴봐요."

나지막하게 속삭인 한나가 현의 어깨를 잡고 등에 자신의 드러난 가슴을 가져다 댔다. 탄탄한 현의 등에 단단해진 두 개의 구슬이 묘한 자극을 주면서 굴러다니자 현이 탄성을 질렀다.

"좋아요?"

"응……."

한나가 앞으로 돌아와 현의 허벅지 위로 올라가 앉았다. 고개를 숙여 현의 앙증맞은 젖꼭지에 키스하고 힘껏 빨자 현이 고개를 뒤로 젖히며 괴로운 신음을 내뱉었다.

"당신도 이곳이 예민하고 민감하군요."

한나가 계속해서 양손으로 현의 몸 구석구석을 탐험해 가며 키스 자국을 남겼다. 벨트를 풀고 바지 지퍼를 내린 한나가 애를 태우듯 팬티 라인 부분을 손과 입술로 간지럽게 쓰다듬자 현의 탄탄한 배가 들락날락하며 이완과 수축을 되풀이했다. 한나가 아랫입술을 깨물며 얄미운 미소를 흘렸다.

"정말 미치겠군."

"조금만 더 참아요."

한나가 현의 가슴을 손으로 밀자 현이 침대에 눕게 되었다. 한나가 현의 몸에 걸쳐진 모든 것을 차례대로 벗겨냈다. 그리고 현의 발가락에서부터 종아리, 허벅지를 쓰다듬고 올라온 한나의 손이 마침내 힘과 정열로 똘똘 뭉친 근육덩어리를 부드럽게 감싸 쥐었다. 당돌한 한나가 그 윗부분을 이로 살짝 깨물자 현이 발작을 하듯이 몸을 떨며 헐떡거렸다.

"헉!"

"지금 당신을 원해요."

한나가 현의 입술에 키스를 하기 전 이렇게 말하자 현이 열정적인 키스를 퍼부으며 한나를 안아 아래에 눕혔다. 입 안의 말랑말랑한 살을 애무하듯 불꽃 같은 혀로 톡톡 건드리고 잇몸을 더듬던 현이 한나의 혀를 삼킬 듯이 빨아들였다. 한나 또한 현에 못지 않게 열렬하게 화답했다. 혈관 속의 피가 끓어오르고 몸속 깊은 곳에서 욕망의 불꽃이 활활 타올랐다. 숨이 턱까지 차 오르자 그들의 입술이 떨어졌다. 격정적인 키스로 머리가 어질어질할 정도였다.

"이런 건 언제 다 습득한 거야?"

"원초적인 본능 플러스 위대한 여성의 창조적인 힘이라고나 할까요?"

"정말 못 말려!"

현이 다시 한나의 입술을 찾았다. 한나의 촉촉해진 입술에서 미끄러진 현의 입술이 턱을 지나 목덜미를 타고 내려왔다. 차츰 점점 아래로 내려온 현이 한나의 가슴 사이의 우묵한 부분을 지나 봉곳한 가슴을 향해 올라왔다. 현의 입술이 차례로 양쪽 가슴에 닿더니 단단하게 뭉쳐진 유두를 혀와 이로 핥고 깨물었다. 한나가 현의 머리를 움켜잡고 가냘픈 신음 소리를 냈다. 한입 가득 물고 있던 가슴을 현이 강하게 빨아들이자 황홀경에 빠진 한나가 자제력을 잃고 온몸을 비틀었나.

"너무 좋아요."

매끄러운 허벅지 사이로 들어온 현의 손이 은밀한 습곡으로 향했다. 이미 그곳엔 비가 내린 듯 촉촉해져 있었다. 좁은 동굴로 통하는 입구에 손가락 하나를 넣자 한나가 참을 수 없다는 듯이 침대 시트와 현의 팔을 움켜잡았다.

"어서 날 채워줘요."

더 이상 참을 수가 없는 한나가 허스키한 목소리로 중얼거리자 현이 한나를 향해 들어가기 시작했다. 채 다 들어가기 전에 한나가 움찔하며 몸을 떨었다. 그리고 현이 자신의 몸속으로 더 깊이 들어올 수 있도록 몸을 움직였다. 빈틈없이 꽉 채운 현으로 인해 한나의 몸은 충일감을 느꼈다. 곧 현의 공격이 시작되었다. 한나는 현을 달래듯 손바닥으로 현의 단단한 근육을 애무하다가 엉덩이를 움켜잡고 자신의 더 깊은 곳에 현이 도달할 수 있도록 도왔다. 현의 입에선 거친 숨이, 한나의 입에선 원색적인 음이 흘러나왔다. 한나는 자신의 온몸을 현에게 밀착시키고 하얀 종아리로 현의 허리를 감싸며 매달렸다. 빠르고 강한 속도에 두 사람은 위아래로 출렁거렸다.

사랑으로 가득한 행위였기에 두 사람은 아름다워 보였다. 한나는 마음을 다해 현의 이름을 부르며 사랑을 속삭였다. 이 남자보다 멋있고, 정열적인 연인이 이 세상에 또 어디 있을까? 현은 한나의 인생에 있어 특별한 존재임이 틀림없었다.

클라이맥스에 거의 다다르자 현이 온 힘을 다해 마지막 공격을 가했다. 한나는 믿을 수가 없었다. 공중으로 솟아 산산이 부서지는 느낌에 한나는 거의 흐느낌에 가까운 비명을 내질렀다. 현도 마찬가지였다. 그리고 그대로 한나의 몸 위에 쓰러졌다. 거친 숨을 몰아쉬며.

"현이 씨…… 너무 멋져요. 사랑해요."

"사랑해……."

현이 계속적으로 한나를 어루만지며 키스를 했다. 상대방을 배려하며 친절하게 마무리를 지을 줄 아는 현은 정말 사랑스런 연인이었다.

한나는 담아놓은 김치와 밑반찬을 챙겨 가라는 보은의 전화를 받고 친정집을 방문하고 있었다.

"내년 가을에 한진이랑 지선이 결혼시키려고 한다."

보은이 주스를 건네며 소식을 전하자 한나의 표정의 환해졌다.

"그래요?"

"한진이 녀석 아주 몸이 달아서 난리다. 조금만 더 앞당기면 좋겠다고 말이야."

"후후후, 지선이 마음에 드시죠?"

몸이 달아 있는 한진을 떠올리는 것만으로도 한나는 웃음이 나왔다.

"그럼, 며느리로서 손색이 없지. 내 아늘이 디 부족했으면 부족했지. 그런데 들어와서 살겠다는 거 내가 말리고 있다."

"그래요. 뭐 하러 혹 달고 살아요? 분가해서 살라고 하세요. 우리 시부모님도 그렇게 배려해 주시니까 너무 감사한 거 있죠. 가까운 사이일수록, 설령 가족일지라도 살아가면서 일정한 거리를 유지하는 게 필요하다고 하시면서요. 나중에라도 넘어지면 코 닿는 곳에 따로 살자고 하시네요. 엄마도 좋은 시어머니라는 소리 듣고 싶으시면 그러세요. 아무래도 가족이란 울타리에 항상 햇빛만 비추는 건 아니잖아요."

"그래, 그래야지. 나도 이제는 네 아빠랑 단둘이서 재미있게 살고 싶다. 여행도 가고 취미 생활도 같이 하면서 말이야. 혹시라도 애 낳아서 키워달라고 하면 난 싫다."

보은은 못을 박듯이 말하면서도 한나가 자신을 너무 매정한 엄마로 생각할까 봐 눈치를 살폈다.

"걱정 마세요. 전 나이 드신 부모님들 남은 인생 손자손녀 뒤치다꺼리하며 사시게 할 생각 추호도 없어요. 친구들이 그러더라고요. 많이 늙으신대요. 제 자식은 제가 알아서 잘할게요."

"이해해 줘서 고맙다. 내 친구들 보면 자식들이 하도 육아 문제로 귀찮게 해서 골치가 아프다고 하는구나. 싫다고 하면 서운해할까 봐 말도 못하고 차라리 돈을 대줄 테니 애 보는 아줌마 따로 두라고 하는 경우도 있더구나. 그래도 남하고 조부모하고 같으냐고 하면서 싫다고 한대."

"이기적인 욕심이죠. 전 그렇게 생각해요."

그때 현관문이 열리고 한진이 들어왔다.

"오랜만이다."

한나가 먼저 인사를 건네자 한진이 한나의 방문을 탐탁지 않게 여기는지 눈살을 찌푸렸다.

"어? 누나 또 왔네. 오늘은 또 뭐 가져가려고 왔어?"

"뭐?"

상당히 거슬리는 한진의 말에 한나는 기분이 나빠졌다.

"시집간 딸은 도둑이라더니 올 때마다 김치며 반찬이며 챙겨 가니깐 하는 소리지."

한진의 말에 뜨끔했지만 한나는 결코 자신이 원해서 그런 게 아니라는 걸 알려주고 싶었다.

"엄마가 주신다고 하니깐 가져가는 거지."

"누나 저번에는 엄마가 힘들여서 김 100장 재운 것도 가져갔 잖아."

한진이 투덜대며 따졌다.

"야! 그것도 엄마가 그냥 주신 거야."

한나가 억울하다는 듯이 외쳤다.

"엄마! 나도 나중에 결혼하면 다 챙겨주실 거예요?"

한진이 보은을 쳐다보며 묻자 보은과 한나가 어이없는 표정 을 지었다.

"그래! 다 가져가라, 다."

보은이 웃음을 터뜨리며 손을 흔들어댔다.

"너는 무슨 남자애가 그러니?"

한나가 핀잔을 주었다.

"난 지선이가 친정에서 자꾸 뭐 가져오고 그러면 혼내줄 거 야. 친정이 무슨 물품 창고야, 와서 하나씩 빼가게?"

"흥, 어디 그러나 한번 보자."

"염려 붙들어 매!"

콧방귀를 세차게 뀌며 눈을 흘기는 한나와 팔짱을 끼며 호언 장담을 하는 한진의 눈싸움이 치열했다.

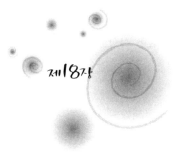

제18장

한 손엔 한나가 좋아하는 치즈 케이크를, 다른 한 손엔 핸드폰을 든 현이 집을 향해 걸어가고 있었다.

"난 집 앞인데. 당신도 금방 도착하겠네. 또 싸주신 거야? 매번 장모님께 신세를 져서 어떡해? 그럼 내가 안 들어가고 당신 기다릴게. 자기야, 보고 싶다. 빨리 와라. 응, 그래."

한나와의 통화를 끝낸 현이 핸드폰을 접었다. 지난밤의 열기가 아직도 식지 않았는지 현이 한나를 떠올리며 계속 히죽거렸다. 애써 참으려 했지만 자꾸 웃음이 나왔다. 이놈의 웃음은 한 번 터지면 정말 감당하기가 힘들었다.

혹시 지나가는 사람들이 정신 나간 사람처럼 볼까 봐 현이 주위를 두리번거렸다. 아니나 다를까 한 남자가 자신을 빤히 쳐다보고 있었다. 머쓱해진 현이 머리를 긁적이며 시선을 피했다. 그런데 왠지 느낌이 이상했다. 생전 처음 보는 사람인데 낯설지가 않았다. 모든 체격 조건이나 얼굴 생김새가 자신과 참 많이 닮았다는 생각이 뇌리를 스쳤다. 닮아? 불길한 예감이 엄습했다. 본능적으로 고개를 다시 돌린 현은 아직도 자신을 쳐다보는 남자와 시선이 부딪쳤다. 상대방 남자도 그렇게 생각했던 것일까? 그래서 쳐다보는 것일까?

골똘하고 있는데 남자가 현을 향해 다가왔다.

"안녕하세요?"

굳은 표정의 남자가 손을 내밀었다. 이미 현을 잘 알고 있는 듯했다.

"누구……?"

얼떨결에 현도 손을 내밀어 악수에 응하려 했다. 그 순간 현은 둔기로 얻어맞은 기분이 들었다. 손엔 든 치즈 케이크 상자가 땅에 툭 떨어졌다. 그제야 현은 깨달았다. 이 남자는 한나의 옛 애인이었다. 결혼 전에 마음 정리를 끝냈던 한나에게 전화로 집적댄 것으로도 모자라 이제는 집 앞에까지 나타나 자신에게 버젓이 손을 내미는 뻔뻔함을 보였다. 갑자기 발끝에서 지펴진 분노의 불길이 머리를 향해 확 치솟았다. 현은 남자의 손 대신에 멱살을 움켜잡았다.

"당신 뭐야? 감히 여기가 어디라고 찾아와? 나한테 죽고 싶어?"

앙다문 잇새로 거친 말이 튀어나왔다. 새까만 두 눈동자가 살기의 빛을 발하며 한여름의 태양처럼 이글거렸다. 눈빛만으로도 상대방을 태워 버릴 수 있을 것 같았다. 그런데도 남자는 냉랭한 시선으로 현을 노려보며 버텨내고 있었다. 무슨 생각을 하는지 짐작조차 할 수 없었다.

"내 이름은 김성진이고 한나를 만나러 왔습니다."

아무런 감정도 느낄 수 없는 무채색의 건조한 음성이 현의 귓전을 스쳤다. 순간 현의 눈에서 섬광이 번쩍거렸다.

"이 자식이!"

더욱 세차게 멱살을 움켜진 현이 이내 성진의 면상에 오른쪽 주먹을 날렸다. 강한 물리적인 힘에 의해 성진이 퍽 하는 소리와 함께 뒤로 나가떨어졌다. 외마디 비명이라도 지를 만할 텐데 성진은 오히려 터진 입술에서 흐르는 피를 혀로 살짝 핥으며 현에게 싱그레 웃어 보였다. 매를 벌고 싶은 걸까? 비웃음도 아닌 것이 사람의 마음을 헤집는 묘한 웃음이었다. 결코 만만한 상대가 아니었다.

"당신이 맘에 드는군요."

뭐, 뭐, 뭐? 이런, 된장! 이 자식 혹시 양성애자나 매저키스트 아니야? 싸늘한 한기가 등줄기를 타고 올라오는 느낌이 들었다. 온몸 가득 우툴두툴하게 소름이 쫙 돋았다. 더 때려주고 싶은데 손끝 하나 대기가 싫었다. 미친놈! 현의 입술이 소리없이 달싹거렸다.

성진이 일어나 옷에 묻은 먼지를 툭툭 털어냈다. 그리고 현에게 성큼성큼 다가와 다시 손을 내밀었다. 현은 세상에서 가장 징그러운 생물체가 자신을 향해 쑥 다가온 것 같아 뒷걸음쳤다.

"왼손으로 악수를 청하면 결투를 신청하는 거지만 오른손으로 청하면 내겐 공격할 무기가 없다는 걸 뜻하는 겁니다. 난 당신과 싸우기 위해 온 게 아닙니다. 단지 한나에게 도움을 받기 위해 왔을 뿐입니다."

도움? 현은 경계심을 늦출 수 없는 상황이었지만 성진의 말간 눈동자에 점점 설득당하는 자신을 발견했다. 현이 머뭇거리며 손을 내밀었다. 그때 밝은 헤드라이트를 켜고 달려오는 차가 갑자기 끼익 하는 소리를 내며 그들 앞에 멈춰 섰다.

차 안에 있는 한나의 눈에 공포와 충격이 가득했다. 한나는 손을 맞잡은 채 헤드라이트에 눈이 부셔 인상을 쓰는 두 남자를 멍하니 바라볼 수밖에 없었다. 심장은 미친 듯이 펌프질을 해대고 머리 속은 새하얗게 변하더니 갑자기 정신마저 핑그르르 어찔해졌다. 입속이 바짝바짝 말라와 자기도 모르게 마른침을 꿀꺽 삼켰다.

한나가 의식이 몽롱한 상태에서 안전벨트를 풀고 차 문을 열었다. 땅에 발을 내딛자 다리에 힘이 없어 몸을 똑바로 가누지 못하고 휘청거렸다. 그 모습에 놀란 현이 뛰어와 한나를 부축했다.

"괜찮아?"

한나야말로 현에게 그렇게 되묻고 싶은 심정이었다. 곤욕스러운 표정으로 현을 쳐다본 한나가 마지못해 고개를 끄덕였다. 한나는 고개를 돌려 성진을 바라보았다. 또다시 눈앞이 캄캄해졌다. 손바닥이 식은땀으로 축축이 젖어들어 말아 쥔 손을 잠시 쫙 폈다가 다시 쥐었다. 심기일전하듯 냉랭한 공기를 몸 안으로 빨아들인 한나가 성진을 향해 발을 내디뎠다.

뚜벅뚜벅.

자신있고 뜸직하게 걷는 걸음의 뚜렷한 발자국 소리가 땅바닥에서 울렸다. 한나가 항직한 성품이 배어 나올 만큼 뚜렷뚜렷한 눈빛으로 성진을 제압하며 다가섰다.

"확인이 필요하신 거예요? 그럼 귀담아 똑똑히 들어요. 난 이미 선택을 끝냈어요. 이런 식의 접근은 심히 불쾌해요. 다시는 이러지 마세요."

서릿발처럼 준엄하고 매서운 기운이 느껴지는 음성이었다. 한나의 눈이 강기있게 결단하는 힘으로 번뜩거렸다. 그런 한나의 모습에 성진은 잠시 회한에 젖어 눈시울이 살짝 뜨거워졌으나 얼른 감추고 의미심장한 미소를 지었다.

"나 더 이상 바보 같은 짓 안 하려고 찾아왔다. 날 좀 도와주라."

한나의 눈썹이 꿈틀 일그러졌다. 성진이 계속 말을 이어 나갔다.

"혹시 다영이 있는 곳 아니? 말도 없이 사라졌어."

느닷없이 성진의 입에서 다영이란 이름을 튀어나오자 한나의 눈이 둥근 달처럼 커졌다. 여자 특유의 직감에 의해 머리 속에서 아주 빠른 속도로 하나의 퍼즐이 착착 맞춰졌다. 곧 모든 상황을 파악한 한나가 입을 턱 하니 벌렸다.

"그, 그, 그 사람이…… 서, 서, 선배였어요?"

고압의 전류에 감전이 된 것처럼 온몸이 저릿저릿했다.

"나…… 다영이 찾아야 해. 도와줘."

"세, 세, 세상에……. 난 그런 줄도 모르고……."

심한 충격에 놀라 좀처럼 말이 정확하게 나오지 않았다.

"뒤늦게 내가 어리석었다는 걸 깨달았다. 넌 다영이가 어디에 있는지 알고 있는 거지?"

"부, 부, 부산이요."

"혹시…… 지수 누나네?"

항상 함께 봉사 활동에 참여했던 성진이 그곳을 모를 리 없었다.

"네."

"내가 왜 그 생각을 못한 거지? 고맙다. 한나야. 그리고……정말 미안하다."

성진은 금방이라도 부산을 향해 날아갈 태세였다. 오랜만에 보는 성진의 살인미소였다. 비록 그 미소가 자신이 아닌 다영이를 향한 것이었지만 한나는 기분이 흐뭇해졌다.

"선배!"

한나가 성진의 발목을 얄궂게 잡았다.

"더 이상 다영이 마음 아프게 하지 말아요. 그땐 내가 용서하지 않아요."

그동안 마음고생이 심했을 다영을 생각하니 한나는 가슴 한복판이 욱신거렸다. 이젠 다영의 긴 가슴앓이도 끝을 맺을 것 같았다. 고개를 끄덕이고 달려가던 성진이 갑자기 다시 현에게 다가왔다.

"고마웠습니다. 누군가한테 두들겨 맞고 싶다는 생각을 했었는데 정말 고맙습니다."

급하게 말을 끝낸 성진이 꾸벅 인사를 하고 그의 차를 향해 뛰어갔다. 그리고 곧 굉음을 내며 사라졌다.

"현이 씨가 때려서 입술이 터진 거였어요?"

한나가 다가와 멍하니 서 있는 현에게 물었다.

"응."

"뭐라고 했는데 때렸어요?"

"음……."

현이 골똘하게 기억을 되감아봤다. 하지만 성진이 인사를 건네고 손을 내민 것 외엔 별다른 것이 없었다.

"자식이 재수없게 나보다 훨씬 더 잘생겼잖아! 그래서 팼지!"

"풉! 푸하하하!"

현의 어이없는 대답에 한나가 웃음보를 터뜨렸다. 그리고 손뼉을 치며 노래를 하듯 장난을 쳤다.

"잘했군, 잘했어! 잘했군, 잘했군, 잘했어! 그러게 내 신랑이라지!"

현도 피식 어이없는 웃음소리를 내며 한나를 쳐다봤다.

"그런데 급하게 가느라고 치즈 케이크도 놓고 갔나 봐요."

한나가 땅에 떨어진 상자를 들며 말했다.

"어허! 그거 내가 당신한테 줄 선물인데 그런 식으로 말하면 섭섭하지. 빵집을 지나가는데 요 녀석이 자기 좀 데려가 달라고 애원을 하더라구."

현이 한나의 어깨를 감싸며 너스레를 떨었다.

"후후, 말하는 치즈 케이크라. 우리 집에 가서 치즈 케이크랑 토론 좀 할까요? 실없는 소리 하면 쥐도 새도 모르게 없애 버리는 거예요? 어때요?"

"하하하."

만사태평한 시간이 계속될 줄 알았다. 그런데 구렁이 담 넘어가듯이 은근슬쩍 비집고 들어와 한나와 현의 행복을 위협하는 존재가 나타났다. 한! 성! 은! 그녀였다. 유명 연예인이 얼마나 시간도 없고 바쁜 위인들인가? 그런데 병원 간호사들 말에 의하면 성은이 최근 더 가까운 곳에 위치한 아파트로 이사를 왔고 그 이후로 병원 출입이 예전보다 더욱 잦고 전화도 그렇다고 했다. 이러다 괜한 스캔들에 휘말리게 되는 게 아니냐며 오히려 간호사들이 걱정을 해주었다. 한나는 그들 앞에선 웃는 얼굴을 보였지만 우는 주먹은 감췄다. 이 얼마나 자존심 상하는 일이란 말인가? 물론 현만 중심을 잡고 서 있어주면 별 걱정을 하지 않아도 됐다. 그런데 현이 불여우 같은 성은한테 조금씩 홀리는 것 같았다.

그러던 어느 날, 평소 관심조차 두지 않던 TV 드라마에 현이 넋을 빼고 앉아 있었다. 한나는 입을 약간 벌린 상태로 드라마에 몰입하고 있는 현이 슬슬 미워지기 시작했다. 그 드라마의 여자 주인공이 한성은이었기 때문이다. 여전히 아름다운 모습이었다.

포크로 사과가 아니라 바퀴벌레를 찍어줘도 아마 맛있게 씹어 먹을 것 같고, 뒤통수를 퍽 치면 눈알이 튕겨져 나올 것 같았다. 아내가 옆에서 이런 엽기적인 상상을 해도 남편이란 작자는 눈치코치도 모르고 TV에서 눈길을 떼지 못했다.

"성은 씨 참 예쁘네요."

불쾌한 심정을 감춘 한나가 포크로 사과 한 조각을 찍어주며 덤덤하게 물었다.

"그러네. 오늘 전화를 걸어서 자기 나오는 드라마 꼭 보라고 신신당부를 하더라구. 그래서⋯⋯."

그래서 보는 거라구? 한나는 눈을 가늘게 뜨고 현의 얼굴을 매섭게 쏘아보았다. 한나의 얼굴빛이 점점 더 붉으락푸르락해지는 것도 모르고 현이 사박사박 하는 소리를 내며 사과를 맛있게 씹어 먹었다. 어쩜 저리도 감각이 무디단 말인가?

드라마가 끝났다 싶었는데 곧 이어 성은이 나오는 CF가 나왔다. 그런데 우리 나라 CF 모델이 한성은 저 여자 하나란 말인가? 계속 이어지는 성은의 CF에 한나는 차라리 한국 전력 공사에 전화를 걸어 전기를 끊어달라고 애원하고 싶었다.

"CF도 많이 찍었다고 하더니 정말 그러네."

이런, 된장! 별수없군. 내 남편도 남자였지. 저 초롱거리는 눈빛이 얼마 만이던가? 자신을 그렇게 쳐다보던 때가 언제였는지 기억조차 나지 않았다. 한나는 점점 질투심에 사로잡혔다. 괜히 욱 하는 마음에 자신이 물러나 주면 저 여자랑 결혼할 생각이 있는지도 묻고 싶었다. 하지만 이 순간만큼은 질문이 끝나기도 전에 현이 'Yes!' 라는 대답할 것 같아 한나는 입을 꾹 다물었다. 위험한 모험임에도 불구하고 그래도 어자라 묻고 싶었다. 지금도 자신을 사랑하느냐고. 다시 태어나도 자신과 결혼할 거냐고. 말도 안 되는 질문이지만 저 여자와 자신 중에 누가 더 예쁘냐고 묻고 싶었다. 만약 현이 아직도 자신만을 사랑하고, 천번 만 번 다시 태어나도 자신을 선택할 거고, 여전히 현의 눈에 자신의 모습이 코팅된 렌즈를 끼고 있어 자신밖에 안 보인다는 말을 하면 평생 업고 다니리라 하고 한나는 맹세했다.

"우리 TV 없애요."

한나 자신도 모르게 불쑥 튀어나온 말이었다.

"그래……. 뭐? 뭐라고 했어?"

건성으로 대답을 한 현이 깜짝 놀라 그제야 한나를 쳐다봤다.

현의 눈길 한 번을 받기 위해 TV를 버리게 될 줄이야. 한나는 현이 너무 얄미웠다.

"TV 없애자고요. TV 때문에 당신하고 대화할 시간이 점점 줄어드는 것 같아요. 난 당신만 보고 있는데 당신은 TV만 보네요. 나 정말 슬퍼요. 애정이 식었나 봐."

뭐, 연기야 내 부전공이니깐! 눈물 좀 쏟아볼까? 한나는 금방 눈물 수도꼭지를 틀어 주르르 눈물을 흘렸다.

"당신, 왜 오버하고 그래?"

헉! 이것이 팔등신 미녀한테 정신이 팔려서 안방마님이 우는데 오버가 어쩌고저쩌고? 오홍! 어디 누가 이기나 보자!

"홀쩍…… 결혼한 지…… 홀쩍…… 얼마나 됐다고…… 흐흑…… 벌써 권태기에…… 흐흑…… 접어든 사람처럼…… 그럴 수가 있어요? 엉엉…… 정말 당신 너무해요! 엉엉……."

현이 갑자기 통곡하는 한나를 보고 놀라 눈을 휘둥그렇게 떴다.

"울지 마. 당신 오늘 이상하다. 왜 그래? 그래, 까짓것 버려. 버리자구, 당신이 하고 싶은 대로 해."

당황스러운 현이 한나를 달래며 마지못해 결정을 내렸다.

"고마워요."

한나가 눈물을 훔치며 현에게 안겼다. 음하하하하하! 불쌍한 놈! 내 수법에 걸려들었군.

한나는 그 이튿날 혼수로 장만해 온 50인치 디지털 완전평면

TV를 인근 양로원에 선물로 드렸다. 좀 아깝기는 했지만 TV보다는 남편과 가정을 지키는 게 한나에겐 더 중요했다.

그! 런! 데! Out of sight, out of mind. 눈에서 멀어지면 마음도 멀어진다 했다. TV만 없애면 어떻게든 해결이 될 줄 알았는데 그건 단지 한나의 소박한 꿈에 지나지 않았다. 향기가 나는 곳엔 나비든 꿀벌이든 똥파리든 날아들기 마련이었다. 예전처럼 편지 한 통이 전달되는 데 한 달이 걸리는 것도 아니고 핸드폰으로도 화상전화가 가능한 현재에 TV 하나 없앤다고 해결될 일이 아니었다. 원시시대로 돌아가 동굴에 남편을 숨기고 입구에서 돌도끼를 들고 다가오는 침입자를 해치운다면 모를까.

결국 한나는 병원으로 올라가려다가 현을 찾아온 성은과 정면으로 맞닥뜨렸다. 가소롭다는 듯이 쳐다보는 성은의 눈초리를 확 잡아당겨 주고 싶은 걸 한나는 애써 참았다.

"어머! 안녕하세요? 너무 평범하게 생기셔서 하마터면 못 알아보고 그냥 지나칠 뻔했네요."

생긴 것도 얄미운 것이 싸가지도 엄청 옐로우했다.

"안녕하세요? 오랜만이네요. 가까운 곳으로 이사 오셨다는 소리 들었어요."

한나가 상대하고 싶은 마음이 없다는 듯이 무덤덤하게 인사를 건넸다.

"언제 시간 나면 놀러오세요. H아파트 1동 1001호예요. 참, 한나 씨 만나면 꼭 하고 싶은 말이 있었어요."

번들거리는 입술을 꽤 교양있는 척 연출하며 움직이는 게 한나의 눈에 거슬렸다. 성은이 바짝 가까이 다가오자 값비싼 향수로 목욕을 하고 나왔는지 싫지는 않지만 짙은 향이 코를 찔렀다.

"무슨 말이요?"

"제가 얼마 전에 현이 오빠한테 선물한 카디건이요. 그거 꼭 드라이클리닝 해야 하거든요. 워낙 값비싼 거니깐 실수하지 마시라구요."

헉! 그럼, 얼마 전에 선물 받은 카디건이 이 여자가 준 거였어? 한나는 기가 막혀왔다. 그 카디건이 마음에 드는지 현이 입고 거울 앞에서 서성거렸던 일이 떠오르자 한나는 속이 부글부글 끓어올랐다. 오늘 당장 가서 세탁기에 처넣고 물세탁을 해버릴 것이다!

"그런데 원래 그렇게 유전적으로 키가 작으신 거예요? 볼 때마다 키가 줄어드시는 거 같아요."

성은이 아예 작정을 했는지 한나의 속을 벅벅 긁어댔다. 이런, 된장! 빌어먹을! 너 이놈의 계집애 그 싸가지없는 주둥이 확 찢어놓기 전에 썩 꺼져라! 3초의 여유를 주겠다. 1초, 2초⋯⋯. 한나는 속으로 욕을 뇌까리면서도 겉으로는 아무렇지도 않은 듯이 웃어 보였다.

"제가 워낙 스케줄이 바빠서 빨리 오빠만 만나보고 가야겠어요. 그럼 이만."

눈치는 엄청 빠른가 보다. 성은이 엉덩이를 씰룩거리며 계단으로 올라갔다. 한나는 그런 성은을 향해 주먹을 들이대고 가운뎃손가락 하나를 쫙 폈다. 망할 계집애!

성은이 분명 한나라는 골키퍼를 우습게 본 게 틀림없었다. 그이후의 행태를 봐도 성은은 골을 넣기 위해 분주한 스트라이커처럼 골 결정력을 키워 호시탐탐 달려드는 것 같았다. 그런데 골대인 현이 적군인지 아군인지도 모르고 그저 문을 넓혀주려고 협조하는 것 같아 한나의 기운을 쏙쏙 빼놓았다. 사실 이런 경기 자체만으로도 한나는 부푼 풍선에 바늘을 대는 것 같은 위태로움과 공포를 느꼈다.

솔직히 입장을 바꿔서 자신이 골대가 된다 해도 골키퍼를 능가하는 멋진 남자가 섹시하게 윙크를 하며 근육질의 다리로 골을 넣으려 하면 여러 번은 아니라도 한 번 정도 골키퍼의 눈을 가리고 어서 집어넣으라고 외칠지도 모른다. 세상 모든 만물에는 우성과 열성이 존재한다. 우성을 능가할 돌연변이가 아니라면 열성이 우성과의 싸움에서 승리하거나 얻고자 하는 걸 쟁취하는 일은 불가능하다. 슬픈 현실이었다.

한나 골키퍼는 골대인 현을 붙잡고 정신 좀 차리라고 소리를 지르고 싶었다. 내가 사악한 마누라니 아니면 잠자리 기술이 부족하니? 한나는 강력하게 반론을 제기하고 싶었다. 그리고 현이 정신을 못 차리고 흔들려 실책하면 그땐 자신도 다른 골대 찾아 이적할 수 있다는 것을 통보하고 싶었다.

오랜만에 현과 한나가 오붓한 시간을 보내고 있는데 전화벨
이 울렸다. 이 늦은 시간에 전화를 할 사람은 성은밖에 없었다.
한나는 일부러 후닥닥 뛰어가 가로채듯 전화를 받았다.

"여보세요?"

[한성은이에요! 오빠 좀 바꿔주세요! 급한 일이에요!]

참 당찬 여자였다. 부인이 전화를 받는데 거리낌없이 친오빠
도 아닌 자신의 남편을 오빠라 명하며 바꾸라는 말. 싸가지 결
핍증인 여자와 똑같은 부류가 되기는 싫었다. 그런데 도대체 무
슨 일이 생겼는데 금방이라도 숨넘어갈 듯한 소리를 한담! 그래
도 그렇지, 그렇게 급한 일이면 차라리 사촌 오빠인 성범한테
전화를 하면 되지 않는가. 한나는 심술이 났다.

"안녕하세요? 무슨 일 있으세요?"

일부러 느릿느릿 늑장을 피우며 약을 올렸다.

[급하단 말이에요! 빨리 바꿔줘요!]

야! 정 그렇게 급하면 화장실로 뛰어들어 가! 화장지 바꿔줄
테니! 이게 어디서 명령을 하고 그래! 그래, 천사 같은 내가 참
는다. 한나가 속으로 구시렁거렸다.

"전화 받아요."

"누군데?"

"성은 씨요."

별다른 느낌이 없는 듯 손을 내미는 남편에게 전화기를 내던

지고 싶은 마음이 굴뚝같았지만 한나는 꾹 참고 전화기를 건넸다. 대화 내용을 엿들어봤자 속상할 것 같아 한나는 샤워를 하러 욕실로 향했다. 욕조에 뜨거운 물을 채우고 막 들어가려 했을 때 밖에서 현이 노크를 하며 급한 목소리로 말했다.

"나 나갔다 올게."

뭐? 이 늦은 시간에 나간다고? 그 빌어먹을 팔등신 사냥꾼 만나러 가니?라고 묻고 싶었지만 자존심만큼은 확실히 지키고 싶었다.

"다녀와요."

아무렇지도 않게 대답을 한 한나가 욕조에 들어가 앉았다. 화가 나기도 하고, 기분이 계속 가라앉고 우울해졌다. 자기도 모르게 눈에 눈물이 고이기 시작하더니 시야가 뿌옇게 흐려졌다.

김한나! 너 겨우 이런 일 가지고 울 거야? 너 이 정도밖에 안돼? 찔찔 짤 거면 가서 그 불여우 같은 년 머리끄덩이라도 잡고 한판 붙든지 해! 잔뜩 불쾌해진 감정의 꾸짖음으로 한나는 억지로 눈물을 꾹꾹 누르고 주먹을 불끈 말아 쥐었다.

한나야, 많이 속상하지? 그래도 현을 믿어봐. 그럴 사람 아니잖아. 합리적인 이성이 한나를 만류했다. 사람과 사람 사이에 중요한 건 믿음이었다. 더구나 부부 사이엔 더욱더 필요한 덕목인 것이다. 한나는 다시 마음을 다잡았다.

"혹시 늦을지도 모르니깐 기다리지 말고 먼저 자."

생각과 현실은 참 동떨어진 공간인가 보다. 현의 한마디로 금방 다잡은 한나의 마음이 와르르 무너지고 말았다. 믿음을 가지고 지켜보기로 해놓고도 균형을 잃은 마음이 이리저리 비틀거렸다. 가슴 한복판에 지진이 일어났고 온몸이 금 간 벽처럼 쩍쩍 갈라졌다. 고개를 숙인 한나의 눈에서 한 방울 두 방울 비가 내렸다.

뜨거운 물이 미지근해질 때까지 한나는 그렇게 마네킹처럼 우두커니 앉아 있었다. 한나는 자신이 여자라는 사실이 이렇게까지 못마땅한 적이 없었다. 냉정하라고 충고하는 머리와는 절대 협력할 생각이 없다는 듯 가슴은 활화산처럼 용암을 내뿜고 모든 혈관과 세포들이 비상벨을 울리며 아우성을 쳤다.

한나는 갑자기 예전에 보았던 사극이 떠올랐다. 이 세상 남자는 오로지 왕 혼자 남은 것처럼 여러 여자들이 그를 차지하기 위해 온갖 만행을 저지르는 걸 보면서 자신은 얼마나 콧방귀를 뀌며 그들을 비웃었는가? 여자들이 저렇게 할 일이 없었을까 하며 말이다. 그런데 지금 자신이 그들에게서 동질감을 느끼는 비참한 기분은 뭐란 말인가? 자신만은 뭔가 다를 줄 알았다. 그런데 이것이 여자의 한계란 말인가?

계약 위반이라고 위협을 해볼까? 엄연한 결혼 서약도 약속이고 계약이 아닌가? 자신과의 만남을 운명이라고 표현해 놓고선, 평생 자신만 바라보고 살겠다고 약속해 놓고선, 서로에 대해서 공부하고 이해하겠다고 해놓고선, 너무 공부를 해서 이해를 넘어 삼해, 사해, 오해에 이르렀단 말인가? 모든 걸 이해하고 덮어

줄 여자로 인식하고 이렇게 막 나가는 것이란 말인가?

점점 한나의 마음은 타이타닉처럼 침몰하고 있었다. 자꾸 '만약에……' 라는 가능성을 생각하게 되고 아무도 예상하지 못하는 여러 가지 결말을 두고 벌어진 상황을 전개하게 되었다. 끝도 없이 질주하던 고민이 극에 달하는 지점까지 다다르자 인생에서 남자 하나 없는 셈 치면 모든 게 해결될 것만 같았다. 비록 손에 쥔 물건을 빼앗긴 것에 대해 어느 정도는 분하고 슬퍼할 수도 있지만 '갈 테면 가라. 다 귀찮다. 너 아니면 내가 죽니?' 하는 생각까지 이르렀다.

갑자기 홀가분해졌다. 욕심을 부리고 몸을 장식한 물건들을 떼자 그만큼의 무게가 절감되는 느낌이었다. 그래! 산다면 얼마나 살겠는가? 죽고 못살겠다는 사람들끼리 살라고 하면 되지. 더 이상 파출부가 되지 않아도 되고, 세상에 할 일이 얼마나 많은데 남편 감시하느라고 소중한 에너지를 허비할 필요가 뭐 있겠는가? 유유상종이겠지. 부인 딸리고, 애 딸린 유부남을 홀리는 정신 나간 여자나 늙인지, 뎇인지, 앞을 자린지, 누울 자린지도 모르고 다가가는 덜 떨어진 남자라면 말이다. 붙잡을 필요도 없다. 손에 잡고 있는 것을 놓아버리자 한나는 홀가분한 자유를 느꼈고 인생의 모든 맛을 본 사람처럼 도인이 되었다.

그래도 그냥 순순히 넘어갈 한나가 절대 아니었다. 끝내도 쓴맛은 보여주고 끝을 낼 것이다. 인생을 살면서 결코 흔들지 말아야 할 것이 있다면 사람의 자존심과 가정 있는 유부들의 마음이라는 걸 모르는 성은에겐 본때를! 사냥감이 된 줄도 모르고 총을 감춘 채 달콤한 꿀로 유인하는 사냥꾼에게 코를 킁킁대며 다가가는 미련한 곰탱이 현에겐 최후통첩을! 톡톡히 값을 치러 줄 것이다!

한나는 서재로 가서 펜을 들고 백지에 무언가를 쓰기 시작했다. 마음에 들지 않는지 찢고 또 쓰고 또 찢는 한나가 컴퓨터까지 켜고 뭔가를 열심히 연구했다. 얼마 후 한나는 봉투에 접은 종이를 집어넣었다. 한나의 눈이 확고한 의지를 담아 결연한 빛을 냈다.

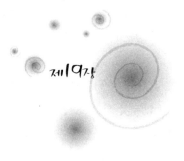

제19장

"**현**아!"

"성범아, 왔구나!"

"도대체 어떤 놈이 성은이를 괴롭히는 거야?"

"그러게. 요즘 많은 연예인들이 스토킹에 시달린다고 하더니 성은이도 그런가 봐. 어서 가자."

현과 성범이 성은의 아파트를 향해 뛰어가며 대화를 나눴다. 성은이 집 앞에 와 있는 스토커가 계속 핸드폰과 집 전화로 끊임없이 괴롭혀 무섭다고 현에게 도와달라는 부탁을 해왔다. 경찰을 부르면 더 빨리 해결날 것 같은 일이지만 성은이 언론에 알려지는 게 싫다고 해서 부득이 현이 성범을 불러내서 함께 온 것이다.

그런데 엘리베이터를 타고 성은의 아파트 현관 앞까지 온 현과 성범은 쥐새끼 한 마리도 구경할 수가 없었다.

"뭐야? 그새 간 거야?"

"그러게. 오랜만에 주먹 좀 쓰려고 했더니."

어리둥절한 현이 이렇게 말하고 벨을 눌렀다. 곧 성은이 벌컥 문을 열어젖혔다. 누가 왔는지 묻지도 않고 말이다.

"현이 오빠야?"

순간 세 사람은 서로를 쳐다보며 당혹감을 감추지 못했다. 스토킹을 당해 두려움에 떨고 있어야 할 성은이 속이 훤히 들여다보이는 네글리제를 입고 코맹맹이가 되어 등장을 했기 때문이다. 어느 누구도 움직이거나 말을 하지 못했다. 이내 성범이 성은을 노려보다가 의심스러운 눈초리로 현을 째려보았다.

"뭐, 뭐, 뭐야? 왜 그런 눈으로……. 야! 인마! 아니야, 이 자식이 무슨 오해를 하는 거야?"

현이 정색을 하며 억울하다는 듯이 펄쩍펄쩍 뛰었다. 다시 성범의 잔혹한 눈길이 성은에게 향했다. 새파랗게 질린 성은이 뒷걸음을 치기 시작했다.

"저기…… 그게 아니고……."

"너 이놈의 계집애!"

"으악!"

죽일 듯한 기세로 성범이 고함을 치자 성은이 비명을 지르며 집 안으로 도망을 쳤다. 성범이 성은을 잡기 위해 재빠르게 쫓아갔다. 안에선 우당탕, 쨍그랑, 아악, 오빠 잘못했어, 너 이리오지 못해, 살려줘 순으로 계속 고함과 비명이 들리고 난리가났다. 현은 혼자 찾아왔을 경우 벌어졌을 일을 잠시 상상하고선 끔찍한 표정을 지었다. 등에선 계속 식은땀이 흘러내렸다. 계속 이곳에 자신이 있어봤자 별 도움이 되지 못할 것 같아 현은 엘리베이터 버튼을 누르고 그 자리에서 벗어났다.

한나는 한밤중에 야구를 하러 가는 사람처럼 야구 모자를 눌러쓰고 한 손엔 야구 방망이를 잡은 채 택시에서 내렸다. 야구 방망이까지 가져온 것은 너무 심하다고 생각할지 모르지만 폭력을 쓸 생각은 애초부터 없었다. 어느 정도 으르고 협박하는 분위기는 내야 할 것 같아서 가져온 것뿐이었다.

둘, 넷, 여섯, 여덟, 열! 10층에 환한 불빛이 켜져 있었다. 성은이 집에 있다는 거였다. 어쩜 입에 담기도 끔찍한 단어의 현장을 목격할지도 모른다. 야구 방망이를 쥐고 있는 손에 힘이 가해졌다. 등골이 섬뜩해질 만큼 한나의 가느다란 눈가에서 혹박한 기운이 느껴졌다. 건드는 순간 저승길로 향해 걸어가는 자신의 모습을 발견할지도 모른다. 여자가 한 번 마음이 틀어져 미워하거나 원한을 품으면 오뉴월에도 서릿발이 칠 만큼 매섭고 독하더니 지금 한나의 모습이 그러했다.

겁도 없이 잠자는 호랑이의 콧구멍에 심지를 집어넣어 코를 간질여? 엄동설한에 삽질로 지하 500m를 파헤치게 해서 네 무덤을 선사해 주마! 내가 갈 동안 부리나케 유서나 준비하시지! 엄랭한 표정, 씰룩거리는 입술 사이로 단단한 물건을 한번 힘껏 깨물어 부서뜨리는 소리가 아드득 하고 났다. 다아아 주우우거써어!

10층에서 엘리베이터 문이 열렸다. 고개를 숙인 한나가 눈을 치켜뜨자 그 사이로 번갯불이 번쩍 하고 빛났다. 좌우로 한 번씩 목을 움직이자 우두둑우두둑 뼈 부딪치는 소리가 났다. 느릿느릿한 걸음으로 적지를 향하는 한나의 모습이 비장하게 느껴졌다.

간도 큰 것들! 문단속도 안 하고 날 환영해? 한나는 김이 빠질 정도로 쉽게 열리는 문 손잡이를 잡고 한쪽 입꼬리를 올려 비웃음을 흘렸다. 그때 살짝 열린 문 사이로 남자의 목소리가 들려왔다. 하지만 현의 것은 아니었다.

"네가 그러고도 사람이냐? 어떻게 그런 짓을 할 생각을 해?"

순간 가슴이 철렁 내려앉았다. 복수극을 펼치기 위해 온 한나를 훈계하는 듯한 말투였다. 어떤 놈이야, 나에게 태클을 거는 놈이! 한쪽 눈으로 좁은 문틈 사이를 보니 뜻밖에도 성범이 보였다. 소파에 앉아 삿대질을 하며 침이 튈 정도로 열변을 토하는 모습이었다. 실내 주위를 보니 온통 난장판이었다. 폭격을 맞은 집안 분위기였다.

"오빠, 잘못했어요. 흐흑……. 한 번만 용서해 주세요."

목소리는 성은인데 꼴은 영 누군지 짐작할 수 없는 여자가 성범 앞에 무릎을 꿇고 있었다. 쑥대밭이 된 머리에 마스카라가 눈물에 섞여 다 흘러내린 얼굴로 손이 발이 되도록 빌고 있었다. 그런데 아무리 눈여겨봐도 성은이 확실했다. 집에서 드라마라도 찍는 건가? 저런 모습으로 TV에 나왔다가는 대한민국 모든 남자들의 환상이 와르르 무너질 것 같았다.

"내가 무슨 면목으로 한나 씨랑 현이를 보니? 내가 정말 너 때문에 못산다. 못살아!"

어라! 그러고 보니 현이 씨가 없네. 순간 한나의 눈이 함지박만해졌다. 헉! 안 돼! 너무 놀란 나머지 손에서 야구 방망이를 떨어뜨리고 말았다. 복도에 떨어진 야구 방망이가 탕! 탕! 탕! 하는 요란한 소리를 내고 대구루루 굴러갔다.

"누구세요?"

그 소리를 들었는지 안에서 성범의 목소리가 들렸다. 한나는 꽁지에 불이 붙은 사람마냥 황급히 비상구 계단으로 뛰어내려 갔다.

현관문을 열고 들어온 현이 정체를 알 수 없는 하얀 물체가 거실 천장에서 이어진 실에 의지해 대롱대롱 달려 있는 것을 보았다. 현이 호기심 어린 눈으로 그것을 잡아당겨 봉투를 열어 접힌 종이를 꺼내 펼쳐 보았다.

〈사! 직! 서!

소속:가정관리학과.

직위:파출부 플러스 섹스 파트너.

성명:김한나.

귀하에게 많은 도움이 되지 못한 점 이해를 바랍니다. 본인은 귀하에게 항상 많은 도움이 되도록 노력했으나, 개인적인 사정으로 인하여 귀하를 떠나야 할 시기가 온 듯합니다. 그동안 본인을 보살펴 주시고 제 노력에 대하여 인정해 주신 것과 제가 뛰어난 파출부이자 섹스 파트너임을 인정해 주신 거 감사드립니다. 귀하의 무궁한 발전을 기대합니다.

200X 년 X월 XX일. 신청인 김한나 도장 꽝!〉

느닷없는 한나의 사직서에 현이 황당하고 어이없는 표정을 지었다. '장난이겠지'라는 생각으로 두세 번 다시 읽어 내린 현이 침실 문을 열어보았다. 깨끗하게 정리된 방 어디에도 한나가 없었다.

"한나야! 한나야, 어디 있니?"

이름을 부르며 집 안 구석구석을 살피고 있는데 갑자기 현관문이 쾅 닫히는 소리가 들렸다. 침실 밖으로 나가보니 가쁜 숨으로 헐떡거리는 한나가 서 있었다. 사직서가 달려 있던 천장을 올려다보며 곤욕스러운 표정을 짓고 있었다.

"어디 다녀오는 거야?"

현의 목소리에 화들짝 놀란 한나가 현의 얼굴에서 손에 든 사직서로 시선을 옮겨갔다.

"이거 찾아?"

현이 사직서를 흔들어 보이며 물었다. 한나가 신발을 벗고 쪼르르 현에게 달려왔다. 그리고 아주 애처로운 눈빛으로 현을 올려다보며 물었다.

"나…… 손 들고 서 있을까요?"

잔뜩 찌푸린 얼굴로 한나가 그렇게 말하자 현은 웃음이 나왔지만 가까스로 참아냈다. 그리고 혼을 내듯이 고함을 질렀다.

"그래! 손 들고 서 있어! 그리고 바른대로 불어! 도대체 이딴 걸 써놓고 어떤 놈팡이를 만나고 온 거야? 나 버리고 딴 놈하고 살려고 그랬는데 그 놈팡이가 마음이 바뀌었대?"

"어머! 어머! 아니에요! 그런 게 아니라 한성은 그 여자한테 본때를……."

손을 마구 휘저으며 부정을 하던 한나가 말끝을 흐렸다.

"뭐? 그럼 지금 성은이네 집에 다녀오는 거야?"

현의 눈이 한껏 커졌다가 가늘어졌다.

"네에……. 미안해요."

한나는 쥐구멍이라도 있으면 기어들어 가고 싶은 심정이었다.

"그럼 지금 당신 날 의심하고 그런 거란 말이야? 날 뭐로 보고 말이지!"

삐친 현의 얼굴을 살피며 한나가 슬그머니 되물었다.

"나 진짜 손 들어요?"

"손 들기 싫으면 이리 와서 아내 된 도리를 해봐."

"그게 뭔데요?"

"바로 이런 거지, 이 바보 같은 마누라야!"

현이 한나를 끌고 침실에 들어가 침대에 눕히고 한나의 입술을 찾았다. 화가 난 듯 거친 혀가 입 안을 정신없이 헤매더니 한나의 혀를 삼킬 듯이 빨아 당겼다. 으르렁거리며 한나의 입술을 잘근거리며 씹던 현이 고개를 들어 성난 목소리로 한나에게 속삭였다.

"개인적인 사정으로 날 떠날 시기가 됐다고? 다시 말해 봐."

"흐음……. 본인은 기억이 나지 않습니다."

"뭐? 이 여우!"

"아아아! 살려줘요!"

현이 다시 한나의 입을 막고 혀를 집어삼킬 듯이 세차게 빨아 당기다가 차츰 부드럽게 입 안의 부드러운 살을 훑고 지나갔다.

"뛰어난 파출부이며 섹스 파트너? 조금 과장된 면이 있기는 하지만 그런 당신을 내가 놓칠 거 같아? 정 그렇게 떠나고 싶으면 이 빨간 입술은 떼어놓고 가. 이 입술이 얼마나 유혹적인지 알아? 평생 키스하고 싶은 입술이야."

그냥 지나칠 수 없는 칭찬에 한나도 열정적인 키스로 현에게 화답했다. 꽤 자극적인 신음 소리가 현의 입에서 흘러나왔다.

이미 현의 한 손은 한나의 옷을 풀어헤치고 들어와 젖가슴을 애무하고 있었다. 현의 손가락 사이에서 마찰되어진 유두가 더욱 단단해졌다.

"가장 부드럽고 매끈한 이곳은 나에게 평안을 주면서도 날 주체할 수 없게 만들어."

현의 입술이 한나에게서 떨어지자 한나는 참고 있었던 호흡을 내뱉었다. 현이 양쪽 가슴을 가운데로 모아 움켜잡고 빨아대는 바람에 한나는 다시 허리를 들썩이고 가느다란 신음 소리를 흘렸다. 터질 듯이 부푼 가슴 위에 단단해진 유두를 탐닉한 현은 다시 한나의 목덜미를 살짝 물고 한나의 귓불을 물며 한나에게 속삭였다.

"날 원하면 내 이름을 불러줘."

"현……."

가슴 깊은 곳에서부터 뜨거운 불길이 활활 솟아올랐다. 현의 손길이 닿으면 어김없이 무너지고 마는 한나였다. 현이 한나의 옷을 재빠르게 벗겨냈다. 그리고 허리에서 엉덩이를 걸쳐 허벅지 안쪽으로 향해 손을 내달렸다. 현의 손가락이 한나의 안으로 미끄러지듯 들어가자 한나의 호흡이 흐트러졌다.

"사랑하는 사람이 누구야?"

"현……."

현이 만족한 미소를 짓고 다시 한나의 입술을 찾았다. 현이 한나를 일으켜 자신의 배 위에 앉게 했다. 한나의 모습이 어느 때보다 매혹적이고 정열적으로 보였다. 현이 뭘 원하는지 알게 된 한나도 현의 눈을 바라보며 셔츠 단추를 하나씩 열고 단단한 가슴을 손바닥으로 부드럽게 원을 그리며 쓰다듬었다. 성난 심장을 달래듯이 계속 어루만졌다.

"미안해요, 오해해서."

"다시는 그러지 마."

셔츠 단추를 다 푼 후 한나가 바지 지퍼 있는 부분 아래 잔뜩 부푼 곳을 손으로 쓸어 올리자 눈을 감은 현이 고개를 젖히고 가쁜 숨을 몰아쉬었다.

"그래도 나 그동안 너무 비참하고 힘들었어요. 질투라는 병 때문에 죽을 것만 같았다고요."

"바보 같기는……."

한나가 천천히 현의 바지 벨트를 풀고 팬티를 내렸다. 뜨겁게 달아오른 현을 손으로 잡은 한나는 천천히 그 위에 내려앉았다. 빈틈없이 꽉 찬 느낌이 들었다.

"난 당신이 처음이자 마지막이길 바라요."

"내 사랑을 의심하지 마."

한나는 현의 양손에 깍지를 끼고 말을 타듯 점점 속도를 높여 나갔다. 욕망에 들뜬 두 사람의 호흡과 신음 소리가 공중에서 부딪쳤고, 가끔씩 한나가 허리를 돌려대자 현이 더욱 거친 숨을 몰아쉬었다.

"날 미치게 할 수 있는 여자는 당신뿐이야."

더 이상 참을 수 없는 현이 다시 한나를 안아 눕히고 한나의 안을 향해 점점 빠르고 깊숙이 질주를 해 나갔다. 오늘만큼은 주도권을 내주고 싶지 않은 한나가 도망치듯 현에게서 빠져나왔고 현도 한나를 잡으려고 엎치락뒤치락했다. 그들에겐 침대라는 사각 지대가 좁기만 했다.

"당신만이 내 인생의 모든 것이고, 여자의 모든 것이고, 사랑의 모든 것이야."

현이 한나를 몸 아래에 결박하고 나서 한나의 귀에 사랑의 속삭임을 쏟아냈다. 다시 하나가 된 그들은 서로의 눈동자에 서로를 담아내며 서로를 향해 더 깊이깊이 들어가기를 원했다. 그 어느 때보다 달콤하고 열정적이었다. 곧 그들은 서로에게 미친 듯이 매달렸고 희열의 신음을 토해냈다. 곧 솟구치는 격정과 더불어 터질 듯한 욕망의 폭발음이 들렸다. 태풍 속을 항해하며 거칠게 출렁거렸던 그들의 사각 배에는 그 여파만이 남았다.

"너무 좋아요."

"나도……."

"까악!"

난데없는 여자의 비명 소리에 현이 눈을 번쩍 떴다. 분명히 화장실에서 들리는 한나의 목소리가 틀림없었다. 현은 침대에서 벌떡 일어나 혹시 도둑이라도 들었나 싶어 무기가 될 만한 것을 찾았다. 곧 침대 밑에 놓아둔 아령이 생각난 현이 그것들을 들고 허겁지겁 화장실로 돌진했다. 그러나 다행히 화장실 안에는 한나밖에 없었다.

"무슨 일이야?"

현이 문자 등을 돌리고 뭔가를 들여다보던 한나가 고개를 돌렸다. 한나가 눈물을 글썽이며 울먹였다.

"두 줄이에요."

다가가 보니 한나가 손에 들고 있는 것은 임신 진단시약이었다. 두 줄이라는 건 임신을 뜻하는 것이었다. 현은 갑자기 가슴이 주체할 수 없이 떨리는 걸 느꼈다. 자기도 모르게 왈칵 눈물이 나올 것 같고 기쁨이 솟구쳤다.

"그럼 나 아기 아빠가 되는 거야? 아싸!"

현이 손에 든 아령을 바닥에 내려놓고 한나를 번쩍 안아 들었다.

"어머! 왜 이래요? 내려놔요."

"하도 예뻐서."

현이 한나의 입술에 쪽쪽 소리를 내며 뽀뽀를 해댔다.

"그렇게 좋아요?"

"그럼, 좋지. 고마워. 나 지금 구름에 떠 있는 기분이야. 사랑해."

따뜻한 현의 가슴에 귀를 대고 있으니 현의 심장 박동수가 아주 빠르게 뛰는 것을 느낄 수 있었다. 한나는 너무 행복했다.

하루하루가 행복한 나날이었다. 현과 함께 병원에 가서 진찰을 받고 초음파 사진을 받아온 일, 아기 방을 함께 꾸미는 일, 아기 이름을 짓는 일, 산전체조와 호흡법을 배우는 일 등등. 이 제는 둘이 아니라 셋이 함께하는 일이라 그들은 더욱 행복했고 소중한 시간과 경험들을 귀히 여겼다.

그러던 어느 날. 한나가 새벽 3시쯤에 현을 흔들어 깨웠다.

"현이 씨…… 나 어떡하죠?"

한나가 미안한 듯이 속삭였다.

"왜?"

현이 화들짝 놀라며 일어나 물었다. 혹시 한나에게 무슨 안 좋은 증상이라도 있는 것이 아닌가 싶어 놀란 것이다.

"갑자기 산채 비빔밥이 먹고 싶어요."

한나는 속으로 웃음이 나왔지만 억지로 참아냈다. 거짓말이 었다. 거의 입덧을 하지 않는 한나가 이 새벽에 음식을 찾는 건 다 친구 지현이 때문이었다. 임신 기간을 그렇게 보내는 건 바 보들이나 할 짓이라며 남편의 사랑을 확인도 하고, 새 생명을 얻는 과정이 결코 쉽지 않다는 걸 보여주라고 해서였다.

"뭐? 산채 비빔밥? 지금 새벽 3신데?"

난감한 표정이었다.

"어떡하죠? 너무 먹고 싶어요."

하여간 난 너무 연기를 잘해. 한나는 시치미를 뚝 떼며 안타 깝게 중얼거렸다.

"알았어."

현이 침대에서 벌떡 일어나 옷장을 열고 옷을 갈아입기 시작했다.

"먹게 해줄 거예요?"

설마 했는데 막상 현이 나갈 준비를 하자 한나는 양심이 찔리기 시작했다. 하지만 한편으론 재미도 있었다.

"응. 아버지가 그러셨어. 임신 기간에 뭐 먹고 싶은 거 있다고 하면 꼭 구해다 주라고. 그거 때문에 30년 넘게 바가지를 긁히셨대나? 꼭 당부하시더라. 편하게 살고 싶으면 고생을 해서라도 구해주라고. 갔다 올게."

이 새벽에 산채 비빔밥을 어떻게 구할 수 있을까? 한나는 웃음이 나오면서도 걱정이 되었다.

아침 7시 정도가 되어 현관문 소리가 들렸다. 아무리 기다려도 오지 않는 현을 걱정하다 깜박 잠이 든 한나는 그 소리에 놀라 거실로 나가보았다. 주방에서 달그락거리는 그릇 소리가 들렸다. 그곳으로 가보았다. 어디서 구해왔는지 몰라도 현이 산채 비빔밥을 그릇에 옮겨 담고 있었다.

"현이 씨……."

한나가 부르자 현이 고개를 돌렸다.

"미안해. 너무 많이 기다렸지? 다 문을 닫았더라고. 그래서 너무 멀리까지 갔었어. 미안해. 금방 줄게."

조금이라도 불평을 늘어놓을 법한데 현이 오히려 일찍 구해

오지 못한 것에 대해 미안해하고 있었다. 한나는 감격하고 말았다. 마음이 몹시 뿌듯했다. 현에게 다가가 뒤에서 허리를 껴안았다.

"현이 씨, 고마워요. 정말 사랑해요."

"아아아!"

한나가 다시 한 번 온몸을 가르는 통증에 의도하지 않은 고통스런 신음 소리를 냈다. 현의 손을 으스러질 만큼 잡았다. 현이 안타까운 얼굴로 한나와 시계를 번갈아 보았다. 잦아지는 진통에 한나는 그동안 교육받은 라마즈 호흡법을 응용하며 고통을 감소시켜 보려 했다. 하지만 이 고통은 한나가 이때까지 경험한 고통 중 어느 것과도 비교할 수가 없었다.

"현이 씨, 허리가 끊어질 거 같아요. 으으윽……. 너무 아파서 죽을 것만 같아요."

한나가 아랫입술을 깨물며 몸을 비틀었다.

"많이 아파? 죽을 거 같아?"

현이 미간을 좁히며 물었다.

"그렇다니까요. 아아악!"

"진짜 많이 아픈가 보다."

"한 번만 더 물으면 벽에다 머리 박으라고 할 거예요. 아아! 이런, 된장! 된장! 날 죽여라. 아이고!"

임신 기간 동안 최대한 열심히 태교를 했던 한나가 그동안 잊고 있었던 말을 내뱉자 현은 정말 심각한 상태임을 감지했다. 직접 체험해 보지 않고서야 해산의 고통을 어찌 알랴마는 이성을 잃은 한나만 봐도 그 고통이 얼마나 심한지 조금은 알 것 같은 현이었다. 그때 살피러 들어온 간호사가 한나의 비명 소리를 듣고 인상을 찌푸렸다.

"아줌마! 혼자 애 낳아요? 왜 이렇게 소리를 질러요?"

헉! 인정머리없는 간호사 같으니라구! 한나는 그녀를 확 째려보며 물었다.

"애 낳아봤어요, 안 낳아봤어요?"

"아직 전 미스예요. 그래도 소리 좀 작작 질러요. 시끄러 죽겠어요."

눈을 샐쭉 흘기는 간호사가 너무 얄미웠다.

"얼마나 아픈 줄 알아요? 당신 애 낳을 때 내가 쫓아가서 볼거예요. 소리 지르나 안 지르나. 누군 소리 지르고 싶어서……. 아아아악! 그런 줄 알아요? 그냥 나오는 거 어떡하라고……. 아아아! 엄마! 아빠! 한진아! 시엄마! 시아빠! 자기야! 나 너무 아파! 이런, 된장! 된장!"

이건 라마즈 호흡법이 아니고 된장 호흡법이었다. 간호사는 한나의 거친 말에 깜짝 놀라 조심스럽게 한나를 살펴본 후 이렇게 말했다.

"거의 다 됐네요. 분만실로 옮길게요."

분만대에 눕혀진 한나는 하늘도 노래질 수 있다는 걸 처음 알았다. 혹시 이러다가 죽는 건 아닌지 하는 생각까지 들었다. 그리고 이 순간마저도 한나는 보은이 떠올랐다. 보은도 자신을 낳을 때 이런 고통을 겪었다고 생각하니 울컥 눈물이 나왔다. 그동안 엄마한테 자신이 한 행동과 말이 머리 속에서 영화 장면처럼 확확 지나갔다. 남자는 군대를 다녀오면 철이 들고, 여자는 아기를 낳으면 철이 드는 것 같았다. 한나는 아기 낳는 여자들이 얼마나 위대한지를 새삼 느꼈다.

"자! 우리 빨리 아기가 나올 수 있도록 같이 힘 좀 씁시다."

한나의 주치의가 이렇게 말하자 한나는 비명을 지르면서도 고개를 끄덕였다.

"배꼽을 보듯 턱을 가슴에 대고 힘을 주세요. 가장 심한 진통이 오면 전력을 다해서 힘 주고 진통이 없는 동안에는 힘 주는 손잡이도 놓고 전신의 힘을 빼면서 숨을 쉬세요. 재치있게 힘을 배분하지 않으면 너무 탈진하니까 적절하게 힘을 빼는 것을 잊어서는 안 됩니다. 자! 힘을 주고…… 네, 네, 좋습니다. 자! 이번이 마지막이라고 생각하고 힘 주세요!"

한나는 있는 기력을 다해 힘을 주었다. 온몸은 땀으로 샤워한 듯했고 온몸의 모든 뼈들이 진동하는 것 같았다. 드디어 한나의 귀에 낯선 아이의 울음소리가 우렁차게 들려왔다.

"김한나 산모님, 아들입니다. 자, 한번 보세요."

한나는 거의 기절 상태에 접어들었지만 간신히 정신을 차렸다. 작은 생명체가 눈을 껌벅껌벅 뜨고 자신을 쳐다보고 있었

다. 자기 자신의 몸에서 나온 아이라고 믿을 수가 없었다. 한나
는 자기도 모르게 감격의 눈물을 흘렸다.

"아가야…… 보고 싶었어. 엄마야……."

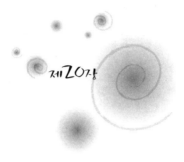

제20장

한나는 비로소 여자가 된 느낌이었다. 앙증맞은 손으로 한나의 가슴을 만지며 빨고 있는 아기는 가장 편하고 평화로운 모습으로 한나에게 안겨 있었다. 한 생명을 얻는 것이 결코 쉽거나 사사로운 것이 아님을 알게 된 한나는 어른이 된다는 것이 무엇인지, 부모가 되는 게 어떤 것인지 이제야 알 수 있을 것 같았다. 왜 여자들이 어머니라는 존재를 떠올리면 항상 눈물짓는지를 깨달았다.

"자는 거 같은데?"

현이 아기를 살피며 말했다.

"다 먹은 거 같아요."

현이 한나에게서 아기를 받아 조심스럽게 아기 침대에 눕히고 다시 한나에게 다가왔다. 그리고는 한나가 블라우스 단추를 잠그려 하자 한나의 손을 잡아 중지시켰다.

"나도 좀 줘."

"뭘요?"

한나가 어리둥절한 눈으로 현을 쳐다봤다.

"얼마나 맛있기에 쟤가 그렇게 잘 먹는 거야?"

현이 블라우스 속으로 손을 밀어 넣으려 하자 한나가 몸을 내뺐다.

"아이, 정말. 뭐예요? 진짜 먹어보겠다고요?"

"응. 나도 좀 줘."

현이 다시 달려들었다.

"아이! 징그러워요!"

한나가 다시 현을 피했다.

"뭐? 징그러워? 이제 나는 싫고 쟤만 좋은 거야? 그런 거지. 나에 대한 애정이 식은 거야. 흐흑."

한나는 어이가 없다는 표정으로 현을 바라보았다. 현이 삐친 얼굴로 침실을 나갔다.

"삐쳤어요?"

뒤따라 나온 한나가 소파에 앉아 쿠션을 끌어안고 있는 현에게 물었다.

"응."

어린애 같은 현의 모습에 한나가 웃고 말았다.

"후후후, 이리 와요. 형도 아니고 아빠인 사람이 무슨 질투를 그렇게 해요?"

한나가 쿠션을 빼고 현의 허벅지 위에 걸터앉아 현을 안아주었다. 하지만 계속 터져 나오는 웃음은 어쩔 수가 없었다.

"뭐가 그렇게 우스워?"

현이 여전히 툴툴거렸다.

"웃기잖아요. 나이를 거꾸로 먹어요? 애가 되어가네요, 점점."

"나 당신 안아본 지도 어언 3개월은 되어가는 거 같아. 내가 얼마나 당신한테 굶주렸는지 알아? 아무 상상도 못할 거야. 도 닦는 스님도 아니고 신부님도 아닌데 나 더 이상은 못 참는단 말이야. 우리 쟤 자고 있을 때 하면 안 될까?"

"지금요?"

현의 제안에 한나의 눈이 커졌다.

"응."

"그럼 잠시만 기다려 줘요. 저 샤워 좀 하고요."

한나가 일어서려 하자 현이 붙잡았다.

"그냥 해도 되는데……."

"싫어요. 깔끔한 모습으로 당신한테 안기고 싶어요."

"좋아! 좋아! 빨리! 빨리!"

한나는 욕실로 들어가 샤워를 한 후 목욕 가운을 입고 거실로 나왔다. 현이 그런 한나를 보고 싱긋 웃더니 한나의 손을 잡아 침실로 이끌었다. 침대에 앉은 현이 한나를 앞에 세웠다. 애를 낳은 한나는 어딘지 모르게 성숙해 보였다. 정말 현은 그동안 한나에게 굶주려서인지 빠른 속도로 흥분 상태가 되었다.

현이 손을 뻗어 한나의 촉촉한 머리카락을 쓰다듬었다. 현을 만난 이후로 계속 기른 머리카락이 현재 한나의 어깨를 덮고 있었다. 한나의 하얀 목덜미를 끌어당겨 입술을 겹쳤다. 상쾌한 민트 향이 혀끝에서 느껴졌다. 한나의 입 안을 헤매는 현이 그 어느 때보다 성급함을 보였다.

서둘러 가운 앞쪽에 있는 끈을 풀자 한나의 벗은 몸이 현의 눈앞에 펼쳐졌다. 출산 후 한나의 가슴은 더 커져 있었고, 유두 색깔은 짙은 빛을 더하고 있었다. 경이로운 눈빛으로 한나를 쳐다보던 현이 손을 내밀어 한나의 젖가슴을 부드럽게 어루만졌다. 이어 오뚝 솟아오른 젖꼭지를 손바닥으로 문질렀다. 현의 손길에 한나는 고개를 뒤로 젖히고 신음을 토해냈다.

"더 아름다워졌어."

현이 부풀어 오른 한나의 가슴에 입을 가져다 댔다. 촉촉한 혀의 느낌이 가슴에서 느껴졌다. 현이 한나의 젖꼭지를 입에 머금고 힘껏 빨아들였다. 한나는 황홀한 감각에 온몸을 떨며 현의 머리카락 사이로 손을 집어넣어 헤집고 다녔다.

"내가 얼마나 이 순간을 기다렸는지 당신은 상상도 못할 거야."

관능적인 현의 목소리가 나른하게 들려왔다. 현이 한나를 번쩍 안아 침대에 눕혔다. 재빠르게 옷을 벗어 던진 현이 다가와 능숙한 손놀림으로 한나의 팬티를 끌어 내리려 했다. 그때 무르익은 분위기를 무자비하게 깨는 소리가 들려왔다. 바로 그들의 아들인 경빈의 울음소리였다. 고개를 든 현의 표정이 괴로움으로 일그러졌다.

"이런, 된장! 안 돼! 아직 시작도 안 했는데!"

"가봐야 할 거 같아요."

경빈의 울음소리가 더욱 커지자 한나가 안타깝게 중얼거렸다.

"내가 못살아! 아아악!"

한나는 현에게 미안한 표정을 지으며 가운을 걸치고 서둘러 방을 나갔다. 아이의 울음소리가 그치자 현이 있던 방에서 또다른 울음소리가 났다.

"앙앙! 엉엉! 내 마누라 돌려줘! 이런, 된장! 된장!"

그 후로도 번번이 아들의 방해공작으로 둘은 붙어 있을 수도 없었다. 현의 눈빛은 더욱더 굶주린 늑대의 것으로 변해 호시탐탐 한나를 노렸다. 그들의 삶은 전쟁과도 같았다. 아버지와 아직 말도 못하는 아들이 한 여자를 두고 쟁탈전을 벌였고, 누가 알아주지도 않는 승리에 도취되어 행복해했다. 그 작은 전쟁은 날마다 발발했다.

"하여간 정말 특이해요. 돌잡이 물건으로 신용카드, 마우스, 자동차, 마이크, 축구공을 올려놓다니. 매형, 이것도 누나 아이디어예요?"

빨간색 스웨터를 입은 한진이 돌잔치 상을 훑어보다가 현에게 물었다.

"요즘은 이렇게 한다고 하던데?"

턱시도를 입은 현이 머리를 긁적이며 멋쩍은 표정을 지었다. 한진은 지금 현이 입고 있는 턱시도와 빨간색 나비넥타이도 한나의 아이디어라는 걸 믿어 의심치 않았다. 얼마나 두들겨 맞았으면 저 감당하기 힘든 차림새를 하고 나왔을까? 한진은 현을 안쓰럽게 쳐다봤다.

"맞아요. 요즘은 돈 대신 신용카드 놓고, 연필 대신 마우스 놓는다고 하더라고요. 그리고 평소 아이가 좋아하는 물건들도요. 후후, 나름대로 재미있고 좋잖아요. 우리도 나중에 이렇게 해요."

한진과 똑같은 색깔의 스웨터를 입은 지선이 환한 미소를 지었다.

"누나나 되니깐 이 모든 게 가능한 거야. 매형 표정을 보라구. 저 나비넥타이를 머리에 두르고 데모라도 하고 싶어하는 표정이잖아. 난 평범하게 살고 싶어. 이런 주책은 안 따라 해도 돼."

한진이 지선의 귀에다 대고 속닥거리자 지선이 입을 가리고 키득키득 웃어댔다.

"너 또 여기서 무슨 트집을 잡고 있는 거니?"

붉은 와인빛 드레스를 곱게 차려입은 한나가 경빈을 안고 다가왔다. 현과 비슷한 모양의 턱시도와 빨간색 나비넥타이를 한 경빈의 모습이 앙증맞았다.

"아니, 특색있고 보기 좋다구."

괜히 뜨끔해진 한진이 둘러대자 한나가 네 시커먼 속을 내가 모를 줄 아니 하는 표정으로 입술을 삐죽거리며 눈을 샐쭉 흘겼다.

"형님, 오늘 너무 멋지고 아름다우세요. 그리고 오늘 뭐든 한 가지씩 빨간색으로 치장하고 오라는 아이디어, 정말 독특하고 흥미로웠어요."

지선이 눈을 반짝이며 한나에게 온갖 찬사를 쏟아 부었다.

"크리스마스가 곧 다가온다지만 우리가 산타도 아니고 이 무슨 유치……."

한 짓이냐고 핀잔을 주려던 한진이 한나의 매서운 눈초리에 옴츠러들며 말을 돌렸다.

"유치원 재롱잔치같이 아주 재미있다구."

옆에 있던 현이 웃음이 터질 것 같아 등을 돌렸다. 자신도 처음에 한나가 특별한 돌잔치를 계획한다면서 이 아이디어를 내놓았을 때 한진과 똑같은 말을 했다가 몇 대 얻어맞았기 때문이다.

"어디 우리 귀염둥이 좀 안아보자."

적갈색 여우털 목도리를 하고 온 보은이 다가와 경빈을 안아 들었다.

"요 녀석 볼 때마다 쑥쑥 크고 또랑또랑해지는구나."

뒤따라온 대영도 흐뭇한 미소로 경빈을 응시했다.

"아버님, 안에 입으신 카디건 정말 잘 어울리세요. 어머님이 코디해 주신 거죠?"

며느리의 찬사가 듣기 좋은지 대영이 더욱 환하게 웃으며 고개를 끄덕였다.

한편 경은 그녀의 부모님과 함께 앉아 대화를 나누고 있었다.

"별난 올케 언니 둔 덕분에 인생이 지루하지는 않네요. 참! 지난 주 메신저로 가족회의는 잘하셨어요? 이번 크리스마스 때 양로원 방문하는 일하고 경빈이 돌잔치 때문에 모인 거 맞죠? 저 다른 모임이 있어서 불참할 수밖에 없었어요."

자주 모이기 힘드니 메신저를 이용해 수시로 만나고 가족회의를 하자는 의견을 처음 내놓은 사람도 한나였다. 한나는 여러 가지로 사람을 놀라게 하는 재주가 있었다. 시부모님들의 핸드폰 벨소리와 컬러링을 정기적으로 바꾸어주기도 하고, 시어머니에게 재즈 댄스를 강습시켜 시아버지 생신 때 가족 모두를 뒤로 넘어가게 만든 적도 있었다.

한나에게 그다지 좋은 감정이 아니었던 경도 이제는 무슨 일이 있거나 상의할 일이 있으면 한나를 찾게 되었다. 대화를 나누다 보니 한나도 현만큼 사람을 사로잡는 매력이 있다는 걸 깨달을 수 있었다. 아마 수시로 문자와 메일을 주고받는 시누이와 올케는 그리 흔치는 않을 것이다. 이것 또한 한나가 경과 친해지기 위해 취한 행동이었다.

그때 커다란 장미꽃 바구니를 든 남자가 들어왔다.

"꽃배달입니다."

한나는 꽃바구니를 받고 의아한 표정을 지었다. 꽂혀진 카드를 펼쳐 보니 축하 메시지와 함께 다영과 성진의 이름이 나란히 적혀 있었다. 한나는 반가움에 흐뭇한 미소를 지었다. 그들은 부부였고 한나와 비슷한 시기에 예쁜 딸을 낳았다. 가족들과 친지들만 모인 자리에서 조촐한 결혼식을 올린 그들은 지금 부산에서 행복하게 살고 있었다. 한나와 그들 사이엔 아직 일정한 간격으로 놓여진 어색한 감정의 벽이 있었다. 하지만 먼 훗날 그 벽은 틀림없이 허물어질 것이다. 그들에겐 단지 시간이 필요할 뿐이었다.

"다영이가 보낸 거니?"

지현이 다가와 한나에게 물었다. 한나가 고개를 끄덕이자 지현 또한 미소를 싱긋 지어 보였다. 굳이 말을 하지 않아도 그들은 서로가 무슨 생각을 하는지 알 수 있었다.

돌잔치 사회를 보게 된 성범이 마이크를 두드리며 사람들의 시선을 집중시켰다.

"자, 지금부터 김경빈 군의 돌잔치 행사를 시작하겠습니다."

기쁨과 행복이 가득한 분위기 속에서 행사가 진행되었다.

"오늘의 하이라이트입니다. 돌잡이를 하겠습니다. 과연 경빈이가 무엇을 잡을지 궁금하시죠?"

성범의 말에 다들 한마디씩 거들었다.

"뭐니 뭐니 해도 돈이 최고니깐 신용카드 잡아!"

"신용카드 집으면 훗날 신용불량자 되는 거 아니야?"

한바탕 폭소가 터졌다.

"그럼 마우스 잡으면 해커 되고, 자동차 잡으면 폭주족 되나?"

누군가의 농담으로 연이어 웃음바다가 되었다.

"아, 이거 왜들 이러십니까? 경빈이가 헷갈려서 아무것도 못 잡잖아요."

성범이 그들을 말렸다. 경빈이 오랜 고민 끝에 마이크를 잡았다.

"여러분 경빈이가 가수가 되려나 봅니다. 마이크를 잡았습니다."

"혹시 한나 씨가 애 데리고 매일 노래방으로 출근하는 거 아니야?"

짓궂은 농담에 계속 웃음이 끊이지 않았다. 떠들썩하지만 화기애애한 분위기에서 즐거운 시간은 계속 흘러갔다.

"곰 세 마리가 한 집에 있어~ 아빠 곰, 엄마 곰, 아기 곰. 아빠 곰은 뚱뚱해. 엄마 곰은 날씬해. 아기 곰은 너무 귀여워. 으쓱 으쓱 잘한다~"

"와! 잘한다. 경빈아, 잘했어!"

"그런데 아빠, 이상해요."

고개를 갸우뚱하는 경빈이 귀엽다는 듯이 현이 머리를 쓰다
듬었다.

"뭐가?"

"노래가 틀렸어요."

"하나도 안 틀렸는데……."

"아빠 곰은 날씬해. 엄마 곰은 뚱뚱해로 바꿔야 해요. 지금 엄
마 배가 많이 나왔잖아요. 엄마, 이젠 밥하고 된장찌개 좀 조금
만 드세요. 자꾸 배가 나오잖아요. 그러다 터지겠어요."

경빈이 흔들의자에 앉아 있는 한나에게 다가와 배를 손가락
으로 꾹꾹 눌러대며 말했다. 현이 그저 숨을 죽이고 키득거렸
다.

"경빈아, 이건 엄마가 많이 먹어서 그러는 게 아니라 아기가
들어 있어서 그러는 거야."

만삭의 배를 어루만지며 한나가 설명을 했지만 경빈은 그래
도 이해할 수 없다는 듯이 고개를 갸우뚱했다.

"거짓말하지 마세요. 엄마가 무슨 캥거루예요? 엄마가 매일
동화책 읽어주시면서 벌써 잊으셨어요? 아기는 엄지공주처럼
꽃에서 나오든지 박혁거세처럼 알에서 나오는 거잖아요. 그렇
죠? 제 말이 맞죠, 아빠?"

"응? 그게…… 엄마 말도 맞고, 경빈이 말도 맞아."

"참! 아빠, 오늘 제가 어린이 집에서 쓴 그림일기 보실래요? 선생님이 잘했다고 칭찬해 주셨어요."

빨리 보여주고 싶어서 안달이 난 경빈은 뽐내며 자랑을 했다.

"그래, 어디 한번 보자."

경빈은 후닥닥 뛰어가 가방에서 공책을 꺼내 가지고 다가와 현의 무릎에 앉았다. 그리고 큰 목소리로 읽어 나갔다.

"제목 우리 어머니."

거기까지 들은 한나는 경빈이 기특해서 만족한 미소를 짓고 눈을 감았다.

"우리 어머니는 참 좋은 분이십니다. 아픈 사람들에게 약을 지어주십니다. 우리 어머니가 가장 좋아하는 것은 된장입니다. 항상 화가 나도 된장, 기분이 좋으셔도 된장을 찾으십니다. 그리고 된장찌개를 가장 잘 끓이십니다. 그런데 된장을 너무 많이 드셔서 점점 몸이 된장 항아리처럼 변합니다. 조금 걱정이 되지만 그래도 저는 우리 어머니가 세상에서 제일 좋습니다."

"크크크큭……."

현은 경빈이 글을 읽어주는 내내 터져 나오는 웃음을 참느라 무던히 애를 썼다. 반면 한나는 눈을 동그랗게 뜨고 웃어야 할지 화를 내야 할지 몰라 입을 벌리고 있었다. 칭찬을 바라며 한나를 쳐다보는 경빈의 얼굴은 그저 천진난만했다.

"선생님들께서 무척 좋아하셨어요. 그래서 오늘 상표를 세 개나 받았어요."

손가락까지 펴 보이며 말하는 경빈의 모습이 무척 행복해 보였다.

"장하다, 내 아들! 효성이 아주 지극하구나."

현이 경빈의 엉덩이를 두드리며 장난 섞인 말로 치켜세웠다. 하지만 한나는 여전히 충격에서 가시지 않은 얼굴이었다. 바로 그때 한나는 갑자기 배에서 느껴지는 낯설지 않은 고통에 신음 소리를 냈다.

"으윽……."

"하하하하! 그렇게까지 괴로워할 필요는 없잖아."

"이런, 된장! 그게 아니에요."

한나가 목을 쥐어짜는 듯이 말했다.

"왜? 왜 그래?"

현이 급히 다가와 한나를 살폈다.

"통증이 오나 봐요."

한나가 숨을 고루며 간신히 말했다. 이마에 식은땀이 송골송골 맺혔다.

"병원에 갈까?"

현이 한나의 손을 잡아주었다. 심상치 않은 분위기를 깨달은 경빈이 한나에게 다가와 나머지 한 손을 붙잡으며 진지한 말투로 말했다.

"그럼 병원에 가서 된장 빼는 거예요?"

"응?"

"음……. 역시 내 생각이 맞았어."

경빈은 고개를 끄덕이며 심각한 표정을 지었다.

'누굴 닮아 저 녀석은 상상도 엽기적으로 하는 거지? 그러나 저러나 애 낳고 어린이 집에 무슨 낯을 하고 찾아간담!'

"와!"

"엄마 뱃속에서 나온 동생이 저기에 있어."

조그만 아기들이 하얀 번데기처럼 나란히 누워 있는 것을 본 경빈의 눈을 점점 커졌다. 그리고 크게 외쳤다.

"엄마 뱃속에서 저렇게 많은 동생들이 나왔어요?"

"엉?"

엉뚱한 경빈의 질문에 현의 눈이 휘둥그레졌다.

"와! 신난다! 그럼 쟤네들 다 우리 집에 데리고 가는 거예요? 내가 대장이죠? 와, 신난다! 된장이 아니고 동생들이었구나!"

현은 경빈의 상상력과 말에 할 말을 잃었다. 곧 유리창 너머 한 간호사가 아기를 안고 다가와 현과 경빈에게 보여주었다. 현은 떨리는 가슴을 주체하지 못했다. 까만 머리에 피부가 한나처럼 뽀얀 딸이었다. 까만 눈동자가 반짝거렸다. 피곤한지 앙증맞은 빨간 입술을 오물거리다가 연신 하품을 해댔다.

"아빠! 쟤가 제일 예뻐요?"

"응."

현이 행복한 미소를 지으며 고개를 끄덕였다.

"제가 좋아요, 쟤가 좋아요?"

"둘 다 좋지."

경빈의 머리를 헤집으며 현이 말했다.

"그래도 아빠 엄마가 제일 좋죠? 다 알아요."

현이 경빈의 말에 다시 환하게 웃었다.

"그래. 아빠 엄마를 세상에서 제일 사랑해. 그리고 너희들……."

"이해해요. 원래 그러는 거래요. 선생님이 그러셨어요."

병실로 돌아온 경빈은 한나에게 달려가 납작해진 배를 손으로 눌러보았다.

"엄마, 아직도 뱃속에서 동생들이 덜 나온 거 같아요. 그래도 동생들을 많이 낳으셨으니깐 괜찮아요. 엄마, 고마워요. 동생이 많이 생겨서 너무 좋아요. 그런데 동생들 이름을 다 어떻게 지을 생각이세요?"

횡설수설하는 경빈을 쳐다보던 한나가 어리둥절한 표정으로 현을 올려다보았다.

"이게 무슨 소리예요?"

"신생아실에 있는 애들을 다 당신이 낳은 줄 알아."

현이 웃음을 참으며 말했다.

"헉! 맙소사!"

한나가 몹시 놀라 현과 경빈을 번갈아 보았다.

"우리 딸 당신을 꼭 닮았던데? 아주 예뻐."

현이 흡족한 미소를 지으며 한나를 안았다.

"안 돼요! 당신 닮아야 예쁘죠. 나 닮으면 고생이에요."

"고마워, 예쁜 딸도 낳아주고 내 곁에 있어줘서. 사랑해."

"나도 당신 사랑해요."

현이 한나의 손을 꼭 잡으며 그렇게 말하자 옆에서 경빈이 다시 떠들기 시작했다.

"그 많은 애들 데려가려면 할머니, 할아버지, 외할머니, 외할아버지, 외삼촌, 외숙모, 고모, 고모부, 그리고 또 누가 있지? 다 불러야겠네. 나중에 우리 기차 타고 집으로 가요? 아빠 차는 너무 작잖아요. 종알종알, 주절주절……."

제 주위엔 노총각, 노처녀들이 많습니다. 그래서 한때는 결혼 정보 회사를 차려도 대박이 나지 않을까 하는 생각도 해본 적이 있답니다. 그들은 버스 정류장에 서서 수많은 버스들을 그냥 보내고 자신의 버스를 기다립니다. 개중엔 '운명'이란 버스를 기다리는 사람들도 있고, 버스를 잘못 탔다가 중간에 내려 다시 이 정류장을 찾은 사람들도 있습니다.

전 불행하비도 맞선 경험 없이 결혼을 했습니다. 그래서 맞선 경험이 있는 사람들이 너무 부러웠습니다.

"난 억울해. 다양한 남자들하고 일일 데이트할 수 있는 기회를 포기한 거나 다름없잖아. 얼마나 좋아? 서로 퀴즈도 내고 맞추면서……."

말이 끝나기도 전에 주먹이 날아오더군요.

"맞선이 얼마나 끔찍한 경험 중에 하나인 줄 아니?"

비슷한 상황에 처한 사람들이 짜고 치는 고스톱처럼 똑같은 말을 해 제 호기심을 더욱 자극하지만 유부인 제가 직접 확인하고 검증할 방법은 없습니다. 안타까운 심정에 한나의 대사 한마디를 인용하겠습니다.

"이런, 된장!"

제가 학원 영어강사로 있었을 때 수학강사 한 분이 이 말을 아주 빈번하게 썼습니다. 얼마나 전염성이 강한지 어느 순간부터 저도 이 말을 쓰게 되더군요. 혹시 이 책을 읽고 된장바이러스에 감염이 되었다 할지라도 너무 염려하지 마세요. 스트레스를 해소하는 데 큰 도움이 될 테니 말이에요.

"생판 모르는 사람을 하루에 세 번씩이나 만나고 일주일 후에 또 만났다면 그건 우연일까요, 아니면 운명일까요?"

이건 현의 대사이기 전에 실제 있었던 제 경험이었습니다. 그럼 제가 하나의 실체냐고요? 그건 절대 아닙니다.

세상엔 인간들의 두뇌를 다 합쳐도 이해하지 못할 일들이 꽤 많이 일어나지 않습니까? 그 중 하나가 이런 우연의 일치가 아닐까 싶습니다. 가끔 이런 일들이 일어나면 혹시 저 사람과 내가 보이지는 않지만 운명이나 인연의 끈으로 묶여 있는 건 아닐까 하는 생각도 하게 됩니다.

이런 경험을 토대로 전 1999년에 PC 통신 유니텔 문단작가로 활동하면서 시놉시스에 가까운 글을 올리기 시작했습니다. 그러다가 본격적으로 2003년 7월부터 '어울리지 않는 커플'이란 제목으로 인터넷에서 연재를 시작했고 완결을 지은 후 제목과 내용을 대폭 수정했습니다.

그 과정에서 너무 부족한 작가를 만나 고생을 많이 한 이 글의 인물들에게 우선 미안한 마음을 전합니다. 수십 번에 걸친 리허설에 녹초가 되었을 그들을 생각하면 정말 입이 열 개라도 할 말이 없습니다.

뭔가를 하나 완성한다는 게 이렇게 힘들고 고된 일인지 몰랐습니다. 그래도 내 이름 석 자가 박힌 책 한 권이 내 손에 들어오고, 생면부지의 사람들이 읽어줄 거라는 생각에 가슴이 뿌듯해져 다시 힘을 내곤 했습니다. 자칫 참을 수 없는 존재의 가벼움이 느껴지는 글이 될까 봐 원고마감을 하는 순간까지 조바심을 냈습니다. 그럴 때마다 용기를 북돋워주는 작가 친구들과 독자들이 있어 많은 위안을 얻었습니다. 그들이 존재하지 않았더라면 이 글은 다시 잠들고 말았을 겁니다.

특히 각별한 애정을 보여준 마이문우(cafe.daum.net/mimunoo) 식구들과 로맨스와 바람난 작가들에게도 진심으로 고개를 숙여 감사드립니다. 그리고 부족하고 어리석었던 절 부디 넓은 아량으로 용서해 주시기 바랍니다.

또한 부족하나마 빛을 발할 수 있게 해주신 하나님과 여러모로 도와주고 이해해 준 가족들에게 사랑을, 장점보다 단점이 많은 글 출간하도록 애써주신 청어람 여러분들껜 고마움을 전합니다.

글을 쓰면서 잃은 것도 많고 얻은 것도 많지만 그 모두가 저에겐 교훈과 추억으로 남을 것 같습니다. 앞으로 더욱 열심히 공부하고 노력해서 발전하는 모습을 보이도록 하겠습니다.

—김은아.